HEYNE <

Zum Buch

Sieben Jugendliche – eine verschworene Gemeinschaft. Niemand darf von ihren »Spielen« erfahren. Lange läuft alles wie gewünscht, doch eines Tages geht etwas schief …

Gut zwanzig Jahre später: Ein anonymer Brief verändert das Leben der erfolgreichen Staatsanwältin Nina Lehmann von einer Sekunde auf die andere. Jemand droht, ihr lang gehütetes, schreckliches Geheimnis offenzulegen. Dies würde das Ende ihrer Karriere bedeuten. Dem kann sie nur entgehen, wenn sie sich wie gefordert am kommenden Tag in einer Gaststätte nahe der belgischen Grenze einfindet. Zu ihrer Überraschung trifft sie in der Gaststätte auf ihre alten Freunde aus der Clique, die ebenfalls Drohbriefe erhalten haben: Rike, Fabian, Jana, Mike und Tim. Nur Steff, ihre große Liebe aus der Jugendzeit, fehlt.

Eine weitere Forderung führt die Clique in ein verlassenes Dorf. Sie haben keine Furcht, sie sind zu sechst, eine schlagkräftige Truppe. Doch als die erste Leiche auftaucht, wird Nina klar, einen Riesenfehler begangen zu haben. Die Wege zurück in die Zivilisation sind versperrt, es gibt keinen Ausweg aus dem Dorf …

Ein schreckliches Psychospiel beginnt, in dem jeder verdächtig ist. Und jeder kann das nächste Opfer sein.

Zum Autor

Rudi Jagusch, Jahrgang 1967, studierte Verwaltungswirtschaft in Köln. 2006 erschien sein erster Krimi, weitere folgten im Jahreszyklus. *Mordsommer* ist nach *Amen* sein zweiter Thriller im Heyne Verlag. Heute lebt und arbeitet er als freier Schriftsteller mit seiner Familie im Vorgebirge am Rande der Eifel. Mehr über den Autor erfährt man unter www.krimistory.de

Lieferbare Titel

Amen

RUDI JAGUSCH

MORDSOMMER

Thriller

WILHELM HEYNE VERLAG
MÜNCHEN

MIX
Papier aus verantwortungsvollen Quellen
FSC® C014496

Verlagsgruppe Random House FSC® N001967
Das für dieses Buch verwendete
FSC®-zertifizierte Papier *Holmen Book Cream*
liefert Holmen Paper, Hallstavik, Schweden.

Originalausgabe 04/2015

Printed in Germany 2015
Redaktion: Heiko Arntz
Umschlaggestaltung: Johannes Wiebel | punchdesign, München
Umschlagabbildung: Shutterstock.com (Petar Paunchev, Fotocrisis)
Karte: © Theiss Heidolph
Satz: KompetenzCenter, Mönchengladbach
Druck und Bindung: GGP Media GmbH, Pößneck
ISBN 978-3-453-43785-2

www.heyne.de

1

Stechende Pfeile schossen durch sein Gehirn. Von Stollwerk stöhnte auf. Langsam drangen die Erinnerungen wie aufsteigende Luftblasen an die Oberfläche.

Die Stahltür zur Tiefgarage des Hochhauses, in dem er in der fünfzehnten Etage in seiner Praxis reiche Leute empfängt, die sich unter seinen geschickten Händen einer Schönheits-OP unterziehen. Er stößt die Tür auf, sieht, wie sich das Neonlicht im Lack der schicken Edelkarossen spiegelt. Sein Porsche steht rechts auf dem Privatparkplatz. Die nackten Betonwände mit den aufgemalten grünen Zahlen für die Stellplätze reflektieren hallend die Schritte. Er schaut auf die Uhr. Es war spät geworden, der Preis für den Erfolg. Er zieht den Schlüssel aus der Tasche, beugt sich vor, um das Schloss zu treffen, ohne einen Kratzer auf dem Lack zu riskieren, dann … Schwärze … nein, davor ein heftiger Schlag auf den Hinterkopf. Dann erst die Dunkelheit.

Entsetzt keuchte von Stollwerk auf. Jemand hatte ihn niedergeschlagen! Wie zur Bestätigung hämmerte ein dumpfer Schmerz den Nacken hinauf bis zur Schädelbasis. Eine Welle von Übelkeit schwappte über ihn hinweg.

Würgend versuchte von Stollwerk den Mund zu öffnen, doch irgendetwas hinderte ihn. Augenblicklich wich die Benommenheit, die Sinne klärten sich. Etwas klebte über seinen Lippen. Jetzt erst wurde ihm bewusst, dass er nur durch die Nase atmen konnte. O Gott, wenn er sich jetzt erbrechen musste, dann würde er daran ersticken. Panisch versuchte er, die Arme nach vorne zu reißen. Sie fühlten sich taub an, etwas Scharfes schnitt in die Handgelenke.

Er hielt inne. Gefesselt? Was war hier los?

Erneut zerrte er wild. Erfolglos.

Er konzentrierte sich auf die Beine. Auch seine Fußgelenke waren wie zusammengeschweißt.

Von Stollwerk kam sich vor wie ein übergroßes Postpaket. Ohne Zweifel, er *war* gefesselt!

Das konnte doch alles nicht wahr sein.

Sein Herz raste, ihm brach der Schweiß aus. Heiß pulsierten Schmerzen durch seinen Kopf. Wieder würgte er. *Reiß dich zusammen,* befahl er sich, *egal was hier los ist, wenn du dich jetzt erbrichst, wirst du daran ersticken.*

Angestrengt kämpfte er gegen die Übelkeit an, zwang sich, gleichmäßig zu atmen und den galoppierenden Puls unter Kontrolle zu bringen. Einatmen, ausatmen, ein, aus, ein, aus. Er beruhigte sich so weit, dass er wieder denken konnte.

Verdammt, was hatte das alles zu bedeuten?

Er riss den Kopf herum. Er versuchte etwas zu erkennen, aber da war nur absolute Dunkelheit. Der Schweiß brannte ihm in den Augen. Wie gerne hätte er jetzt darübergewischt.

Er horchte. Und dann wurde ihm schlagartig klar, wo

er sich befand. Ein stetiges Brummen, ein Motor. Wellenartige Bewegungen. Der stickige Geruch.

Ein Auto.

Er versuchte sich aufzurichten, schlug jedoch nach wenigen Zentimetern mit der Schläfe gegen etwas Hartes. Die Beine zu strecken, um die von der verkrümmten Lage brennenden Muskeln zu entlasten, funktionierte ebenfalls nicht. Die Schuhe stießen gegen etwas und erzeugten einen blechernen Klang.

Ein Kofferraum. Er befand sich im Kofferraum eines Wagens. Wütend trat er mehrfach gegen das Blech. Jemand hatte ihn gefesselt und hier eingesperrt. Er war entführt worden.

Nach einer Weile wich die Wut aus den Gliedern und machte einer Beklommenheit Platz, die sich ihm wie ein Stein auf die Brust legte. Ob sein letztes Stündlein geschlagen hatte?

Dreh jetzt bloß nicht durch! Wenn der Angreifer dich töten wollte, hätte er es schon längst getan.

Er zwang sich, seine Lage zu analysieren. Vielleicht erkannte er so einen Silberstreif am Horizont, einen Funken Hoffnung in dieser beschissenen Situation.

Also, was hatte man mit ihm vor, was wollte der Entführer?

Halt! Wer sagte ihm denn, dass es sich nur um einen Entführer handelte? Es konnten genauso gut mehrere sein. Vielleicht eine ganze Bande. Das war zu diesem Zeitpunkt unmöglich herauszufinden.

Weiter. Um was ging es hier?

Um Geld? Naheliegend, ja, sogar äußerst wahrscheinlich. Immerhin: Es wäre zwar ärgerlich, ein paar Ersparnisse zu verlieren, stellte jedoch grundsätzlich kein Problem dar. Er gehörte zur Oberschicht. Die Höhe der geforderten Summe würde keine Rolle spielen, er konnte sie auftreiben.

Aber was wäre, wenn den Entführer eine andere Motivation antrieb? Was dann? Rache? Hatte er Feinde? Ein Patient, der mit dem Ergebnis der Operation nicht zufrieden war? Das kam vor, doch bisher hatte von Stollwerk alles im gegenseitigen Einverständnis regeln können. Er korrigierte ohne Zusatzkosten. Schließlich hatte er einen Ruf zu wahren. Und sich gegen die übermächtige ausländische Konkurrenz, insbesondere die in Thailand, durchzusetzen war nicht immer leicht. Kulanz hieß das Zauberwort.

Oder steckte ein gehörnter Ehemann hinter der Sache? Hm, nicht auszuschließen. Mit der athletischen Figur, die er regelmäßig im Fitnessstudio stählte, seinen blauen Augen und den blonden, fülligen Haaren kam von Stollwerk bei Frauen gut an. Auf Eheringe nahm er bei seinen Eskapaden keine Rücksicht. Er hatte es nicht zu vertreten, wenn es in einer Ehe kriselte. Fairerweise machte er den Frauen keinerlei Hoffnungen auf eine längerfristige Beziehung. Er wollte ungebunden bleiben und verheimlichte dies auch nicht. Aber würde ein betrogener Ehemann so weit gehen und einen der renommiertesten und angesehensten Ärzte Münchens kidnappen? Wütend ins Büro stürmen, schreien, die Fäuste fliegen lassen, ja, das konnte sich von Stollwerk noch vorstellen. Aber eine Entführung? Eher nicht. Da war eine enttäuschte Geliebte wahrscheinlicher. Bei solchen Furien setzte oftmals der Verstand aus, die waren zu allem fähig. Andererseits ... er wog neunzig Kilo. Konnte eine Frau einen solch schweren Körper tragen? Warum nicht? Es gab ziemlich kräftige Vertreterinnen des weiblichen Geschlechts. Im Fitnessstudio bewunderte er regelmäßig die braun gebrannten Schönheiten mit akzentuierten Muskeln, hart wie Beton. Allerdings bandelte er mit denen nicht an. Er mochte eher die zarten, wohlgeformten Frauenkörper mit den Rundungen an den richtigen Stellen. Der Krankenhausaufenthalt vor einigen Jahren fiel ihm ein, die Grippe, die ihn fast das Leben gekostet hätte. Schlapp hatte er im Bett gelegen, kaum fähig zu schlucken, geschweige denn aufzustehen oder sich auch nur aufzurichten. Trotzdem hatten ihn die Krankenschwestern mühelos hin und her gewendet wie ein Spiegelei in der Pfanne. Alles eine Frage der Technik. Somit konnte es sich durchaus um einen weiblichen Entführer handeln.

Einige Minuten kramte er in den Erinnerungen nach möglichen Tätern. Ohne Erfolg.

Trotz der unbequemen Position und der schrecklichen Situation spürte er eine bleierne Müdigkeit. Die Schmerzen, der Sauerstoffmangel, das Brummen des Motors und die sanften Schaukelbewegungen des Fahrzeuges zeigten Wirkung. Von Stollwerk versuchte dagegen anzukämpfen, gab es aber schließlich auf. Sicher war es besser, dem Entführer ausgeruht entgegentreten zu können. Bei der erstbesten Gelegenheit würde er seine Chance ergreifen. Bevor ihn endgültig die Müdigkeit übermannte, nahm er sich fest vor, keine Milde walten zu lassen.

Auge um Auge, Zahn um Zahn.

Er besaß die Fähigkeit, Hemmungen zu überwinden und andere schwer zu verletzen, ja, sogar zu töten.

Kein Pardon, keine Gnade.

Fast freute er sich auf die Konfrontation. Der Entführer ahnte nicht, mit wem er sich hier angelegt hatte.

2

Nina Lehmann hatte es geschafft.

Sie taumelte fast vor Glück über den Flur des Landgerichts Köln. Sie hatte den Dreckskerl eingelocht, trotz dürftiger Beweislage und einer Schmutzkampagne der Pressemeute, die ihr und der Polizei schlampige Ermittlungsarbeit vorgeworfen hatte.

Genau aus dem Grund hatte sie sich für eine Karriere als Staatsanwältin entschieden: Sie wollte den menschlichen Abschaum hinter Gitter bringen. Nicht umsonst nannte man sie »Madame Gnadenlos«. Wenn sie sich in einen Vorgang verbiss, gab es kein Erbarmen, dann kämpfte sie für die Höchststrafe. Nichts hasste sie mehr als »verständnisvolle« Richter, die Mitleid mit Straftätern hatten. Doch diesmal war alles nach ihren Vorstellungen gelaufen.

Lebenslänglich!

Ein Sieg auf der ganzen Linie. Fest klemmte sie ihre Akten unter den Arm, öffnete die Tür zu ihrem Büro und trat ein. Der muffige Papiergeruch, den die staubigen Akten verbreiteten, störte sie heute nicht. Sie schloss die Tür und lehnte sich mit dem Rücken dagegen. Am liebsten hätte sie vor Freude gejubelt. Ach, was soll's: Sie riss die Arme nach oben, die Akten klatschten auf den Boden. Einige Papiere rutschten heraus und verteilten sich über dem Teppichboden. »Yeah!«, rief sie und schob dann noch ein dreifaches »Ja! Ja! Ja!« hinterher. Es spielte keine Rolle, wenn die anderen sie hörten. Ihr Erfolg hatte sich garantiert bereits herumgesprochen, jeder konnte sich so einen Reim auf ihren Jubel machen. Der Flurfunk sendete mit Lichtgeschwindigkeit. Vielleicht hatte irgendeiner der Kollegen eine Flasche Sekt im Kühlschrank stehen, die sie köpfen könnten. Zwar war Alkoholtrinken während des Dienstes streng verboten, in solchen Fällen wurde es von den Vorgesetzten jedoch geduldet.

Zufrieden schloss sie die Augen und genoss den Moment des Triumphes. Sie spürte, wie die Anspannung der letzten Monate von ihr abfiel. Wie viel Zeit jetzt für private Dinge zur Verfügung stand. Endlich mal wieder ausgiebig joggen. Ein paar Freunde anrufen und sich zum Plauschen verabreden.

Aber dann schüttelte sie belustigt den Kopf. Klang alles verheißungsvoll, doch sie kannte sich. Spätestens nach einer Woche würde sie sich wieder den schwierigsten Fall an Land ziehen und erneut auf Hetzjagd gehen. Sie konnte nicht anders, das war ihr Ding, ihr Lebensinhalt.

Sie sammelte die Akten auf, legte sie in das Regal links an der Wand und setzte sich hinter ihren Schreibtisch. Die Sommersonne fiel durch das Fenster und malte ein helles Rechteck auf den Boden. Im Licht tanzten Staubpartikel. Nina Lehmann zog die oberste Schublade auf und kramte aus den Kosmetikartikeln, die sie dort deponierte, einen Lippenstift und einen Schminkspiegel hervor. Die ersten Gratulanten würden gleich auftauchen, sie wollte ein makelloses Siegergesicht vorweisen können. Sie zog die Lippen nach und betrachtete sich dann ausgiebig in dem kleinen Spiegel: die hohen Wangenknochen, die grünen Augen, die winzigen Krähenfüße – kaum der Rede wert für eine Frau Anfang vierzig – und eine blonde Mähne, die ins Rot changierte. Eigentlich perfekt.

Eigentlich.

Missmutig warf sie den Spiegel in die Schublade und schob sie mit einem Ruck zu. Gut auszusehen reichte nicht, um einen Partner zu finden. Bevor sie weiter darüber nachdenken konnte, klopfte es an der Tür.

»Ja, bitte«, rief sie, erleichtert über die Ablenkung. Jetzt konnte die Party beginnen.

Doch statt einer Horde gut gelaunter Kollegen sah sie ein Gesicht mit großen braunen Kulleraugen, einem weißen Rauschebart und einer Glatze zur Tür hereinschauen. »Darf ich reinkommen?«

»Herr Oberstaatsanwalt?«, entfuhr es Nina Lehmann. Sogleich ärgerte sie sich darüber, ihre Überraschung zum Ausdruck gebracht zu haben. Sie mochte es nicht, wenn sich ihr Innenleben in ihrer Ausdrucksweise widerspiegelte. Sie bevorzugte, überlegt und nüchtern zu wirken. Je weniger ihr Gegenüber sie einschätzen konnte, umso besser – das verschaffte ihr selbst zwangsläufig eine überlegene Position. Vielleicht war das auch der Grund, warum sie in den letzten Jahren nicht mehr bei Männern landen konnte.

Ein schelmisches Lächeln stahl sich in das Gesicht des Oberstaatsanwaltes. »Und? Darf ich jetzt? Oder soll ich später wiederkommen?«

»Ja, ja, doch, selbstverständlich«, sagte sie und stand auf. »Treten Sie ein.«

Sie schnappte sich den Besucherstuhl und schob ihn so hin, dass der Oberstaatsanwalt sich bequem an den Schreibtisch setzen konnte. Dann nahm sie ihren Stuhl und platzierte ihn an seine Seite. Sie wollte nicht, dass sie durch den Tisch getrennt waren.

Oberstaatsanwalt Voss verschränkte die Hände über dem feisten Bauch. Das einstmals maßgeschneiderte Jackett spannte an allen Ecken und Enden, und die Hose hätte inzwischen auch eine Nummer größer sein müssen. Wie stets strahlte Voss eine Ruhe aus, die Nina Lehmann an einen tief verwurzelten Baum mit mächtigem Stamm zum Anlehnen erinnerte. Sie mochte den alten Mann, der kurz vor der Pensionierung stand. Voss sah nicht nur gutmütig aus, er war es auch. Nie erhob er die Stimme, rüde Gesten waren ihm fremd. Trotzdem genoss er im Kollegenkreis Respekt und Anerkennung, da man sich auf sein Wort ohne Wenn und Aber verlassen konnte. Nicht jeder zeigte so viel Rückgrat.

»Ausgezeichnete Arbeit«, lobte er.

»Danke.«

Lob anzunehmen war für Nina Lehmann nichts, was sie verlegen machte, zumindest solange es gerechtfertigt war.

Voss schlug die Beine übereinander und strich sich über den Bart. »Ich beobachte Sie schon eine geraume

Zeit. Sie haben Biss. Das gefällt mir, Ihre ganze Art gefällt mir. Sachlich, kompetent und ergebnisorientiert, den Blick auf das Ziel gerichtet.«

»Ich tue mein Bestes.«

»Dazu ein sicheres Auftreten, äußerst attraktiv und mit einem ausgezeichneten Modegeschmack.«

Nina hob eine Augenbraue.

»Was soll das jetzt werden?«

Voss lachte. »Bitte nicht falsch verstehen. Sie wissen, dass ich glücklich verheiratet bin. Daran möchte ich auch nichts ändern. Es liegt mir fern, Ihnen den Hof zu machen, keine Sorge.«

»Schade«, kokettierte Nina spielerisch und lachte.

Voss lachte ebenfalls, erklärte dann: »Bitte fassen Sie es einfach als Kompliment auf.«

»Dann fühle ich mich geschmeichelt.« So langsam fragte sich Nina, was das Geplänkel sollte.

Voss schien ihre Gedanken erraten zu haben. »Kommen wir zur Sache. Wie Sie wissen, Frau Lehmann, es sind mir nur noch einige Monate in dem hohen Haus hier vergönnt. Nicht dass ich das groß bedaure, schließlich habe ich sechsunddreißig Jahre hier in den Gemäuern verbracht. Und ich habe so einiges mitgemacht, wie Sie sich denken können, Erfreuliches und weniger Erfreuliches. Insgesamt aber überwiegen die positiven Erlebnisse.«

»Das hört man gern.«

»Ich habe viele Kollegen kommen und gehen sehen, habe für zig Hochzeiten, Geburten und Geburtstage gespendet. Leider waren auch nicht wenige Kranzspenden dabei.« Für einen kurzen Moment ging sein Blick in die

Ferne. Dann räusperte er sich. »Ich schweife ab, entschuldigen Sie bitte die Gefühlsduselei eines alten Mannes …«

Nina schenkte ihm ein verständnisvolles Lächeln.

»Ich könnte stundenlang von alten Zeiten erzählen, aber ich möchte Sie nicht langweilen. Sie haben das Leben noch vor sich, Sie stehen am Anfang des Weges, den ich bereits zurückgelegt habe. Sie sind in der Spur, haben einen Kompass im Gepäck, der Sie weit bringen wird.«

»Vielen Dank für Ihren Zuspruch.«

Bekräftigend nickte er. »Worauf ich hinaus möchte: Können Sie sich vorstellen, meine Nachfolge anzutreten?«

Erstaunt straffte Nina sich. »Ich?« Sie war völlig überrumpelt. Es gab zahlreiche dienstältere Kollegen, die sich Hoffnung auf die Beförderung zum Oberstaatsanwalt machten. Niemals hätte sie damit gerechnet, zum jetzigen Zeitpunkt bereits ein solches Angebot zu erhalten. Zumal es als Frau immer noch schwierig war, die Karriereleiter zu erklimmen.

»Ja, selbstverständlich.« Voss lachte gackernd. »Darum habe ich doch eben Ihre Qualifikationen und Vorzüge betont. Sie sind genau die Richtige.« Er deutete mit dem Zeigefinger auf Nina. »Sie sind meine Favoritin.«

Jetzt fühlte sich Nina doch ein wenig verlegen. Fachlich war sie die beste Wahl, niemand im Kollegenkreis konnte ihr das Wasser reichen. Doch qualifizierte sie das nicht automatisch für die Aufgabe einer Oberstaatsanwältin, das wusste sie nur zu gut. Ihr fehlten die Erfahrungen als Führungskraft. »Ihr Vertrauen schmeichelt mir, aber …«, setzte sie an, doch Voss unterbrach sie augenblicklich.

»Ich weiß, dass Sie eine gesunde Selbsteinschätzung pflegen. Und ja, es gibt Dinge, die Sie noch lernen müssen. Das stellt jedoch keinerlei Hinderungsgründe dar. Sie werden es schaffen, davon bin ich fest überzeugt.«

Nina kam ein Gedanke. »Es geht hier doch nicht etwa um eine Quote, oder? Wenn es so wäre …«

Voss lachte auf. »Um Gottes willen, nein, nein. Ehrlich nicht.«

Sie glaubte ihm. »Gut, okay, ich fühle mich geschmeichelt. Aber wie wollen Sie es hinbekommen, dass ich die Stelle bekomme? Es wird sicher eine Ausschreibung und zahlreiche Bewerbungen geben.«

Er winkte ab.

»Lassen Sie das mein Problem sein. Sie wahren einfach Stillschweigen über unser kleines vertrauliches Gespräch. Sie bewerben sich, wie es sich gehört. Alles andere wird sich regeln.« Mühsam erhob er sich. »Wo wir das jetzt geklärt haben, noch eine andere Sache.«

»Ja?«

Nina zwang sich, weiterhin konzentriert zuzuhören. Am liebsten hätte sie ein zweites Mal am heutigen Tage ein lautes »Yeah!« ausgestoßen. »Oberstaatsanwältin« hörte sich in ihren Ohren plötzlich sehr verlockend an.

»Dieser Serienmörder hier in Köln, Sie wissen schon …« Stöhnend drückte er das Kreuz durch. »Mein Rücken bringt mich noch um«, murmelte er.

»Sie meinen die ›Bestie‹?«

Seit einiger Zeit versetzte ein Serientäter die Stadt in Angst und Schrecken. Fünf Opfer waren bisher zu beklagen, vier Frauen und ein Mann. Allesamt waren brutal gefoltert worden. Ihre Körper sahen aus wie von einem Raubtier zerfleischt, was dem Täter den Spitznamen eingebracht hatte. Nina mochte sich gar nicht vorstellen, welches Leid die Opfer erlebt haben mussten. Der Tod musste ihnen wie eine Erlösung vorgekommen sein.

»Ja«, bestätigte Voss und ballte die Fäuste. Auch ihm ging die Sache an die Nieren, das sah man ihm an. »Kurz bevor ich zu Ihnen aufgebrochen bin, hatte ich noch ein Telefonat mit dem Polizeipräsidenten. Es gibt vielversprechende Spuren. Gut möglich, dass sie das Schwein bald schnappen.«

»Das wäre ein großer Erfolg.«

»Durchaus. Wenn es so kommen sollte, will ich meine beste Kraft an dem Fall dran haben.« Er legte ihr eine Hand auf die Schulter und sah ihr tief in die Augen. Jegliche Wärme war aus ihnen verschwunden. »Sie werden den Fall übernehmen. Bringen Sie das Schwein hinter Gitter, ein für alle Mal.«

Leicht beschwipst verließ Nina am Nachmittag das Büro. Nachdem Voss sich von ihr verabschiedet hatte, waren die Kollegen doch noch mit einigen Flaschen Sekt aufgetaucht. Entgegen ihrer sonstigen Gewohnheit hatte Nina sich zu zwei Gläsern hinreißen lassen. Dabei vertrug sie gar keinen Alkohol.

Frische Sommerluft umschmeichelte ihre Haut. Von der Wiese in der Mitte des Reichenspergerplatzes wehte der Geruch nach gemähtem Gras zu ihr herüber. Sie beschloss, auf die U-Bahn zu verzichten und lieber zu Fuß zu gehen. Sie schlug den Weg in Richtung Rhein ein, folgte dann dem Konrad-Adenauer-Ufer flussaufwärts. Es bedeutete zwar einen Umweg, doch konnte sich das nur positiv auf ihren Schwips auswirken. Zahlreiche Jogger, Spaziergänger und Radfahrer kamen ihr entgegen. Das Leben in der Stadt pulsierte.

Nina genoss den freien Blick auf die mächtige Stahlkonstruktion der Hohenzollernbrücke, auf den Rhein mit den vorbeifahrenden Kähnen und auf die Spitzen des Kölner Doms. Sie liebte die Skyline Kölns, die unkomplizierten, toleranten und lebensfrohen Menschen und natürlich die fünfte Jahreszeit – den Karneval. Nie wäre ihr der Gedanke gekommen, von hier fortzugehen. Und nach Voss' Angebot musste sie sich mit derartigen Überlegungen auch in Zukunft nicht beschäftigen. Ihre Karriere konnte sie in ihrer geliebten Stadt fortsetzen.

An der Bastei bog sie in den Theodor-Heuss-Ring ein. Nach wenigen Hundert Metern erreichte sie den Häuserblock, in dem sich ihre kleine Wohnung befand. In der Musikhochschule auf der anderen Straßenseite übte ein Student am Klavier. Die weich angeschlagenen Töne hallten von den Häuserwänden wider. Beethoven, dachte Nina und schloss die Haustür auf. Links hingen die Briefkästen. Werbebroschüren quollen aus den Schlitzen. Sie zog sie heraus und stopfte sie in den Kasten ihres Nachbarn. Den konnte sie nicht leiden, ein Querulant, der das ganze Haus terrorisierte. Sollte der sich um den Papiermüll kümmern. Er meckerte ohnehin bei jeder Gelegenheit darüber, dass die anderen Hausbewohner zu blöd zur Mülltrennung waren. Dann konnte er es direkt selbst erledigen.

Nina öffnete den Briefkasten und entnahm die Post.

Dann ging sie in die zweite Etage, schloss die Wohnungstür auf und trat ein. Sie warf den Schlüssel und die Briefe auf die Flurkommode, hängte ihre Jacke an den Haken und zog die Pumps aus. Zufrieden seufzte sie. Was für eine Erlösung. Die Schuhe quälten sie bereits den ganzen Tag. Sie nahm die Post mit in die Küche und setzte Teewasser auf. Die Fliesen kühlten ihre gemarterten Füße. Während sie auf das Wasser wartete, sah sie die Briefe durch. Eine Rechnung vom Frauenarzt und ein Angebot für Kabelanschluss. Beim dritten Umschlag stutzte sie. Die Briefmarke fehlte, keine Absenderinformation, und ihre Adresse war mit einer ihr unbekannten steilen Handschrift geschrieben.

Seltsam.

Sie legte die anderen Briefe zur Seite und hielt den Umschlag gegen das Licht, dann tastete sie darüber. Nichts Ungewöhnliches zu spüren. Gut. Sie hatte so viele von den harten Jungs hinter Gitter gebracht, da konnte man nicht vorsichtig genug sein. Wer wusste schon, ob nicht einer von denen auf die Idee kam, ihr aus Rache Milzbranderreger zuzusenden.

Behutsam öffnete sie eine Ecke des Kuverts und drehte es über der Spüle auf den Kopf. Nichts rieselte heraus.

Na also. Harmlos. Bestimmt nur ein Rundschreiben der örtlichen Kirchengemeinde.

Entschlossen riss sie den Umschlag auf und zog ein Blatt hervor.

Der Teekessel flötete. Sie zog ihn von der Platte und schaltete den Herd aus. Anschließend faltete sie den Brief auseinander.

Eine einzige Zeile.
Vier Worte und eine Zahl.
Entsetzt schwankte Nina.
Es war geschehen, was nie hätte geschehen dürfen.

3

Der Wagen schaukelte, und die Stoßdämpfer quietschten. Konzentriert horchte von Stollwerk. Das monotone Motorengeräusch war seit etwa dreißig Minuten einem Auf und Ab der Drehzahl gewichen. Von Stollwerk war sich sicher, dass sie die Autobahn verlassen hatten. Die anschließende kurvige Fahrt, das häufige Schalten und das Knirschen der Reifen auf Kies bestätigten die Annahme.

Seine Wadenmuskeln verkrampften sich. Fest presste er die Fußspitzen gegen das Blech. Nach einigen Sekunden ließ der Schmerz nach, dafür drückte seine Blase inzwischen umso mehr. Der ganze Unterkörper schien plötzlich nur noch aus diesem zum Bersten gefüllten Muskel zu bestehen. Vielleicht sollte er dem Entführer einfach in die Augen pinkeln. Ein irres Kichern erfasste ihn. Ja, einfach mit dem harten Urinstrahl das Arschloch auf Distanz halten und vor sich hertreiben, wie die Polizei Demonstranten mit einem Wasserwerfer. So wie es sich anfühlte, konnte von Stollwerk bestimmt einige Minuten den Druck aufrechterhalten. Ach Scheiße, so wie er hier lag, konnte er noch nicht mal den Pimmel aus der Hose holen.

Mit einem Ruck stoppte der Wagen. Der Motor erstarb, eine gespenstische Stille breitete sich aus.

Von Stollwerk schwitzte. Was würde nun kommen? Auf der Fahrt war sein Leben sicher gewesen. Jetzt war alles wieder offen. So absurd es war: Er wünschte sich, der Entführer würde den Motor wieder starten und weiterfahren.

Aber – warum stieg der Kerl nicht aus?

Aus weiter Ferne hörte von Stollwerk Wasser plätschern. Ein Bach? Ein Fluss? Wo waren sie? Das Geräusch verstärkte seinen Durst, der ihn seit dem Aufwachen quälte. Der Hals fühlte sich wund an, selbst das Atmen schmerzte. Niemals zuvor hatte er sich so sehr nach einem Schluck Wasser gesehnt, volle Blase hin oder her.

Endlich wurde die Fahrzeugtür geöffnet. Schritte knirschten auf Kies. Sie kamen um das Fahrzeug herum.

Von Stollwerk hyperventilierte fast, seine Nasenflügel blähten sich. Mehrmals blinzelte er den brennenden Schweiß aus den Augen. Vielleicht könnte er dem Entführer die Füße gegen die Brust hämmern, ihn so zurückstoßen. Mit ein wenig Glück würde das Arschloch stolpern und sich den Kopf an einem Stein anschlagen. Nur: Wie wahrscheinlich war das? Vermutlich würde er nur Wut beim Entführer schüren. Aber egal, besser, als tatenlos alles mit sich geschehen zu lassen. Der Typ sollte wissen, dass er sich nicht kampflos seinem Schicksal ergeben würde.

Von Stollwerk versuchte, den Körper in Position für einen Angriff zu bringen. Er stieß mit dem Kopf gegen ein scharfes Metallteil, in der Enge des Kofferraums konnte er sich einfach nicht drehen. Es war zwecklos.

Ein Schlüssel klimperte im Schloss, der Kofferraumdeckel sprang einen Spaltbreit auf. Licht fiel gleißend herein. Geblendet kniff von Stollwerk die Augen zu. Verdammt, er musste etwas sehen. Mit eisernem Willen riss er die Augen auf und sah den dunklen Umriss eines Menschen vor der tiefstehenden Sonne. Bevor er Einzelheiten erkennen konnte, presste der Unbekannte ihm einen süßlich riechenden Lappen auf die Nase. Wild warf von Stollwerk den Kopf hin und her, doch der Stoff schien mit dem Gesicht verwoben zu sein. Die Luft wurde ihm knapp, verdammt, wollte der Dreckskerl ihn hier und jetzt ersticken? Panisch rang von Stollwerk um jedes Sauerstoffmolekül. Seine Sinne schwanden.

Chloroform.

O Gott!

Sein Blickfeld verengte sich, Schatten schienen von der Seite auf ihn zuzukommen. Dann war die Schwärze total.

4

Ich kenne dein Geheimnis 1992. Wieder und wieder las Nina die eine Zeile auf dem Blatt Papier, das in ihren Fingern zitterte. Den Tee hatte sie vergessen, schlagartig war die Euphorie des Tages verschwunden. Eine eiskalte Hand schien ihr Herz zu umklammern. Sie fror, ihre Knie wurden weich. Sie taumelte zum Stuhl und ließ sich darauf fallen. Ihre Nerven summten, als ständen sie unter Starkstrom. Sie warf das Blatt auf den Tisch und stemmte den Kopf in die Hände.

Das konnte nicht sein.

Niemand wusste davon.

Niemand!

Sah man von den restlichen Mitgliedern der Clique ab. Und die würden nichts verraten, nie im Leben. Feierlich hatten sie es sich geschworen. Damals wollten sie sich ihre Zukunft nicht wegen eines einzigen aus dem Ruder gelaufenen Experiments verbauen. Zumal ja niemand ums Leben gekommen war.

Jedenfalls nicht so wirklich.

Nina richtete sich auf und nahm den Brief wieder zur Hand. Erneut drehte sie ihn im Licht, suchte nach Anhaltspunkten, die den Absender verraten könnten, ein Wasserzeichen oder ein besonderes Papier. Am besten wäre natürlich ein eindeutiger Fingerabdruck. Doch Umschlag und Brief waren schlicht und blütenweiß.

Sie betrachtete die Buchstaben der Adresse. Ein Kugelschreiber, schwarze Tinte, die Handschrift spitz, klar und kräftig, doch ihr leider völlig unbekannt.

Minutenlang zermarterte Nina sich den Kopf, wer ihr den Brief geschickt haben könnte. Wer könnte noch von ihrem Geheimnis wissen?

Damals, 1992, hatten sie den Kopf aus der Schlinge ziehen können, weil sie zusammengehalten hatten und es niemanden gab, der sie hätte belasten können. Wütend schlug sie mit der Faust auf den Tisch. Verdammt, niemand hatte sie gesehen. Sonst wäre der ganze Mist schon damals aufgeflogen.

Eine Weile brütete sie dumpf vor sich hin. Von der Straße summte der Feierabendverkehr zu ihr hinauf. Über ihr in der Dachgeschosswohnung stolzierte die junge Blonde, die so gerne Model werden wollte, auf High Heels über das Laminat. Tock, tock, tock, immer hin und her. Wie ein Specht, der an Ninas Schläfen hämmerte. Am liebsten hätte Nina ihr zugerufen, wie unsinnig das war. Eine eins sechzig große Frau mit mindestens zehn Kilogramm zu viel auf den Hüften entsprach einfach nicht den Idealmaßen. Da konnte man noch so hübsch und niedlich aussehen, es war zwecklos. Sie versuchte, die Geräusche auszublenden.

Wenn nur die Clique von dem Vorfall wusste, dann … Ruckartig richtete sie sich auf. Folgte man diesem Gedanken bis zum Ende, gab es nur eine Möglichkeit: Jemand aus ihrer Clique war der Absender. Aber wenn es wirklich so wäre: Was wollte der- oder diejenige damit bezwecken? Eine Zeile, die nur auf das damalige Ereignis Bezug nahm, jedoch keine Forderung stellte. Warum sollte überhaupt jemand nach mehr als zwanzig Jahren auf die Idee kommen, die längst vergessene Sache wieder ans Tageslicht zu zerren? Egal, welches Mitglied der Clique dahintersteckte: Er oder sie würde sich doch nur selbst schaden. Das konnte doch niemand riskieren. Oder hatte einer von ihnen nichts mehr zu verlieren? Nina nickte langsam. Ja, nur so wurde ein Schuh daraus. Stand jemand am Rande des Abgrunds, könnte er sein Wissen nutzen, um sie zu erpressen. Sie musste herausfinden, wer sein Leben gegen die Wand gefahren hatte.

Entschlossen stand sie auf, neue Energie durchflutete sie, die Kälte, die sie ergriffen hatte, war verflogen. Ermittlungsarbeit, damit kannte sie sich aus, hier war sie auf sicherem Terrain.

Rasch wechselte sie in bequeme Kleidung, zog sich ihre Kuschelsocken an, brühte sich einen neuen Tee auf, ging ins Arbeitszimmer und klappte das Notebook auf. Während der Rechner hochfuhr, suchte sie nach dem alten Fotoalbum aus ihrer Jugendzeit. Seit sie ihr Elternhaus verlassen hatte, war sie dreimal umgezogen. Zunächst in eine Studenten-WG, danach in ein kleines Apartment in der Nähe der Universität und schließlich hierher, unweit des Gerichts. Dabei hatte sie sich jedes Mal von zahlreichen Gegenständen getrennt. Kaum etwas aus dem alten WG-Zimmer hatte es bis hierher in die Wohnung geschafft. Sie hing nicht an den Dingen. Wenn etwas aus der Mode kam, sich als unpraktisch herausstellte oder ihr schlicht nicht mehr gefiel, dann warf sie es weg. Den Keller bis zur Decke mit ausgesondertem Gerümpel zuzustellen kam für sie nicht infrage. Das Fotoalbum war dabei nie in Gefahr geraten. Sie hütete es wie einen Schatz. Doch so gern sie auch wegschmiss und entrümpelte, in ihrem privaten Arbeitszimmer herrschten eigene Gesetze. Stumm verfluchte sie die Unordnung. Der Schreibtisch quoll über, Gesetzestexte, lose Kopien, Schreiben, die auf Ablage warteten, Rechnungen und ein Sammelsurium an Büromaterialien summierten sich zu einem fast undurchdringlichen Chaos. Die Schubladen schlossen nicht mehr richtig, zu viel hatte sie hineingestopft. Längs der Wände in den Regalen sah es auch nicht besser aus. Die Böden bogen sich unter der Last unzähliger Bücher, alter Zeitschriften, diverser Ordner und Sammelkisten. Wenn ihre Kollegen das sehen könnten, würden sie sich verwundert die Augen reiben. Im Büro der Staatsanwaltschaft achtete Nina pedantisch auf Ordnung. Dort stapelte sich nichts, alles hatte seinen Platz. Das kostete Zeit und Nerven, was sie hinnahm, um schneller zu einem Ergebnis zu kommen. Hier zu Hause brachte sie dagegen die Disziplin und Kraft nicht ein weiteres Mal auf. Vielleicht sollte sie mal wieder umziehen. Sie kicherte bei dem Gedanken.

Endlich fand sie das Fotoalbum unter einem Stapel Fachzeitschriften. Vorsichtig zog sie es heraus, darauf achtend, dass die vier oder fünf Jahrgänge der *Neuen Zeitschrift für Strafrecht* nicht zu Boden fielen. Leider misslang das Vorhaben. Die Hefte entwickelten ein Eigenleben, das sie nicht mehr aufhalten konnte. Knallend landeten sie auf dem Boden. Mit dem Fuß schob Nina sie notdürftig zusammen. Wie einen wertvollen Schatz hielt sie das Fotoalbum in den Händen und setzte sich auf den Bürostuhl.

Das Album hatte im Lauf der Jahre ziemlich gelitten. Einzelne Seiten hatten sich gelöst. Der stoffbespannte, grüne Umschlag war abgewetzt und ausgeblichen. Sie schlug die erste Seite auf. Ganz oben stand mit verspielt jugendlicher, geschwungener Handschrift: *»1992«*. Ansonsten nahm die Seite nur ein großes Foto ein. Es zeigte die Mitglieder ihrer Clique. Der coolsten Gemeinschaft des Jahrganges, nein, der gesamten Oberstufe. Allesamt stammten sie aus wohlhabenden Familien und hatten Aussicht auf ein Abitur mit Bestnoten. Versonnen strich sie über die Seite. Das Foto war vor dem schicksalhaften Tag aufgenommen worden. Selbstsicher, fast überheblich, lächelten sie in die Kamera. Irgendwann Anfang des Jahres musste das gewesen sein. Sie trugen noch dicke Jacken, die ihre pubertierenden Körper einhüllten. Zu diesem Zeitpunkt war ihre Welt noch in Ordnung. Wenig später brach alles auseinander.

5

Ein Plätschern weckte von Stollwerk.

Wasser!

Seine ausgedörrte Kehle schrie nach Feuchtigkeit. Mühsam hob er den Kopf und öffnete die Augen.

Wasser!

Sein Nacken schmerzte, die Kopfwunde pulsierte, und die linke Körperseite brannte.

Einige Sekunden verstrichen, bevor er sich erinnerte – das Chloroform, die schwarze Gestalt, die ihm den Lappen auf das Gesicht gepresst hatte.

Wasser!

Wo war er hier?

Wasser! Wasser! Wasser!

Flüssigkeit lief an seinem Körper hinunter. War er nackt? Was war mit seinen Armen? Er hatte die Arme über den Kopf gestreckt. Seine Hände waren gefesselt. Hing er in der Luft? Verdammt, wäre er nur nicht so benebelt.

Wasser?

Regen!

Er legte den Kopf in den Nacken und öffnete den

Mund. Es goss in Strömen, der Regen kühlte sein Gesicht. Es dauerte eine schreckliche Ewigkeit, bis er die erste winzige Menge im Mund gesammelt hatte. Er zwang sich, vorsichtig zu schlucken. Nur nicht zu gierig und das Wasser nicht in die Luftröhre bekommen. Bloß nicht wieder alles aushusten, dafür war es zu kostbar. Das Wasser rann durch die Kehle, benetzte die wunden Stellen und milderte so das Leid. Fast hätte er wie irr aufgelacht. Kostbar? Eine Handvoll Wasser, ein jämmerliches Schlückchen, stellte für ihn das Wertvollste dar, wonach es ihn im Moment verlangte? Lächerlich, einfach verrückt … aber die schreckliche Wahrheit.

Einige Male wiederholte er die Prozedur, schluckte und streckte die Zunge erneut dem Regen entgegen. Dann war der Durst zwar nicht verschwunden, aber so weit gemildert, dass er wieder über andere Dinge nachdenken konnte. Die Furcht kehrte zurück und krallte sich in die Muskeln. Er war nackt. Jetzt konnte er es sehen: Er hing an einem Drahtseil. Das fahle Mondlicht fiel durch eine kreisrunde Öffnung weit über ihm und schimmerte auf dem Metall. Vage konnte er dort oben auch den Schatten eines Balkens erkennen, an dem vermutlich das Seil befestigt war. Er wandte den Kopf hin und her. In einer Schulter knackte es. Ein schmerzender Stich schoss in das Rückgrat. Verdammt, er war eindeutig zu alt, um hier wie ein totes Schwein am Haken zu hängen. Lange würde er es nicht aushalten können. Er versuchte, die Schmerzen so weit wie möglich zu verdrängen.

Kreisförmig um sich herum erkannte er feuchtes, unverputztes Mauerwerk. Es roch modrig. Vielleicht ein

Brunnen. Ja, er hing in einem Brunnen, und der Balken über ihm war kein einfacher Balken, sondern die Winde, mit der normalerweise das Seil für den Eimer aufgewickelt wurde.

Er blickte nach unten. Seine Zehen fühlten sich an, als würden sie im Eis stecken. Eine Wasseroberfläche glitzerte im Licht. Bis zu den Knöcheln hingen die Füße in dem kalten Wasser. Er zog die Knie an, bis er die Zehen sehen konnte. Bereits nach einigen Sekunden keuchte er. Lange konnte er die Position nicht halten, das war ihm klar.

Ihm fiel auf, dass seine Blase nicht mehr drückte. Offensichtlich hatte er sich während der Bewusstlosigkeit erleichtert.

War er deswegen nackt? Hatte der Entführer ihn ausgezogen, weil die Kleidung stank wie ein Autobahnraststättenklo an einem Samstag in den Sommerferien? Ein Funken Mitgefühl?

Nein, davon durfte er nicht ausgehen. Bisher war er alles andere als mit Samthandschuhen angefasst worden. Vermutlich sollte er nur noch mehr gedemütigt werden.

Die Oberschenkelmuskulatur brannte vor Anstrengung. Am liebsten hätte er die Beine wieder hängen lassen. Doch er fürchtete die Konsequenzen. Wie lange konnte er es aushalten, die Füße in das kalte Wasser zu tauchen? Wann würde er ernsthaften Schaden davontragen? Er erinnerte sich an den Obdachlosen, dem er in seiner Zeit als Assistenzarzt vor gut zehn Jahren vier Zehen wegen Erfrierungen amputieren musste. Schwarze, abgestorbene Stümpfe, die aussahen wie Kohlen.

Er schüttelte sich. Sollte ihn hier das gleiche Schicksal

ereilen? Nicht wenn er es verhindern konnte. Er versuchte, sich nach oben zu ziehen. Da er aber mit den gefesselten Handgelenken keine Möglichkeit fand umzugreifen, gab er es auf. Aber vielleicht gelang es ihm zumindest, eine andere Position einzunehmen. Mit den tauben Füßen drückte er sich am Mauerwerk ab. Er schwang einige Zentimeter zurück und stieß mit dem Gesäß gegen die andere Seite. Für Sekunden gelang es ihm, sich wie ein Korken in der Flasche zwischen den Steinen einzuspreizen, mit dem Rücken auf der einen Seite, die Fußsohlen auf der anderen. So saß er knapp einen Meter über dem Wasser. Diese Technik hatte er als Kind benutzt, um sich im Türrahmen der Küche nach oben zu drücken. Könnte es hier auch glücken? Einen Versuch war es wert.

Vorsichtig schob von Stollwerk sich mit dem Rücken nach oben. Die Kanten der kalten Steine drückten unangenehm in die Wirbel, das Seil surrte. Als Nächstes folgte das erste Bein, dann das zweite. Es funktionierte. Hoffnung keimte auf. Er würde es dem Dreckskerl zeigen. Der würde sich wundern. Von Stollwerk freute sich darauf, ihm alles heimzuzahlen, ihm das Seil um den Hals zu legen und zuzuziehen.

Weitere Zentimeter ging es nach oben. Die Oberschenkelmuskeln zitterten vor Anstrengung, Schweiß perlte trotz der Kälte in dem Schacht aus jeder Pore. *Weiter, weiter, nicht aufgeben*, spornte er sich selbst an. Fünf Minuten später schnaufte er wie ein untrainierter Marathonläufer nach dem ersten Kilometer. Sein Rücken fühlte sich wundgescheuert an. Noch einmal die gleiche Strecke und die Knochen würden freiliegen, fürchtete er.

Wie weit war es noch? Er blickte hoch, versuchte die Entfernung bis zum rettenden Rand abzuschätzen. Zehn Meter? Das Seil hing inzwischen durch, die malträtierten Schultergelenke waren entlastet. Zumindest eine winzige Erleichterung bei der ganzen Qual.

Der Blick nach unten auf die glitzernde Wasseroberfläche verriet ihm, dass er bestenfalls einen Meter geklettert war. Verbissen mobilisierte er alle Kräfte, die er in seinem überanstrengten Körper finden konnte. Zentimeter für Zentimeter schob er sich aufwärts, presste vor Anstrengung so fest die Zähne aufeinander, dass es knirschte.

Er würde es schaffen … er musste den Rand erreichen … weiter … wer weiß, was der Typ sonst noch mit ihm vorhatte … wieder drei Zentimeter …

Ohne Vorwarnung verhärtete sich sein linker Wadenmuskel.

Ein Krampf!

Von Stollwerk jaulte wütend auf. »Scheiße«, presste er durch die zusammengebissenen Zähne und spürte zugleich, wie er abrutschte.

Für ein paar Sekunden hielt er sich noch in seiner Position, dann hatte er den Kampf gegen den Muskel und die Schwerkraft verloren. Er fiel nach unten, das Seil spannte sich und riss ihn in die Senkrechte. Die Handgelenke knackten wie trockene Äste, auf die jemand trat. Heiß pulsierte vom rechten Gelenk ein bösartiger stechender Schmerz durch den Arm bis hoch zur Schädeldecke. Von Stollwerk schrie auf, helle Punkte tanzten vor seinen Augen.

Verfluchte Scheiße! Gebrochen! Ich habe mir das Handgelenk gebrochen.

Als Arzt gab es für ihn daran keinen Zweifel. Ein Fluchtversuch war damit unmöglich. Schon jetzt fühlte sich jede noch so kleine Bewegung an, als würde ihm jemand mit einem Dolch den Arm aufschlitzen. An einen erneuten Aufstieg war nicht zu denken. Er konnte froh sein, wenn es ihm gelang, regungslos zu verharren.

Die Ausweglosigkeit traf ihn mit voller Wucht, raubte ihm jede Hoffnung. Er öffnete den Mund, wollte die Verzweiflung herausschreien. Doch nur ein Krächzen entwich seiner Kehle. Er sammelte seine Kräfte, legte die ganze Wut in den einen Schrei. Vielleicht würde ihn ja jemand hören und befreien.

Er schrie.

Im selben Augenblick schoss ein Stromschlag durch seinen Körper und elektrisierte von den Fingerspitzen bis zu den Fußsohlen jeden Muskel. Unkontrolliert zuckte er, die Kiefermuskeln verkrampften. Wieder knackte etwas.

Endlich wurde der Strom abgeschaltet.

Blut sammelte sich in seinem Mund. Hustend spuckte er es mit einem Stück Backenzahn aus.

Der Typ ist wahnsinnig! Völlig wahnsinnig!

Zum ersten Mal wurde von Stollwerk bewusst, dass es um Leben und Tod ging.

6

Ninas Blick wanderte über das Gruppenbild. Wie jung sie damals gewesen waren. Sie saßen auf den Stufen der Treppe, die vom Rheinufer zum Heinrich-Böll-Platz hinaufführte. Das Foto hatte ein Engländer geschossen, der zufällig vorbeigekommen war. Ein windiger Tag, daran erinnerte sie sich noch genau. Dem Engländer, ein junger Bursche bepackt mit einem riesigen Rucksack, waren immer wieder die langen Haare ins Gesicht und über die Linse geweht.

Kerzengerade und mit einem stolzen Blick in die Kamera saß Rike ganz links. Ihre nachtschwarzen Haare glänzten seidig, ihre zierliche Figur verbarg sie unter viel zu großer Kleidung. Sie war das Küken in der Clique gewesen. Allerdings benahm sie sich nicht so. Sie provozierte gern, brachte sich mit Vorliebe in brenzlige Situationen. Ihr freches Mundwerk hatte ihr immer wieder blaue Flecken eingetragen. Nie zeigte sie Schwäche, zumindest nicht in der Öffentlichkeit. Aber Nina wusste, dass es auch eine andere Seite gab, eine einfühlsame, empfindliche, verletzliche Rike. Doch die bekam man nur in seltenen Momenten zu Gesicht.

Neben Rike saß Mike, lässig einen Arm um sie gelegt, und grinste anzüglich in die Kamera. Die beiden waren kein Paar gewesen, wenngleich Mike alles unternommen hatte, um Rike von seinen Vorzügen zu überzeugen. Rike ertrug es mit stoischem Gleichmut, vermutlich, weil sie in Gefahrensituationen stets auf Mikes Fäuste schwingende Unterstützung zählen konnte. Wie ein Bulldozer walzte er dann mit seinem massigen Körper von fast zwei Metern Länge und 120 Kilo Gewicht alles nieder, was Rike in die Quere kam. Bud Spencer war im Vergleich zu Mike ein schmächtiger Waisenknabe. Stets hatte er eine Baseballkappe auf dem Kopf getragen, die vermutlich die dünnen und schütteren blonden Haare verbergen sollte.

Eine Stufe höher hinter Mike saß Tim und hielt Mike mit zwei ausgestreckten Handflächen Hasenohren an den Hinterkopf. Mit seiner spitzbübischen Erscheinung und den amüsiert hochgezogenen Mundwinkeln wirkte er, als könnte er keiner Fliege etwas zuleide tun. Noch heute war Nina davon überzeugt, Tims Auftreten hatte ihnen damals den Hintern gerettet. Niemand hätte Tim zugetraut, dass er einem frech ins Gesicht lügen konnte, ohne rot zu werden.

Rechts neben Tim saß Fabian, ein sehniger, schlaksiger Typ. Auf Fabians Wange leuchteten frische Kratzspuren. Ein Andenken an eins ihrer »Spiele«. Ein angenehmes Kribbeln lief über Ninas Rücken, vergleichbar mit einem gering pulsierenden Stromstoß, der über die Haut mäanderte. Ein Empfinden, das sie so lange nicht mehr gespürt hatte. Gleichzeitig krampfte sich ihr Magen zusammen. Widerstreitende Gefühle rangen in ihr, bezogen konträre

Positionen, wie schwarz und weiß, Licht und Schatten, Recht und Unrecht oder … Macht und Erniedrigung.

Es waren alles andere als »Spiele« gewesen. Trotzdem hatte es sie entspannt und gleichzeitig in Euphorie versetzt. Wenn sie »spielten«, konnten sie ihre Umwelt komplett ausblenden, den ganzen Schulstress, den Druck, den ihre Eltern ausübten, und die Unsicherheit, die vermutlich jeder Heranwachsende mit seinem sich verändernden Körper spürt. Längst vergessene Bilder tauchten vor ihrem inneren Auge auf, das elektrisierende Kribbeln verstärkte sich.

Fabian umarmte die etwas pummelige Jana, die auf seinen Oberschenkeln hockte und ihn mit ihren dunklen Kulleraugen verliebt anhimmelte.

Nina grinste. Dick und Doof hatten sie die beiden heimlich genannt.

Das Klingeln des Telefons holte sie aus der Vergangenheit. Sie ignorierte es. Sie wollte nicht gestört werden. Doch der Anrufer gab nicht auf. Leise fluchte sie. Warum hatte sie nicht daran gedacht, das Telefon abzuschalten? Sie schloss das Album und sah zum Telefon auf dem Schreibtisch. Das Gerät stand in der Ladestation, das Display leuchtete bläulich. *Unbekannt*, las sie.

Ring … ring … ring …

Sicherlich eine Nervensäge von der Presse, die sie interviewen wollte. Darauf verspürte sie im Moment überhaupt keine Lust. Wann schaltete sich ein Anruf eigentlich automatisch ab? Irgendwann ging die Leitung doch auf besetzt, oder? Es dauerte eine Ewigkeit, endlich verstummte das Klingeln.

Erleichtert schnaufte Nina durch und schlug das Album wieder auf. Ihr Blick blieb bei Steffs kantigem Gesicht hängen. Seine blauen Augen strahlten wie zwei Topase. Die Augen! Wahnsinn! Nach all den Jahren faszinierten sie Nina immer noch. Dieser Klarheit konnte man sich nicht verschließen, sie jagte ihr Wonneschauer über die Haut.

Steff.

Sie seufzte. Alles, was Steff von sich gab, hatte völlig überzeugend geklungen. Als würde er sie bei jedem Satz hypnotisieren. Vermutlich war es nicht nur ihr so ergangen. Steff war der konkurrenzlose Kopf der Clique gewesen. Sie hatten nie darüber abgestimmt, Steff hatte es nie eingefordert, es war einfach so. Ein stummer Konsens hatte ihn dazu befördert.

Steff saß vor Jana und Fabian auf der Stufe darunter. An seiner Seite, mit dem Kopf an seine Schulter gelehnt, erkannte sich Nina selbst. Sie waren ein Herz und eine Seele gewesen, total ineinander verknallt. Für ihn hätte sie Vater und Mutter verraten und noch nicht einmal ein Judasgeld dafür verlangt.

Sanft streichelte sie über die Stelle auf dem Bild. Ihre Finger zitterten. Der angelaufene Silberring an ihrem Ringfinger kratzte auf dem Papier. Ihr Verlobungsring. Steff hatte ihn ihr vor dem ersten Mal geschenkt und ihr sein Versprechen gegeben, sie irgendwann zu heiraten. Ein Teenagerversprechen, so viel wert wie ein falscher Fünfziger. Das wusste sie heute. Doch damals hörte sich alles so gut und aufrichtig an, ein Versprechen für die Ewigkeit, bis der Tod sie scheiden würde. Und wer weiß, vielleicht wäre es tatsächlich so gekommen, in einer normalen Welt, in einem gewöhnlichen Leben. Doch das große, das letzte »Spiel« hatte etwas in ihnen zerbrochen.

Nina kämpfte gegen die Tränen an. Verdammt, warum hatten sie alle sich nur darauf eingelassen? Sie wischte sich mit dem Ärmel über die Augen.

Ihre Wege hatten sich mit Beginn des Studiums getrennt, sie studierte in Köln, er in Berlin. Anfänglich gab es noch Telefonate, in den Hörer gemurmelte Liebesschwüre, von seiner Seite Plattitüden, sie spürte es, ignorierte es aber tapfer. Es durfte nicht sein, sie liebte ihn doch. Nicht lange danach schlief alles ein. Anfänglich war sie dann sogar erleichtert gewesen. Nicht mehr mit Steff zu reden bedeutete zugleich, nicht mehr an das schreckliche »Spiel« erinnert zu werden. Das Vergessen fiel ihr so leichter. Vermutlich war genau das auch der Grund, warum die Clique zerbrach und sich die Mitglieder in alle Himmelsrichtungen verteilten. Doch die Sache war damit nicht erledigt. Nach einer Weile spürte sie, dass sie von Steff nicht wirklich loskam. Die Liebe zu ihm brannte heiß in ihrem Körper, wurde mit jedem Tag der Trennung stärker und bestimmte ihre Gedanken. Sie kam zu dem Entschluss, ohne ihn nicht leben zu wollen. Nur reagierte er nicht mehr auf ihre Annäherungsversuche, ließ sich von Kommilitonen verleugnen, Briefe liefen ins Leere. Irgendwann hatte einer seiner Freunde ein Einsehen und teilte ihr mit, Steff hätte längst eine neue Liebe in Berlin gefunden. Nina war es wie ein Verrat vorgekommen, sie hatte den Silberring vom Finger gerissen und in die Ecke gefeuert. Rollend war er unter dem Sofa verschwunden. Dort hatte sie ihn während des später folgenden Umzugs entdeckt – und wieder angesteckt.

Ein schleifendes Geräusch aus dem Flur erregte Ninas Aufmerksamkeit. Sie runzelte die Stirn, legte das Fotoalbum zur Seite und stand auf. Auf den ersten Blick konnte sie nichts Ungewöhnliches erkennen. Dann sah sie den Umschlag, den jemand unter der Wohnungstür durchgeschoben hatte. Verwundert nahm sie ihn hoch. Wieder kein Absender, wieder die steile Handschrift. Diesmal nur ihr Name: Nina.

Ihr Puls begann zu rasen, Adrenalin schoss durch ihre Blutbahn. Er war hier gewesen, direkt vor ihrer Tür. Bestimmt war er es auch gewesen, der eben versucht hatte, sie telefonisch zu erreichen. Sicherlich hatte er gedacht, sie sei nicht zu Hause.

Na warte.

Nina riss die Wohnungstür auf, stürmte an das Geländer und sah hinunter. Das Treppenhaus war so gebaut, dass sich in der Mitte ein Lichtschacht befand. So konnte man bis zu den Fliesen im Erdgeschoss blicken. Ganz unten am Treppenabsatz sah sie eine Gestalt in einem schwarzen Sweatshirt, auf dem Kopf eine graue Stoffmütze. Das musste er sein. Wer lief schon bei den Temperaturen mit solch warmer Kleidung herum, wenn er nicht möglichst unerkannt bleiben wollte?

Mit großen Sätzen sprang Nina die Stufen hinunter. Sie musste den Fremden einholen, dann wäre der Spuk schnell vorbei.

Der Typ schien sie bemerkt zu haben, denn sie hörte

ihn jetzt laufen. Kurz darauf fiel die Haustür krachend ins Schloss.

Nina beeilte sich. Auf den Fliesen im Erdgeschoss schlitterte sie auf ihren Socken, ein wildes Armrudern rettete sie vor dem Sturz. Entschlossen zog sie an der Haustür und lief auf den Gehweg. Dort blieb sie stehen und sah sich um. Wo war der Kerl hin? Autos parkten in engen Reihen links und rechts der Straße. Versteckte er sich dahinter? Eine Frau kam von rechts, zwei riesige Einkaufstüten in der Hand, Kinder fuhren auf dem gegenüberliegenden Gehweg Fahrrad.

Da war er!

Fünfzig Meter entfernt bog die Gestalt gerade nach links in die nächste Seitenstraße ein. Fast hätte Nina ihn übersehen. Ein mit Stoffbahnen verkleidetes Gerüst am Nachbarhaus warf einen Schatten, mit dem der Flüchtende in der dunklen Kleidung fast verschmolz.

Nina spurtete los. Geschickt sprang sie über einen Hundehaufen, wich einer zerbrochenen Bierflasche aus, schoss Sekunden später um die Straßenecke – und rannte in einen Kinderwagen hinein. Der Wagen sprang in die Höhe und krachte zurück auf den Gehweg. Babyspielzeug rasselte über den Beton. Schmerzhaft bohrte sich das Gestell des Wagens in Ninas Unterleib. Keuchend klappte sie zusammen und setzte sich hin.

Ein Baby schrie laut.

Eine Frau zeterte in einer fremden Sprache.

Nina achtete nicht weiter darauf. Der Kinderwagen stand aufrecht, außer einem Schreck war dem Kind nichts passiert. Mühsam rappelte sie sich auf, murmelte eine

Entschuldigung und sammelte das verstreute Spielzeug ein. Dann ließ sie die immer noch lautstark schimpfende Frau stehen und nahm die Verfolgung wieder auf. Doch bereits an der nächsten Kreuzung erkannte sie, dass die Gestalt ihr entkommen war. Nirgends war jemand mit einem dunklen Sweatshirt zu sehen. Nur zwei Männer schraubten an einem parkenden Auto mit geöffneter Motorhaube. Sollte sie die beiden befragen? Allerdings hingen die Männer tief mit den Köpfen im Motorraum und unterhielten sich lautstark über Ventilspiel und Nockenwelle. Kaum anzunehmen, dass sie irgendetwas um sich herum wahrgenommen hatten.

»So ein Mist«, fluchte Nina. Hätte die Mutter mit dem Kinderwagen nicht im Weg gestanden, wäre jetzt vielleicht schon alles aufgeklärt. So war er entkommen und konnte das Spiel weiterhin mit ihr treiben.

Resigniert wandte sich Nina um und machte sich auf den Heimweg.

7

Warum macht sich niemand die Mühe und entfernt das Moos auf dem Grabstein? Es sieht so ungepflegt aus, so lieblos, als wäre es egal, wer in dem Grab liegt.

Na ja, zumindest sprießen bunte Blumen vor dem Stein. Sind das Veilchen? Oder Tulpen? Auf keinen Fall sind es Rosen, die kann ich zuordnen. Und Hortensien, die erkenne ich auch. Die blühen im Sommer neben dem Springbrunnen, bei dem ich im Garten so gerne sitze. Ansonsten kenne ich mich mit dem Grünzeug nicht aus. Wie auch, so etwas hat mir ja niemand beigebracht. Wie so vieles nicht. Nicht der Mühe wert, Perlen vor die Säue. Ich weiß genau, was die Leute denken. Nur wenige kennen mich wirklich und wissen, was in mir steckt. Wie mein Bruder zum Beispiel. Er steht neben mir, die Hände gefaltet, den Blick gesenkt.

Die meisten nehmen mich gar nicht richtig wahr. Häufig schmerzt das, dann brodelt Wut in mir, und ich würde sie am liebsten anschreien. Aber ich sollte nicht so streng mit meinen Mitmenschen sein. Sie können nichts dafür, vermutlich wäre ich genau so in ihrer Situation.

Wer hat schon jeden Tag Lust, aus seinen Träumen

gerissen zu werden? Tief in Gedanken zurückgezogen zu sein ist gelegentlich ganz angenehm. Auf die abstrusesten Ideen kommt man so und kann über die besten Foltermethoden nachsinnen. Wasserfolter. Ja, Wasser ist toll. »Waterboarding« kenne ich nur zu genau. Simuliertes Ertränken. Das Opfer fesseln, ein Tuch über das Gesicht legen und schön feucht halten. Der Würgereflex erledigt den Rest. Ertrinken auf dem Trockenen, ha, ha. Und das alles, ohne eine Spur von körperlicher Gewalt zu hinterlassen. Ich kenne da ein paar Leute, bei denen ich das bei nächster Gelegenheit ausprobieren werde.

Tief atme ich durch und konzentriere mich wieder auf das Hier und Jetzt. Es ist ruhig auf dem Friedhof. Die Baumkronen über uns werfen Schatten auf die gekiesten Wege. Nur vereinzelt verirrt sich ein Sonnenstrahl bis zu uns. Die wenigen Besucher schleichen umher, als fürchteten sie, die Toten aufzuwecken. Die Atmosphäre gefällt mir. Alles wirkt so friedlich.

Zum ersten Mal hat mein Bruder mich hierher zum Grab unserer Eltern mitgenommen. Er schlägt mir nie eine Bitte ab. Ich bin ihm dankbar, dass er sich die Zeit genommen hat. Mein Groll über den ungepflegten Stein verpufft. Mein Bruder ist ein vielbeschäftigter Mann, er kann sich nicht um alles kümmern. Und schließlich ist es auch egal, wie so ein Grab aussieht. Was wirklich wichtig ist, sind die Bilder, die man sich bewahrt.

Ich sehe meine Mutter in unserer Küche stehen. Ich sitze am Tisch und schau ihr zu. Wie alt war ich da? Vier? Fünf? Auf jeden Fall noch nicht eingeschult. Sie entkernt Kirschen, die sie auf dem Wochenmarkt gekauft hat. Kirschen sind teuer, erklärt sie mir, aber selbstgemachte Marmelade, darauf möchte sie nicht verzichten. Fast spüre ich den fruchtigen, zuckersüßen Geschmack der Marmelade auf meiner Zunge. Ich habe Mühe, den Speichel zu schlucken.

Sie war der gute Geist im Haus gewesen, nichts brachte sie aus der Ruhe. Streng in der Erziehung, keine Frage, aber immer gerecht. Ich habe sie geliebt, trotz der Tracht Prügel, die sie mir hin und wieder verabreichte.

Wie gerne hätte ich es ihr noch ein einziges Mal gezeigt. Doch sie ist zu früh gegangen, ich hatte keine Chance mehr dazu. Ich tröste mich mit dem Gedanken, dass sie es sicher gespürt hat.

Mein Vater war da von einem ganz anderen Schlag. Nachsichtig bis zum Gehtnichtmehr, alles andere als entschieden. Den Weg, den er uns Kindern vorgab, konnte man selbst mit der besten Landkarte und Kompass nicht finden. Ein lustiger Kauz, ein Lebemann, ein feiner Mensch. Er leitete eine Abteilung in einem Chemieunternehmen. Wie er das geschafft hat, ist mir noch heute ein Rätsel. Organisatorisch war er so talentiert wie ein Elefant beim Rollschuhlaufen. Vermutlich lag es an seiner Ausstrahlung. Stets hatte er ein Lächeln im Gesicht. Man konnte gar nicht anders, als ihn zu mögen. Er hatte das Herz am rechten Fleck. Und genau dort war es dann auch entzweigebrochen, vor fünf Jahren, ein schwerer Herzinfarkt. Sicherlich waren nicht nur die fünfzig Zigaretten am Tag schuld daran gewesen, sondern auch der Gram über mich. Wenn das auch nicht zu beweisen ist, fühle ich mich trotzdem schuldig.

Die Buchstaben und Zahlen auf dem Stein könnten frische Farbe gebrauchen. Vielleicht könnte ich die Pflege ja ab jetzt übernehmen …

Unfug, was für ein absurder Gedanke.

Die Wut kehrt zurück, brandet durch meinen Körper wie Sturmwellen an den Strand. In mir schreit alles nach Rache, nach blutiger Vergeltung. Ich will Schmerzen zufügen, sehen, wie das Leben aus den Augen meiner Opfer entweicht.

Ein Pfarrer würde mir jetzt sicher predigen, dass alles Gottes Vorhersehung ist und ich verzeihen solle. Bestimmt würde er auch darauf rumreiten, dass ich nicht unschuldig an der ganzen Sache sei, und mir so ein schlechtes Gewissen einreden. Er würde darauf hinweisen, dass mir kein Recht auf Rache zusteht. Gott wird schon alles richten und diejenigen bestrafen, die Schuld auf sich genommen haben.

Alles gequirlte Scheiße!

Gott gibt es nicht, davon bin ich fest überzeugt. Jahrelang habe ich ihn gesucht, bin so tief in mich eingedrungen, wie ich konnte. Wenn wir von ihm abstammen, habe ich mir gedacht, dann muss auch etwas in uns von ihm zu finden sein. Zwecklos. Da war nichts. Keine Erkenntnis, die mich begreifen lässt, warum damals alles so schief lief. Und erst recht nichts, was mich milde stimmen, mich verzeihen lassen würde.

Stattdessen habe ich den Teufel entdeckt. Das war nicht so schwer, eigentlich sogar ganz einfach. In jeder Faser, in jeder Körperzelle kann man ihn spüren, wenn man nur wütend genug ist. Lässt man ihm freie Hand, sticht er mit dem Dreizack zu, bohrt die Spitzen schmerzhaft in die Muskeln und trampelt mit seinen Hufen auf den Nerven herum. Man kann dann nur noch an Rache denken.

Ich sehe ihre Gesichter vor mir, als wäre es erst gestern gewesen. Jeden Einzelnen nehme ich mir vor, sobald sich die Gelegenheit bietet. Das hält mich am Leben, dafür kämpfe ich jeden Tag. Ich werde mich an ihrer Angst weiden, ihren Todeskampf genießen.

Es wird kein Erbarmen geben.

8

Zurück in ihrer Wohnung nahm Nina den Brief und humpelte ins Badezimmer. Immer noch ärgerte sie sich über die missglückte Verfolgung. Zu allem Überfluss war sie auf dem Rückweg auch noch in eine Scherbe der zerbrochenen Bierflasche getreten. Sie legte den Umschlag auf den Toilettendeckel, setzte sich auf den Wannenrand und zog die blutverschmierte Socke aus. Unbedingt musste sie daran denken, nachher den Treppenhausboden zu wischen, sonst würde die alte Ziege aus dem Erdgeschoss ihr wieder die Hölle heißmachen.

Die Wunde sah nicht so schlimm aus, wie sie befürchtet hatte, der Schnitt ging nicht tief. Allerdings blutete es immer noch stark. Aber das konnte sie mit Bordmitteln in den Griff bekommen und somit auf einen Krankenhausbesuch verzichten. Sie schnappte sich den Duschkopf und öffnete den Hahn. Das kalte Wasser lief über ihren Fuß und kühlte angenehm. Sinnend sah sie dem verdünnten Blut zu, wie es in einem hellroten Strom zum Ablauf floss und dort gurgelnd in der Unterwelt von Köln verschwand. Das Bild erinnerte sie an ihre »Spiele«.

Furcht grub sich in ihre Eingeweide. Sie wollte sich

nicht damit befassen müssen, nie mehr. Das Verdrängen hatte bis eben wunderbar funktioniert. Und plötzlich war alles wieder da, ausgelöst durch die Nachricht eines Unbekannten.

Wann hatte damals alles begonnen? Irgendwann Mitte 1991? Ja, es war im Sommer gewesen, lange Tage und kurze Nächte. An den genauen Monat konnte Nina sich nicht mehr erinnern. Juli oder August? Auf jeden Fall nach den Sommerferien. Aber alles andere war ihr jetzt wieder so präsent, als ob es erst letzte Woche gewesen wäre. Kurz vorher war die Familie von Mönchengladbach ins Kölner Nobelviertel Marienburg gezogen. Damit hatte sich ihr Vater, ein ehrgeiziger Programmierer, seinen Traum erfüllt: eine Villa mit einem Pool im riesigen Garten. Nicht dass er viel Zeit hatte, sein neues Eigentum zu genießen. Dafür arbeitete er viel zu hart. Aber für ihn war es wichtig, den erlangten Reichtum zu präsentieren. Dafür nahm er in Kauf, dass Nina das Gymnasium wechseln musste. Sie war todunglücklich, weil sie ihren Freundeskreis verlor. Ihr Flehen, mit der Villa bis nach ihrem Abitur zu warten oder zumindest ein Haus in der Nähe von Mönchengladbach zu kaufen, hatte ihr Vater in den Wind geschlagen. Veränderungen, Neuanfänge gehörten im Leben dazu, erklärte er ihr, und je eher man damit umzugehen lernte, desto besser. Was einen nicht tötet, härtet ab, so sein Spruch, der bei Nina noch heute einen Würgereiz hervorrief.

Auf Unterstützung durch ihre Mutter hatte sie nicht rechnen können. Die war froh, endlich dem Reihenhaus in Mönchengladbach entfliehen zu können. In einfachen

Verhältnissen aufgewachsen, liebte sie es, die Grande Dame zu mimen. Mit der Villa bot sich ihr dafür eine ausgezeichnete Bühne. So schnell, wie sie mit Hilfe der Umzugsfirma die Kartons mit dem Hausrat gepackt hatte, konnte Nina nicht einmal ihre Schultasche bestücken. In ihrer Vorfreude auf das neue Heim bemerkte die Mutter nicht, wie unglücklich Nina war.

Oder wollte es nicht bemerken, dachte Nina. Ihre Eltern waren auf einer Art Trip gewesen. Erst Jahre später, als der Crash des Neuen Marktes ihren Vater in ein bodenloses finanzielles Loch stieß, nahmen sie wieder Tuchfühlung mit der Realität auf. Heute lebten sie von einer winzigen Rente in einer Zweizimmerwohnung in Stammheim. Nur selten besuchte Nina ihre Eltern, zu tief saß immer noch der Stachel, den deren Egoismus damals in ihr Herz gebohrt hatte. Die Entscheidung zugunsten der Villa und gegen Ninas Willen hatte sie ihnen nie wirklich verziehen.

Leise summte Nina »3 a.m. eternal« von KLF, damals der Ohrwurm und ihr Favorit in den heißen Wochen …

Sommer 1991

»Du benimmst dich mir gegenüber respektlos.«

Ninas Vater stand breitbeinig und mit einer Kaffeetasse in der zitternden Hand an dem zentralen Arbeitsblock der Küche. »Das geht jetzt schon Tage so. Ich kann mit dir kein normales Wort mehr wechseln. Immerzu ernte ich Widerspruch, Hohn oder Spott.« Sein Augenlid zuckte, ein Zeichen für seine Anspannung. Das Business-Hemd zeigte dunkle Schweißflecken unter den Achseln, die Anzughose war zerknittert. Offensichtlich hatte er wieder die Nacht durchgearbeitet. Seit er sich für die Villa in Köln entschieden hatte, arbeitete er wie ein Verrückter. Er pumpte literweise Kaffee in sich hinein und wurde immer gereizter. War das wirklich der Preis, den er bereit war, für ein Leben im Kölner Luxusviertel zu bezahlen, fragte sich Nina.

»Das geht wirklich nicht, Nina«, ergriff ihre Mutter das Wort. Sie saß Nina gegenüber am Frühstückstisch und schmierte sich seelenruhig Honig aufs Brötchen. Ein zufriedenes Lächeln umspielte ihre Mundwinkel. Gestern Abend war sie mit ihrer neuen Freundin, der Frau eines Bundesligatrainers aus der Nachbarschaft, in der Oper gewesen. Beschwipst und selig war sie gegen ein Uhr in der Nacht nach Hause gekommen und hatte Ninas Vater unüberhörbar in allen Einzelheiten davon berichtet. Ihr Lachen hatte Nina aus dem Schlaf gerissen.

»Was ist daran respektlos, wenn ich meine Meinung sage?«, erwiderte Nina. Trotzig löffelte sie ihren Früchtequark in sich hinein. »Das fordert ihr doch sogar immer von mir.«

»Es geht hier nicht um den Inhalt, sondern die Art und Weise«, echauffierte sich ihr Vater. »Ich bin nicht dein ›Alter‹. Und ich rege mich auf, wann ich möchte.«

Heftig rührte Nina in ihrem Quark. Spritzer flogen aus der Schüssel und auf die Tischdecke. »Offensichtlich.«

Ihr Vater holte tief Luft. »So gehst du auf jeden Fall nicht in die Stadt. Basta!«

»Denk doch mal an die Leute«, versuchte Ninas Mutter

einen versöhnlichen Ton anzuschlagen. »Die denken ja, du hättest ein Gewerbe.« Sie kicherte und zwinkerte Nina verschwörerisch zu.

»O Mann, jetzt macht mal halblang«, stieß Nina ärgerlich aus. »Es ist nur ein Minikleid.«

Ihr Vater schnaubte verächtlich. »Dieses … *Kleid* bedeckt kaum deinen Po. Und dann dieser Ausschnitt!«

»Ich trag doch einen BH.« Nina sah an sich herunter und zupfte den Stoff in Position. Den Ansatz ihres Büstenhalters konnte sie trotzdem nicht verdecken.

»Ja, und das ist ja auch nicht zu übersehen.« Ihr Vater nippte an seinem Kaffee. »Wo hast du den Fetzen überhaupt her?«

Nina ging nicht auf die Frage ein. Es war ein Abschiedsgeschenk ihrer besten Freundin Sarah aus Mönchengladbach. Doch davon musste ihr Vater nichts wissen, sonst würde er nur schlecht über Sarah denken. »Ich bin fast achtzehn, ich kann anziehen, was ich will.« Innerlich freute sie sich darüber, ihren Vater damit provozieren zu können. Sollte er doch auch mal fühlen, wie es ist, wenn sie ihr Ding ohne Rücksicht auf seine Wünsche durchzog.

»Du sagst es – *fast* achtzehn. Und bis dahin sitze ich als dein Erziehungsberechtigter am längeren Hebel. Du ziehst was Anständiges an, ist das klar?« Ihr Vater musterte sie streng.

»Mensch, Alter, jetzt mach mal halblang …«, setzte Nina an. Doch in dem Moment sprang ihr Vater vor, holte aus und gab ihr eine schallende Ohrfeige. Der Kaffee in der Tasse, die er mit der anderen Hand hielt, schwappte über und ergoss sich auf die Fliesen. Ninas Mutter zuckte zusammen, ihr Lächeln erstarb. Ungläubig sah sie von einem zum andern.

Das alles nahm Nina wahr, während es in ihrem Kopf summte und die Scham ihr die Röte ins Gesicht trieb. Noch nie hatte ihr Vater sie geschlagen. Ihre Wange brannte. Fahrig strich sie darüber.

»Lutz!«, rief ihre Mutter aus. »Das geht jetzt aber wirklich zu …«

Nina sprang auf. Ihre Überraschung war einem nie zuvor empfundenen Zorn gewichen. Was bildete sich ihr Vater eigentlich ein? Was gab ihm das Recht, sie zu schlagen? Sie lebten doch nicht mehr im Mittelalter. Noch nie hatte irgendjemand gegen sie die Hand erhoben. Selbst die Schule hatte sie bisher gemeistert, ohne in eine handgreifliche Streiterei verwickelt worden zu sein. Und jetzt das hier. Sie ballte die Fäuste. »Ich denke, eine Entschuldigung wäre jetzt angebracht«, zischte sie wie eine angriffslustige Schlange.

»Sehe ich auch so«, presste er hervor. Seine müden Augen funkelten wütend. »Tu dir keinen Zwang an. Ich höre.«

Nina konnte kaum glauben, was ihr Vater da redete. Erwartete *er* etwa eine Entschuldigung? »Ich soll … Wer hat denn hier wen geprügelt, hä? Wer benimmt sich denn wie ein Assi und prügelt auf Mädchen ein?«

Sie hörte ihre Mutter scharf die Luft einziehen, konzentrierte sich aber weiterhin auf ihren Vater. Sekundenlang hatte sie den Eindruck, er würde ihr noch eine Ohrfeige verabreichen. Dann aber senkte er den Blick, schüttelte den Kopf und stellte die Tasse auf den Tisch. »Ursächlich dafür war dein freches Mundwerk«, entgegnete er. »Du fährst heute nirgendwo hin. Dann hast du Zeit, über alles nachzudenken.« Ohne Ninas Reaktion abzuwarten, verließ er die Küche.

Empört sah Nina ihm nach. Stubenarrest? Hatte ihr Vater das damit gemeint? Seit der Grundschulzeit hatte sie keinen Stubenarrest mehr absitzen müssen, und garantiert würde sie jetzt nicht wieder damit anfangen. Die Zeiten waren ein für alle Mal vorbei. Abrupt stand sie auf, der Stuhl schlitterte über die Fliesen.

Ihre Mutter sah sie eindringlich an. »Besser, du machst, was er sagt.« Sie seufzte. »Dein Vater ist im Moment sehr gestresst. Da weiß man nie, wie die Männer reagieren.«

»Soll das eine Entschuldigung für die Ohrfeige sein?« Anklagend hielt sie ihrer Mutter die immer noch schmerzende Wange entgegen.

»Nein, ganz sicher nicht. Es dient nur als Erklärung. Es wird auch wieder besser werden, das verspreche ich dir. Lass ihn erst richtig Fuß fassen, und reize ihn nicht unnötig.« Sie schüttelte den Kopf. »Und so ganz unschuldig bist du an der ganzen Sache ja auch wirklich nicht.«

»Wieso? Weil ich einen anderen Modegeschmack habe?«

»Weil du rumrennst wie eine Prostituierte und damit provozierst.«

Nina setzte zu einer Verteidigung an. Doch ihre Mutter schnitt ihr mit einer energischen Handbewegung das Wort ab. »Schluss jetzt, keine weitere Diskussion. Du bleibst hier.«

Wütend stapfte Nina aus der Küche.

Am späten Nachmittag lag Nina auf ihrem Bett und betrachtete die Zimmerdecke. Sie hatte versucht, sich mit Lesen abzulenken. Sarah hatte sie nicht erreichen können, um ihr ihr Leid zu klagen. Die war mit ihren Freundinnen unterwegs, wie Sarahs Bruder am Telefon berichtet hatte. Mit genau den Freundinnen, die Nina so sehr in ihrer neuen Heimat vermisste. Sie stellte sich vor, wie sie lachend durch die Straßen zogen, sich gegenseitig Klamotten aussuchten und Kaufempfehlungen abgaben, zum Abschluss ein Menü in einem Fastfood-Tempel vertilgten und abends glücklich und zufrieden bei jemandem im Garten rumalberten. All das war so weit entfernt, Sarah, die anderen und das unbeschwerte Leben. Zwangsweise eingetauscht gegen einen Ort, an dem sie sich vollkommen fremd, einsam und unerwünscht fühlte.

Nina ballte die Fäuste und blinzelte Tränen weg. Normalerweise beruhigte sie sich nach einem Streit recht schnell wieder. Doch heute kochte es in ihr. Sie fühlte sich ungerecht behandelt, verletzt und allein gelassen. Sie schlug mit der Faust auf die Bettdecke.

Es klopfte. Die Tür ging einen Spaltbreit auf, und das Gesicht ihrer Mutter erschien. »Wir wollen zu Oma. Möchtest du mit?«

Ninas Großmutter lebte in einer Seniorenresidenz in Mönchengladbach. Nina mochte sie sehr und besuchte sie gern. Doch im Altenheim fühlte Nina sich nicht wohl. Der Geruch nach Reinigungsmittel und Kantinenessen, dazu die vielen alten Menschen, die nur noch auf den Tod zu warten schienen, das schnürte ihr die Kehle zu. Sie schüttelte den Kopf, ohne ihre Mutter anzuschauen.

»Wie du willst. Ich werde Oma schöne Grüße von dir ausrichten«, sagte sie und schloss die Tür hinter sich. Kurz darauf hörte sie den BMW ihres Vaters davonrauschen.

Stille breitete sich im Haus aus. Keine zuschlagenden Türen mehr, keine Toilettenspülungen, keine Musik aus dem Wohnzimmer. Für mindestens drei Stunden würde es auch so bleiben.

Sie war allein.

Unbeobachtet.

Plötzlich verspürte sie den ungestümen Drang, ihrer aufgestauten Wut ein Ventil zu verschaffen. Sie setzte sich auf die Bettkante. Wenn sie schon einen ungerechten Stubenarrest absitzen musste, dann wollte sie selbst für die Rechtfertigung sorgen. Quasi die Tat für die Strafe nachholen. Das war zwar Unsinn, doch es fühlte sich trotzdem gut an.

Sie ging in das Arbeitszimmer ihres Vaters. Ein moderner Schreibtisch stand seitlich zum Fenster. Hinter der Fensterscheibe breitete sich der riesige Garten mit schattenspendenden Laubbäumen aus, die sich in der Wasseroberfläche des Pools spiegelten. Unter einem Ahorn stand eine zum Faulenzen einladende Sitzgruppe. Bisher hatte die Familie es nicht geschafft, dort auch nur eine Stunde zu verbringen. Verächtlich lachte Nina. Was für ein tolles neues Leben. Gemeinsame Zeit schien darin keinen Platz mehr zu haben.

Sie sah sich um. Ihr Vater liebte es aufgeräumt und puristisch. Daher hatte er alles ordentlich in den Schränken verstaut. An den Wänden hingen eingerahmte, mit verschnörkelter Schrift beschriebene Aktien von bekannten Firmen. Die wenigsten besaßen noch einen Wert, doch ihr Vater liebte es, sie zu sammeln. Ein Ausdruck mit einem Programmcode lag auf dem Tisch. Der neue PC mit dem Logo des angebissenen Apfels, auf den er so stolz war, summte im Leerlauf. Sie trat näher und untersuchte das Gerät. Konnte man es zerstören, ohne dass es auffiel? Vielleicht ein Glas Wasser hineinkippen? Oder einfach den Stecker ziehen? Sie hob den Computer an. Sie zögerte, doch dann stellte sie ihn wieder ab. Fallen lassen wäre zu auffällig. »Scheißidee«, murmelte sie und verließ den Raum. Im Flur hörte sie das nervende Lachen des Beos aus dem Wintergarten. Sie stoppte. Vaters Liebling. Sie dagegen konnte den Vogel nicht leiden. Er erzeugte einen Lärm, der ihr in den Zähnen schmerzte. Bis zu ihrem Umzug hatte die fast deckenhohe Voliere im Arbeitszimmer gestanden. Dort hatte ihr Vater dem Vogel, der ein geradezu unheimliches Sprachtalent besaß, allerlei Unfug eingetrichtert. So auch das Lachen, das der Beo jetzt in unregelmäßigen Abständen ausstieß.

Sie würde das Vieh nicht vermissen.

Ihr Vater schon.

Sicher wäre er sehr traurig über den Verlust.

Wie von einem Magnet angezogen, setzte sie einen Fuß vor den anderen. Adrenalin pulsierte durch ihren Körper. Ihr Blick war starr auf die Voliere gerichtet – die messingfarbenen Stäbe, die Bodenwanne aus Aluminium. Der Vogel saß mit geneigtem Kopf auf einer der Stangen und schien sie höhnisch zu mustern. Das schwarze Gefieder glänzte wie feucht, der orangefarbene Schnabel und die gelb untermalten Augen stachen daraus grell hervor. Er öffnete den Schnabel und lachte hell, fast kreischend.

Durch Ninas Backenzähne schossen Stiche, die ihre Wut neu entfachten. Niemand sollte ihr mehr Schmerzen zufügen, auch so ein kleiner Scheißvogel nicht. Kurz überlegte sie, den Käfig zu öffnen und dem Beo die Freiheit zu schenken. Aber was war, wenn er sich nur ein paar Meter entfernen würde, um am Abend den Rückflug zu seinem angestammten Platz anzutreten? Das war nicht ganz ausgeschlossen. Er schien über eine gewisse Intelligenz zu verfügen. Gut vorstellbar, dass er das behütete Leben mit den regelmäßigen Fütterungen nicht gegen die Freiheit eintauschen wollte. Davon abgesehen musste ihr Vater stutzig werden, wenn der Vogel einfach so fort wäre. Ohne Fluchthilfe konnte der Beo schließlich nicht abhauen.

Nein. Es musste die ultimative Lösung sein, denn sie wollte ihren Vater für die Demütigung büßen lassen, die sie heute hatte ertragen müssen.

Dafür gab es nur eine Möglichkeit.

Entschlossen ging sie es an …

Irritiert blickte Nina auf den Duschkopf in ihrer Hand. Sie fror. Wie lange hatte sie hier auf dem Wannenrand gesessen und das kalte Wasser über den verletzten Fuß laufen lassen, der sich inzwischen anfühlte wie ein Eiszapfen? Der Blutstrom war längst versiegt.

Hastig drehte sie das Wasser ab und inspizierte ihre Wunde. Harmlos, damit würde sie sich nicht lange rumärgern müssen. Sie stand auf, belastete dabei überwiegend ihren gesunden Fuß und griff sich aus dem Alibert das Jodspray.

»Jetzt tapfer sein«, murmelte sie und sprühte. Der Schmerz war auszuhalten, nicht so schlimm, wie sie erwartet hatte.

Nachdem sie noch ein breites Pflaster auf die Wunde geklebt hatte, nahm sie den Brief und setzte sich auf den Klodeckel. Sie riss den Umschlag an der Ecke auf und fuhr mit dem Zeigefinger den Falz entlang. Mit einem Ratsch teilte sich das Papier und gab den Inhalt frei. Sie fischte den Bogen Papier heraus und öffnete ihn. Etwas plumpste heraus und fiel in ihren Schoß.

Als sie erkannte, um was es sich handelte, gefror ihr das Blut in den Adern.

9

1991

Tim Jäger drückte das Fernglas an die Augen. Langsam ließ er den Blick über das Nachbarhaus gleiten, eine schmucke Villa mit riesigem Garten, in dem man herrliche Sommerfeste feiern könnte. Oder eine berauschende Poolparty. Doch daran schienen die neuen Nachbarn kein Interesse zu haben. Nur selten sah man sie hinter dem Haus. Wenn sie mal auftauchten, dann nur, um Müll zu entsorgen oder eine Zigarette zu rauchen.

»Vampire«, murmelte Tim und kicherte. »Lichtscheue Gestalten, direkt aus Transsilvanien angereist, um in Köln ihr Unwesen zu treiben.« Ein angenehmes Kribbeln breitete sich in seiner Magengrube aus. Ein Vampir, das hätte was, das wäre er auch gerne. Dann könnte er nachts als Fledermaus rüberfliegen und die süße Kleine von nebenan heimlich beobachten. Oder als Graf Dracula mit den langen scharfen Eckzähnen über ihren makellos weißen Hals streichen, die Halsschlagader ritzen und ihr Blut saugen, während er gleichzeitig ihre zarten Brüste unter ihrem seidigen Nachthemd streichelte. Irgendwann wäre sie dann seine Geliebte, unsterblich wie er selbst, auf ewig vereint. Gemeinsam würden sie durch die Nächte streifen, sich Opfer aussuchen und sie quälend langsam aussaugen, bis diese mit angstgeweiteten Augen schlaff in ihren Armen hingen.

Tim spürte, wie es in seiner Hose eng wurde. Er überlegte, ob er mal rasch zur Toilette verschwinden sollte. Doch er wollte den Platz am Fenster nicht verlassen, bevor er sie nicht zumindest einmal gesehen hatte. Er richtete den Blick auf das Fenster ihres Zimmers, suchte nach ihren blonden Haaren, die im Sonnenlicht rot schimmerten. Heute hatte sie Stunden auf dem Bett gelegen. Sie schien wütend zu sein, irgendetwas schien vorgefallen zu sein. Vor zwanzig Minuten waren ihre Eltern davongefahren.

Sturmfreie Bude.

Vielleicht sollte er einfach rübergehen und sich vorstellen. Wieder kicherte er. Vor seinem geistigen Auge sah er, wie sie über ihn herfiel, ihn zum Sofa zerrte und sich rittlings auf seinen Steifen setzte. Dann könnte er sich den Gang zur Toilette natürlich ersparen.

Sehnsüchtig seufzte er, die Wirklichkeit war immer ernüchternd. Bis es zwischen ihnen so weit wäre, würde es wohl noch eine Weile dauern.

Sie hieß Nina, das wusste er. Wie er besuchte sie das Erzbistümliche Irmgardis-Gymnasium in Bayenthal, fußläufig nicht weit entfernt. Sie war im gleichen Mathekurs wie er. Aber bisher hatte sich keine Gelegenheit ergeben, sie anzusprechen. Wenn er ehrlich zu sich war, dann hatte es ihm einfach an Schneid gefehlt. Und jetzt war es nicht anders. So verlockend der Gedanke auch war, an ihrer Haustür zu schellen und ein lässig-lockeres Gespräch zu beginnen, so sehr fürchtete er sich, kein Wort herauszubekommen.

Eine Bewegung im Wintergarten erregte seine Aufmerksamkeit. Sein Herz schlug schneller. Da stand sie, Nina, das Objekt seiner feuchten Träume. Ihre langen blonden Haare fielen ihr seidig über die Schultern. Sie trug eine eng anliegende Caprihose, in der sich ihr Hintern verführerisch abzeichnete. Ob sie ein Höschen trug?, fragte sich Tim. Ja, garantiert, sie war ja keine Schlampe. Aber dann bestimmt ein schmales, schlichtes, ohne Schnickschnack dran, mit dem warm-herben Geruch ihrer Muschi im Stoff.

Tim wurde es heiß. Er zog am Kragen seines T-Shirts, ohne den Blick von Nina abzuwenden. Die stand jetzt ein wenig seitlich vor dem Vogelkäfig mit der widerlichen Krähe, oder was immer das für ein Vieh war. In der linken Hand hielt sie eine Plastiktüte. Was wollte sie denn damit? Sie öffnete den Käfig und hielt ihren rechten Arm vor die Öffnung. Der Vogel legte den Kopf schief, als überlegte er, was Nina vorhatte. Dann trippelte er ein paar Schritte auf der Stange, klammerte sich mit dem Schnabel an einen Gitterstab und schwang sich raus auf ihren Arm. Ein schöner Anblick, fand Tim. Wie eine Amazone mit einem Falken. Gleich würde sich der Vogel anmutig in die Luft erheben, auf Jagd gehen und später mit einer fetten Beute … Moment! Was war denn da los? Tim hielt den Atem an. Mit einer raschen und schwungvollen Bewegung hatte Nina dem Vogel die Tüte übergestreift. Jetzt zappelte der wild darin, beulte von innen das Plastik aus. Energisch hielt Nina die Öffnung zu. Ein höhnisches Grinsen umspielte ihre Mundwinkel, kalt blitzten ihre Augen auf. Tim meinte, das Kreischen des panischen Vogels bis in sein Zimmer hören zu können. Spielten ihm seine Sinne einen Streich? Er setzte das Fernglas ab und starrte hinüber. Nein, auch ohne Glas sah er sie dort im Wintergarten stehen. Er setzte das Glas wieder an. Keine Sekunde wollte er verpassen. Die nächsten zwei Minuten stand Nina seelenruhig mit der Tüte in der Hand da. Die Bewegungen des Vogels wurden schwächer, ihm ging offensichtlich der Sauerstoff aus. Weitere fünf Minuten dauerte es, bis sich in der Tüte nichts mehr rührte. Doch Nina schien auf Nummer sicher gehen zu wollen. Kaltblütig wartete sie noch weitere fünf Minuten, erst dann öffnete sie die Plastiktüte und schaute hinein. Was sie sah, schien ihr zu gefallen. Sie lachte.

Sieh an, was für ein kleines Miststück, dachte Tim. Er verfolgte, wie sie den Vogel vorsichtig auf dem Boden der Voliere ablegte, den Käfig schloss und dann den Wintergarten verließ. Kurz darauf sah er sie in ihrem Zimmer auftauchen. Mit einem Sprung, der einem athletischen Hochspringer alle Ehre gemacht hätte, warf sie sich rücklings aufs Bett und verschränkte die Arme unter dem Hinterkopf.

Tim hatte genug gesehen. Er legte das Fernglas auf die Kommode neben dem Fenster, drehte sich um und rannte zur Toilette.

So was Scharfes hatte er noch nie gesehen.

Seine Amazone war eine kaltblütige Killerin.

10

Das gebrochene Handgelenk pochte boshaft. Inzwischen war es derart angeschwollen, dass die Handschelle tief ins Fleisch schnitt. Die Finger konnte von Stollwerk nicht mehr bewegen. Sie glichen fleischigen Bockwürsten in siedend heißem Wasser. Jede Sekunde erwartete er, die Haut würde aufplatzen.

Dabei hatte er in den letzten Stunden sein Gewicht so weit wie möglich auf den gesunden Arm verlagert. Inzwischen zuckten die verhärteten Muskeln unkontrolliert. Ein Krampf war nicht mehr weit entfernt, lange konnte er die Position nicht mehr ertragen. Mögliche Folgen mochte er sich gar nicht vorstellen. Vermutlich würden ihm die Schmerzen die Sinne rauben, sobald sich das Körpergewicht auf das verletzte Handgelenk verlagerte.

Um ihn herum schwand das schummrige Licht. Die Fugen des Mauerwerks lösten sich im Grau der Steine auf, selbst das schwache Grün der wenigen Flechten verlor an Farbe. Offensichtlich setzte die Dämmerung ein.

Einen ganzen Tag in den Händen des Entführers. Wie viele würden noch folgen? Wie lange hielt sein Körper die Strapazen aus, die Eiseskälte an den Zehen, das Hängen mit gebrochenem Handgelenk? Außerdem quälte ihn der Durst. Der Regen hatte aufgehört. Seine Kehle brannte, die pelzige Zunge lag wie ein Fremdkörper in der Mundhöhle. Wütend grunzte von Stollwerk und biss sich auf die Unterlippe, bis er den eisernen Geschmack von Blut schmeckte. Da hing er mit den Füßen im Wasser, hatte aber keine Chance, auch nur eine Handvoll zu schöpfen, um zu trinken. Eine makabre Art von Wasserfolter.

Welches Schwein tat ihm das bloß an? Und warum? Diese Fragen hatte er sich in den letzten Stunden nicht nur einmal gestellt. Dabei war er immer wieder bei seiner Exfrau hängen geblieben. Sie hätte einen Grund zur Rache. Die Scheidung war eine frustrierende Schlammschlacht für beide Seiten gewesen. Ihre Forderung, dass er seinen Geburtsnamen wieder annahm, hatte er kategorisch abgelehnt. In seiner Branche war ein »von«-Titel Gold wert. Auch der Rest war ein Tauziehen gewesen, um das Haus in Schwabing, um die Sportwagensammlung, einfach um jeden Cent. Am Ende hatte er den Platz als Sieger verlassen. Er hatte seine Beziehungen spielen lassen und vor illegalen Methoden nicht zurückgeschreckt. Anonyme Anrufe in der Nacht und ein Stalker, das kochte selbst die rabiateste Frauenseele weich. Frisierte Geschäftsunterlagen, das Kapital im Ausland, so blieb am Ende kaum etwas zum Teilen übrig. Nur gut, dass ihre dreijährige Ehe kinderlos geblieben war. Denn Unterhalt für ein Gör, das er bestenfalls am Wochenende zu Gesicht bekam, hätte er nicht zahlen wollen. Und sich als alleinerziehender Vater um ein Kind zu kümmern, dazu fehlte ihm die Zeit. Die Praxis boomte wie die Börsenkurse bei einer Hausse. Inzwischen operierte er wie am Fließband, sechs Tage die Woche. Er liebte seinen Beruf. Ein Chirurg war ein Feinmechaniker am menschlichen Körper. Mit dem Laser, mit Skalpell, Nadel und Faden formte er perfekte Konturen. Ganz klar: Er war ein Meister seines Fachs und spielte in der obersten Liga mit.

Aber Geld allein machte auch ihn nicht glücklich. Es ging ihm auch um Macht. Stumm genoss er das Leid und die Schmerzen seiner Patienten, blickte in die geschwollenen Gesichter oder hörte ihr Jammern, wenn die aufgemotzten Silikontitten spannten. Bei seinen Lieblingspatienten verzögerte er geschickt die Heilung. Wenn sie heulend um Linderung baten, ihn anflehten zu helfen, dann spürte und genoss er seine Macht.

Also eher ein ehemaliger Patient statt seiner Exfrau? Er konnte sich nicht vorstellen, dass die Entführung auf ihrem Mist gewachsen war. Die konnte noch nicht mal einer Stubenfliege etwas zuleide tun. Hinzu kam, dass sie seit letztem Jahr mit ihrem zweiten Mann in Norwegen lebte. Goodbye Deutschland. Ein Kind sollte auch schon unterwegs sein, daher würde sie sich nicht der Gefahr aussetzen, aus Rache ihr neues Leben aufs Spiel zu setzen.

Aber wer konnte sich sonst an ihm rächen wollen?

Von Stollwerks Oberarmmuskel flatterte und verkrampfte sich. »Scheiße«, zischte er zwischen zusammengebissenen Zähnen. Er spürte, wie sich das Gewicht auf den Bruch verlagerte. Die Schmerzen brandeten den Arm hinauf. Nach einer gefühlten Ewigkeit verschwand der Krampf, rasch entlastete er die gebrochene Hand.

Stöhnend atmete er durch. Trotz der Kühle rannen ihm

Schweißperlen über die Stirn. Was um Gottes willen bezweckte der Wahnsinnige damit, ihn hier festzuhalten, nackt in einem dreckigen Brunnenschacht? Wollte er ihn weichkochen und gefügig machen? Dann könnte er jetzt damit aufhören. Von Stollwerk hätte alles hergegeben, um aus dem Loch zu entkommen, inklusive die gebrochene Hand. Die würde er eigenhändig abschneiden, um die Schmerzen loszuwerden.

Ein Geräusch drang dumpf zu ihm in den Schacht.

Von Stollwerk legte den Kopf in den Nacken und horchte. Ein Motor? Das Brummen. Ja, keine Frage, ein Fahrzeug. Hoffnung keimte in ihm auf. Seit Stunden hatte er außer dem steten Tropfen von Wasser nichts gehört. Vermutlich hing er irgendwo in der Pampa, weitab jeglicher Zivilisation. Und jetzt das. Hoffentlich fuhr der Fahrer nicht vorbei.

Sollte er rufen? Auch auf die Gefahr hin, mit einem weiteren Stromschlag gefoltert zu werden? Wie groß war die Chance, dass der Fahrzeugführer ihn hörte?

Plötzlich wurde es still. Von Stollwerks Herz schlug hart gegen sein Brustbein. Sehnsüchtig sah er nach oben und hoffte den Schatten eines Helfers zu sehen, der sich gegen den dämmrigen Himmel abhob. Mein Gott, er *musste* rufen. Das hier war die Chance, dem Martyrium zu entkommen.

Ein anderer Gedanke drängte sich in sein Bewusstsein und zerstörte den Silberstreif am Horizont. Viel wahrscheinlicher war es doch, dass sein Kerkermeister dort oben stand.

Aber was, wenn nicht?

Es könnte auch ein Pärchen auf der Suche nach einem Liebesnest sein. Oder ein Förster, der routinemäßig den Wald beging? Ein Wanderer, der in der Dämmerung Fledermäuse beobachten wollte?

Von Stollwerks Gedanken drehten sich im Kreis.

Es ist der Kidnapper.

Schrei!

Es ist doch zwecklos. Er verhöhnt mich doch nur.

Schrei!

Der Stromschlag, ich habe Angst.

Schrei! Du hast nur diese Chance.

Meine Muskeln. Der Strom, die Schmerzen, ich kann mich dann nicht mehr halten.

Schrei, verdammt!

Von Stollwerk schrie.

11

Mit spitzen Fingern nahm Nina den Gegenstand von ihrem Schoß. Vor ihren Augen drehte sie ihn hin und her. Das konnte nicht sein, nein, unmöglich. Mit der freien Hand wischte sie sich über die Augen. Es konnte nur ein Traum sein. Ein böser Scherz. Ein Zufall. Doch an Zufälle glaubte sie nicht. Sie sah genauer hin. Der Knochen in ihrer Hand maß knapp fünf Zentimeter in der Länge, war dunkel verfärbt und leicht gebogen.

Eine Katzenrippe.

Nicht irgendeiner Katze.

Auf dem Gymnasium war Biologie ihr bestes Fach gewesen. Vor allem Anatomie hatte sie immer fasziniert. Noch heute sah sie sich im Internet zur Entspannung Skelette aller möglichen Lebensformen an. Was die Natur im Laufe der Evolution hervorgezaubert hatte, war einfach unglaublich. Kein menschlicher Erfindergeist kam dem gleich.

Sie legte den Knochen auf den Wannenrand und faltete den Brief auseinander. Dieselbe Handschrift wie beim letzten Mal. Drei kurze Zeilen:

Dorfkrone
54649 Mauel
27. Juni 15 Uhr

Die Dorfkrone war offensichtlich ein Gasthof, und nach der Postleitzahl zu urteilen nicht allzu weit entfernt. Der 27. war morgen. War das alles? Sie wendete das Papier, dort stand nichts weiter.

Nina senkte den Brief. Sie hatte morgen ein Blind Date. So weit, so gut. Aber warum? Was sollte dort geschehen? Wen würde sie dort antreffen? Lief das Ganze auf eine Erpressung hinaus? Sollten die merkwürdigen Nachrichten sie verängstigen, sie gefügig machen? Was geschah, wenn sie morgen nicht dort hinführe?

Ninas Gedanken fuhren Karussell und schienen den ganzen Körper mitdrehen zu wollen. Sie schnaufte durch, schüttelte den Kopf. »Immer mit der Ruhe und einer Zigarre von Löhndorf«, rezitierte sie einen Spruch ihres Urkölner Opas, der damit versucht hatte, den Wildfang von Enkelin zu bändigen. Damals hatte sie nicht verstanden, warum die Zigarre gerade von dort kommen musste. Kuba, ja, davon hatte sie gehört, aber Löhndorf? Später hatte der Opa ihr erklärt, dass es ein Werbespruch eines alteingesessenen Kölner Tabakgeschäftes aus den fünfziger Jahren gewesen war.

»Komm erst mal runter«, murmelte sie jetzt. Sie konzentrierte sich auf ihren Puls, atmete gezielt ein und aus. Dabei versuchte sie, an nichts anderes zu denken. Tatsächlich spürte sie, dass ihre Panik abebbte. Sie schnappte sich den Brief und den Knochen und humpelte ins Arbeitszimmer. Dort ließ sie sich auf ihren Schreibtischstuhl fallen und öffnete den Webbrowser. Im Suchfeld gab sie die Adresse des Gasthofs ein. Kurz darauf baute sich eine Satellitenkarte auf dem Schirm auf, ein virtueller Pin markierte den gesuchten Ort. Mauel lag von Köln aus gesehen hinter Prüm, somit in der tiefsten Eifel. Ein Nest mit vielleicht zwanzig, dreißig Häusern, schätzte sie.

Am Arsch der Welt.

Aber immerhin gut zu erreichen, etwa hundertzwanzig Kilometer entfernt. Bei gemütlicher Fahrt konnte sie die Strecke in knapp zwei Stunden zurücklegen. Ihr kam ein Gedanke. Was, wenn das Ganze gar keine Drohung war, sondern so etwas wie ein Klassentreffen? Ein Wiedersehen mit der Clique? Der Gedanke entlastete ihre überspannten Nerven, eine Bedrohung schien ihr plötzlich weniger real. Nun gut, für einen Spaß war das Ganze ziemlich makaber aufgezogen. Aber vielleicht wollte jemand nur die Spannung steigern und einen Nervenkitzel wie in alten Tagen erzeugen. Tim wäre der Typ dafür. Sie stellte sich vor, wie er gerade mit seinem Kapuzenshirt zu Hause saß und sich ins Fäustchen lachte.

Wie von selbst flogen ihre Finger über die Tastatur und gaben Tims vollständigen Namen in die Suchmaschine ein. Das Ergebnis waren mehr als zwei Millionen Treffer. Sie setzte den Namen in Anführungszeichen und suchte erneut. Es blieben immer noch über zweiundzwanzigtausend Seiten. Sie klickte auf »Bilder« und sah sich eins nach dem anderen an. Auf einem meinte sie Tim wiederzuerkennen und vergrößerte es. Ja, ohne Zweifel, sein

Alter war ihm kaum anzumerken, er wirkte immer noch jung und dynamisch. Nur die dezenten Geheimratsecken zeugten davon, dass es sich hier nicht mehr um einen Teenager handelte, sondern um einen Mann, der knapp über vierzig war. Das Bild führte sie auf die Seite einer Werbeagentur in Leverkusen. Tim schien der Geschäftsführer zu sein. Zu den Kunden gehörten namhafte Firmen, wie zum Beispiel die Automarke mit dem Stern und die in der Stadt ansässige Chemiefabrik.

Wenn Tim wirklich dahintersteckte, würde sie ihm morgen ordentlich die Leviten lesen. Doch was war, wenn es sich nicht um einen Spaß handelte? Wenn eine echte Bedrohung vorlag, wenn jemand versuchte, ihr Leben aus der Bahn zu werfen? Damit musste sie sich auseinandersetzen. Sie musste mehr in Erfahrung bringen, sie musste etwas unternehmen, musste dem Unbekannten einen Schritt voraus sein.

Sie blickte auf ein Foto von Tim. Er schien eine steile Karriere hingelegt zu haben. Könnte er interessiert sein, die Clique auffliegen zu lassen? Nein, entschied sie. Dafür hatte er zu viel zu verlieren.

Aber was war aus den anderen geworden?

Mit flirrenden Nerven suchte sie nach Informationen über Steff, kombinierte auch hier Vorname und Nachname. Was wohl aus ihm geworden war? Das Suchergebnis blitzte auf dem Schirm auf. Sie wechselte zu den gefundenen Bildern. Auf einem Foto erkannte sie ihn. Ihr Herz schlug schneller. Er sah immer noch gut aus. Sie wechselte zu der Homepage, auf der das Bild eingestellt wurde. Sie überflog die Internetseite, ein tagebuchähnlicher Bericht über die Abschlussfahrt von Studenten, etwa zwölf Jahre her. Sie suchte weiter, doch viel fand sie nicht mehr. Nur ein Foto noch, das Nina kaum ansehen konnte. Sie spürte einen eifersüchtigen Stich. Steff stand in einem feinen Anzug an der Seite einer jungen, überaus attraktiven Frau. Leider gab der dazugehörige Bericht nicht viel her. Steff hatte offensichtlich vor vier Jahren viel Geld für ein Kinderheim in Rumänien gespendet und wurde dafür vor Ort geehrt. Leider wurde der Name der Frau nicht genannt.

Ob sie zu ihm gehört?, fragte sich Nina. Vielleicht hatte sie auch nur die Rede gehalten. Oder war die Moderatorin gewesen. Sie atmete durch. Wie auch immer schien Steff gut betucht zu sein. Die Spende war fünfstellig gewesen.

Die nächsten zwei Stunden verbrachte sie damit, dem Internet Informationen über die Mitglieder der Clique zu entlocken.

Mike, der Bulldozer »Bud Spencer«, hatte es zum Bürgermeister in einem Ort im Sauerland gebracht. Es gab etliche Fotos von ihm mit prominenten Politikern. In aktuellen Meldungen wurde gemutmaßt, dass Mike sich auf dem besten Weg nach Berlin befand. Offensichtlich plante er sein Karriereende nicht im Sauerland.

Rike war eine erfolgreiche Schauspielerin. Frederike Lojewski. Das hatte Nina bereits gewusst. Sie hatte sie schon oft zufällig in irgendwelchen Fernsehfilmen gesehen.

Fabian besaß eine Firma, die Solarzellen produzierte. Als Umweltaktivist lag er häufig im Clinch mit Firmen, die es mit der Nachhaltigkeit nicht so ernst nahmen. Glaubte man diversen Nachrichtenmeldungen, ging er dabei nicht zimperlich vor. Nina fand sogar ein Bild: Fabian an eine Eisenbahnweiche gekettet, hinter ihm ragte ein Castor-Behälter auf.

Keine Frage, sie alle konnten nur verlieren, sollte ihr Geheimnis herauskommen.

Nur über Jana fand Nina nichts. War das ein Zeichen? Steckte hinter dem Ganzen etwa die pummelige Jana mit ihren unschuldigen Kulleraugen?

Nina zog die Beine auf den Stuhl und umklammerte die Knie mit den Armen.

Sie stellte sich Jana als eine frustrierte geschiedene Frau vor. Vermutlich gab es keine Kinder, obwohl Janas Herz danach geschrien hatte.

Kein Mann.

Keine Kinder.

Keine Freunde?

Möglicherweise macht Jana die Geschehnisse von damals für ihr verkorkstes Leben verantwortlich. Forscht in ihrem Frust nach, wie es den anderen ergangen ist, um festzustellen, dass alle Mitglieder der Gruppe ein Leben auf der Überholspur führen.

In Jana brodelt der Neid.

Warum ist nur sie die Verliererin?

Das ist nicht fair!

Janas Wut transformiert sich in einen alles verzehrenden Zorn, und sie beschließt, die anderen von ihrem Erfolgskurs abzubringen.

Erschöpft schüttelte Nina den Kopf. Die Hypothese

sah nur auf den ersten Blick logisch aus. Sah man näher hin, fiel alles wie ein Kartenhaus in sich zusammen.

Jana hätte einfach mit dem Geheimnis an die Öffentlichkeit gehen können. Eine Einladung in die »Sackeifel« wäre dafür wirklich nicht nötig gewesen.

Nina seufzte. Diese Grübelei machte sie fertig. Müde starrte sie aus dem Fenster. In den Wohnzimmern im Block gegenüber flackerten Fernsehbildschirme. Irgendwo übte ein Klavierspieler. Weich und zart flogen die Töne durch die Nacht, schmeichelten sich ins Ohr. Ein Pärchen saß auf dem Balkon, Kerzenlicht tauchte ihre Gesichtszüge in ein warmes Licht. Wie gerne hätte Nina jetzt mit dem Pärchen oder dem Musiker getauscht. Am Morgen war ihre Welt noch in Ordnung gewesen. Wie schnell sich das ändern konnte, hatte sie heute erfahren.

Und wenn der Knochen doch nicht von ihren Katzen stammen sollte und das nur ein blöder Zufall war? Einen Moment zögerte sie, dann hatte sie eine Entscheidung getroffen.

Nina stand auf und ging ins Wohnzimmer. Im Schrank fand sie den Whisky, den sie dort als Weihnachtsgeschenk für ihren Vater eingelagert hatte. Entschlossen drehte sie den Verschluss auf und kippte sich zwei Fingerbreit ins Glas. In einem Schluck stürzte sie den Drink hinunter. Mild kribbelte der Alkohol in ihrem Magen, fast augenblicklich spürte sie einen leichten Schwindel, und die Anspannung ließ ein wenig nach.

»Gar nicht mal so schlecht«, murmelte sie und ließ sich mit der Flasche und dem Glas auf das Sofa fallen. Einen

Schluck konnte sie sich noch gönnen, dann würde sie versuchen zu schlafen. Morgen musste sie früh raus. Der Spaten fiel ihr ein. Stand der im Keller? Wenn nicht, musste sie einen im Baumarkt besorgen, wollte sie nicht mit bloßen Händen graben.

12

Meine Fantasie kennt keine Grenzen. Die abenteuerlichsten Dinge kann ich mir vorstellen. Ob als Astronaut, der Aliens abwehrt, oder als Pirat, der ein Schiff kapert, alles läuft bei mir wie ein Kinofilm im Kopf ab.

Am liebsten bin ich ein Werwolf. Wenn der Vollmond in mein Zimmer scheint, verwandele ich mich in das Monster. Ich spüre das Reißen in den Knochen, die Verformungen, das Spannen der Haut und das Kitzeln der wachsenden Haare. Fasziniert starre ich auf meine Fingernägel, die sich in scharfe Krallen verwandeln, bereit, meine Opfer aufzuschlitzen. Die anschwellende Oberschenkelmuskulatur sprengt meine Hose, die Nähte krachen. Über meiner Brust spannt sich das Hemd, Knöpfe platzen ab und landen klackernd im Waschbecken. Mein sensibler Hörsinn nimmt es wie ein Poltern wahr. Ich schnuppere und rieche meinen Schweiß, die Blumen auf der Fensterbank in der Küche, den Urinstein im Klo und tausend andere Duftaromen.

Ein Blick in den Spiegel. Die Reißzähne sind bereit, die Opfer zu zerstückeln. Ich fühle mich unbesiegbar, unverletzlich und hemmungslos. Bereit zur Jagd, öffne ich das

Fenster. Mühelos hechte ich hinaus und lande auf allen vieren. Gierig nach Blut streife ich durch die Nacht, nutze jeden Schatten, um nicht gesehen zu werden. Ich greife nicht wahllos jemanden aus der Menge, sondern verfolge gezielt die Spuren. Ein herrenloser Hund knurrt mich an. Ohne Vorwarnung schlitze ich ihm mit meinen Krallen die Kehle auf. Einfach so, weil ich der Stärkere bin. Winselnd bricht er zusammen, zuckt einige Male, bis er regungslos in einer Blutlache liegen bleibt. Der süßliche Geruch mit einem Hauch von Eisen macht mich rasend. Ich sprinte los, meine Lunge ist wie ein riesiger Blasebalg, der mich mit Sauerstoff …

»Ich mache mir wirklich Sorgen.«

Einige Sekunden bin ich noch ein Werwolf, irritiert schaue ich auf. Woher kam die Stimme? Ich hebe meine Klauen, bereit, meine Krallen erneut zu benutzen.

»Über das, was du mir letztens gebeichtet hast.«

Ich schüttele meinen Tagtraum ab und komme zurück in die Wirklichkeit. Mein Bruder sitzt vor mir. Auf seiner Stirn eine steile Falte. Er macht sich Sorgen? Um mich? Ich habe mich seit Jahren nicht mehr so gut gefühlt. Endlich habe ich jemanden, mit dem ich mich austauschen kann, jemanden, der mich versteht. Und er macht sich Sorgen? Warum?

»Na ja, also … dein Wunsch nach Rache.« Mein Bruder fährt sich mit den Fingern verlegen durch die Haare. »Das macht dich kaputt, frisst dich innerlich auf. Glaub mir.« Er stochert mit der Gabel in seinem Kuchenstück herum. Krümel brechen ab. Auf mich wirkt er wie ein Chirurg, der mit einem Skalpell in einem menschlichen

Thorax wühlt. Ich kichere in mich hinein. Ein Chirurg mit einem Skalpell, der Gedanke gefällt mir. Das muss ich mir ausmalen. Ich sehe mich schon, wie ich ein Muster in die weiße makellose Haut …

»Du musst verzeihen lernen.« Er hat eine Kirsche freigelegt und steckt sie sich in den Mund.

Verzeihen? Was weiß der schon! Dass ich nicht lache, ha. Verzeihen ist der armselige Versuch des Schwächlings, sich mit seiner Ohnmacht zu arrangieren und sich dabei gut zu fühlen. Wie weit kommt man denn mit Verzeihen? Selbst den König unter den Verzeihern, Jesus himself, haben sie zum Schluss ans Kreuz genagelt. Da hing er dann wie ein Wienerwaldhähnchen am Spieß, gegrillt von der Sonne. Gedemütigt vom Abschaum und aufgeschlitzt von einem römischen Pisser in Uniform. Super, genau so stelle ich mir das Leben vor: als lebende Arschkarte. Nee, nicht mit mir. Dann doch lieber am längeren Hebel sitzen und alle nach meiner Pfeife tanzen lassen.

Wie der Rattenfänger von Hameln. Der war cool. Die Story habe ich letztens erst im Fernsehen gesehen. Ein hypnotisierendes Lied spielen und die Opfer so in eine Falle locken, aus der es kein Entkommen mehr gibt. Übrigens hat der Rattenfänger auch nicht verziehen. Er hätte ja sagen können: »Okay Leute, dann bezahlt mich halt nicht dafür, dass ich euch von der Rattenplage befreit habe. Ihr seid echt miese Typen, aber macht nichts, ich verzeihe euch, dass ihr mich verarscht habt.«

Nö, stattdessen hat er die Kinder mitgenommen. Weil er die Macht dazu hatte. Und nicht nur entführt hat er sie, sondern auch massakriert, davon bin ich überzeugt.

Irgendwann wird so ein Hamelner Indiana Jones ganz sicher ein Massengrab mit unzähligen Kinderknochen finden.

Mein Bruder schiebt den Teller von sich. Vom Kuchen hat er kaum etwas angerührt. »Ein Psychiater wäre eine Option.«

O Gott, denke ich, verschon mich mit dem *Gesocks. Typen, die vorgeben einen zu verstehen, sind mir suspekt und, ja, auch ein wenig unheimlich. Wie ein Magier, der ein Kaninchen aus dem Hut zaubert. Alles bloß ein Trick, das weiß man natürlich, trotzdem kapiert man nicht, wie die das machen. Ich meine, wo hat der Zauberer das Kaninchen vorher gehabt? Hat er es in einen Hohlraum gequetscht? Und war es da nicht im Grunde besser aufgehoben als an den Ohren gepackt, im grellen Scheinwerferlicht zu hängen? Verängstigt durch den stürmischen Applaus des Publikums? Ich möchte meine Gedanken nicht ans Tageslicht bringen, basta. Ich will kein Kaninchen sein, sondern ein Raubtier.*

Mein Bruder schaut auf die Uhr und erhebt sich. »Ich muss leider los.« Er klopft mir auf die Schulter. »Denk bitte darüber nach, ja? Und wenn du es nur für mich tust. Ich würde mich besser fühlen, ehrlich.«

Ich schalte auf stur und rühre mich nicht. Ich möchte nichts versprechen, was ich später nicht halten kann.

»Na gut, ich bin dann mal.« Er ringt sich ein Lächeln ab. Meine Reaktion gefällt ihm nicht. Egal, damit muss er fertigwerden. Ich seh nicht ein, deswegen ein schlechtes Gewissen zu haben.

Kurz bevor er zur Tür hinaus ist, stoppt er und wendet

sich zu mir um. »Übrigens kann es sein, dass ich die nächsten zwei, drei Tage nicht kommen kann. Sei nicht böse. Ich nehme mir eine kleine Auszeit.« Er hebt zum Abschied die Hand, dann ist er verschwunden.

Ich hefte meinen Blick auf das Bild an der Wand. Eine Düne, dahinter das Meer im Sonnenuntergang, mit satten Farben gemalt.

Kitschig.

Ich hasse das Bild. Bei nächster Gelegenheit werde ich es dem Maler zu fressen geben.

Fressen.

Reißzähne

Ich als Werwolf.

Ich werde sie mir holen.

Alle.

Niemand wird davonkommen.

13

Ein Ruck riss von Stollwerk aus der Bewusstlosigkeit. Vom gebrochenen Handgelenk schoss ein scharfer Schmerz bis in seine Schulter und katapultierte ihn in die Wirklichkeit zurück. Er versuchte zu schreien, doch mehr als ein heiseres Krächzen brachte er nicht zustande. Wieder ein Ruck. Die Füße kamen aus dem kalten Wasser frei. Es dauerte einige Sekunden, bis er verstand, was passierte.

Jemand zog ihn nach oben.

Hoffnung keimte auf.

Hatten seine Schreie vorhin gefruchtet? Sein Kampf gegen die Elektroschocks, bei jedem Schrei einer? War dort oben jemand, der ihn befreien wollte? Fest presste er die Zähne aufeinander, stemmte sich gegen das schwarze Nichts, das erneut nach ihm griff. In seinen Kiefergelenken knackte es. Mit zusammengebissenen Zähnen versuchte er, das gebrochene Handgelenk zu entlasten. Nur noch Minuten, und er war aus der Hölle entkommen. Und sobald er wieder auf dem Damm war, würde er den Drecksack jagen, der ihm das angetan hatte.

Der Wunsch nach Rache belebte seine Sinne. Er nahm

die feuchten Steine wahr, die an ihm vorüberzogen. Zentimeter für Zentimeter glitt er der Freiheit entgegen. Der muffige Geruch ließ nach. Ein warmer Windhauch strich über seine Stirn. Es konnte nicht mehr weit sein. Mit größter Willensanstrengung hob er den Kopf, erkannte den Brunnenrand im diffusen Licht des Mondes. Ein letzter Ruck, dann hing er still. Er roch Gräser und einen blumigen Hauch, den er nicht zuordnen konnte. Ein Frauenparfüm? Oder ein blühender Strauch in der Nähe? Ein irres Kichern kam aus seinem Mund. Was man so wahrnahm, wenn man mehrere Stunden an einem Seil in einem Drecksloch hing.

Eine Gestalt trat in sein Blickfeld und betrachtete ihn stumm.

Von Stollwerk blinzelte. Spielten ihm die Sinne einen Streich? Er konzentrierte sich, mobilisierte die letzten Kräfte und musterte das Gesicht, das er vor sich hatte. Es gab keinen Zweifel. »Du?«, krächzte er.

»Da staunst du, nicht wahr?«

»Was … soll das … Ganze?« Von Stollwerks Stimmbänder fühlten sich an, als wären sie mit Teer überzogen. Was hätte er für einen Tropfen Wasser gegeben. »Mach … mich … los!«

»Ich habe dich unterschätzt. Du hältst länger durch, als ich gedacht habe. Ist es schön dort unten?« Ein fieses Lachen hallte durch die Nacht. »Was hast du denn mit deiner Hand angestellt? Die sieht ja aus wie ein feuerroter Luftballon.«

Von Stollwerks letzter Hoffnungsfunken war erloschen. Für einige Sekunden hatte er noch gehofft, dass das hier ein riesiger Glücksfall war. Doch nein, dieses Ungeheuer war nicht zu seiner Rettung herbeigeeilt. »Warum … ich?«

»Nur ein Spiel. Es hat Spaß gemacht, dich zu entführen.«

Wut flammte in von Stollwerk auf. Er spie aus. Oder versuchte es jedenfalls mit seinem ausgedörrten Mund. Trotzdem fühlte es sich gut an. Zumindest hatte er gezeigt, was er von der Aktion hier hielt und dass er nicht gewillt war zu jammern und um Gnade zu winseln.

Ein glockenhelles Lachen war die Reaktion.

Von Stollwerk blinzelte erneut. Jetzt stand niemand mehr vor ihm. Das Drahtseil hatte sich wieder gesenkt.

»Wenn es dich tröstet: Die anderen werden dir folgen. Viel Spaß weiterhin dort unten.«

Ein Klacken ertönte, dann schoss von Stollwerk im freien Fall in die Tiefe. Er kniff die Augen zusammen. Gleich würde der unvermeidliche Schmerz seinen Körper durchfluten.

14

Bei Sonnenaufgang warf Nina den Klappspaten in den Fußraum auf der Beifahrerseite ihres Smarts und fuhr los.

Trotz der Bedrohung hatte sie einige Stunden Schlaf gefunden. Der Whisky und die vor die Tür geschobene Flurkommode hatten ihre Nerven beruhigt. Sie hatte nicht wirklich damit gerechnet, dass jemand einen Einbruch versuchen würde, aber Vorsicht war besser, als eine unangenehme Überraschung zu erleben.

Sie fädelte sich in den morgendlichen Berufsverkehr ein, folgte dem Rheinufer und bog wenig später rechts auf den Militärring ab. Hinter dem Verteilerkreis folgte sie links dem Weg Im Wasserwerkswäldchen. Dort, wo die Straße zum Weißdornweg wurde, parkte sie den Wagen, griff sich den Spaten und ging los. Früher war die Clique oft im städtischen Grüngürtel unterwegs gewesen. Trotz der Millionenstadt rundherum konnte man hier abseits der offiziellen Wege den Tag verbringen, ohne einer Menschenseele zu begegnen. Beste Voraussetzungen für ihre damaligen Aktionen.

Von den Ästen perlte der Tau, dumpf vernehmbar rauschte der Verkehr auf der Autobahn A4. Ein Hauch von Bodennebel tauchte die Umgebung in eine milchige Unschärfe. Schon nach einigen Minuten fühlte sich ihre Kleidung klamm an. An einer Wegkreuzung blieb sie stehen, um sich zu orientieren. Die Bäume hatte sie kleiner in Erinnerung. Hoffentlich würde sie die Stelle wiedererkennen, die sie suchte. Sie entschied sich, links abzubiegen. Konzentriert zählte sie die Schritte. Ein Mountainbikefahrer kam ihr entgegen und fuhr grußlos vorbei. Ansonsten schien der Grüngürtel ausgestorben zu sein. Gut, so konnte auch niemand unangenehme Fragen stellen. Sie klappte den Spaten auf. Bei zweihundert ging sie rechts ins Unterholz. Mit der Kante des Blatts schlug sie Äste aus dem Weg. Tau tropfte ihr in den Nacken, ein Ast peitschte zurück und schrammte über ihre Wange, knapp am Auge vorbei. Nina achtete nicht weiter darauf.

Irgendetwas raschelte im Unterholz. Hoffentlich kein tollwütiger Fuchs, dachte Nina. Kampfbereit hielt sie den Spaten in Position, wie ein Schlagmann beim Cricket den Schläger. Sie würde Meister Reincke ordentlich eins überbraten, sollte er mit Schaum vor dem Maul auf sie zustürmen. Der würde meterweit fliegen. Der Nervenkitzel gefiel ihr. So richtig zuzulangen, das hatte seinen Reiz. Sie spürte ein angenehmes Kitzeln in der Magengrube, das sie schon lange nicht mehr gefühlt hatte. Vorsichtig schob sie sich weiter. Abgestorbene Zweige knackten unter ihren Turnschuhen. Sie spürte, wie ihr Herz schneller schlug. In diesem Moment schoss ein Kaninchen aus einem Haufen Totholz an ihr vorbei und sprang Haken schlagend davon.

»So ein dämliches Biest«, murmelte sie ein wenig enttäuscht. Kurz darauf erreichte sie eine kleine, annähernd dreieckige Lichtung. Irgendwo hier musste es sein. Sie sah sich um, suchte nach dem Baum mit dem Zeichen. War es weiter rechts gewesen? Mehr am Ende der Lichtung? Nein, eher in der Mitte. Sie überquerte die Lichtung. Baum für Baum schritt sie ab, suchte nach dem Zeichen im Holz. Hüfthoch war es gewesen, daran erinnerte sie sich noch genau. Nach zehn Minuten hielt sie grübelnd inne. Nichts. Das konnte doch nicht sein. So ein Baum verzeiht solch eine Verletzung nicht einfach und heilt sich dann von selbst. Oder war es eine andere Lichtung gewesen? Nein, auf keinen Fall, die Form erkannte sie wieder. Klein und dreieckig. »Wie eine Fotze«, hatte Rike mal gesagt und lauthals gelacht. Also hatte sie den richtigen Ort gefunden, keine Frage. Wo aber war dann das verdammte Zeichen? Sie sah hinauf zu den Baumkronen. Wie groß die Bäume geworden waren. Dick und mächtig. Sie schlug sich mit der freien Hand auf die Stirn. »Du bist so blöd«, schalt sie sich selbst. Das Zeichen musste jetzt deutlich breiter und verzerrter sein, und somit wenig gut zu erkennen. Am Rande der Lichtung schlenderte sie zurück, diesmal konzentrierte sie sich mehr.

»Bingo«, sagte sie, als sie das Jesuskreuz in der Rinde entdeckte. Mit den Fingern fuhr sie über die verwitterten Wulste. Tim hatte das Kreuz hineingeritzt. Sie umrundete den Stamm. Auf der Rückseite hatten sie es vergraben …

Ein Schauer erfasste Nina. Aufgewühlte Erde lag vor ihren Füßen, und ein fünfzig Zentimeter tiefes Loch gähnte sie an. Mit der Schuhspitze schob sie den Erdhaufen auseinander. Der Humus ließ sich leicht verteilen.

Das Grab war vor nicht allzu langer Zeit geöffnet worden, sonst wäre die Erde kompakter. Entsetzt ließ Nina den Spaten fallen und stützte sich mit einer Hand gegen den Stamm. Ein Käfer krabbelte über ihre Finger, sie achtete nicht darauf.

Es gab keinen Zweifel mehr.

Die Rippe, die sie im Brief erhalten hatte, gehörte zu einer von ihren Katzen.

Augenblicklich wusste sie, dass der große Unbekannte es ernst meinte. Die »Einladung« in die Eifel konnte und durfte sie nicht mehr ausschlagen.

15

1991

Tim Jäger hasste Montage. Das frühe Aufstehen, das schweigsame Frühstück mit den Eltern, der plärrende Fernseher und natürlich die Schule, die pünktlich um acht begann, all das ging ihm an die Nieren. Doch heute war es anders. Genüsslich schaufelte er das Müsli in sich rein und verfolgte hellwach die Nachrichten. Er freute sich auf die Begegnung mit dem Mädchen, Nina, die von nebenan. Er wollte sie abfangen, um ihr mal auf den Zahn zu fühlen. Vielleicht ging da ja was. Offensichtlich hatten sie einiges gemeinsam.

»Was ist denn mit *dir* los?«, fragte seine Mutter. Ihre gemalten Augenbrauen hatte sie fast bis zum Haaransatz hochgezogen. Sie schien ehrlich überrascht. »Du strahlst ja heute wie die aufgehende Sonne.«

Tim zog es vor zu schweigen und zuckte lediglich mit den Schultern. Wie sollte er auch erklären, was ihn so aufputschte. Obwohl die Reaktion seiner Mutter sicher amüsant wäre, der geschockte Gesichtsausdruck, das Entsetzen in den Augen. Er stellte sich die Szene vor. »Die von nebenan, die Neue, die hat einen Beo abgemurkst. Erstickt in einer Plastiktüte. Hammer, oder?« Seine Mutter würde einen Anfall bekommen, vermutlich sogar einen Protest mit selbstgemalten Transparenten anzetteln. Der Gedanke gefiel ihm. Im Geiste sah er sie mit Gleichgesinnten vor dem Nachbargrundstück auf und ab marschieren. Seine Mutter war aktives Mitglied beim WWF, bei Greenpeace und im örtlichen Tierschutzverein. Irgendwie musste sie die Zeit ja totschlagen. Sein Vater hätte nicht zugelassen, dass sie arbeiten ging. »Das haben wir nicht nötig« war sein Standardspruch, wenn er danach gefragt wurde. Davon abgesehen hatte Tims Mutter ohnehin kein Interesse, einen Job auszuüben. Bereits im Teenageralter hatte sie sich gezielt einen deutlich älteren Mann geangelt, seinen Vater, und hatte sich so um eine Ausbildung geschickt vorbeigemogelt. Tim konnte seine Mutter nicht respektieren. Sie war lieb und nett, aber strohdumm.

Tim sah auf die Uhr. Zeit zum Aufbrechen. Mit einem knappen »Tschüss« schnappte er sich seine Umhängetasche und stürmte zur Tür hinaus. Auf dem Gehweg angekommen, suchte er Nina, die auf dem Weg zur Schule an ihm vorbeimusste. Viel Zeit blieb auch nicht mehr, wollten sie noch rechtzeitig zum Unterricht erscheinen. Er überquerte die Straße und stellte sich gegenüber dem Nachbarhaus hinter eine Linde. So konnte er die Haustür im Auge behalten und sich vor den Blicken seiner Eltern verbergen. Die sollten nicht erfahren, was er hier trieb. Das würde nur lästige Fragen provozieren.

Die Minuten zogen sich wie Kaugummi. Er trat von einem Bein aufs andere. Jetzt musste sie doch langsam auftauchen. In diesem Moment öffnete sich das Garagentor des Nachbarhauses. Ein BMW fuhr rückwärts heraus, setzte auf der Straße zurück und gab Gas. Neben dem Fahrer saß Nina und schlürfte aus einem Becher.

»Scheiße«, zischte Tim und trat nach einem Stein. Der flog den Gehweg entlang und traf die Person am Schienbein, die gerade um die Ecke sprintete.

»Bin ja schon da«, rief Pierre Franck ihm zu.

Tim verdrehte die Augen, drehte sich um und ging in Richtung Schule. Hobbit-Alarm! Das hatte ihm gerade noch gefehlt.

Früher waren Pierre und er beste Freunde gewesen. Doch im Gegensatz zu ihm war Pierre in der Entwicklung irgendwie stehengeblieben. Nicht nur geistig – er spielte bestimmt noch mit Lego –, sondern auch körperlich. Pierre glich einem Zwerg, einem Hobbit eben.

Pierre verringerte das Tempo und trottete neben ihm her. Freundschaftlich legte er Tim die Hand auf die Schulter, wobei er den Arm ziemlich strecken musste. »Toll, dass du auf mich gewartet hast.« Er hüpfte einen Schritt. »Wie früher, nä?«

Lässig schüttelte Tim die Hand ab. »Zufall.«

»Ja, ja, klar.« Pierre lachte auf. »Deswegen stehst du auch auf der anderen Straßenseite.«

Tim seufzte. »Vergiss es, Mann. Werd erwachsen. Dann kann man mit dir vielleicht auch wieder was anfangen.« Zufrieden sah er, wie sich Pierres Miene umwölkte.

»Wir sind gleich alt«, sagte er trotzig.

»Auf dem Papier, ja.«

Am Zebrastreifen stoppten sie. Ohne die Geschwindigkeit zu verringern, schoss eine eilige Mutter mit ihrem Geländewagen vorbei.

Tim zeigte ihr den ausgestreckten Mittelfinger und setzte dann den Weg fort.

»Was soll ich denn machen?«, fragte Pierre. Jetzt hörte er sich wehleidig an. »Ich kann doch nichts dafür, dass ich nicht wachse. Trotzdem bin ich doch immer noch dein Kumpel. Mensch, denk doch mal daran, was wir alles erlebt haben. Und jetzt …«

»… ist das Vergangenheit«, vollendete Tim den Satz. »Das ist der Lauf der Dinge. Ich habe jetzt neue Freunde.«

»Die Clique«, sagte Pierre.

»Genau.«

»Ziemlich cool.«

»Allerdings.«

»Du könntest für mich ein Wort bei denen einlegen.« Pierre lachte unsicher. Hektisch fuhr er sich durch die Haare. »Wenn ich zu euch gehören würde, dann wäre ich nicht mehr der Zwerg, sondern …«

»Vergiss es.«

»Frag doch mal. Bitte.«

Tim konnte das jämmerliche Gerede nicht mehr ertragen. Er beschleunigte seine Schritte. Vor ihm tauchte die Schule auf. Die Klingel ertönte.

»Wenn ihr so etwas wie eine Aufnahmeprüfung habt, kein Problem. Ich hab keine Angst. Ihr werdet schon sehen«, versuchte es Pierre erneut. Mit seinen kurzen Beinen rannte er fast neben Tim.

Nachdrücklich schüttelte Tim den Kopf. Er wusste, dass Pierre versagen würde. Zu gut konnte er sich noch an damals erinnern, als sie zusammen auf dem Bauernhof seiner Großeltern die Ferien verbracht hatten. Während Tim fasziniert zugeschaut hatte, wie bei der Hausschlachtung das Schwein angestochen wurde und das Blut in die Wanne floss, war Pierre würgend davongerannt. Und als Tim den Laubfrosch mit einem Strohhalm aufblies, bis die Fetzen flogen, hatte Pierre gekotzt. Bei dem Vogelnest mit den kleinen Meisen, das Tim mit Benzin aus dem Rasenmäher übergossen und angesteckt hatte, war es auch nicht besser gewesen. Nein, Pierre war ein Schwächling, den konnten sie in der Clique nicht gebrauchen.

Im Gegensatz zu Nina. In seinem Magen prickelte es. Was für ein Mädchen! Er musste sie unbedingt in der Pause …

»Bitte, Tim, gib mir eine Chance«, riss ihn Pierre mit flehentlicher Stimme aus den Gedanken.

Tim wirbelte zu ihm herum und ballte die Fäuste. »Pass mal auf, Hobbit. Bevor du eine Chance kriegst, würde ich vorher jedem anderen an der Schule eine geben. Verstanden?«

Pierres Gesichtszüge entgleisten, sein Unterkiefer bebte.

O nein, jetzt flennt der auch noch, dachte Tim. Wie peinlich. Das musste er nicht mit ansehen. Er drehte sich um und rannte ins Schulgebäude.

16

Am liebsten wäre Pierre Franck im Erdboden versunken. Was machte er nur falsch, warum verletzte ihn Tim so sehr? Mensch, sie waren die besten Kumpels gewesen. Eine Freundschaft wie ihre konnte doch nicht einfach so enden. Er blickte seinem Freund hinterher, bis dieser im Schulgebäude verschwand.

Freund, pah, von wegen. Aus und vorbei! Er musste es endlich einsehen.

Zögerlich setzte sich Pierre in Bewegung. Durch die Fenster sah er in einigen Klassen schon konzentrierte Gesichter auf die Tafel starren. In anderen Räumen, dort wo die Lehrer sich verspätet hatten, herrschte noch Chaos. Die Schüler hingen an den offenen Fenstern, andere liefen herum. Mit ein wenig Glück war es in seiner Klasse ebenso. Wenn er sich beeilte, dann könnte er einem Klassenbucheintrag vielleicht entgehen. Doch trotz dieser Aussicht fühlten sich seine Beine schwer wie Blei an. Nur langsam kam er der Glastür näher, hinter der das gelbliche Licht des Foyers schimmerte. Als liefe er durch einen Tunnel, dessen halbrunde helle Öffnung sich immer weiter entfernte. Er hörte jemanden rufen.

»He, Däumling, du hast dich verlaufen. Die Kleinen sind im Container untergebracht.« Hämisches Lachen folgte.

Das stimmte. Die Frischlinge von der Grundschule mussten mit den Containern neben dem Sportplatz vorliebnehmen. Warum musste jeder über ihn herziehen? Er verstand die Leute nicht. War er denn weniger wert, nur weil er klein von Wuchs war? Ein Mensch zweiter Klasse, an dem man sich austoben, den eigenen Frust loswerden konnte? Ein Fußabtreter?

Endlich erreichte er den Eingang. Er schlüpfte ins Innere des Schulgebäudes und lehnte sich gegen die Tür. Das Lachen verstummte, eine angenehme, aber trügerische Ruhe hüllte ihn ein. Er holte tief Luft. Es roch typisch nach Schule, nach einer Mischung aus alten Socken, Parfüm, Bohnerwachs und Essen. Er blickte auf die große Uhr über dem Treppenaufgang. Zehn Minuten zu spät. Das Wettrennen gegen den Lehrer hatte er sicher verloren. Bei dem Gedanken daran, zaghaft an der Klassentür zu klopfen und mit hochrotem Kopf einzutreten, wurde ihm übel. Die amüsierten Blicke der Mitschüler würden auf der Haut brennen wie Ameisensäure. Und erst das widerliche Lästern: »Die Spitzmaus hat den Winterschlaf beendet«, oder: »Bestimmt zu Hause nicht an die Klinke gekommen.« Pierre konnte es sich nur zu gut vorstellen.

Nein! Nicht mit ihm!

Es war besser, den Heimweg anzutreten. Seiner Mutter würde er erzählen, dass ihm schlecht geworden sei. Dann würde er sich ins Bett legen, die Decke über den Kopf ziehen und die Welt um sich herum ausschließen, geschützt durch die vier Wände seines Zimmers.

Pierre drehte sich um, packte den Türgriff, zögerte dann aber. Die letzten Monate hatte er genau das getan: sich verkrochen. Und was hatte es ihm gebracht, außer dass er immer mehr vereinsamte? Nichts, rein gar nichts. Die Fingerknöchel traten weiß hervor. Eine Welle des Zorns schwappte über ihn hinweg. Wütend und mit voller Kraft trat er gegen das Türglas. Augenblicklich zog sich ein milchiges Spinnennetz um die Stelle, die er mit der Fußspitze getroffen hatte. Scheiße, auch das noch.

Er ließ den Griff los und rannte zur Toilette. Dort schloss er sich in einer der Kabinen ein und setzte sich auf das Klo. Mit geballten Fäusten schlug er sich einige Male auf die Oberschenkel. Der Schmerz, der in den Muskeln brannte, beruhigte ihn. Langsam fassten die Gedanken wieder Fuß. Er hatte eine Scheibe zertrümmert. Na und? Seltsamerweise fühlte es sich gut an, irgendwie … stark. Zum ersten Mal war der Zorn aus ihm herausgebrochen. Es hatte sich ein Ventil geöffnet. Das war nicht der kleine liebe Junge, der keiner Fliege etwas zuleide tun konnte. In ihm steckte mehr, als alle vermuteten. Pah! Davonlaufen, sich verstecken, das konnte jeder. Verächtlich schnaufte er. Das Letzte, was er wollte, war, den Erwartungen zu entsprechen. Darüber dachte er eine Weile nach.

Pierre wollte ausbrechen aus dem Teufelskreis. Weil sein ehemaliger Freund ihm nicht half, musste er selbst die Initiative ergreifen. Hätte der Napoleon sich auf seine Freunde verlassen, wäre er nie französischer Kaiser geworden. Was danach mit dem kleingeratenen Korsen passiert war, blendete Pierre lieber aus.

Womit konnte er die Leute beeindrucken? Er dachte an *Das fliegende Klassenzimmer* von Erich Kästner. Da war ein Junge vom Dach der Schule gesprungen. Damals hatte Pierre nicht verstehen können, was den Jungen zu solch einer verzweifelten Aktion getrieben hatte. Jetzt fühlte er mit ihm. Schließlich wollte auch er seinem Umfeld imponieren und sich so Achtung und Anerkennung verschaffen. Wie der Junge in Kästners Buch.

Sollte er auch auf das Dach klettern und von dort herunterspringen?

Lächerlich.

Mit Glück würde er den Sprung mit ein paar gebrochenen Knochen überleben. Er stellte sich vor, wie er mit seltsam verrenkten Gliedmaßen auf dem Rasen lag, umringt von Mitschülern, die über seine Dummheit lachten.

Nein, das war keine Option. Wie blöd musste eigentlich dieser Junge bei Kästner gewesen sein? Hatte der wirklich geglaubt, ein aufgespannter Regenschirm konnte den Fall verlangsamen?

Physik sechs, setzen, dachte Pierre und kicherte. Dieser Kästner hätte sich wirklich etwas Besseres einfallen lassen können.

Nachdenklich schob Pierre die heruntergefallene Klorolle mit dem Fuß hin und her. Das Papier wickelte sich ab und lag da wie eine riesige graue Luftschlange. Sosehr er auch grübelte, ihm fiel nichts ein, womit er sich Respekt verschaffen konnte, ohne zugleich straffällig zu werden. Coole Graffiti an Hauswänden, Diebstahl oder Zündeln – damit handelte man sich nur Ärger ein, und darauf hatte Pierre absolut keine Lust. Was nützte es, cool zu sein, wenn man im Jugendknast landete?

Vielleicht sollte er die Samariterschiene fahren, alten Omas über die Straße helfen, sich für die Umwelt engagieren oder als Betreuer in Jugendgruppen bewerben. Allerdings war das mit Arbeit verbunden. Lieber hing er mit Freunden ab.

Pierre seufzte. So ein Vorsatz, das Leben zu ändern, war ja ganz nett. Nur ohne die richtigen Einfälle konnte man das Vorhaben auch direkt in die Tonne treten.

Warum wurden eigentlich Tim und die Clique von allen so ehrfürchtig behandelt? Was war ihr Geheimnis? War es ihr fast provokant lässiges Auftreten? Nichts brachte sie aus der Ruhe, die Erwachsenen bissen sich an ihnen die Zähne aus. Oder war es das distanzierte Verhalten gegenüber Mitschülern, das ihre geheimnisvolle Aura ausmachte? Oder bewunderte jeder ihren Zusammenhalt, das gegenseitige Einstehen füreinander? Vermutlich war es eine Mischung aus alldem.

Was auch immer es war, Pierre wollte dazugehören.

Ihm kam ein Gedanke. Sein Fuß verharrte über der Pappe der Klorolle. Verbargen sie vielleicht etwas? Etwas, das niemand anders erfahren sollte? Wie ein Geheimbund? Schotteten sie sich deshalb so ab? Und wenn es so wäre: Könnte man sie mit dem Wissen erpressen?

Er stellte sich vor, wie er vor Tim stand und sagte: »He, ich gehöre dazu, ansonsten grabe ich eure Leiche aus.«

Das gefiel ihm. Sollte es tatsächlich so ein dunkles

Geheimnis geben, dann war das Wissen darum wie ein Jackpot. Entschlossen schnappte er sich die Tasche, die er beim Hereinstürzen neben dem Klo hatte fallen lassen. Er schlich zur Tür hinaus.

Ab sofort würde er die Clique ausspionieren und so den Schlüssel zum inneren Kreis finden – wenn es denn einen gab.

17

Als sie wieder zu Hause war, griff sich Nina als Erstes das Telefon und wählte Voss' Handynummer. Hoffentlich hatte ihr Chef das Telefon nicht ausgeschaltet. Ungeduldig horchte sie auf den Klingelton. Sie wollte pünktlich in Mauel ankommen und konnte nicht viel Zeit darauf verwenden, Voss hinterherzutelefonieren. Sie musste noch packen. Tanken wäre auch nicht verkehrt, bevor sie in die Einöde aufbrach. Sollte sie womöglich ein paar Lebensmittel …?

»Voss.«

Erleichtert atmete Nina auf. »Gut, dass ich Sie erreiche.«

»Frau Lehmann?«

Sie lachte unsicher und strich sich fahrig eine Haarsträhne hinters Ohr. »Ja, ja, Nina Lehmann hier. Haben Sie einen Moment für mich?«

»Alles in Ordnung? Sie sind ja ganz außer Atem.«

Im Geiste sah Nina sein besorgtes Gesicht. »Ja, ja, alles bestens«, versicherte sie eilig. »Ich war … joggen.«

»Oh, sehr gut. Ja, etwas mehr Bewegung täte mir auch gut.«

Nina musste unwillkürlich lächeln. Es widerstrebte ihr, ihren Vorgesetzten zu belügen. Aber in diesem Fall ging es nicht anders.

»Was kann ich für Sie tun?«, fuhr Voss fort.

»Ich würde gerne ein paar Tage ausspannen und die Seele baumeln lassen.«

»So plötzlich?«

»Nur ein paar Tage«, versicherte Nina hastig. »Ich muss einfach mal wieder den Kopf freibekommen.« Sie warf einen Blick auf die Armbanduhr. Schon kurz vor elf. Nervös trommelte sie mit den Fingern auf den Schreibtisch.

»Und das ist jetzt so dringend, dass Sie mich hierfür auf dem Handy anrufen? Nina, wenn Sie ein Problem haben …«

»Nein, nein. Wirklich nicht. Der Prozess hat mir doch viel abverlangt. Ich möchte abschalten, einfach ein bisschen raus aus dem Trott.« Ihr kam eine Idee, wie sie glaubwürdiger wirken und sich gleichzeitig absichern konnte. »Ich habe bereits ein Zimmer gebucht. Ich will in die Eifel, nach Mauel. Ich sende Ihnen gern die Adresse per SMS. Falls Sie mich dringend erreichen müssen. Nächsten Montag bin ich wieder in Köln, nachmittags schaue ich im Büro vorbei.« In seiner angedeuteten Sorge würde Voss das kontrollieren und Himmel und Hölle in Bewegung setzen, wenn sie nicht auftauchte. So hatte sie eine Rückversicherung, sollte in der Eifel irgendetwas schiefgehen. Sie drückte den Hörer fester ans Ohr und schloss die Augen. Würde Voss nein sagen, hatte sie ein Problem. Sie musste in die Eifel, daran führte kein Weg mehr vorbei.

»Nun«, Voss holte hörbar Luft, »von mir aus. Ich gebe das an die Verwaltung weiter. Erholen Sie sich gut, Nina. Und wenn Sie zurück sind, kommen Sie bitte zu mir und erzählen mir davon.«

Der Fuchs, dachte Nina. Er zweifelt weiterhin. Egal, seine Bedenken würde sie bei ihrer Rückkehr zerstreuen. Jetzt konnte sie fahren, ohne sich beruflichen Ärger einzuhandeln. »Gerne«, sagte sie, verabschiedete sich, simste ihm rasch die Adresse und rannte ins Schlafzimmer. Auf dem Boden des Kleiderschranks lagen Reisetaschen in unterschiedlichen Größen. Sie entschied sich für die schicke dunkelbraune. Die reichte für eine Übernachtung vollkommen aus. Länger würde sie ohnehin nicht bleiben. Sie wollte nur sehen, wer hinter der Sache steckte und diesem Menschen unter vier Augen ordentlich die Meinung sagen. Wütend stopfte sie Socken in die Tasche. Nein, eigentlich wollte sie dem Arsch die Fresse polieren, bis er am Boden lag und um Gnade wimmerte. Zornig warf sie einige Slips auf die Socken. Sie hasste es, in die Defensive gedrängt zu werden. Lieber hielt sie das Heft in der Hand. Am liebsten sah sie sich als eine Jeanne d'Arc der Gegenwart. Sie war eine starke und unbeugsame Frau, kein schutzbedürftiges Mädchen. Wer sie attackierte, musste mit massiver Gegenwehr rechnen.

In diesem Moment sah sie eine Bewegung in den Augenwinkeln. Eine Gestalt.

Nina zuckte zusammen, im nächsten Augenblick wirbelte sie herum, spannte die Beinmuskeln, wie sie es im Kickboxtraining gelernt hatte, und trat zu.

18

Genüsslich biss Holger Giebels in sein Frühstücksbrötchen. Heute war es so weit. Am Nachmittag würden die Gäste auftauchen und die Kasse klingeln lassen. Leicht verdientes Geld. Damit konnte er einige Lieferanten auszahlen, die ihm schon länger mit Rechnungen hinterherliefen.

Er musste grinsen. Fast hätte er die Buchung ausgeschlagen. Zwei Wochen war das jetzt her …

Was für ein Duft. Holger Giebels liebte den würzigen Geruch frischer Erde. Er rammte den Spaten in den Boden und trat mit dem Fuß nach. Eine Scholle trennte sich vom Rest. Mit einer gekonnten Bewegung warf er sie um und teilte sie mit einem Kantenhieb des eisernen Blattes. Ein Regenwurm wand sich und versuchte, sich in Sicherheit zu bringen.

Giebels wischte sich die Stirn mit einem Handtuch ab, das er sich um den Hals gelegt hatte, und ließ den kleinen Kerl gewähren. Regenwürmer waren gut für den Boden. Es gab keinen Grund, sie absichtlich zu töten.

Die Sonne stand hoch am Himmel und wärmte ihn.

Der junge Sommer verwöhnte Deutschland. Genau die richtige Temperatur, um den Garten umzugraben.

Dieses Jahr war Giebels spät dran, ein Armbruch hatte ihm einen Strich durch die Rechnung gemacht. Wie hatte er nur auf die blödsinnige Idee mit dem Skifahren kommen können? Unter die Füße eines Menschen gehörten keine langen Bretter, zumindest nicht ohne Bremsen. Dabei hatte er noch Glück gehabt. Er hätte sich auch den Kopf einschlagen oder das Rückgrat brechen können. Gut, er war mitunter ungestüm und risikofreudig. Vielleicht hatte er seine Fähigkeiten überschätzt. Aber eine Kapelle baut man doch nicht in die Nähe einer Abfahrtsstrecke. Ungebremst gegen eine Wand zu fahren schmerzt sehr, das wusste er jetzt aus eigener Erfahrung.

Er trat die nächste Scholle ab. Ob es sich überhaupt noch lohnte, irgendetwas anzupflanzen? Wohl nicht. Aber das Umgraben hielt ihn fit. Besser, als auf einem Rennrad den Straßenverkehr zu behindern. Oder mit eng anliegender Funktionskleidung durch die Gegend zu laufen. Er mochte es nicht, wenn Kleidung seine Muskeln betonten. Vermutlich gehörte er mit dieser Abneigung einer Minderheit an. Aber er mochte es nicht, angestarrt, geschweige denn bewundert zu werden. Er hielt sich lieber bescheiden im Hintergrund, das war sein Ding.

Das Telefon auf dem Terrassentisch schrillte.

Hätte er es doch ausgeschaltet. Es nervte. Bestimmt ein Stammgast, der vor der Tür stand und sich um sein Bier betrogen fühlte. Mitunter war er es leid, der Wirt der einzigen Gaststätte in Mauel zu sein. Legte er mal einen Ruhetag ein, so wie heute, stieß er damit nicht gerade auf

Verständnis. Alles hinwerfen und neu anfangen war eine Möglichkeit, die er in letzter Zeit öfter in Erwägung zog. Dann könnte er auch endlich Zeit für eine Beziehung finden. Mit Mitte vierzig war der Zug noch lange nicht abgefahren. O nein! Er war noch voller Saft und Kraft, ein Mann in seinem besten Alter.

Hätte er nur etwas auf der hohen Kante, dann wäre er sofort weg. Aber solange die Schuldenlast drückte, ließ ihm der Gerichtsvollzieher keine andere Wahl. Der Umbau von der urigen Wirtschaft zum kleinen Landhotel vor zwei Jahren war die reinste Schnapsidee gewesen. Kaum ein Gast verirrte sich hierher. Der vielgepriesene touristische Aufschwung der Eifel fand nicht gerade in Mauel statt.

Das Telefon verstummte kurz, schrillte dann erneut los.

Giebels rammte den Spaten in den Boden und stapfte zur Terrasse. Mit einer unwirschen Bewegung nahm er das Gespräch an.

»Ja?«, blaffte er und nahm sich vor, sofort nach dem Gespräch das Telefon abzuschalten.

»Spreche ich mit dem Wirt der Dorfkrone? In Mauel?«, fragte eine dünne Stimme wie aus weiter Ferne. Die Verbindung war schlecht und rauschte heftig.

»Am Apparat. Was kann ich für Sie tun?«

»Ich möchte das Hotel mieten«, drang es blechern an Giebels' Ohr.

»Sie meinen ein Zimmer.«

»Das ganze Hotel. Ist das möglich?«

»Ich … ich habe geschlossen«, entfuhr es Giebels.

Sicher, er könnte das Geld gut gebrauchen. Trotzdem hatte er es nicht nötig, sofort zu springen, wenn ein verkappter Darth Vader anrief und Sonderwünsche anmeldete.

»Ich zahle das Doppelte.«

»Wovon?«

»Von dem, was Sie sonst nehmen.«

Giebels zog sich einen Gartenstuhl unter dem Tisch hervor und setzte sich. Das Doppelte? Das ließ sich hören. Aber warum wollte jemand mehr bezahlen als notwendig? »Es geht hier doch nicht um … äh … gewisse Praktiken? Sie verstehen schon.«

»Praktiken?«

Giebels räusperte sich. »Ähm, ja also … Ich führe ein anständiges Haus.«

Die Stimme lachte. Die Rauschen wurde heftiger. Das Lachen klang wie ein stotternder Motor. Verbarg sich dahinter ein Mann oder eine Frau? Es war nicht zweifelsfrei zu erkennen. »Keine Angst. Ich will nur Freunde überraschen und ihnen ein unvergessliches Wochenende schenken. Das Ganze muss daher vorerst unter uns bleiben.«

»Und warum haben Sie sich für Ihre Überraschung gerade die Dorfkrone ausgesucht?« Er biss sich auf die Unterlippe. Warum löcherte er Darth Vader mit Fragen? Es konnte ihm doch egal sein, Hauptsache die Kohle stimmte.

»Ich habe einen Dartpfeil auf eine Karte geworfen. Alles nur Zufall«, versicherte die Stimme.

Giebels glaubte ihm zwar nicht, doch diesmal zog er es vor zu schweigen.

»Wenn Sie zustimmen, wird Ihnen ein Kurier in einer Stunde eine Anzahlung und einen Brief zustellen. In dem Brief habe ich beschrieben, wie ich mir alles vorstelle. Ist das in Ordnung?«

Rasch überschlug Giebels die Einnahmen, die er mit diesem Deal erzielen konnte. Das Ergebnis überzeugte ihn endgültig. »In Ordnung.«

»Wunderbar. Heute Abend rufe ich Sie erneut an. Dann regeln wir den Rest.«

Bevor sich Giebels nach der Telefonnummer für eventuelle Rückfragen erkundigen konnte, klickte es in der Leitung.

Seitdem hatten sie einige Male telefoniert, sich jedoch nicht persönlich kennengelernt. Giebels war Letzteres einerlei, solange finanziell alles wie am Schnürchen lief. Die Vorbereitungen hatte er abgeschlossen. Die Zimmer zeigten sich frisch geputzt, die Theke glänzte, und in der Küche stand alles für ein gutbürgerliches Abendessen bereit.

Giebels schob den leeren Teller von sich. Auf SWR1 lief gerade »Rose Garden«. Er mochte das Lied und summte es mit. Zufrieden nahm er einen Schluck aus der Bierflasche. Leise rülpste er.

Der Gong der Haustür erklang.

Giebels runzelte die Stirn. Die Gäste waren erst für fünfzehn Uhr angekündigt, und die Post war auch schon da gewesen. Widerwillig erhob er sich und schlurfte zur Tür. Davor stand der junge Kurierfahrer, der ihm vor zwei Wochen auch die Anzahlung und den Brief zugestellt hatte.

»Ich habe eine Lieferung für Sie«, sagte er und sprang zu seinem verbeulten Lieferwagen.

»Für mich?«, rief Giebels ihm hinterher. »Ich erwarte keine Sendung.«

Der Kurierfahrer verschwand im Inneren des Fahrzeugs, tauchte wenig später mit Wanderrucksäcken beladen wieder auf. »Wo kann ich die hinstellen?« Eifrig drängte er sich an Giebels vorbei.

»Was … wie … einfach hier im Flur. Ich habe aber nichts bestellt.«

Der Fahrer stellte die Rucksäcke ab und griff nach dem Protokollierungsgerät an seinem Gürtel. »Keine Ahnung. Ich hab meine Auslieferungsroute, und die arbeite ich ab. So einfach ist das.« Er fuchtelte mit dem Gerät vor Giebels' Nase herum. »Ich muss weiter. Bitte unterschreiben.«

Etwas überrumpelt zeichnete Giebels ab, kurz darauf stand er allein mit den Rucksäcken im Flur.

Sechs an der Zahl.

Sechs Gäste erwartete er.

Aus der Seitentasche eines Rucksacks lugte etwas Weißes hervor. Er zog es heraus.

Ein Umschlag, versehen mit seinem Namen.

Er riss ihn auf.

Ein Fünfhundert Euro-Schein, auf dem ein Notizzettel klebte. »Für Ihre zusätzlichen Mühen« stand darauf geschrieben. Daneben gab es noch einen Brief.

Giebels zog ihn heraus und überflog die Zeilen. »Hammer, das wird ja immer kurioser«, murmelte er und machte sich daran, die Rucksäcke zu verstauen.

19

Krachend flog die Schranktür zu. Durch den aufgeklebten Spiegel zogen sich Sprünge in Form eines Spinnennetzes.

Nina benötigte einige Sekunden, bis sie verstand. Ihre überreizten Nerven hatten ihr einen Streich gespielt. Sie hatte ihrem Spiegelbild einen Kick verpasst. Lachend ließ sie sich auf die Bettkante sinken. Jetzt sah sie schon Gespenster. »Ich dreh noch durch!« Das durfte nicht noch einmal passieren. Sie musste sich beruhigen und wieder einen klaren Kopf bekommen. Nur so konnte sie rationale Entscheidungen treffen und ihren Gegner damit in die Defensive drängen. Zumindest hoffte sie das. Sie rieb über ihren schmerzenden Fuß. Der Tritt hatte die Wunde wieder aufreißen lassen. Ihre Socke färbte sich rot.

»Scheiße«, fluchte sie und humpelte ins Bad. Sie klebte ein neues Pflaster auf die Stelle, nahm die restliche Leukoplastrolle mit zurück ins Schlafzimmer und warf sie in die Tasche.

Die nächsten Minuten suchte sie bequeme Kleidung zusammen – ihre Lieblingsjeans, Funktionsshirts und eine Softshelljacke. Anschließend entschied sie sich für ihre Laufschuhe. In der Eifel würde sie mit Pumps oder Lederhalbschuhen bestimmt nur auffallen. Zum Schluss legte sie noch einige Kosmetikartikel obenauf, das Handy steckte sie in ihre Hosentasche. Das musste reichen. Sie schnappte sich ihren Autoschlüssel und machte sich auf den Weg.

Die Autobahn zog sich wie ein graues Band durch das Grün der hügeligen Landschaft der Eifel. Es herrschte nur wenig Verkehr. Die Klimaanlage schaffte angenehm temperierte Luft ins Wageninnere. Nina fühlte sich in ihrem Smart sicher und unantastbar. In ihrem Kopf kreisten Fragen, auf die sie keine Antworten fand. Was würde sie in Mauel erwarten? Wieso solch ein entlegener Treffpunkt? Warum wurde die Vergangenheit gerade heute wieder ausgegraben? Wollte jemand sie erpressen? Und wenn ja: Warum ausgerechnet sie? Als Staatsanwältin verdiente sie zwar ordentlich, aber es war nicht die Welt. Wenn es um Geld ginge, gäbe es lohnendere Opfer.

Am Ende der Autobahn folgte sie den Wegweisern in Richtung Hillesheim und fuhr auf der Landstraße weiter. Da sie konsequent die Geschwindigkeitsbeschränkung einhielt, fuhr ihr prompt ein schwarzer Mercedes fast ins Heck. In letzter Sekunde bremste er scharf. Der Fahrer betätigte die Lichthupe.

Nina hob die Hand und streckte den Mittelfinger aus. »Testosterongestörter«, murmelte sie.

Der Mercedes fuhr noch dichter auf. Er machte keine Anstalten zu überholen.

Jetzt wurde es Nina zu brenzlig. Sollte der Spinner endlich vorbeiziehen und sich als Sieger fühlen. Mit ihrem

Smart konnte sie eh kein Rennen gegen so einen Schlitten gewinnen.

Sie verringerte das Tempo und zog so weit wie möglich an den Fahrbahnrand. Das ausgewiesene Überholverbot würde ihren Hintermann sicher nicht abhalten.

Doch weit gefehlt. Der Mercedes reduzierte ebenfalls das Tempo und blieb hinter ihr.

»Arschloch!«, brüllte Nina ärgerlich. Sie trat das Gaspedal durch. Ohne eine echte Chance, dem Hintermann zu entkommen, beschleunigte der Smart mit aufheulendem Motor. Der Mercedes zog zur Straßenmitte und schaltete das Fernlicht ein, dann tönte die Hupe.

Nina zuckte zusammen. So langsam bekam sie es mit der Angst zu tun. Ihr Puls beschleunigte sich, das Lenkrad fühlte sich vom Schweiß ihrer Hände rutschig an. Sie griff fester zu, die Fingerknöchel traten weiß hervor. Was war das für ein Wahnsinniger? Bestand die Welt nur noch aus Durchgedrehten? Ein plötzlicher Gedanke erschütterte sie. Sie hielt die Luft an und blickte in den Rückspiegel. Saß im Wagen hinter ihr der Briefeschreiber? Hatte er sie nur in die Eifel bestellt, um sie auf der Straße abzufangen? Sollte alles nach einem Unfall aussehen? Wollte er sie hier und jetzt töten?

Endlos zog sich die Landstraße durch ein Waldstück. Die Umgebung wie ausgestorben. Angestrengt suchte sie nach einer Möglichkeit, dem Kerl zu entkommen. Sie traute sich nicht zu bremsen, fürchtete, er würde nicht schnell genug reagieren und auffahren. Anhalten wollte sie erst recht nicht. Körperlich war sie ihm garantiert unterlegen.

Ihr Handy!

Sie musste die Polizei rufen.

Das war es!

Sollte ihr danach ein Unglück zustoßen, würde der Täter zumindest nicht so einfach davonkommen.

Sie drückte den Knopf für die Freisprecheinrichtung. Nichts. Im Stakkato betätigte sie die Bedienung des Handys. Ohne Erfolg. Nina jaulte auf. Sie hatte vergessen, Bluetooth einzuschalten. Mit einer Hand versuchte sie, das Gerät aus der Hosentasche zu ziehen. Zunächst wehrte es sich, gab dann aber nach und sprang förmlich in ihren Schoß. Nina musste blinzeln, Schweiß lief ihr in die Augen. Sie traute sich nicht, den Blick von der Straße abzuwenden.

»Scheiße, Scheiße, Scheiße«, fluchte sie und hieb mit dem Handballen aufs Lenkrad. Vor ihr schwenkte die Landstraße nach links. In weiter Ferne sah sie etwas Gelbes auf einem betonierten Seitenstreifen am Waldrand stehen. Ein Wohnwagen? Ja, tatsächlich. Sie konnte eine Gestalt im Türrahmen stehen sehen.

Eine Zeugin!

Die konnte nützlich sein, sollte der Irre auf dumme Gedanken kommen. Kurz entschlossen lenkte sie nach rechts und trat mit beiden Füßen fest auf das Bremspedal. Die Reifen quietschten, der Smart schlingerte. Jeden Moment erwartete Nina den Aufprall des Mercedes. Sie hielt den Atem an, rasend schnell kam der Wohnwagen näher. Es würde knapp werden. Verzweifelt stemmte sie sich auf das Pedal. Das Antiblockiersystem schüttelte den Smart durch. Plötzlich schoss der Mercedes hupend an ihr vorbei. Sie achtete nicht weiter darauf. Die Frau in der Wohnwagentür sah mit entsetztem Gesichtsausdruck zu ihr herüber. Nina versuchte nach links zu lenken, um so an dem Wohnwagen vorbeizuschlittern. Es gelang ihr um Haaresbreite. Wenige Meter weiter kam der Smart zum Stillstand. Wie ferngesteuert schaltete Nina in die Parkstellung und stellte den Motor ab. Mit zittrigen Beinen stieg sie aus und lehnte sich gegen das Blech. Sie sah den Mercedes in der Ferne verschwinden. Nina atmete tief durch.

Die Frau aus dem Wohnwagen lief auf sie zu. Sie trug ein T-Shirt, das ihre üppigen Brüste betonte, einen Minirock und kniehohe Stiefel. »Herrgott! Was war das denn für ein Stunt?« Sie legte ihre Hand auf Ninas Schulter und blickte sie sorgenvoll an. »Alles klar?«

Nina nickte stumm.

»Hat der Wichser dich gejagt? Der hing dir ja am Arsch, meine Güte. Den Typen musst du anzeigen.« Sie hielt Nina eine Zigarette hin.

Dankbar griff sie zu und ließ sich Feuer geben. Seit Jahren hatte sie nicht mehr geraucht. Jetzt verlangte jede Faser in ihrem Körper nach einem Zug. Hastig zog sie an dem Filter. Ihre Lunge wehrte sich gegen den ungewohnten Rauch mit einem krampfhaften Husten. »Haben Sie sich das Nummernschild merken können?«, fragte Nina, nachdem sie wieder atmen konnte.

»Nee, ging alles zu schnell. War auch keiner von meinen Kunden, da bin ich mir sicher.«

Nina begriff nicht. Es dauerte eine Weile, bis der Groschen fiel. Natürlich! Der Wohnwagen und die freizügige

Kleidung. Aber dass eine hier in der Einöde ihre Liebesdienste anbot, hätte sie nie gedacht. Sogar auf dem Mount Everest kamen vermutlich mehr Kunden vorbei.

»Magst du auf den Schrecken noch einen Schnaps?«

Nina schüttelte den Kopf. »Nett von Ihnen. Aber ich muss weiter.«

Wenig später lenkte sie den Smart zurück auf die Landstraße und winkte der Frau zum Abschied zu.

Diesmal hatte Nina Bluetooth eingeschaltet. Sollte der Typ irgendwo auf sie warten, konnte sie sofort die Polizei benachrichtigen.

20

1991

Nachdenklich schaute Nina zum Fenster hinaus. Ihr Mathelehrer stand an der Tafel und führte eine Kurvendiskussion. Absichtlich ließ er die Kreide quietschen, angeblich, damit die Klasse wach und aufmerksam zu halten.

Bei Nina hatte es nicht funktioniert. Zahlen interessierten sie nicht sonderlich, und kamelhöckerförmige Kurven erst recht nicht.

Ein kleiner Junge rannte über das Pflaster vor dem Haupteingang, bog links auf den Gehweg ab und flitzte davon. Warum verließ er die Schule um diese Zeit? War er krank? Einen Moment später hatte sie ihn schon wieder vergessen.

Der tote Beo drängte sich in ihr Bewusstsein. Tröstend hatte Nina neben ihrem Vater gestanden und sich insgeheim an seiner Trauer ergötzt. Es war so leicht gewesen, ihrem Vater Schmerzen zuzufügen. Sie hatte ihm die Ohrfeige heimgezahlt. Nur kurz hatte sich ihr schlechtes Gewissen gerührt. Gut, ihre Vergeltung hatte den Tod eines Lebewesens zur Folge gehabt, doch den Vogel hatte sie ohnehin nicht ausstehen können. Also belastete sie sich nicht weiter mit Gewissensbissen.

Aber genau *das* war es, was sie irritierte: Offensichtlich trug sie ein Gen in sich, das ihr das Töten ohne Reue ermöglichte. War das noch normal? In der vergangenen Nacht hatte sie schlaflos im Bett gelegen und nachgedacht. Stimmte mit ihr etwas nicht? Was wäre, wenn sie es nicht kontrollieren konnte? Wozu war sie fähig? Konnte sie genauso einen Menschen umbringen, wenn der ihr in die Quere kam?

Mit beiden Händen packte sie die Tischkante. Um jeden Preis wollte sie den Gedankengang aufhalten, doch es gelang ihr nicht.

Konnte sie einen Menschen töten?

Dieser Gedanke war gefährlich. Der Gedanke war völlig verrückt!

War sie vielleicht verrückt?

Was geschah mit solchen Leuten?

Sie sieht sich in einem Raum sitzen, die Wände mit Gummimatten gepolstert. Gepeinigt von grellkaltem Neonlicht, das sogar durch geschlossene Augenlider dringt. Sie steckt in einer Zwangsjacke. Die Fliesen strahlen eine unangenehme Kälte aus. Schreie in der Ferne, gedämpft durch dickes Mauerwerk. Niemand kümmert sich um sie. Sie schreit …

Rechtzeitig konnte sie einen echten Schrei unterdrücken. Sie schüttelte sich, versuchte so, das Bild aus ihrem Kopf zu verdrängen. Es gelang ihr nur mühsam. Vielleicht war das Schicksal in einer Klinik immer noch besser als ein Leben in einem Frauenknast ...Ihr Mathelehrer hob drohend die Stimme.

Nina sah nach vorne.

Energisch tippte Herr Hauser mit der Kreide auf die Tafel. Das »Tock-tock-tock« konnte man bestimmt noch im Keller hören. Der Mathelehrer war in der Schule als Choleriker berüchtigt, den der kleinste Anlass auf die Palme brachte. Das hatte Nina bereits nach der ersten Stunde von ihrer Tischnachbarin erfahren. Sie solle sich in Acht nehmen, denn »Frischlinge« pickte er sich zum Abreagieren besonders gerne raus. Nina verspürte nicht die geringste Lust, heute der Blitzableiter zu sein. Daher fixierte sie die Formel auf der Tafel und bemühte sich um einen konzentrierten Gesichtsausdruck, bevor sie Hauser wieder ausblendete. Sie hatte ohnehin längst keine Ahnung mehr, worum es bei der Aufgabe ging.

Sofort setzten die beunruhigenden Gedankengänge wieder ein.

War sie ein Psycho?

War man ein Psycho, wenn man kaltblütig einen Vogel tötete?

Ohne Emotionen?

Halt, nein, Letzteres stimmte nicht. Sie hatte durchaus etwas empfunden: eine kribbelnde Vorfreude auf die Trauer ihres Vaters und ein freudiges Kitzeln in der Magengrube, das nervende Geschrei des Viehs endlich abzuwürgen. Für Sekunden hatte sie sich schwerelos gefühlt, mächtig und unangreifbar. Eine Rachegöttin auf ihrem Feldzug.

Ein heiseres Kichern entfuhr ihr.

»Was amüsiert dich an dem Wendepunkt so sehr, wenn ich fragen darf?«

Nina erschrak. Herr Hauser hatte sich vor ihr aufgebaut. Scheiße, ihr wurde es heiß und kalt zugleich. Sein stechender Blick verriet, dass er bereits auf hundertachtzig war. Eine unheilvolle Stille breitete sich im Klassenraum aus. »Amüsieren ... äh ... gar nichts.«

»Oh, ach so.« Hauser lachte gekünstelt. »Wenn an dem Wendepunkt nichts lustig ist, dann vielleicht an mir?« Er sah an sich herab und zupfte an seiner Kleidung. »Ist es das Hemd? Oder die Jeans?«

Eher der Kopf, dachte Nina und warf einen Blick auf den lächerlichen Haarkranz, der seine Glatze einrahmte wie der Waldrand eine Lichtung. »Nein, alles bestens.«

»Bestens?« Er beugte sich vor. »Ich kann nicht glauben, dass ich tatsächlich deinen Modegeschmack treffe.«

»Doch, alles in Ordnung«, versicherte Nina erneut. Vielleicht half es, das unschuldige Mädchen zu mimen. Verlegen schaute sie zu Boden und hob die Schultern. »Tut mir leid, Herr Hauser. Ich hatte nur an etwas Lustiges gedacht.«

Hauser nickte kaum merklich. »Aha. Dann erzähl mal. Ich will auch lachen.«

Innerlich stöhnte Nina auf. Hauser war echt ein Sadist. Er hatte sie erwischt, als sie in Gedanken war. Und er hatte sie bloßgestellt. So weit, so gut. Aber musste er jetzt auch noch darauf herumreiten? »War nur ein Witz«, sie winkte ab, »nichts Besonderes.«

Hauser verschränkte die Arme. Ein zynisches Grinsen blitzte auf. »Ich höre.«

So ein Arschloch, schimpfte Nina innerlich. Hilfesuchend sah sie sich um. Fast alle mieden den Blickkontakt. Mit gesenkten Köpfen saßen sie auf ihren Plätzen. Nur dieser Typ, dieser Tim in der letzten Reihe, grinste sie an. Ebenfalls ein Arschloch, dachte sie.

»Und?«, forderte Hauser.

Das Blut schoss ihr ins Gesicht. »Äh ...«

»Nur zu, erzähl schon. Ich bin gespannt.«

Nina seufzte resigniert. Also schön. Er hatte es so gewollt.

»Was ist der Unterschied zwischen Lehrern und Schimpansen?«, platzte es aus ihr heraus.

Hauser runzelte die Stirn. »Bitte?«

Nina wiederholte die Frage.

Erstaunt zuckte er mit den Schultern.

»Es ist wissenschaftlich erwiesen, dass Schimpansen die Fähigkeit besitzen, mit Menschen zu kommunizieren«, sagte Nina und sah Hauser mit treuer Miene ins Gesicht.

21

Ohne weitere Vorkommnisse passierte Nina gegen drei Uhr das gelbe Ortsschild von Mauel. Inzwischen kam es ihr fast so vor, als hätte sie die Verfolgungsjagd nur geträumt. Die ländliche Idylle, durch die sie hindurchgefahren war, hatte sie eingelullt. Kühe grasten auf beiden Seiten der Straße und strahlten eine Ruhe aus, um die Nina sie beneidete. Die Viecher mussten sich nicht mit seltsamen Drohbriefen und einer verkorksten Vergangenheit herumschlagen. Sie standen nur dort auf der Weide, kauten genüsslich, und abends trotteten sie zum Melken zurück in den Stall.

Nina erreichte die ersten Häuser. Die Geschäfte wirkten, als wären die Besitzer geflohen. An einer Hauswand musste sich einst ein Schriftzug befunden haben. »Metzgerei Schmitt«, las Nina. Ein Dackel streunte herum und lief ihr fast vors Auto. Nur mit einem unbeholfenen Spurt in letzter Sekunde entging er ihrem linken Vorderreifen.

Sie drosselte die Geschwindigkeit und suchte nach der Dorfkrone. Aus der Lüftung strömte Jauchemief. Mit einer verärgerten Handbewegung schaltete Nina auf Umluft. Ihr Geruchssinn war sehr ausgeprägt und empfindlich.

Nach einer langgezogenen Kurve sah sie einen Wegweiser, der auf den Gasthof hinwies. Kurz darauf bog sie in eine parallel verlaufende Straße ab.

Heftig bremste sie, als sie die dunkle Limousine auf dem Parkplatz entdeckte. Das konnte doch unmöglich wahr sein.

Ein schwarzer Mercedes. Der Stern blitzte im Sonnenlicht auf.

Ihr Puls beschleunigte sich. Wartete hier das Arschloch von vorhin auf sie? Oder spielten ihre überspannten Nerven ihr einen Streich? Nina wischte sich mit dem Ärmel über die Augen. Schwarze Daimler gab es häufiger, und das Nummernschild hatte sie vorhin nicht beachtet. Dieses Fahrzeug hier trug ein Münchner Kennzeichen. Bestimmt würde niemand aus der bayerischen Metropole anreisen, um sie hier in den Tod zu hetzen. War also alles nur ein blöder Zufall?

Sie parkte den Smart neben dem Mercedes und schaute hinüber. Niemand zu sehen. Vielleicht gönnte sich der Fahrer ein verspätetes Mittagessen.

Aber wenn nicht? Hielt er sich versteckt, um ihr aufzulauern und sie anzugreifen? Dann musste er der anonyme Briefeschreiber sein. Wie sonst sollte er ihr Ziel kennen?

Nina tastete über die Ablage unter dem Armaturenträger. Die zylindrische Pfefferspraydose fügte sich in ihre Hand.

Ein Klopfen auf der Fahrerseite ließ sie zusammenschrecken. Sie fuhr herum.

Mit beiden Händen auf den Knien beugte sich ein Mann zum Fenster herab und grinste frech. Kraftvoll stieß Nina die Tür auf. Sie traf den Typen am Kopf. Stöhnend taumelte er zurück und fiel auf den Hintern. Nina nutzte das Überraschungsmoment, schnallte sich ab und sprang aus dem Wagen. Mit dem Pfefferspray zielte sie in seine Richtung. »Eine falsche Bewegung, und ich verkleb Ihnen die Augen«, schrie sie und unterdrückte den Wunsch, ihm den Fuß gegen den Kiefer zu rammen.

Der Mann hob einen Arm und zeigte die Handfläche. »Alles gut, ich gebe auf. Mensch, Nina, pack dein Gas ein. Ich bin es. Erkennst du mich nicht?«

Woher kannte der Typ ihren Namen? War das ein Trick? Wollte er sie in Sicherheit wiegen, um sie dann anzugreifen?

Der Mann auf dem Boden strich die Haare nach hinten, die ihm durch den Sturz ins Gesicht gefallen waren. Sein Grinsen kehrte zurück.

Das Gesicht kannte sie.

»Tim? Tim Jäger?«

Natürlich, das war Tim. Wäre sie nicht so aufgebracht gewesen, hätte sie ihn sofort erkannt.

»Na, das hat ja gedauert.«

Sicherheitshalber ging Nina einen Schritt zurück. Sie traute der Sache noch nicht.

»Dass ich dich hier treffe, war klar«, sagte er.

»Wie? Klar?«

Spöttisch lachte er. »Lass mich raten: Du hast eine Einladung erhalten, die du nicht ausschlagen konntest.«

»So würde ich es nicht ausdrücken …«, antwortete Nina unbestimmt.

»Komm, sei ehrlich. Ich habe auch eine Botschaft erhalten. Es ist nur logisch, dass der Rest der alten Clique auch bald auftauchen wird. Schließlich hängen wir alle mit drin.«

So weit war Nina auch mit ihren Überlegungen gekommen. Tims Auftauchen bestätigte ihren Verdacht. Sie senkte den Arm mit dem Pfefferspray, riss ihn dann aber wieder wütend hoch. »Und was sollte vorhin der Scheiß mit der Verfolgungsjagd? Ich hätte draufgehen können!«

Entschuldigend hob Tim beide Arme. »Nur ein Spaß. Ich habe dich sofort erkannt und wollte nur ein wenig … na ja … spielen. Ich hatte alles unter Kontrolle, keine Sorge.«

»Du Arschloch!«, schrie Nina. Ihr Zeigefinger erhöhte den Druck auf den Sprühkopf. »Kannst du dir vorstellen, wie ich mich gefühlt habe?«

»Todesangst?«

»Nahe dran.«

Er zwinkerte. »Perfekt. Wie in alten Zeiten«

Nina zögerte kurz, dann warf sie ihm die Pfefferspraydose an den Kopf.

»Autsch!« Tim rieb sich die Stirn und grinste. »Ich denke, das habe ich verdient.«

Nina wandte sich ab und ging zum Kofferraum des Smarts. Immer noch wütend packte sie die Reisetasche. »Das nächste Mal lass ich dich vorläufig festnehmen und einen Tag in der Zelle schmoren«, zischte sie, und sie meinte es nicht im Scherz.

Tim seufzte. »Ich habe verstanden. Entschuldige bitte, ich habe wohl … äh … übertrieben. Soll nicht wieder vorkommen.«

»Und es wäre mir ein Vergnügen, dich wegen versuchten Mordes dranzukriegen. Das können schnell einige Jahre werden, wenn nicht sogar …«

»Nina!«, stöhnte Tim auf. »Ich habe *verstanden*!«

»Was ist denn hier los?«, rief in diesem Moment eine tiefe Stimme.

Im Eingang des Gasthofes stand ein Hüne, die Hände in die Hüften gestemmt. Das kantige Gesicht umrahmt von dunkel gelocktem, schulterlangem Haar. Mit klaren blauen Augen sah er in die Welt hinaus. Ein Dreitagebart verlieh ihm etwas Verwegenes. Das karierte Hemd trug er über der Jeans, die kurzen Ärmel spannten über mächtigen Oberarmen. Der Brustumfang konnte einem Weinfass Konkurrenz machen.

Typ Holzfäller, dachte Nina. Allerdings der bestaussehende, dem sie jemals begegnet war. Ihre Wut auf Tim war vergessen. Sie hatte nur noch Augen für den Mann in der Tür.

Tim rappelte sich hoch, hob das Pfefferspray auf.

»Nichts! Gar nichts. Alles bestens«, antwortete er, kam um den Smart herum und drückte Nina die Dose in die Hand. »Wir haben uns lange nicht gesehen. Überschäumende Gefühle, Sie verstehen schon.« Er ging zu seinem eigenen Wagen und lud einen Koffer aus.

Nina packte den Gurt ihrer Tasche fester, ging die drei Stufen zum Eingang des Gasthofs hoch und streckte dem Mann die Hand entgegen.

»Nina Lehmann. Ich hoffe, wir sind hier richtig.«

Fast zärtlich ergriff er ihre Hand, als fürchtete er, sie zu zerquetschen.

»Holger Giebels. Vorname reicht, ich stehe nicht auf

das Gesieze. Ich bin der Wirt hier. Ja, ihr wurdet mir angekündigt.«

Tim kam die Treppe herauf. Der Koffer rumpelte über die Stufen. »Tim Jäger«, stellte er sich vor und streckte ebenfalls die Hand aus.

Giebels sah ihn nur mürrisch an und drehte sich um. »Folgt mir. Ich zeige euch die Zimmer.«

»Moment!«, rief Tim. »Was soll das heißen? Sollen wir etwa übernachten? Davon war keine Rede. Ich muss den Leihwagen zurückbringen und meine eigene Karre aus der Werkstatt …«

»Die Zimmer sind gebucht«, sagte Giebels. »Was ihr damit macht, ist mir egal.« Er setzte den Fuß auf die unterste Stufe der Treppe, die zum Obergeschoss hinaufführte. »Abendessen sollte ich auch vorbereiten.«

»Aber …«, setzte Tim an.

Nina versetzte ihm einen Stoß in die Rippen. »Das wird sich bestimmt aufklären.«

Giebels war bereits oben angekommen. Nina folgte ihm rasch.

Hinter ihr mühte sich Tim mit dem Koffer ab. »Super. Jetzt kann ich zig Termine verschieben. Das wird ewig dauern. Hoffentlich hat man hier überhaupt Empfang.«

»Schwierig«, sagte Giebels, der am oberen Treppenabsatz auf sie wartete. »Du kannst aber mein Festnetz benutzen.«

»Tatsächlich? So etwas habt ihr hier schon?«, spottete Tim.

Giebels kratzte sich die Bartstoppeln. »Ich muss allerdings eine Gebühr erheben. Einen Euro pro Minute.«

»Einen … Euro?« Tim verschluckte sich und hustete. »Pro Minute? Sind Sie wahnsinnig?«

»Du hast die Wahl«, antwortete Giebels und setzte sich wieder in Bewegung.

Nina hatte das Aufblitzen in den Augen des Wirts bemerkt. Er schien sich köstlich zu amüsieren. Garantiert würde Tim nicht sein Freund fürs Leben werden.

Das machte ihr Giebels noch sympathischer.

22

1991

Wütend biss Nina in ihre Banane. Am Anfang der Pause hatte sie sich abseits des Schulhofs auf den Boden gesetzt und sich an einer Kastanie angelehnt. Hinter ihr trennte der Zaun das Gelände von der Straße ab. Von hier aus hatte sie alles im Blick.

Hauser hatte sie lang gemacht. Bis zum Pausenklingeln hatte er sie mit spitzen Bemerkungen über ihr Unvermögen an der Tafel schikaniert. Kein Wunder, dass sie die gestellte Aufgabe nicht hatte lösen können.

Bei Hauser hatte sie jetzt endgültig verschissen, das war so sicher wie das Amen in der Kirche. Nicht gerade die besten Voraussetzungen, um in Mathe noch auf einen grünen Zweig zu kommen. Das war schlimm genug. Noch mehr ärgerte sie allerdings das dreckige Grinsen von diesem Tim Jäger. Warum musste so ein Flachwichser ausgerechnet in ihrer Nachbarschaft wohnen? So sah sie ihn öfter, als es ihr lieb war.

Nina blickte über den Schulhof. Wo war das Arschloch? Sie verspürte den Wunsch, ihm in die Eier zu treten.

Schließlich erspähte sie ihn im Schatten des Schulgebäudes, direkt neben dem Fahrradständer. Ihr Herz machte einen Sprung. Tim unterhielt sich mit diesem super aussehenden Typen. Steff. Er hatte die Statur eines Bodybuilders. Diese aufgeblasenen Kleiderschränke gehörten bisher nicht zu ihrem Beuteschema. Doch Steff hatte in ihr irgendeinen Schalter umgelegt. Bereits am ersten Tag an der neuen Schule war er ihr aufgefallen. Sie war spät dran gewesen, und er hatte ihr galant die Tür aufgehalten. Nach einem aufmunternden Lächeln war er dann im Labyrinth der Gänge verschwunden.

Tim und Steff sahen zu ihr rüber und lachten.

Ach du Scheiße, sie sprachen über sie. Vermutlich berichtete Tim brühwarm von ihrer Blamage an der Tafel. Die beiden amüsierten sich ja prächtig.

Nina ballte die Fäuste. Nein, sie würde Tim nicht in die Eier treten, sondern sie ihm abreißen und danach an den nächsten Baum nageln. Und wenn sie schon mal dabei war, konnte sie Hauser direkt daneben …

O nein! Nina richtete sich auf. Tim hatte sich mit einem Klaps auf Steffs Schulter verabschiedet und kam schnurstracks auf sie zu. Alles andere, nur kein Gespräch mit diesem Arsch. Hilfesuchend sah sie sich um. Doch bevor sie die Flucht ergreifen konnte, ließ sich Tim schon an ihrer Seite fallen. Er verschränkte die Beine und saß im Schneidersitz neben ihr.

Nina rümpfte die Nase und machte Anstalten, sich zu erheben. Auf Tims dumme Sprüche hatte sie wirklich keinen Bock.

»Cool«, sagte er.

Nina stutzte. Was fand er cool? Wie sie hier saß?

»Häh?«

Schon wieder grinste er dreckig. »Die Nummer mit Hauser.«

Sie sprang auf. Lag sie also doch richtig. Er wollte nur Salz in die Wunde reiben. Sie riss ihre Tasche am Trageriemen in die Höhe und hastete davon. Doch im nächsten Moment lief Tim bereits neben ihr her. Nina hatte gehofft, ihn mit ihrem überraschenden Start abhängen zu können, um sich dann bis zum Ende der Pause in der Mädchentoilette einzuschließen.

»Mann, komm mal runter«, forderte er.

Sie wandte sich ihm zu. »Du hast ja nicht vorne gestanden. Ich fand das nicht *cool*, was Hauser mit mir abgezogen hat.« Sie stieß einen Zeigefinger in seinen Solarplexus. Wie elektrisiert zuckte er zusammen. »Und du hast dir ins Fäustchen gelacht und jede Minute genossen. Glaub mal nicht, dass ich deine Schadenfreude nicht mitbekommen habe.« Sie setzte ihren Weg fort und stieß einen Jungen aus der Fünften oder Sechsten zur Seite, der ihr im Weg stand.

»Hey!«, protestierte dieser, ging dann aber ein paar Schritte auf Abstand, als er ihr wutverzerrtes Gesicht bemerkte.

Tim ließ sich nicht abschütteln. Leichtfüßig tänzelte er neben ihr her. »Du bist aber so was von auf Geisterfahrt.«

Fast wäre Nina über einen Ball gestolpert, der ihr vor die Füße rollte. Sie fing sich gerade noch und beförderte ihn mit einem mächtigen Kick irgendwo ins Niemandsland. »Redest du immer so einen Stuss?«, fuhr sie Tim an.

»Kann mich nicht erinnern.«

»Was meinst du mit Geisterfahrt?«

»Ich meine nur, dass du was in den falschen Hals bekommen hast.«

»So?«

»Ja.«

»Klär mich auf.«

Tim zuckte mit den Schultern. »Ich fand dich cool.«

»Mich?«

»Na sicher. Manche bekommen den Mund nicht mehr auf, wenn Hauser sie auf dem Kieker hat. Du hast sogar noch eine Ausrede parat gehabt. Aber das Beste war der Joke.« Er reckte den Daumen nach oben. »Respekt, ehrlich. Das hat noch keiner gemacht. Hast du gesehen, wie er erst vollkommen erstarrt dastand?«

Ninas Wut war verraucht. Das hatte sie tatsächlich bemerkt. »Wie vom Donner gerührt.« Sie kicherte.

Tim fiel in ihr Lachen ein. »Eher vom Blitz getroffen.«

Nina verzog die Mine. »Okay, aber die Mathenote habe ich mir bei aller … Coolness … wohl versaut. Hauser sitzt am längeren Hebel und wird es mich spüren lassen.«

Verschwörerisch sah sich Tim um und zog sie hinter sich her in den nächsten Flur.

»He!«, protestierte Nina. Sie versuchte, sich ihm zu entwinden.

Doch Tim hielt sie eisern fest und drückte sie in eine Nische, in der sich mehrere Waschbecken befanden. Hier waren sie ungestört. »Würdest du dem Hauser gerne eins auswischen?«

Nina dachte an ihren Wunsch von eben, ihren Mathelehrer neben Tim an den Baum zu nageln. Andererseits hatte sie keinen Bock darauf, Ärger zu bekommen. »Schon …«, sagte sie daher unbestimmt.

»Pass auf. Ich habe gerade mit Steff gesprochen. Du kennst doch unsere Clique, oder?«

Nina nickte. Was ging hier vor? Welche Rolle spielte Steff dabei?

»Du sollst heute Nachmittag ins Schwimmbad kommen. Geht das?«

Ninas Puls galoppierte. Sie hätte ein Auge geopfert, um Steff näherzukommen. »Klar«, antwortete sie mit belegter Stimme. »Aber … warum? Ich meine … warum gerade ich? Ich hab gehört, bei euch hat keiner 'ne Chance.«

Der Gong ertönte. Die Pause war beendet.

Tim winkte ab. »Wir suchen uns die Leute gründlich aus.«

»Aha.« Nina verstand gar nichts mehr. »Und im Freibad ist auch Hauser zufällig und wir … tauchen ihn unter?«

»Quatsch.« Tim zwinkerte ihr zu. »Viel besser, viel, viel besser.« Dann wandte er sich um und lief die Treppe hinauf.

23

Kiefernmöbel und helles Laminat, zwei Drucke an der Wand, die eine hügelige Herbstlandschaft und eine Sonnenblume zeigten, dazwischen ein Holzkreuz. Das Zimmer war einfach eingerichtet, aber durchaus gemütlich. Nina gefiel es. Sie verlangte nicht viel, legte jedoch Wert auf Sauberkeit. Prüfend fuhr sie mit dem Finger über einen der Bilderrahmen und betrachtete ihre Fingerkuppe. Kein Staub zu sehen. Anerkennend schürzte sie die Lippen und nickte Giebels zu.

»Meine Schwester«, äußerte er und zuckte mit den Schultern. In diesem Moment wirkte er wie ein kleiner Junge, der verlegen mit der Fußspitze scharrt. »Ich wäre damit hoffnungslos überfordert. Für das bisschen, was ich ihr zahlen kann, macht sie viel zu viel. Wenn ich sie nicht hätte, wäre dein Finger kohlrabenschwarz.«

Nina lachte. »Du kannst stolz auf deine Schwester sein.«

Er nickte. »Um neunzehn Uhr gibt es Abendessen. Im Speisesaal steht ein Kühlschrank. Dort könnt ihr euch Getränke holen.«

»Und wo zahlt man?«

»Einfach auf dem Zettel notieren, der an der Kühlschranktür hängt«, sagte Giebels. Damit verließ er das Zimmer und schloss die Tür hinter sich. Seine schweren Schritte entfernten sich.

Mit Schwung warf Nina ihre Tasche auf das frisch bezogene Bett, das angenehm nach Orange duftete. Ein Fenster ging zur Straße hin. Sie öffnete es und fächelte sich Luft zu. Unten stand ihr Smart neben dem Benz. Eine getigerte Katze lag lang ausgestreckt im Schatten der Wagen auf dem Asphalt. Zwischen Straße und Parkplatz erhob sich eine Linde, darunter stand eine einladende Holzbank. Müde zwitscherte irgendwo ein Vogel.

Nina räumte ihre Tasche aus. Rasch hatte sie alles im Schrank verstaut. Das Reizgas legte sie in die Kommodenschublade. Sie ließ sich auf die Bettkante nieder. Die Matratze war angenehm hart, genau so, wie sie es mochte. Sie sah auf die Uhr. Noch drei Stunden bis zum Abendessen. Was sollte sie in der Zwischenzeit unternehmen? Eine Runde durchs Dorf? Aber da gab es nichts, was ihr Interesse geweckt hätte. Ein Nickerchen halten? Der frische Orangenduft schien sie ins Bett locken zu wollen. Nein! Nach einem Nachmittagsschläfchen fühlte sie sich immer wie gerädert, es bekam ihr einfach nicht.

Sie stand auf und ging hinunter. Im Hausflur musste sie sich orientieren. Rechts hörte sie jemanden hinter einer der Türen hantieren. Offensichtlich Giebels in der Küche. Sollte sie ihm Gesellschaft leisten? Ihr gefiel seine bärbeißige Art. Er war ein Mann, der sich nicht einschüchtern ließ.

Nina entschied sich dagegen. Ihr Wirt hatte sicher mit

den Essensvorbereitungen genug zu schaffen, dabei wollte sie ihn nicht stören. Bestimmt ergab sich später noch eine Möglichkeit, ihn näher kennenzulernen.

Links befanden sich zwei weitere Türen. Auf einer klebte ein Schildchen mit einer Doppelnull, daher entschied sie sich für die andere. Dahinter befand sich die Gaststube, rechts der Tresen, daneben der Kühlschrank. Sechs Tische mit Stühlen standen unregelmäßig verteilt im Raum. Auch hier hingen Landschaftsdrucke an den Wänden.

Sie nahm ein Wasser aus dem brummenden Kühlschrank, notierte es auf dem Zettel und verließ den Raum. Sie setzte sich auf die Bank unter der Linde. Von dort hatte sie alles im Blick. Vielleicht tauchten auch noch die anderen aus der Clique auf. Sie war neugierig, spürte aber zugleich eine gewisse Nervosität in sich aufsteigen.

Die Zeit verrann zäh wie Sirup. Zumindest ließ Tim sich nicht blicken. Ein Glück. Auf Smalltalk mit ihm konnte sie im Moment verzichten. Die riskante Verfolgungsjagd hatte sie ihm noch nicht verziehen. Sie wollte nicht neben ihm sitzen und über Gott und die Welt plaudern, als wäre nichts geschehen.

Immer wieder blickte sie auf ihr Handy. Wenn bis zum Abendessen niemand sonst eintraf, dann war das Ganze wohl nur ein dummer Streich, den Tim ihr gespielt hatte. Aber was sollte das alles?

Mit einem großen Schluck leerte sie die Wasserflasche. Sie wischte die verschwitzten Hände an ihrer Jeans trocken und stand auf. Eine erfrischende Dusche lockte. In dem Moment hörte sie ein tiefes Röhren. Sie schirmte ihre Augen mit der Hand ab und suchte nach der Ursache. Zwei helle Punkte schossen an den letzten Häusern des Dorfes vorbei und kamen dann auf sie zu, wobei sich das dumpfe Röhren in ein heiseres Fauchen verwandelte. Wenig später sauste ein feuerroter Porsche auf den Parkplatz und bremste scharf. Der Motor erstarb, die Fahrertür wurde aufgestoßen.

Nina hielt die Luft an. Vielleicht war es bloß jemand, der hier nur mal auf die Toilette wollte. Oder ein Freund von Giebels.

Ein Mann stieg aus. Das weiße Polohemd über dem wuchtigen Brustkorb reflektierte grell das Sonnenlicht, die rote Jeans spannte im Bund und war deutlich zu eng an den Beinen. Das schüttere Haar hatte er quer über den Kopf gekämmt, eine Ray-Ban-Sonnenbrille saß auf der Nase. Er schob sie mit seinen Pranken auf die Stirn und blickte sich um.

Nina schluckte. Die Sache war also ernst.

»Nina?«, rief der Mann ihr zu, als er sie erblickte.

Sie nickte. »Schön, dich wiederzusehen, Mike«, würgte sie hervor.

24

Giebels betrat den Speisesaal und brachte seinen Gästen, die inzwischen fast vollzählig versammelt waren, die zwei letzten Teller. Er hatte für sie drei Tische zu einer Tafel für sieben Personen zusammengeschoben.

»Was ist das eigentlich?«

Giebels wandte sich zu dem Sprecher um. Es war der Kerl mit dem Porsche, dieser Bud-Spencer-Typ, den die anderen Mike nannten.

»Hirschgulasch«, antwortete er. Er warf einen verstohlenen Blick auf die schwarzen, fast hüftlangen seidigen Haare von Frederike Lojewski. Sie war erst vor einer halben Stunde eingetroffen.

Was für eine Frau. Sein Herz hatte einen Schlag ausgesetzt, als sie vor der Tür stand. Niemals hätte Giebels erwartet, dass er seiner Lieblingsschauspielerin jemals Auge in Auge gegenüberstehen würde. In echt sah sie noch besser aus als im Fernsehen.

Sie sah zu ihm auf und strahlte ihn aus grünen Augen an. »Wirklich? Hirschgulasch? Erinnert mich an meine Oma. Die hat das beste Hirschgulasch aller Zeiten gekocht.« Vor Begeisterung klatschte sie in die Hände.

»Schalt mal ’n Gang runter, Rike«, forderte der Kerl, der sich Giebels als Fabian Hengstermann vorgestellt hatte. »Du bist hier nicht auf der Bühne, und Kameras gibt es auch keine.«

»Nun lass sie doch«, sagte die übergewichtige Frau, die links von ihm saß. »Kindheitserinnerungen sind doch was Schönes.«

»Nicht alle«, brummte Tim Jäger.

»Du weißt, was ich meine.«

»Ich wünsche guten Appetit«, sagte Giebels und verließ den Schankraum. Dass er sich den Namen der Dicken nicht gemerkt hatte, beunruhigte ihn. Vergesslichkeit war für ihn ein Zeichen des Alterns, und davor fürchtete er sich. Unzählige Male hatte er sich die Gästeliste angesehen. Eigentlich musste er die Namen längst im Kopf haben. Trotzdem war dieser eine ihm entfallen. Bei seinem nächsten Gang zur Küche schlüpfte er kurz in sein Büro und schaute in den Unterlagen nach.

Jana Traut, natürlich, so hieß das Pummelchen. Er murmelte den Namen vor sich hin, während er in die Küche ging. Hier sah es aus wie auf einem Schlachtfeld. Da hatte seine Schwester reichlich zu tun.

Die Arme.

Er würde ihr gerne mehr zahlen, doch das war einfach nicht möglich. Verdammt, warum warf das Scheißhotel nicht mehr ab? Dann könnte er sich Angestellte leisten. Wütend rührte er den Teig für die Pfannkuchen an.

So konnte es nicht weitergehen. Wenn zumindest eine Frau im Haus wäre, die ihn unterstützen könnte.

»Frederike Lojewski«, murmelte er. Die wäre etwas für

ihn. Seine Wut verflüchtigte sich, mechanisch rührte er im Teig. Die anderen am Tisch nannten sie »Rike«. Das gefiel ihm besser. Schön kurz. Und knackig. Wie ihr Hintern. Dagegen konnte Jennifer Lopez einpacken. Mit so einer Frau an seiner Seite würde das Leben anders aussehen, rauschende Partys in den Weltmetropolen, immer im Rampenlicht.

Aus dem Radio wusste er von ihrer dritten Scheidung. Offensichtlich hatte sie den Richtigen noch nicht gefunden. Das könnte sich mit ihm ja ändern.

Er legte den Rührbesen zur Seite und lehnte sich an die Arbeitsplatte. Das High-Society-Leben würde ihm nichts bedeuten. Eine nette Abwechslung, mehr nicht. Ihn reizten die finanzielle Unabhängigkeit und die bildhübsche Frau, die er nach Strich und Faden verwöhnen würde.

Träume sind Schäume.

Für Frederike Lojewski … Rike … kam bestimmt kein Eifler Wirt infrage. Materiell konnte er ihr nichts bieten, außer ein überzogenes Konto und diese hochbelastete Kaschemme hier, die keinen Gewinn abwarf und allabendlich die Säufer aus dem Dorf anzog. Das Fazit seiner Situation frustrierte ihn. Mit den Händen umklammerte er die Kante der Arbeitsplatte.

Nein, er konnte es sich sparen, der schönsten Schauspielerin Deutschlands den Hof zu machen. Bestenfalls würde sie ihm zum Abschied einen Kuss auf die Wange hauchen, in ihren Wagen steigen und auf Nimmerwiedersehen davonrauschen. Eher würde sie ihn aber wohl lauthals auslachen.

Die Worte seines Vaters kamen ihm in den Sinn: Wer nicht wagt, der nicht gewinnt.

Alter Narr!

Den Hof hatte sein Alter verspielt, die Familie zerstört, die Freunde hinterrücks betrogen und am Ende gesoffen wie ein Loch. Das »Wer nicht wagt, der nicht gewinnt« hatte seinen Vater schließlich auf die Moseltalbrücke an der A61 geführt. Dort war es ihm gelungen, die Absperrungen zu überwinden und bis zur Mitte vorzudringen. Vermutlich rätselte die Polizei heute noch, wie der stark alkoholisierte Mann das fertiggebracht hatte. Wenige Minuten später war sein Vater gesprungen.

Über hundertdreißig Meter freier Fall. Der Schiffsführer eines Frachtkahns war Zeuge des Sprungs geworden. Die Feuerwehr hatte den Leichnam flussabwärts aus der nächsten Staustufe herausgefischt.

Das schreckliche Ereignis hatte die Geschwister zusammengeschweißt. Als seine Schwester vor fünf Jahren heiratete, war für ihn eine Welt zusammengebrochen. Von heute auf morgen waren die Zeiten vorbei, in denen er, wann immer es ihm in den Sinn kam, bei ihr auftauchen konnte, um Probleme zu besprechen oder einfach nur zu plaudern. Jetzt musste er sich anmelden und Rücksicht auf seinen Schwager und die Kinder nehmen.

Giebels blickte zur Uhr über der Anrichte. Seit dem Servieren des Hauptgangs war eine halbe Stunde vergangen.

Zeit zum Abräumen.

Er atmete tief durch und freute sich auf das kurze Wiedersehen mit Rike.

25

»Fantastisch, was dieser Waldschrat hier auftischt«, sagte Tim, streckte sich und rieb sich den Bauch. »Der Pfannkuchen war doch spitze, oder? Ich meine, wer hätte das erwartet hier in der Einöde.«

Nina stand auf und holte sich eine Wasserflasche aus dem Kühlschrank. Sie waren allein. Geschlossene Gesellschaft, wie der Wirt mitgeteilt hatte.

Verständnislos schüttelte Nina den Kopf. Schon den ganzen Abend behandelte Tim den Wirt von oben herab. Das Ambiente war ihm wohl nicht glamourös genug.

»Jetzt hör endlich auf rumzulästern«, fuhr sie ihn an. »Wir sollten endlich über das reden, was wirklich wichtig ist. Weswegen sind wir hier? Was hat das alles zu bedeuten?«

Während des Essens hatten sie nur über Beruf und Karriere gesprochen. Immer um den heißen Brei herum, dachte Nina. Nur Jana hatte kaum etwas gesagt, sondern nur still zugehört und sie mit ihren großen Kulleraugen beobachtet. »Was meinst du, Jana? Warum sind wir hier?«, fragte Nina. Sie wollte mehr über Jana erfahren. Vielleicht musste man sie ein wenig aus der Reserve locken.

Jana zuckte zusammen, als hätte Nina sie bei irgendetwas ertappt.

»Ich habe keine Ahnung«, sagte Jana.

»Du bist hier, also wirst du dir Gedanken gemacht haben.«

Jana hob die Schultern. »In dem Brief stand, ich solle hierherfahren. Und das habe ich getan.«

Mike lachte und fuhr sich mit einer Hand über die schütteren Haare.

»Sehr vertrauensselig, meine Liebe. Tut mir leid, ich weiß, dass du nicht auf den Kopf gefallen bist. Das nehme ich dir nicht ab. Spiel hier also nicht das Dummchen.« Aus seiner Hemdbrusttasche zog er eine Zigarre, dann fingerte er aus der Hose ein silbriges Feuerzeug und paffte an.

»Hier ist Rauchen verboten.« Fabian deutete zur Tür, auf der ein entsprechendes Verbotsschild klebte. Demonstrativ wedelte er mit der Hand vor dem Gesicht herum.

»Das bedeutet rein gar nichts«, sagte Mike und blies einen Rauchring. »Wenn du versuchst, auf dem Land ein Rauchverbot in einer Kneipe einzuführen, wirst du gelyncht. Oder nicht wiedergewählt. Glaub mir, ich weiß, wovon ich rede.«

»Nachher stinken meine Klamotten«, beschwerte sich Fabian.

Abschätzig sah Mike ihn an. »Wenn du sonst keine Probleme hast.«

»Doch. Deinen Spritschlucker vor der Tür.«

Genervt rieb sich Nina die Augen. Fabian war vorhin mit einem Hybridmodell vorgefahren. An den Flanken pappten große Aufkleber von Greenpeace und vom WWF.

Zur Begrüßung hatte er Mike heftige Vorhaltungen über seine »fahrbare Umweltkatastrophe« gemacht. Der hatte es mit einer Seelenruhe von sich abperlen lassen, die Nina beeindruckend fand. Wahrscheinlich war Mike durch zahlreiche Wahlkämpfe und Podiumsdiskussionen Anfeindungen gewohnt und reagierte daher mit einer gelassenen Routine.

Mit der flachen Hand klopfte Rike auf den Tisch. »Jetzt fangt doch nicht schon wieder an. Nina hat recht. Lasst uns zum Wesentlichen kommen. Was geht hier vor?«

»Wir sind zu sechst«, sagte Mike und zog genüsslich an der Zigarre. Die Spitze leuchtete orange auf. »Der liebe Steff lässt nach wie vor auf sich warten. Ich frage mich die ganze Zeit, weshalb er wohl nicht auftaucht?«

»Er könnte verhindert sein«, gab Nina zu bedenken.

Verächtlich schnaubte Mike durch die Nase. »Ach was, Schätzchen. Wir hatten alle unsere Verpflichtungen. Doch wir sind hier, oder? Es steht bei jedem viel auf dem Spiel, bei Steff ist es sicher nicht anders. Ich sag dir: *Er* steckt hinter dem ganzen Quatsch.« Mike stieß mit der Zigarrenspitze in Ninas Richtung. »Wer sonst, he?«

»Vielleicht ist uns jemand auf die Schliche gekommen«, presste Jana heraus. »Oder Pierre …«

»Ach, vergiss Pierre«, fuhr Mike sie an. »Der bestimmt nicht. Du weißt doch, was mit dem los ist.« Er schob den Stuhl nach hinten, stemmte sich hoch und stellte sich ans Fenster. »Glaubt mir, es ist Steff. Er erlaubt sich einen makabren Scherz mit uns. Ich bin mir sicher, dass er nachher wie ein Schachtelteufel irgendwo rausspringt und sich über uns köstlich amüsiert.«

Die Tür schwang auf, und Giebels brachte ein Tablett mit Tassen herein. Aromatischer Kaffeeduft breitete sich im Raum aus. Giebels verteilte und legte dann ein Kuvert in die Mitte des Tisches.

Fabian deutete darauf. »Was ist das?«

»Nachricht«, antwortete Giebels mundfaul.

»Von wem?« Fabian zog den Umschlag zu sich.

»Von dem, der die Zimmer für euch gebucht hat. Der Auftrag lautete, euch den Brief nach dem Abendessen zu überreichen.«

Tim erhob sich und ging einen Schritt auf Giebels zu. »Sie kennen den Kerl?«

Giebels wiegte den Kopf. »Der Kontakt lief telefonisch ab. Daher würde ich nicht von Kennen sprechen. Ich bin mir noch nicht mal sicher, ob es ein Kerl war. Könnte genauso gut eine Frau gewesen sein. Der Empfang war hundsmiserabel.«

»Und all diese ominösen Anweisungen, die haben Sie nicht stutzig gemacht?«

»Klar, ein wenig schon.«

»Trotzdem haben Sie sich bereit erklärt, die Anweisungen genau zu befolgen?« Tim sah aus, als würde er sich jeden Moment auf Giebels stürzen. Mit hochrotem Kopf stand er vor ihm, die Hände zu Fäusten geballt.

Nina wunderte sich über Tims impulsive und aggressive Art.

»Ich kann es mir nicht leisten, solche Aufträge abzulehnen«, erklärte Giebels gelassen. Offenbar sah er in Tim keine Gefahr. Ruhig stand er in der Mitte des Raums.

Mit dem Zeigefinger tippte Tim ihm auf die Brust.

»Ihre Rolle in dem Spiel gefällt mir nicht. Sie wissen garantiert mehr, als Sie zugeben.«

Giebels blickte an sich herab. »Ich an deiner Stelle würde die Finger da wegnehmen.«

»Was sonst?« Provozierend tippte Tim weiter.

»Hör auf!«, befahl Rike. »Du benimmst dich unmöglich.«

Tim grinste frech. »Meinst du, ich lasse mich …«

Mit einer blitzschnellen Bewegung hatte Giebels Tims Arm gepackt. Eine Sekunde später lag Tim bäuchlings auf dem Boden. Giebels drückte ihm ein Knie ins Kreuz und hielt weiterhin seinen Arm fest.

»Scheiße, Mann!«, schrie Tim. »Spinnen Sie? Sofort aufhören!«

»Ich hatte dich gewarnt«, sagte Giebels gleichmütig. Sein Atem ging ruhig.

Nina bewunderte Giebels' Fitness. Sie spürte ein Ziehen in der Magengrube.

»Du bist und bleibst ein Idiot, Tim«, stellte Rike fest.

Mike schlenderte zu Giebels und legte ihm eine Hand auf die Schulter. »Lassen Sie es gut sein. Er hat seine Lektion gelernt, stimmt's, Tim?«

Der nuschelte irgendetwas Unverständliches.

Doch für Giebels schien das zu reichen. Er ließ Tim los und stand auf. »Wenn mich jemand sucht: Ich bin in der Küche aufräumen.« Er nahm das Tablett vom Tisch, drehte sich auf dem Absatz um und verließ den Raum.

Wütend blickte Tim ihm hinterher.

»Wenn Blicke töten könnten«, sagte Fabian lachend und zog Tim auf den Stuhl zurück. »Vergiss den Kerl. Ich will wissen, was in dem Kuvert ist.«

»Ich auch«, sagte Jana, die mit verschränkten Armen am Tisch saß.

»Dann mal los«, drängte Nina. Sie setzte sich auf die Tischkante und verfolgte neugierig, wie Fabian den Umschlag aufriss.

»Nur ein Brief«, stellte er fest. Er nahm ihn heraus.

Rike verdrehte die Augen. »Was hast du erwartet? Milzbranderreger?«

Jana zuckte zusammen. »Damit spaßt man nicht.«

Fabian faltete das Blatt auseinander und überflog stumm die Zeilen. »Scheint von unserem Unbekannten zu kommen«, teilte er mit.

»Unbekannten?«, rief Mike aus. »Du meinst Steff.«

»Lies vor«, forderte Nina, ohne auf Mikes Zwischenruf einzugehen. Sie glaubte nicht daran, dass Steff das Ganze organisiert hatte. Es passte nicht zu ihm. Steff hatte immer alles sofort und ohne Umwege angesprochen. Hintenherum hatte es bei ihm nie gegeben. Sie sah Fabian an.

Der nahm einen Schluck Bier, warf seinerseits einen Blick in die Runde, dann las er vor:

»Ihr Lieben, ich hoffe, das Abendessen hat euch gemundet. Die Stärkung werdet ihr benötigen, denn morgen früh geht es auf Wanderschaft. Nicht weit von hier gibt es ein verlassenes Dorf (Staudenhof). Die GPS-Daten findet ihr auf der Rückseite. Ich habe mir erlaubt, für euch das Gepäck zusammenzustellen. Zelte liegen vor Ort bereit. Für eine Nacht sollten sie Komfort genug bieten. Selbstverständlich fehlen auch die Luftmatratzen und die Schlafsäcke nicht. Euer Wirt wird euch die Rucksäcke nach dem Frühstück aushändigen. Darin findet ihr alles,

was ihr für das Abenteuer benötigt, sogar ein Navigationsgerät. Es dürfte also nicht schwer werden, das Dorf zu finden …«

»Der hat sie doch nicht alle auf der Leiste«, unterbrach Tim die Lesung. »Eine Wanderung zu einem verlassenen Dorf? Und auch noch dort schlafen? Also, ich mach da nicht mehr mit.« Ärgerlich hieb er auf den Tisch.

Jana hielt seine Faust fest. »Lass uns erst zu Ende hören, dann können wir entscheiden. Okay?«

Tim öffnete den Mund, schloss ihn dann aber wieder und nickte. Vermutlich war er von Janas besonnener Reaktion genauso überrascht wie Nina. Anerkennend hob sie eine Augenbraue und lächelte ihr zu.

»Eine Bitte muss ich jedoch äußern«, las Fabian weiter vor, *»um vor Ort ungestört zu sein, müsst ihr eure Handys abgeben. Der Wirt weiß Bescheid und fordert sie gleich von euch ein. Er verwahrt sie, bis ihr wieder zurück seid.«*

Wieder wollte Tim aufbrausen, doch Jana tätschelte seine Hand und schüttelte den Kopf.

»Ich hoffe, euch alle gegen Mittag im Dorf in Empfang nehmen zu können. Es grüßt euch … Tut nichts zur Sache. PS Sollte jemand meine Einladung ausschlagen, werde ich ungemütlich.«

26

Ein Auto rauschte draußen auf der Landstraße vorbei. Der Lichtkegel der Scheinwerfer spiegelte sich kurz in den Fensterscheiben, dann breitete sich wieder die Dämmerung im Raum aus. Tim entzog Jana seine Hand und brach das Schweigen. »Also, das glaube ich jetzt nicht. Eine Wanderung?« Er sah in die Runde und schüttelte den Kopf. »Ich mach da nicht mit. Ihr etwa?«

Nina rückte ihren Stuhl vom Tisch ab und stand auf. Sie brauchte etwas zur Beruhigung. Die ganze Situation nahm ihr die Luft zum Atmen. Sie hatte gehofft, dass sich das Rätsel hier im Gasthof auflösen würde. Stattdessen ging das Spiel anscheinend gerade erst los. Mit zittriger Hand öffnete sie die Kühlschranktür und griff sich ein Fläschchen Jägermeister. Nicht nur die kalte Luft, die ihr entgegenschlug, ließ sie frieren. Nina schraubte den Deckel ab und leerte den Schnaps in einem Zug. Der Alkohol biss ihr in den Magen.

»Bring mir einen mit«, bat Mike. Er öffnete das Fenster und warf seine halb gerauchte Zigarre auf den Parkplatz. »Ich kann auch einen vertragen.«

»Was ist jetzt?«, fragte Tim. »Geht ihr dahin?« Ungeduldig trommelte er mit den Fingern auf den Tisch. »Oder wollt ihr euch den Brief schönsaufen?«

Nina drückte Mike die Mini-Flasche in die Hand. »Von Saufen kann keine Rede sein«, zischte sie. Sie fand, Tim entwickelte sich immer mehr zum Arschloch.

Rike zog den Brief aus Fabians Hand und las stumm. »Also, wenn ihr mich fragt«, sagte sie, »wenn wir nicht hingehen, werden wir nie erfahren, was hier abgeht. Und mal ehrlich: Was soll schon passieren? Wir sind zu sechst, hey, die alte Clique. Wir haben schon ganz andere Dinge gemeistert.« Sie ließ den Brief auf den Tisch fallen.

»Ich bin dabei«, sagte Jana. »Denkt an die Warnung.«

»Ach, Schwachsinn!«, brauste Tim auf. »Warnung, dass ich nicht lache. Es ist nur ein Satz auf einem Stück Papier.« Er hob die Arme und schüttelte die Hände. »Huh, hab ich jetzt Angst.«

»Also, ich nehme das schon ernst«, warf Mike ein. »Ich möchte noch eine Weile Bürgermeister in meiner Gemeinde bleiben. Ich schau mir das Dorf morgen auch an. Fabian? Wie entscheidest du dich?«

Fabian kratzte sich das Kinn. »Auf der einen Seite kann ich Tim verstehen. Das Ganze erinnert mich an eine Schnitzeljagd, nur wissen wir weder, wer uns hier scheucht, noch, was uns am Ende erwartet.«

»Genau«, sagte Tim bestimmt und sah triumphierend in die Runde. »Endlich mal ein qualifizierter Beitrag.«

»Ich bin noch nicht fertig«, fuhr ihn Fabian sichtlich genervt an. »Denn zum anderen hab ich auch keine Lust, dass … äh …« Er sah zur Tür und versicherte sich, dass niemand sonst zuhörte. »Nun, dass gewisse Dinge aus meiner Vergangenheit ans Tageslicht kommen«, fuhr er mit gesenkter Stimme fort. »Und ich habe mir die nächsten Tage sowieso freigeschaufelt, ich hab also Zeit. Kurz und gut: Ich bin dabei.«

Tim verdrehte die Augen. »Na toll. Also ihr alle, oder was? Nina, wenn du jetzt auch noch …«

»Ich bin auch dabei«, unterbrach Nina ihn. Sie hätte zwar liebend gern darauf verzichtet, jetzt irgendwo in der Einsamkeit herumzuwandern. Doch zu ihrer Angst gesellte sich eine Neugierde, der sie nicht widerstehen konnte. Außerdem gefiel es ihr, Tim eins auszuwischen.

Der legte den Kopf in den Nacken und stöhnte. »Unglaublich, ihr wollt also tatsächlich nach der Pfeife von diesem Typen tanzen … und wir wissen noch nicht mal, wer dahintersteckt. Aber euch stört das überhaupt nicht.«

Die Tür des Schankraums schwang auf, Giebels trat ein. In der Hand hielt er eine schmucklose Zigarrenkiste. »Es ist zehn Uhr. Ich soll eure Handys einsammeln.« Er klappte den Deckel hoch.

Anklagend wies Tim mit der ausgestreckten Hand auf ihn. »Vielleicht steckt *er* dahinter.«

»Vielleicht, vielleicht auch nicht«, sagte Rike und legte als Erste ihr Handy in die Kiste. Sie schenkte Giebels ein freundliches Lächeln. »Was mich angeht: Ich vertraue ihm.«

Nina beobachtete, wie sich die Wangen des Wirts rot färbten.

Nanu, so verlegen?

Stand er etwa auf Rike? Auf ihre zierliche Figur ohne Rundungen? »Ich behalte meins«, sagte Nina entschieden und wunderte sich selbst über ihre Worte. Die Eifersucht schien für den Bruchteil einer Sekunde ihr Gehirn vernebelt zu haben.

Mike hob die Augenbrauen. »Ach so?«

»Äh …«, stammelte Nina. Irgendwie war es ihr peinlich, jetzt zurückzurudern. Was hätte sie als Begründung angeben können? »Ich finde nur, wir sollten für Notfälle ein Gerät behalten. Ich schalte es aus, dann kann es auch niemand orten.«

»So mache ich es auch«, entschied Tim und zwinkerte ihr zu. »Der große Zampano erfährt ja nichts davon.«

»Und wenn er durchzählt?«, fragte Jana. Sie drehte sich auf dem Stuhl zu Giebels. »Haben Sie den Auftrag, die Anzahl der eingesammelten Handys zu melden?«

Giebels schüttelte den Kopf. »Noch nicht.«

Rike erhob sich und trat zu dem Wirt. »Und was werden Sie sagen, wenn jemand fragen sollte?«, fragte sie mit einem filmreifen Augenaufschlag.

Der Wirt schluckte schwer. »Sechs … ich … äh … habe sechs in der Kiste.«

Rike näherte sich seinem Ohr und hauchte: »Und wenn er ein Foto verlangt?«

Das Biest, dachte Nina. Rike nutzte es voll aus, dass Giebels auf sie abfuhr. Schmerzhafte Erinnerungen an damals kamen hoch – wie Rike versucht hatte, ihr Steff auszuspannen.

»Ich habe selbst zwei Geräte, ein altes und mein jetziges. Die kann ich dazulegen«, sagte Giebels mit belegter Stimme.

»Na also.« Rike ließ ihn los und hauchte ihm einen

Kuss auf die Wange. Dabei musste sie sich auf die Zehenspitzen stellen.

Mike legte sein Handy in die Kiste. Anerkennend nickte er Nina zu. »Gute Idee. Wenn du deins mitnimmst, ist es quasi so etwas wie unsere Rückversicherung.«

Jana und Fabian folgten Mikes Beispiel.

Giebels klappte den Deckel zu. »Klappe zu, Affe tot«, sagte er und strahlte Rike an. Dann ließ er sie allein.

»Ich hoffe, er hat jetzt nur die Handys gemeint«, murmelte Jana.

27

Ich liege wach auf dem Bett, starre zur Decke hinauf und betrachte den Fleck, kaum größer als ein Kirschkern. Das hast du davon, du jämmerliche Mücke. Ich hätte dir nie etwas antun können. Du hättest einfach davonfliegen sollen, als du die Möglichkeit dazu hattest. Aber nein, stattdessen hast du mich sirrend umschwirrt und ausgesaugt.

Die Einstichstellen jucken fürchterlich. Sie sind nicht zu übersehen. Die Jagd auf dich war damit eröffnet. Nur nicht kratzen … Dass ich nicht lache! Kratzen, was für ein absurder Gedanke.

Mit der Zeit habe ich gelernt, dass das körperliche Empfinden nebensächlich ist. Alles eine Frage der Konzentration. »Der Geist ist alles«, oder so ähnlich. Vielleicht ist der Geist sogar größer als das Leben selbst. Er schenkt uns eine körperlose Freiheit, ein Gleiten durch alle Dimensionen und Zeiten. Vom Anbeginn des Kosmos bis in die ferne Zukunft. Gehen … nein … schweben, wohin man möchte.

Ein netter Gedanke.

Okay, okay, möglicherweise wird es irgendwann so

sein. Hilft mir im Moment jedoch nicht weiter. Ich will schlafen und nicht weiter über Gott und die Welt grübeln. Aber die Schreie hindern mich daran, in die Traumwelt zu gleiten.

Aber Schmerzen kann man mit dem Geist bekämpfen. Man benötigt allerdings viel Zeit und einen eisernen Willen, um das zu schaffen. Manche erreichen den Zustand der absoluten Kontrolle nie. Als ich mir die Rippe bei dem Sturz auf die Bettkante gebrochen hatte, habe ich mich auf eine tropische Insel gebeamt. Alles war so real gewesen, die Palmen, der salzige Geruch, das Rauschen der Blätter, das Plätschern der Wellen an meinen Füßen. Die Schmerzen waren einfach in der Wirklichkeit zurückgeblieben. Alles kann man verdrängen und ausblenden, wenn der Wille stark genug ist.

Im Fernsehen lief vor einiger Zeit eine Dokumentation über den Buddhismus. Faszinierend, an was die in Südostasien da glauben. Die haben einen »edlen achtfachen Pfad«. Wobei Pfad als Bild nicht stimmig ist. Eher ist es eine Treppe. Mit jeder Stufe kommt man dem Himmel ein Stückchen näher. Die letzte Stufe ist die »rechte Sammlung«, die absolute Konzentration, eine geistige Versenkung in sich selbst.

Ich bin fast vom Stuhl gefallen, als ich das gehört habe. Dieser Buddha hat vor Jahrhunderten genau das gelehrt, was ich mir selbst immer sage. Für mich ist Buddha der coolste glatzköpfige Fettsack, der je auf Erden gewandelt ist. Der steckt Jesus und alle komischen Heiligen, die bei den Christen herumwuseln, zehnmal in die Tasche.

Wieder ein Schrei.

Der legt eine ganz schöne Ausdauer an den Tag. Es muss schon weit nach Mitternacht sein. Dass der nicht müde wird. Erstaunlich. Tagsüber zu viel erlebt und jetzt total aufgekratzt.

Ich konzentriere mich auf den Fleck an der Decke, versuche, die Geräusche auszublenden, will endlich schlafen. Morgen wird sicher ein anstrengender Tag.

Ein Wagen fährt draußen vorbei, ein Lichtstrahl gleitet über die Raufasertapete. Der Fleck ist dunkelrot. Es ist mein Blut, das dort oben klebt, aus meinen Adern gezapft.

He, he … wer sich mit mir anlegt, muss sterben.

28

1991

Abgehetzt schloss Nina ihr Fahrrad ab, zahlte an der Kasse und betrat das Freibad. Sie hatte die Strecke in Rekordzeit zurückgelegt. Ihre Oberschenkel brannten, morgen würde sie einen gehörigen Muskelkater haben. Hoffentlich war sie nicht zu spät. Das Müngersdorfer Stadion, das direkt neben dem Schwimmbad in die Höhe ragte, warf bereits einen langen Schatten.

Sie wäre früher aufgebrochen, doch ausgerechnet heute hatten ihre Eltern darauf bestanden, dass sie einem Zehnjährigen aus der Nachbarschaft bei den Hausaufgaben half. Angeblich ging es bloß um Nachbarschaftshilfe. Doch tatsächlich war der Junge der Sohn eines äußerst solventen Kunden ihres Vaters. Das eigentliche Motiv für die Nachhilfe war somit leicht zu erraten. Dieses Geschäftsgebaren widerte Nina an. Den Leuten so in den Arsch zu kriechen. Gab es für ihren Vater keine Grenzen? Was würde als Nächstes kommen? Vielleicht ein Stelldichein zwischen ihrer Mutter und einem Kunden?

Nina schüttelte den Gedanken ab. Beim nächsten Mal würde sie ihre Meinung sagen. Sie würde da nicht mehr mitspielen. Aber im Augenblick gab es wichtigere Dinge zu erledigen. Die Nervosität kehrte zurück. Eine Einladung in die Clique. Sie konnte es noch gar nicht richtig glauben. Mit ein wenig Glück würde sie morgen nicht mehr die Außenseiterin, die Zugezogene, die Neue sein. Sie würde ganz oben in der Hierarchie stehen, unantastbar auf dem Schulhof.

Ein wenig fürchtete sie, dass Tim einen gemeinen Scherz mit ihr trieb. Suchend drehte sie sich im Kreis. Um sie herum kreischten, lachten und planschten die Besucher. Die Trillerpfeife des Bademeisters zerschnitt mit seinem hohen Ton das Stimmengewirr. Trotz der fortgeschrittenen Stunde tummelten sich noch viele Gäste auf der Liegewiese und in den Becken. Jeder wollte die vielleicht letzten warmen Tage des Jahres genießen. Für das kommende Wochenende hatten die Wetterfrösche einen Tiefausläufer angekündigt, der den Herbst nach Deutschland bringen sollte. Ziellos bewegte sich Nina zwischen den ausgebreiteten Decken. Anfänglich noch voller Hoffnung, rutschte ihr das Herz mit jedem Schritt ein wenig tiefer in die Hose. Bestimmt waren sie nicht mehr da. Nina hatte ihre Chance gehabt und sie leichtfertig vertan. Zorn flammte in ihr auf. Hätten ihre Eltern nicht auf dieser blöden Nachhilfe bestanden, wäre sie zwei Stunden eher hier gewesen. Unachtsam trat sie auf die Reste von einem heruntergefallenen Stieleis. Wütend kickte sie den Matsch weg. Fast hätte sie losgeheult. Das war doch alles total ungerecht, dieser Umzug, die neue Schule …

»Nina!«

Sie fuhr herum. Im Schatten einer Linde am Rande der Liegewiesen saßen Steff, Tim und die anderen. Um sie herum war sonst niemand. Die Fläche wirkte wie eine Sperrzone, die niemand betreten durfte.

Tim winkte ihr zu. »Hier sind wir«, rief er überflüssigerweise.

Augenblicklich kehrte ihre Nervosität zurück, ihr Puls pochte bis in den Hals und schien die Zunge zu lähmen. Sie fasste den Gurt ihrer Umhängetasche fester und versuchte, so lässig wie möglich zu ihnen hinzuschlendern.

Steff und Tim lächelten ihr zu, die anderen wirkten eher reserviert.

Davon wollte Nina sich nicht abschrecken lassen. »Hi«, grüßte sie. Unsicher, was sie als Nächstes tun sollte, blieb sie einfach stehen.

»Setz dich doch zu uns«, forderte Steff sie auf. »Wir beißen nicht.«

Nina stellte ihre Tasche ab und ließ sich auf den Rand der riesigen Decke nieder. Sie kam sich vor wie bei einer mündlichen Prüfung. Nun, irgendwie war es das ja auch.

Wortlos hielt ihr Tim eine Cola-Dose hin.

Nina schüttelte den Kopf. Sie fürchtete, ihre Hand würde beim Öffnen der Dose zittern. Stattdessen lehnte sie sich nach hinten und stützte sich mit den Armen ab. Unter den Fingern spürte sie das warme Gras.

»Na, dann werde ich dir mal die People hier vorstellen«, sagte Steff schließlich. Er zwinkerte ihr zu. »Ist doch schöner, wenn man sich kennt, nicht wahr?«

Stumm nickte Nina, froh, noch einige Augenblicke zu haben, in denen sie nichts sagen musste. Hoffentlich beruhigte sich ihr Puls bald wieder.

Steff fing mit Fabian an. Der steckte in bunten, fast knielangen Badeshorts. Ein ziemlich hagerer Typ. Die Rippen zeichneten sich deutlich unter der Haut ab und erinnerten an Bilder von magersüchtigen Jugendlichen. Fabians Freundin Jana saß an dessen Seite. Ihr Badeanzug bedeckte eine kleine Hüftrolle. Damit wirkte sie neben dem mageren Fabian doppelt übergewichtig. Die zierliche Rike beugte sich bei ihrer Vorstellung zu Nina herüber und deutete eine Umarmung an. Ihre langen schwarzen Haare hatte sie zu einem Pferdeschwanz zusammengebunden, der hin und her flog. Überrascht richtete Nina sich auf, zögerte dann aber, ihre Arme um Rikes Rücken zu legen und sie zu drücken. Sie kannte das Mädchen doch gar nicht. Endlich ließ Rike von ihr ab und räkelte sich wieder auf der Decke. »Schön, dass du gekommen bist.«

Steff verdrehte die Augen. »Ja, ja, Rike.« Er wandte sich wieder an Nina. »Verzeih ihr den Anfall. Rike hat es gern etwas theatralisch.«

Rike grinste. »Was ist denn mit dir los? Sonst bin ich bei dir immer crazy, gaga oder überdreht.«

Steff ging nicht darauf ein, sondern wies auf den kräftigen Jungen, der von Nina aus gesehen ganz hinten auf der Decke hockte. Seine Schultern leuchteten im Kontrast zu der weißen Brust alarmierend rot. Auch die Nasenspitze hatte zu viel Sonne abbekommen. Er hätte als Rudolph das Rentier auftreten können.

»Das ist Mike.« Steff klatschte seinem Kumpel auf die verbrannte Schulter.

Unter Schmerzen verzog Mike das Gesicht und zuckte zusammen. »Au, du Arsch!«

Steff lachte. »Immer nett und freundlich, der Dicke. So, Nina, jetzt erzähl mal was über dich. Wo kommst du her, und und und? Wir sind sehr neugierig.«

Diese direkte Aufforderung verwirrte Nina. Normalerweise saß man eine Weile zusammen, schaute, ob die Chemie stimmte, gab etwas über sich preis, hörte sich im Gegenzug etwas an. So entstand dann nach und nach, wenn alles gut ging, ein Band der Freundschaft. Aber diese Regel schien hier nicht zu gelten, hier schien es sofort ans Eingemachte zu gehen. Trotzdem widerstrebte es ihr, bereits beim ersten Zusammentreffen alles über sich offenzulegen. »So interessant ist mein Leben bisher nicht verlaufen«, wich sie aus. »Da gibt es nicht viel zu erzählen.«

Steff rückte näher, nahm ihre Hand und sah sie aus seinen himmelblauen Augen an.

Wahnsinn, dachte Nina. Wie die Augen eines Huskys. Oder wie zwei kristallklare Bergseen. Nur viel wärmer. Am liebsten wäre sie darin versunken. Anstatt sich zu beruhigen, begann ihr Puls zu rasen. Dort, wo Steffs Hand ihre Haut berührte, prickelte es, als liefen Ameisen darüber.

»Das glaube ich nicht«, flüsterte er. »Du kannst uns vertrauen. Jedes Geheimnis kannst du mit uns teilen. Bei uns ist es sicher. Lass nichts aus.«

Seine seidenweiche Stimme lullte Nina ein. Fehlten nur

noch ein Sandstrand und Palmen, und das Glück wäre perfekt. Zögernd begann sie, stotterte die ersten Sätze, erzählte von Mönchengladbach, von dem Umzug. Aufmerksam lauschten alle, niemand unterbrach sie. O Gott, es tat so gut, endlich jemanden zu haben, der einem zuhörte. Steff hielt weiterhin ihre Hand. Sie spürte seine Energie und fand die Kraft, tief in sich zu gehen. Die letzten Schranken fielen. Sie berichtete von der Wut auf ihren Vater und auf Hauser. Dass sie sich verlassen fühlte, abgeschnitten von der Welt, den Gefahren des Alltags schutzlos ausgeliefert. Es war wie in einem Rausch. Irgendwann war alles raus. Ausgepumpt, aber so glücklich wie lange nicht mehr, seufzte sie. Überrascht stellte sie fest, dass sie weinte.

Jana hielt ihr ein Taschentuch hin, das sie dankend annahm. Sie trocknete die Tränen und blickte unsicher auf. Ob sie jetzt losprusten und sie davonjagen würden? Wer wollte schon mit einem seelischen Wrack die Freizeit verbringen? Scheiße, warum hatte sie sich nur so gehen lassen? Sicher, es war wie ein Flash gewesen. Trotzdem hätte sie ihre Selbstbeherrschung nicht verlieren dürfen.

Zärtlich strich Steff über ihre Wange und lächelte aufmunternd. »Das war gut.«

Überrascht sah Nina in die Runde. Niemand lachte, keiner spottete, stattdessen blickte sie in Gesichter, aus denen sie Mitgefühl ablesen konnte.

»Wir haben alle unsere Probleme«, sagte Steff. »Wir können das nachempfinden, was du uns erzählt hast.«

Erleichtert holte Nina Luft. »Danke«, murmelte sie.

»Gerne.« Steff richtete sich auf. »Aber etwas hast du uns nicht erzählt.« Die Wärme verschwand aus seinen Augen. Sie glitzerten jetzt so kalt wie bei einem Raubtier auf Beutezug.

Das Blut in Ninas Adern gefror. Was hatte sie vergessen? Sie hatte doch ihr Inneres nach außen gekehrt. »Ich weiß nicht …«, begann sie, doch Steff unterbrach sie mit einer harschen Handbewegung.

»Du musst uns vertrauen, Nina! Sonst kann zwischen uns nichts entstehen, verstehst du?«

»Ja«, antworte Nina, doch sie hatte keine Ahnung, worauf er hinauswollte.

»Dann erzähl uns von dem Beo!«

Nina fühlte sich, als hätte ein Hammerschlag sie am Kopf getroffen. Ihr Blickfeld verengte sich, sie war wie benebelt. Wie konnten sie davon wissen? Schwer schluckte sie. »Der ist … tot.«

»Und?«

Ninas Wangen glühten. »Kam ziemlich plötzlich.«

Steff beugte sich vor, ihre Nasenspitzen berührten sich fast. »Es geht um Vertrauen, hörst du?« Steff fixierte sie, sah ihr tief in die Augen. »Vertrauen, Nina.« Seine Stimme hypnotisierte sie. Die Welt um sie herum verschwamm.

»Ich habe den Beo getötet«, sagte sie tonlos.

»Warum?«

»Ich war so wütend.«

»Auf den Vogel?«

»Nein. Auf meinen Vater.«

»Und deswegen tötest du ein unschuldiges Tier?«

»Ich wollte meinem Vater eins auswischen. Er hat den Beo geliebt.«

»Was hast du dabei empfunden?«

»Es … es … ich hab mich mächtig gefühlt. Und stark.«

»Keine Trauer? Kein Entsetzen über die eigene Tat?«

»Nein, nichts davon.«

Meine Güte, wie sich das anhörte. Wie ein Krimineller. Sie schloss die Augen. Gleich würde Steff sie von sich stoßen und sagen, mit so einer Gestörten wollten sie nichts zu tun haben.

Doch als sie die Augen wieder öffnete, hatte Steff sich zurückgelehnt und sah sie lächelnd an. »Gut!«, sagte er schließlich und nickte. Dann erhob er sich und begann, seine Tasche zu packen. Die anderen taten es ihm gleich.

Irritiert schüttelte Nina den Kopf. Die Bemerkung war wie eine eiskalte Dusche. »Gut?« Nina konnte es nicht glauben. War das alles? Na ja, immerhin keine Vorwürfe oder ein Appell an ihr Gewissen.

Steff zog sich ein T-Shirt über und schlüpfte in seine Schuhe. Die Badehose ließ er an. »Heute Abend um zehn holen wir dich ab. Ist das für dich okay?« Immer noch keine Erklärung.

Fieberhaft versuchte Nina, ihre durcheinanderwirbelnden Gedanken zu sortieren. Ein Treffen am späten Abend? Warum? »Geht klar«, platzte es aus ihr heraus, ohne dass sie eine Antwort auf ihre Fragen gefunden hätte. Egal, sie musste am Ball bleiben. Sie spürte, dass ihr der Weg in die Clique offen stand. Es war eine einmalige Chance, die sie sich nicht entgehen lassen durfte. Ihr würde schon etwas einfallen.

Sie schlenderten zum Ausgang, Steff und Mike voran, die anderen im Schlepptau. Verloren tappte Nina neben Rike her. »Was ist denn nachher angesagt?«, fragte sie.

Rike hakte sich bei ihr ein und sagte: »Da verpassen wir Hauser eine Abreibung.«

29

Pierre gähnte. Beschatten war anstrengender als gedacht. Den ganzen Nachmittag hatte er im Freibad verbracht und die Clique heimlich beobachtet. Vor Langeweile wäre er fast eingepennt. Erst gegen Abend wurde es interessant, als die Neue von gegenüber auftauchte und sich zu den Freunden setzte. Eifersüchtig hatte er zugeschaut, wie sie mit Mike, Tim, Steff und den anderen plauderte. Was war an der so besonders, dass sie zum elitären Kreis eingeladen wurde und er nicht? Wenig später waren sie alle aufgesprungen und gegangen. Bei der anschließenden Verfolgung hatte er sich für ein Cliquenmitglied entscheiden müssen, und die Wahl war auf Tim gefallen. Der war auf dem kürzesten Weg mit dem Rad nach Hause gefahren. Pierre verbuchte den ersten Tag seiner Beschattungen unter »verlorene Zeit«.

Zum hundertsten Mal zappte er durch die Programme. Da hatte man endlich einen Kabelanschluss mit zig Sendern, aber nirgends fand sich etwas Interessantes.

Im Haus war es ruhig. Seine Eltern befanden sich seit heute Mittag auf einem Kurztrip an den Gardasee. Genau der richtige Zeitpunkt für sein Vorhaben. So hatte er von seiner Mutter noch eine Entschuldigung für die Schule einstreichen können. Den Weg zum Freibad hatte er dann antreten können, ohne dass er seinen Eltern eine wundersame Genesung vorspielen musste. Im Schwimmbad war niemand auf ihn aufmerksam geworden. Wäre schon blöd gewesen. Garantiert hätte er morgen in der Schule Probleme bekommen.

Seit Pierre in der Oberstufe war, verzichtete er auf Urlaub mit seinen Eltern. Sein Vater nervte jedes Mal mit einem ermüdenden Kulturprogramm-Marathon. Jeglicher Widerstand gegen die x-te Kathedralen-Besichtigung wurde sofort im Keim erstickt. Darauf konnte Pierre wirklich verzichten. Nachdem seine Eltern anfänglich enttäuscht gewesen waren, schienen sie es inzwischen zu genießen. »Außerhalb der Ferien zu verreisen ist viel angenehmer«, war der Kommentar seiner Mutter gewesen. Für Pierre hatte es geklungen wie: »Ohne dich zu verreisen, ist viel angenehmer.« Zwar hatte das ein wenig geschmerzt, doch dem Kulturterror seines Vaters entkommen zu sein tröstete darüber hinweg.

Pierre seufzte und warf die Fernbedienung auf das Kopfkissen. Wenn nur Luc da wäre. Mit seinem älteren Bruder hätte er jetzt eine Runde Tischtennis spielen können. Doch seit April war Luc freiwillig bei der Bundeswehr.

Freiwillig!

Pierre konnte das immer noch nicht fassen. Luc und er waren sich sehr ähnlich, auch vom Körperwuchs. Es musste doch schrecklich sein, in einer Kaserne zu leben, in der alle größer waren als man selbst. Pierre lief ein

Schauder über den Rücken. Er stellte sich vor, wie solche Hünen ihn in einen Spind steckten. Widerstand zwecklos. Das kam vor, hatte Luc lachend erzählt. Pierre wusste nicht, was daran so lustig sein sollte.

Luc wollte Kampfschwimmer werden. Jahrelang hatte er dafür bereits trainiert. Seit seiner Kindheit war er eine Wasserratte. Er bewegte sich in dem Element so geschmeidig und elegant wie ein Delfin.

Ihre Eltern waren entsetzt gewesen, als Luc ihnen seine Pläne offenbarte. Sie waren erklärte Pazifisten und lehnten alles Militärische strikt ab. Soldaten waren für sie vom Staat legalisierte Mörder. Bei Lucs seltenen Besuchen kam es jedes Mal zu heftigen Auseinandersetzungen. Pierre fürchtete, dass sein Bruder eines Tages gar nicht mehr erscheinen würde. Wer hatte schon Lust, sich das Wochenende von Hardlinern versauen zu lassen, die sich Eltern nannten?

Keine Sekunde zweifelte Pierre an Lucs erfolgreichem Abschluss der Ausbildung. Wenn der sich etwas in den Kopf setzte, dann zog er es auch durch, koste es, was es wolle. Auf der einen Seite war dieser Ehrgeiz beneidenswert. Aber andererseits bestand immer die Gefahr, dass er leichtsinnig wurde. Manchmal schoss er übers Ziel hinaus. Mit Schrecken erinnerte sich Pierre daran, wie Luc vor drei Jahren versucht hatte, den Rhein zu durchschwimmen.

Am Ufer unterhalb der Rodenkirchener Autobahnbrücke hatten sie sich nur die Füße abkühlen wollen. Plötzlich hatte Luc so seltsam sehnsüchtig zum gegenüberliegenden Ufer geschaut, sich seiner Klamotten entledigt, war tiefer ins Wasser gewatet und losgeschwommen. Vor Entsetzen hatte Pierre kein Wort herausgebracht.

Zunächst lief alles wie am Schnürchen. Doch in der Flussmitte trieb Luc immer weiter ab. Mit viel Glück schrammte er an einem Brückenpfeiler vorbei, kurz darauf verschwand er aus Pierres Blickfeld. Pierre war davon überzeugt gewesen, seinen Bruder nicht lebend wiederzusehen. Doch ein zufällig vorbeikommender Sportbootfahrer hatte Luc in allerletzter Sekunde aus dem Wasser gezogen. Irgendwie war es Luc gelungen, seinen Retter davon zu überzeugen, ihn einfach am Ufer abzusetzen, ohne jemanden zu benachrichtigen. So war die Eskapade nie ans Licht gekommen.

Auf Pierres Frage, wie er auf die wahnwitzige Idee gekommen war, hatte Luc nur gegrinst und geantwortet: »No risk, no fun.« Damit war die Sache für ihn erledigt gewesen. Typisch Luc.

Pierres Magen knurrte. Er sah auf die Uhr. Sollte er tatsächlich um kurz vor zehn noch etwas essen? Eine Tiefkühlpizza wäre nicht schlecht, darauf verspürte er Appetit. Aber würde sie ihm nicht zu schwer im Magen liegen?

»Ach, scheiß drauf«, rief er aus und lachte. Er dachte ja schon wie seine Mutter. Die hätte einen späten Snack rigoros verboten. Wenn Luc jetzt hier gewesen wäre, hätte sich jeder zwei Pizzen in den Backofen geschoben.

Pierre verließ das Zimmer und ging runter in die Küche. Er riss das Tiefkühlfach auf. Drei bunte Kartons lagen auf Eis. Bestens. Salami mochte er am liebsten. Mechanisch riss er die Pappschachtel auf und blickte dabei aus dem

Fenster. Überrascht hielt er in der Bewegung inne. Standen vor Tims Haus nicht die Mitglieder der Clique? Pierre trat näher ans Fenster, um besser sehen zu können.

Ja, kein Zweifel. Mike überragte die anderen wie ein Leuchtturm. Was machten die so spät noch hier? Wollten die irgendwohin losziehen?

Pierre ließ die Pizza liegen und rannte in den Hausflur. Hastig zog er seine Sneakers an.

Er musste ihnen folgen.

30

Nina schlüpfte hinaus und zog leise die Haustür hinter sich zu. Vermutlich hätte sie sich gar keine so große Mühe machen müssen, um unbemerkt zu entkommen. Ihre Mutter war mit einer ihrer neuen Freundinnen unterwegs, ihr Vater saß im Arbeitszimmer und programmierte sich die Finger wund. Von der realen Welt bekam er ungefähr so viel mit wie ein Maulwurf vom Flug der Schwalben. Noch heute Vormittag hatte sich Nina darüber geärgert, dass ihre Eltern kaum noch Zeit für sie erübrigten. Jetzt stellte es sich als Vorteil heraus.

Die Clique wartete im Licht der Straßenlaterne. Steff lächelte Nina zu und hob die Hand zum Gruß. Seine Augen leuchteten wie die Sterne. Ninas Herz machte einen Sprung. Er schien sich wirklich zu freuen, sie zu sehen.

»Hi«, sagte sie.

»Jetzt fehlt nur noch Tim«, sagte Mike. Er trug eine kurze Jeans. Die Kniescheiben und die Schienbeine leuchteten feuerrot. »Der kommt auch immer zu spät.« Linkisch legte er einen Arm um Rikes Schulter. Mit seinen zwei Metern musste er sich ziemlich verrenken.

Nina verkniff sich ein Lachen. Es sah zu komisch aus, es wirkte, als müsse Rike ihn stützen.

Eine Haustür schlug zu, kurz darauf kam Tim auf die Straße geschlendert. »Kann losgehen.«

Ohne weitere Worte zu verlieren, gingen sie zusammen die Straße entlang. Nina wollte sich erst einmal im Hintergrund halten, bildete daher das Schlusslicht. Doch Tim verlangsamte sein Tempo und wartete, bis sie zu ihm aufgeschlossen hatte.

»Das mit dem Beo …«, setzte er an.

Damit sprach er an, was Nina bereits den ganzen Abend beschäftigte. »Woher wisst ihr das?«, platzte sie heraus.

Er schmunzelte. »Ganz einfach: Wir können Gedanken lesen.«

»Werde ich das bei euch lernen?«, fragte Nina und knuffte ihn in die Seite.

»Mal sehen, ob du Talent hast. Nein, jetzt mal im Ernst: Ich habe dich beobachtet. Aus meinem Zimmer kann ich direkt in euren Wintergarten schauen.«

Nina wurde es heiß. Was wäre, wenn Tim sein Wissen gegen sie einsetzte? Er könnte sie erpressen. Scheiße, sie hätte vorsichtiger sein sollen. Noch etwas fiel ihr ein: Ihr Zimmerfenster lag auf derselben Seite wie der Wintergarten. Die Vorhänge zog sie nie zu. Hatte Tim sie auch dort beobachtet?

»Ich finde, du solltest das wissen. Was Steff nämlich vorhin gesagt hat, ist wirklich wichtig«, sagte Tim.

»Was genau meinst du?«

»Das mit dem Vertrauen. Nur so geht es, nur so sind wir stark.«

Nina sagte nichts. Bei Steff hatte es sich anders angehört, anders angefühlt. Bei Tim klang es übertrieben pathetisch.

Auf Höhe eines geziegelten Türmchens in einer Gartenmauer bogen sie links in den Schillingsrotter Weg ab.

Nina sah sich um. Wohin gingen sie? Warum lief sie einfach hinterher, ohne Fragen zu stellen? Wie blöd war sie eigentlich?

Tim schien ihre Gedanken erraten zu haben, denn er legte ihr die Hand auf den Unterarm und flüsterte: »Denk an Steffs Worte. Vertrau uns.«

»Was habt ihr vor?«, fragte sie.

Tim zwinkerte. »Lass dich überraschen. Wir sind gleich da.«

Nina hielt ihre Neugierde im Zaum und trottete brav weiter. Kurz darauf blieben sie vor einer alten Villa stehen. Grillen zirpten. Es roch nach Holzkohle. Steff streifte seinen Rucksack ab. »Es geht los, Leute. Nina, du hältst dich an die anderen. Wir treffen uns im Südpark.«

Nina folgte Tim, Jana, Rike, Fabian und Mike um das Grundstück herum. Was ging hier vor? Was sollte das alles mit Hauser zu tun haben?

In diesem Moment zog Mike einen Knallfrosch aus der Hosentasche, Jana reichte ihrem Kumpel ein Feuerzeug. Er steckte die Zündschnur in Brand und warf den Kracher über die drei Meter hohe Hecke auf das Grundstück. »Hoffentlich klappt es heute.« Von hier aus war die Villa wegen des dichten Geflechts aus Ästen und Blättern nicht zu sehen. Kurz darauf hallten die Explosionen durch die Nacht.

»Was zum Teufel …«, hörte Nina eine Männerstimme. Die kannte sie doch!

»Hauser?«, wandte sie sich an die anderen. Kichernd nickte Rike, während Mike einen weiteren Knallfrosch anzündete. »Hauser hat hier eine Wohnung gemietet«, erklärte Fabian. »Nicht nur du hast Probleme mit ihm. Uns hat er auch auf dem Kieker, obwohl wir uns echt reinhängen. Er braucht mal eine Abreibung.«

Nina nickte zustimmend. Doch ob solch ein Kinderkram wie Feuerwerkskörper dafür das Richtige war, daran zweifelte sie.

»Sind zum dritten Mal hier. Bisher hat es nicht funktioniert«, flüsterte Rike ihr ins Ohr.

»Funktioniert?«

»Du wirst schon sehen.«

»Schon wieder ihr Spinner«, rief Hauser aufgebracht. »Haut ab, sonst rufe ich die Polizei!«

»Lassen wir ihn noch etwas tanzen«, flüsterte Mike und warf den nächsten Knallfrosch hinüber.

»So, jetzt aber ab!«, befahl Tim. »Die kleine Ablenkung sollte gereicht haben.« Nina rannte den anderen hinterher die Straße hinunter. Wofür sollte es gereicht haben? Und was war mit Steff? Warum hatte er sich vorhin abgesetzt?

Im Südpark verringerten sie das Tempo. Hinter ihnen war jetzt ein Martinshorn zu hören. Nina sah einen Polizeieinsatzwagen mit rotierendem Blaulicht vorbeirasen. »Die sind aber schnell zur Stelle.«

»So ist das halt im reichsten Viertel der Stadt«, kommentierte Jana.

Steff saß auf einer Bank und streckte triumphierend

den Rucksack in die Höhe. »Hat geklappt«, rief er ihnen entgegen. »Endlich!«

Sie scharten sich um ihn.

Vorsichtig zog Steff den Reißverschluss auf. Nina sah ein Fellbündel mit zwei grünen Augen. Ein herzzerreißendes ängstliches Mauzen war zu hören.

»Eine Katze?«, fragte sie.

»Nicht irgendeine«, erklärte Rike. »Sondern Hausers absoluter Liebling.«

»Ah, verstehe«, erwiderte Nina. »Deswegen die Ablenkung.«

»Genau!«

Ein freudiges Gefühl durchströmte Nina, ihre Haut prickelte vor Erregung. Sie stellte sich Hauser vor, wie er suchend im Haus herumlief und nach der Katze rief. Zunächst noch ahnungslos, dann mit wachsender Sorge, schließlich mit der Gewissheit, dass ihr etwas zugestoßen sein musste. Würde er die Straßen nach ihr absuchen? Zettel aufhängen? Einen Finderlohn aussetzen?

»Wer passt denn auf das Tier auf?«, frage sie und sah in die Runde. »Wie lange wollt ihr Hauser zappeln lassen?«

Steff grinste. »Ein Leben lang.«

31

Pierre folgte der Clique über die Lindenallee zum Oberländer Ufer. Der muffige Geruch des Rheins schlug ihm entgegen, der Dieselmotor eines Frachtschiffs hämmerte seine dumpfen Zündungen in die lauwarme Nacht hinaus.

Bisher war es Pierre gelungen, unentdeckt zu bleiben. Hier kam ihm seine sonst so verhasste zwergengleiche Körpergröße zugute. Wenn er sich hinter einem Auto versteckte, musste er sich kaum ducken. Da er sich vorhin an die Gruppe gehalten hatte, war ihm leider entgangen, was sich in dem Rucksack befand, den Steff später sichtlich stolz im Park präsentierte.

Die Aktion mit den Knallfröschen war in seinen Augen mehr als peinlich gewesen. Die Nachbarn mit so einem Kinderkram aufzuschrecken war unterstes Niveau. Albern. Cool war daran rein gar nichts. Sollte es das sein, was die Clique in ihrer Freizeit trieb, dann musste er nicht dazugehören.

Die Gruppe überquerte die Hauptverkehrsstraße und stellte sich in einer Reihe am Rheinufer auf.

Pierre schlich ihnen nach. Im Schatten einer Litfaßsäule versteckte er sich. Er hörte Steff lachen, die anderen fielen mit ein. Mit kreisenden Bewegungen ließ er den Rucksack durch die Luft wirbeln. Alle wirkten ausgelassen und glücklich.

Wie in einem Rausch, dachte Pierre. Er fragte sich, ob sie Drogen genommen hatten.

Jetzt zählten sie lautstark von zehn runter. Bei null ließ Steff den Rucksack los. Er flog im hohen Bogen davon und klatschte auf die Wasseroberfläche. Sofort trieb er in der Strömung ab, dümpelte ein paar Sekunden im Wellengang, dann versank er.

»Ab nach Hause«, rief Steff. »Für heute hatten wir genug Spaß.«

Die Clique setzte sich in Bewegung und verschwand in Richtung Parkstraße.

Pierre trat aus dem Schatten der Litfaßsäule heraus und blickte auf die Stelle, wo der Rucksack versunken war. Was war denn hier gerade passiert? Eine Art Ritual? Oder wollten sie nur ihre Knallfrösche loswerden, damit eine Taschenkontrolle sie nicht als Übeltäter überführte? Was sollte das denn für ein Spaß gewesen sein?

Sehr seltsam, das Ganze.

Pierre machte auf dem Absatz kehrt und ging nachdenklich nach Hause.

32

Lautes Schimpfen weckte Nina am nächsten Morgen. Sie brauchte einen Moment, um zu realisieren, wo sie war. Die Briefe, Mauel, der Gasthof … Sie warf die Decke zur Seite und setzte sich auf die Bettkante. Irritiert horchte sie. Hatte sie sich den Krach nur eingebildet, ein Überbleibsel ihres seltsamen Traums, in dem sie barfuß durch einen Wald gerannt war, verfolgt von einer Horde Wilder? *Herr der Fliegen* lässt grüßen, dachte sie und rieb sich das Gesicht. Wie kam ihr Unterbewusstsein gerade jetzt auf so eine verrückte Idee? Schon skurril. Obwohl, nach den Ereignissen der letzten Stunden auch wieder nicht.

»Das waren *Sie*«, tönte es von irgendwoher.

Also doch keine Einbildung. Sie seufzte. Was war denn jetzt schon wieder los? Die Stimme war zwar durch die Wände gedämpft, doch deutlich zu verstehen. Tim schon wieder? Es hörte sich ganz danach an.

Wie viel Uhr war es eigentlich? Die Sonne stand noch tief, durch die Jalousien fielen schmale Lichtstreifen auf das Laminat. Ohne hinzusehen, griff Nina nach ihrem Handy auf dem Nachtschränkchen. Suchend fingerte sie über das blanke Holz, ohne Erfolg. Sie hob den Blick.

»Nanu?« Ihr Handy lag nicht mehr dort. Hatte sie es im Tran woanders hingelegt? Sie zog die Schublade auf: bis auf eine Bibel leer. Sie stand auf und suchte, obwohl sie sicher war, das Handy auf dem Nachtschränkchen abgelegt zu haben. Vielleicht war es heruntergefallen? Sie sah unter dem Bett nach, dann kontrollierte sie ihre Hosentaschen. Nichts. Oder hatte sie das Gerät unten vergessen? Unwahrscheinlich. Sie hatte zwar noch einen zweiten Jägermeister getrunken, aber einen Blackout fing man sich davon bestimmt nicht ein. Eine andere Erklärung konnte sie allerdings nicht finden.

Sie schlüpfte in ihre Sachen und öffnete die Tür. Auf dem Treppenabsatz hörte sie nun ganz eindeutig, dass es Tim war, der da herumbrüllte. Die Stimme kam von unten.

»Geben Sie mir sofort mein Smartphone wieder!« Jetzt klang es gepresst, als würde er keine Luft mehr bekommen.

Eine weitere Tür auf dem Gang schwang auf, und Mike streckte den Kopf heraus. Er trug einen zerknitterten Jogginganzug. Vermutlich hatte er darin geschlafen. Aus kleinen Augen blickte er in die Welt hinaus.

»Was ist denn hier los?«, fragte er und gähnte herzhaft. »Wer stört meinen Schönheitsschlaf?«

»Hört sich ganz nach Tim an«, antwortete Nina und ging die Treppe hinab. Mike folgte ihr. Weitere Schritte waren hinter ihr auf dem Gang zu hören. Die anderen waren also auch von dem Spektakel wach geworden.

Unten angekommen, bot sich ihnen ein groteskes Bild. Giebels hatte Tim in den Schwitzkasten genommen. Der stand vornübergebeugt und rang keuchend nach Luft.

Dabei versuchte er, sich mit wildem Gezerre an Giebels' Unterarm aus dem Klammergriff zu befreien.

»Ich konnte nicht anders«, versicherte Giebels, »euer Freund ist total durchgedreht.« Aus seiner Nase tropfte Blut auf den Boden.

»Hat er Sie etwa angegriffen?«, rief Rike entsetzt.

Tim ruderte noch einige Male mit den Armen und gab dann den Widerstand auf. »Das hat er mehr als verdient. Er war in der Nacht in meinem Zimmer. Soll ich mir das etwa bieten lassen?«

Mike drängte sich an Nina vorbei und stellte sich vor die Kontrahenten. »Das wird sich sicher alles aufklären«, sagte er. »Ich biete mich als Mediator an.«

Giebels runzelte die Stirn. »Mediator?«

»Er will vermitteln, Sie Arsch«, presste Tim hervor. Sein Kopf war puterrot. »Sie … können mich … ich … keine Luft mehr.«

Einige Sekunden zögerte Giebels, dann entspannte er sich und ließ Tim los. Sofort stellte der Wirt sich hinter Mike. »Ich will keinen Ärger, wirklich nicht. Aber du hast echt nicht mehr alle Latten am Zaun«, beschied er Tim über Mikes Schulter hinweg.

Rike stürmte vor und tupfte Giebels mit einem Taschentuch das Blut von der Oberlippe. »Sie Armer«, hauchte sie.

Nina hätte kotzen können. Rike übertrieb eindeutig. Für solch einen Baum von einem Kerl war der Nasenstüber wie für sie ein Klaps auf den Hintern. Anscheinend hatte Rike tatsächlich ein Auge auf den stattlichen Wirt geworfen.

Tim richtete sein Poloshirt. »Frag ihn mal, warum ich so aufgebracht bin.«

»Einer nach dem anderen. Jetzt erzähl erst du«, sagte Mike, der breitbeinig zwischen den Kampfhähnen stand. »Was redest du da, er war in deinem Zimmer?«

»Das Handy hat er mir geklaut, so sieht's aus. Aus meinem Zimmer.« Triumphierend sah Tim in die Runde. »Da staunt ihr, was? Wer ist hier also das Arschloch?«

Giebels machte den Scheibenwischer. »Ist doch Blödsinn. Warum sollte ich das getan haben? Wenn ich mich gestern Abend stur gestellt hätte, dann läge dein Handy jetzt in der Zigarrenkiste, oder?«

Tim lachte gespielt. »Du wolltest doch nur Rike mit der Nummer beeindrucken. Hinterher hast du kalte Füße bekommen und hast das korrigiert.«

Giebels wies auf die Tür zum Büro. »Du kannst dir gerne ein anderes mitnehmen. Die Kiste steht auf meinem Schreibtisch.«

»Okay, das ist ein Angebot«, sagte Tim, drehte sich um und stieß die Bürotür auf. Im Türrahmen blieb er stehen. »Da ist keine Kiste.«

»Was?« Giebels schob Mike beiseite und quetschte sich an Tim vorbei.

Nina und die anderen traten näher. Das Büro quoll über vor Akten und Papierbergen. Verstreut lagen sie auf dem Boden und über den Schreibtisch verteilt. Mit Buchhaltung schien Giebels nicht viel am Hut zu haben. Oder es war ihm schlichtweg egal, und er stritt sich lieber mit der Steuerprüfung herum. Links an der Wand stapelten sich Weinkisten, rechts Konserven. An der Decke hing eine Lampe, deren Schirm von einer dunkelgrauen Staubschicht bedeckt war. Durch ein Fenster gegenüber der Tür fiel Licht in den Raum. Das Glas schimmerte schmierig. Der Sauberkeit der Zimmer und der sonstigen Räume nach zu urteilen hatte Giebels Schwester hier ganz offensichtlich Zutrittsverbot.

Aufgebracht riss Giebels Schubladen auf. Auf seiner Stirn schimmerten Schweißperlen. Das Blut, das aus seiner Nase tropfte, beachtete er nicht. »Das kann nicht sein.« Ein Papierberg auf dem Tisch neigte sich, rutschte auseinander, dann fiel der größere Teil zu Boden. »Ich habe die Kiste gestern Abend hierhin gestellt. Da bin ich mir ganz sicher.«

»Haben Sie keinen Safe?«, fragte Mike.

Giebels schüttelte den Kopf. Erschöpft ließ er sich auf den Bürostuhl sinken. »Hier kommt doch normalerweise nichts weg.« Er zeigte auf eine leere Ladestation. »Meins ist auch verschwunden.«

Nina räusperte sich. Die Gesichter wandten sich ihr zu. »Ich vermisse mein Handy ebenfalls.«

»Das gibt es doch nicht«, entfuhr es Mike.

»Aha!«, stieß Tim aus. »Einen Zweitschlüssel hat ja wohl nur der Wirt unseres Vertrauens. Nur er kann sich reingeschlichen haben.«

»Da muss ich Tim recht geben«, murmelte Jana. Fast ängstlich zog sie ihren Morgenmantel enger.

»Ich schließe nie ab«, sagte Nina. Seit eine Freundin von ihr bei einem Hotelbrand ums Leben gekommen war, weil sie ihre Tür nicht rechtzeitig hatte aufbekommen können, riskierte sie lieber das Risiko, von einem Fremden im Schlaf überrascht zu werden, als qualvoll zu verbrennen.

»Echt nicht? Und du?«, wandte Jana sich an Tim.

Der machte ein verkniffenes Gesicht. »Äh … also, nein, ich auch nicht. Ich … ja, also gut, ich habe mir auf dem Zimmer noch einen hinter die Binde gekippt und bin auf dem Bett eingenickt.«

»Dann könnte ja jeder die Handys entwendet haben«, stellte Mike fest. »Da ich ausschließe, dass der Täter einer von uns ist, bleibt nur ein Einbruch. Herr Giebels, Sie sollten die Polizei benachrichtigen.«

Giebels sprang auf. »Ja, ja, genau. Das werde ich machen. Ich kümmere mich darum, das verspreche ich euch. Sobald ihr durch die Tür seid, hat das für mich oberste Priorität. Ich bereite nur schnell das Frühstück vor, damit ihr rechtzeitig aufbrechen könnt.« Er sah auf seine Armbanduhr. »Ihr habt eine Viertelstunde, in der ihr euch frischmachen könnt. Ich setze jetzt erst mal den Kaffee auf.« Er verschwand in der Küche. Kurz darauf rauschte Wasser.

»Nun denn«, sagte Fabian. »Es ist nicht mehr zu ändern. Die Polizei wird das hoffentlich klären. Bin gespannt, was dabei herauskommt.« Er schlurfte die Treppe hinauf. Rike, Tim und Mike folgten ihm.

Nina wollte sich anschließen, wurde aber von Jana zurückgehalten.

Mit Furcht in den Augen sah sie Nina an. »Was ist, wenn niemand eingestiegen ist?«, flüsterte sie.

»Glaubst du etwa auch, dass Giebels hinter dem Diebstahl steckt?« Nina lächelte spöttisch. »Vergiss es. Tim liebt offensichtlich Verschwörungstheorien. Er hat ja schon immer …«

»Giebels hatte ich nicht im Sinn«, fiel Jana ihr ins Wort. Sie umschlang ihren fülligen Körper.

»Wen dann?«

Jana beugte sich vor und flüsterte: »Jemand von uns. Ich weiß nicht wer, es ist nur ein Gefühl. Aber es war bestimmt einer von uns.«

33

Sie waren sofort nach dem Frühstück aufgebrochen. Alle waren erstaunlich pünktlich abmarschbereit gewesen. Mike hatte sich das GPS-Gerät geschnappt und schien sich in der Rolle des Fährtenlesers zu gefallen. Obwohl es eigentlich nur eine Richtung gab, die infrage kam, starrte er immer wieder auf das Display. Fabian lief neben Tim her und alberte herum. Nina ließ sich zurückfallen. Da wollte sie nicht zuhören. Rike und Jana gingen direkt vor ihr und unterhielten sich über Rikes letzten Dreh. Irgendeine Neuauflage eines alten Heimatfilms. Sei jetzt groß in Mode, erläuterte sie.

Nina sah kaum fern, das Programm ödete sie an. Und wenn etwas Interessantes lief, nervte die Werbung. Spätestens beim zweiten Werbeblock schaltete sie ab. Freunde hatten ihr einen Recorder empfohlen. Doch sie wollte sich nicht mit der Technik auseinandersetzen. Ein gutes Buch tat es ja auch.

Ihr Rucksack fühlte sich an, als befänden sich Ziegelsteine darin. Alle paar Minuten drückte eine andere harte Kante ins Kreuz. Warum trug ausgerechnet sie die Konserven? Der geheimnisvolle Unbekannte hatte die Rucksäcke namentlich gekennzeichnet. Was hatte er sich dabei gedacht? Nur ein Sadist kam auf die Idee, einer Frau eine solche Last aufzubürden. Für Mike wäre es ein Leichtes gewesen. Na ja, der schleppte dafür die Getränke. Aber sie war selbst schuld. Unbedacht hatte sie Tims Tauschangebot abgelehnt. Jetzt wollte sie ihn nicht mehr darum bitten. Sie war nicht scharf auf sein spöttisches Grinsen. Nein, sie würde sich keine Blöße geben.

Fabian und Tim hatten den Inhalt ihrer Rucksäcke nicht kontrolliert. Als Nina das vor dem Abmarsch einforderte, hatten sie laut gelacht. Für Essen und Trinken sei gesorgt, dann konnte der Rest egal sein. Sie wollten diesen Marsch nur so schnell wie möglich hinter sich bringen. Ohnehin vermuteten sie, Steff sei der Urheber dieses abstrusen Spiels. Nach dem »Spaß« würde er sie alle in ein feudales Hotel einladen und das Wiedersehen feiern.

Schwachköpfe!

Nina hätte die Weigerung nicht hinnehmen dürfen. Niemand wusste, was sie erwartete. Zu wissen, welche Ausrüstung zur Verfügung stand, konnte lebenswichtig sein. Sie nahm sich vor, bei ihrer Ankunft in Staudenhof die Rucksäcke der Jungs auf links zu drehen.

Auch die Spekulation, Steff würde hinter der Sache stecken, war dummes Zeug. Nina kannte ihn besser als die anderen. Ein solch verrücktes Unterfangen würde Steff niemals durchführen. Er hasste Überraschungen. Nina erinnerte sich an die Surprise-Party, die sie für Jana hatten ausrichten wollen. Mit Händen und Füßen hatte Steff sich dagegen gewehrt und hatte geschimpft, als sie es ohne ihn durchziehen wollten.

Steff war ein Pedant, der bereits im Vorfeld Lösungen für alle mögliche Probleme berücksichtigte. Er musste die Zügel in der Hand haben, ansonsten fühlte er sich unwohl. Sollte Steff das hier ausgeheckt haben, müsste er mit einer Retourkutsche rechnen, quasi Auge um Auge, Zahn um Zahn. Das würde er niemals riskieren.

Nina stutzte.

Wach auf, schalt sie sich selbst, du kennst den Steff aus der Vergangenheit. Was wusste sie schon über den Steff von heute? Er könnte sich geändert haben. Menschen ändern sich eben. Alles war möglich. Trotzdem kam für sie Steff nicht als Initiator des Schlamassels infrage. Basta!

Sie musste unwillkürlich grinsen.

Basta?

Hatte sie das wirklich gedacht? Wenn ihr Doktorvater das erfahren würde. Basta! Eine Feststellung ohne Beweise oder hieb- und stichfeste Indizien. Eine emotionale Entscheidung aus dem Bauch heraus. Er würde sie mit Brot und Wasser in Einzelhaft stecken.

Es wäre schön gewesen, Steff wiederzusehen. In letzter Zeit hatte sie oft an ihn gedacht. Ja, sie hatte sogar ein paarmal von ihm geträumt. In einem dieser Träume hatte er sich dafür gerächt, dass er sie verlassen hatte. In einem anderen hatte sie sich an seine Seite geschmiegt und ihn innig geküsst.

Sie seufzte.

Wer weiß, vielleicht hätten sie dort anknüpfen können, wo sie damals aufgehört hatten. Zu gerne hätte sie mehr über ihn erfahren. Seltsamerweise hatte sie im Internet nichts weiter über Steff gefunden. Vielleicht lebte er inzwischen nicht mehr in Deutschland. Reichlich Geld zum Aussteigen schien er ja besessen zu haben. Sie stellte sich ihn als Surfer vor der Küste Hawaiis vor: haushohe Wellen, die sich am Kamm überschlugen, mittendrin Steff auf einem Board, wie er dahingleitet, gejagt von den Wassermassen. Oder als Polarforscher: Monate im ewigen Eis, abgeschnitten von der Außenwelt. Klar, dass er dann nicht rechtzeitig hier sein konnte. Wenn er dort überhaupt Post …

Ihr lief ein Schauer über den Rücken. Steff könnte natürlich auch gestorben sein. Ja, es war sogar naheliegender als alles andere, was sie sich vorstellte. Ein Autounfall, eine Krankheit oder das Opfer eines Gewaltverbrechens, es gab tausend Möglichkeiten, frühzeitig zu sterben.

Traurig kickte sie einen Stein aus dem Weg. Knapp verfehlte er Rikes Wade, kullerte dann ins Unterholz.

Der Wanderweg wand sich einen flachen Hang entlang, links plätscherte ein Bach über grünbemooste Steine. Die Männer waren nicht mehr zu sehen. Nur ab und zu hörte sie noch weit entfernt ihr Lachen.

Leise stöhnte sie und schulterte den Rucksack neu. Das Ding würde ihr noch das Kreuz brechen. Missmutig stapfte sie weiter.

Sobald sie wieder in Köln eintraf, würde sie gezielt nach Steff forschen. Als Staatsanwältin hatte sie schließlich gewisse Möglichkeiten. Falls er tatsächlich bereits gestorben war, dann würde sie an seinem Grab Blumen ablegen und ihn um Verzeihung bitten, dass sie sich nie mehr gemeldet hatte.

Sie stolperte über eine hochstehende Wurzel. Mit rudernden Armen konnte sie gerade noch einen Sturz verhindern. Augenblicklich schmerzte ihre Schnittwunde am Fuß wieder. »Scheiße!«, fluchte sie leise. Nur gut, dass sie ihre Laufschuhe angezogen hatte. Mike in seinen Sandalen hätte sich bestimmt einen Zeh gebrochen

»Alles klar?«, rief Jana von vorne.

Nina hob zur Bestätigung die Hand.

Jana drehte sich wieder um. Nachdenklich betrachtete Nina Janas Rücken. Ihre Worte gingen ihr nicht aus dem Kopf. Hatte wirklich jemand aus der Clique die Handys verschwinden lassen?

Zu gerne hätte sie auf die Polizei gewartet. Dass einer von ihnen die Handys gestohlen hatte, war doch eine irrsinnige Annahme. Den Wirt schloss sie bei dieser Betrachtung mit ein. Seine Aussage war glaubhaft gewesen. Und er hatte Tim sein altes Ersatzhandy anvertraut, dessen SIM-Karte tatsächlich noch aktiviert war. Nein, es musste jemand in den Gasthof eingestiegen sein.

Ein mulmiges Gefühl breitete sich in Ninas Bauch aus. Sie stellte sich vor, wie der Dieb gestern Nacht in ihr Zimmer geschlichen war. Hatte er sie betrachtet? War sein Blick über ihren Körper gewandert? Vielleicht sogar gierig, voller Verlangen? O Gott, er hätte sie vergewaltigen können. Oder sogar töten. Vielleicht würde sie bei ihrem nächsten Hotelaufenthalt die Zimmertür doch wieder abschließen.

Jana war stehen geblieben und wartete, bis Nina auf ihrer Höhe war.

»Was ich dich fragen wollte«, flüsterte sie schließlich

und sah sich zu Rike um, die weitermarschiert war. Anscheinend sollte sie nichts mitbekommen.

Nina verspürte keine Lust auf eine Unterhaltung. Am liebsten hätte sie weiter ihren Gedanken nachgehangen. Aber sie schenkte Jana ein höfliches Lächeln, was diese als Aufforderung verstand weiterzusprechen.

»Du hattest doch damals, also nach der … du weißt schon … nach dem Unfall, da hattest du doch …«

Nina ahnte, auf was Jana abzielte. »Mach es nicht so kompliziert.«

Jana warf ihr einen forschenden Blick zu. »Okay«, sagte sie gedehnt. Es wirkte auf Nina, als versuchte Jana herauszufinden, ob sie es ernst meinte. Sie schien den Test bestanden zu haben, denn Jana fragte: »Bist du noch in Behandlung?«

Rike drehte sich um und verlangsamte ihre Schritte. »Was gibt's denn da zu tuscheln? Wer flüstert, der lügt.«

»Ist vertraulich«, antwortete Jana.

»Oh! Na dann.« Rike wandte sich wieder um und stapfte beschleunigten Schrittes weiter.

»So schnell hat sie früher nicht aufgegeben«, stellte Nina fest. »Da war sie hartnäckiger als Sekundenkleber an den Fingern.«

»Ja«, bestätigte Jana, »wir sind nicht mehr die von früher. Das Leben hat uns verändert.«

»Um auf deine Frage zurückzukommen: Ich habe es überstanden.«

»Freut mich.«

Es klang aufgesetzt. In Janas dunklen Augen flackerte Angst.

Nina blieb stehen und hielt sie an der Schulter zurück. »Moment mal. Was ist los?«

»Nichts«, versicherte Jana eine Spur zu schnell. Besorgt blickte sie nach vorne. »Rike, warte auf uns!«

Die stoppte. »Ja? Was ist denn? Bin ich jetzt wieder gut genug für euch?«

Bevor Jana zu Rike stürmen konnte, hielt Nina sie fest. »Nichts da, so kommst du mir nicht davon. Warum hast du gefragt?« Rike rief sie zu: »Wir sind gleich so weit.«

Rike nickte gleichmütig, zog aus der Seitentasche ihres Rucksacks eine Zigarette und zündete sie an.

»Jetzt schieß schon los«, zischte Nina ärgerlich. Sie mochte es nicht, wenn jemand um den heißen Brei herumredete.

»Ich meinte ja nur …« Jana wirkte wie ein gehetztes Tier.

»Geht es auch in ganzen Sätzen?«

»Na ja … wenn noch was mit dir gewesen wäre … bei so einem Zustand weiß man ja nie … ich wollte es nur wissen, auf Nummer sicher gehen … du verstehst doch, oder?«

»Jana! Ich hatte damals einen psychischen Zusammenbruch. Nichts Ungewöhnliches nach allem, was passiert ist. Wir waren ja fast noch Kinder. Es hat einige Therapiesitzungen gedauert, bis ich da wieder auf dem Damm war.« Sie lachte verbittert. »War nicht einfach, die Wahrheit zu verbergen. Ich musste immer irgendwie dran vorbeilügen. Für eine Genesung nicht gerade zuträglich. Schließlich aber hat es doch funktioniert. Seitdem geht es mir gut, ich bin nie rückfällig geworden.«

»Und was ist … ist … wenn …?« Wieder brach Jana ab. Sie zitterte.

Nina packte sie an den Schultern. »Was? Sprich es aus, und hör auf, wie eine Idiotin rumzustottern!«

»Alles in Ordnung bei euch?«, rief Rike.

»Ja, ja«, rief Nina, wandte den Blick aber nicht von Jana ab. »Bitte, Jana, sag mir endlich, was du auf dem Herzen hast.«

Jana räusperte sich. »Nimm es mir bitte nicht übel, ja?«

»Ganz sicher nicht.«

»Du könntest doch …« Sie tippte sich an die Schläfe. »Also, ohne etwas bemerkt zu haben. Es gibt solche Fälle. Vielleicht hast du das hier alles … geplant, und du weißt nichts davon. Kann doch sein, dass du unter … Schizophrenie leidest.«

Nina stutzte. »Schizophrenie?« Sie fasste es nicht. Einen Moment war sie sprachlos. Dann schüttelte sie den Kopf. »Ganz bestimmt nicht«, sagte sie schließlich.

»Warum nicht? Du könntest doch mehrere Personen in einer sein.«

»Ah, darauf willst du hinaus. Was du meinst, ist eine sogenannte dissoziative Identitätsstörung. Als Referendarin habe ich mich mit so einem Fall mal auseinandersetzen müssen. An das Handeln der unterschiedlichen Personen in einer kann sich der Erkrankte nicht oder nur schemenhaft erinnern.« Kurz grübelte sie. Theoretisch könnte sie daran erkrankt sein, wie alle anderen in der Gruppe auch. Allerdings würde es Anzeichen geben, wie Essstörungen oder Depressionen. Damit konnte sie nicht aufwarten.

Waren Beziehungsprobleme nicht auch Anhaltspunkte? Damit konnte sie dienen, zumindest, was eine Partnerschaft anging. Unter Kopfschmerzen litt sie in letzter Zeit auch. Sie hatte es auf den Stress der letzten Monate geschoben. Trotzdem: insgesamt zu wenig für eine Diagnose in Janas Sinne. »Eine Gegenfrage, damit du siehst, wie absurd deine Annahme ist: Wer sagt mir denn, dass hier vor mir die Jana von damals steht?«

In Janas Gesicht stahl sich ein verlegenes Schmunzeln. »Ich weiß ja, dass ich es bin.«

»Mir geht es genauso. Ich bin Nina, und ich bin absolut harmlos. Ich habe kein zweites Ich, das Ausflüge mit den alten Freunden plant.«

»*Was* plant ihr?«

Nina zuckte zusammen. Sie hatte nicht bemerkt, dass Rike sich zu ihnen gesellt hatte. Die blies Rauch nach oben und hob fragend die Augenbrauen.

»Äh … nichts«, antwortete Jana. »Ich habe Nina … Ach, vergiss es einfach. Eine blöde Idee.« Sie atmete durch. »Ich denke, wir sollten jetzt wieder den Anschluss zu den anderen finden.«

Rike zuckte mit den Schultern. »Von mir aus. Früher hatten wir keine Geheimnisse«, sagte sie pikiert. »Absolutes Vertrauen, wisst ihr noch?«

Jana senkte den Blick. »Es geht doch nicht gegen dich.«

Bevor Nina das bestätigen konnte, knackte ganz in der Nähe ein Ast.

»Was war das?«, fragte Rike.

Wieder knackte es. Ninas Puls beschleunigte sich. »Da ist was.«

»Was? Wie? Wo denn?«

Nina warf Rike einen genervten Blick zu. Sie immer mit ihrer überzogenen Art. Einfach still sein und horchen, dann würde sich die Antwort von selbst ergeben. Nina deutete in die Richtung, aus der sie das Geräusch vernommen hatte. Der Hang war hier nicht mehr ganz so steil wie eben noch. Wild wucherten Sträucher zwischen den Bäumen. Irgendwo über ihnen krächzte ein Rabe. Könnte er der Grund für das Geräusch gewesen sein?

Jana und Rike drückten sich an Ninas Seite.

Erneut ein Knacken, eindeutig nicht von dem Raben verursacht.

»Dort«, flüsterte Nina und zeigte auf einen Busch. Die Zweige bewegten sich, die Blätter raschelten.

Jana zog an Ninas Arm. Mit angstgeweiteten Augen blickte sie in die angegebene Richtung. »Lass uns weitergehen, ja? Wenn wir bei den Jungs sind …«

»He, Leute«, unterbrach Rike. »Das ist garantiert nur ein Tier. Wir sind in einem Wald, da soll es davon einige geben.« Leise lachte sie. Trotzdem drängte sie sich näher an Janas Seite. So ganz schien sie ihren eigenen Worten nicht zu glauben.

»Sollen wir nicht die Jungs rufen?«, fragte Jana.

»Lass das ja sein«, antwortete Rike. »*Wenn* es ein Tier ist, können wir uns das ganze Wochenende ihren Spott anhören.«

Regungslos standen sie beieinander und starrten auf den Busch. Der Rabe flog davon, sein Krächzen verstummte in der Ferne. Über ihnen rauschte der Wind in den Baumkronen. Am Boden kam von der frischen Brise nichts an. Nina tropfte der Schweiß von der Nasenspitze. Was sollten sie nur tun? Mit jeder Sekunde, die sie hier regungslos herumstanden, entfernten sich die Männer weiter. Einen Hilferuf würden sie bestimmt nicht mehr hören. Verdammt, warum nur mussten Kerle immer einen auf sportlich machen und vorausrennen? Konnten sie nicht einfach gemütlich wandern?

»Lasst uns weitergehen«, jammerte Jana. »Bitte.«

In dem Moment knackte es erneut, und etwas Großes stürmte aus dem Busch, geradewegs auf sie zu.

34

1991

Miese Stimmung.

Mit verschränkten Armen saß Tim auf dem Sofa in Steffs Zimmer. Zwei Monate war es jetzt her, dass sie Hauser eins ausgewischt hatten. Tagelang war der mit hängenden Schultern auf der Suche nach seiner Katze durch die Gegend gelaufen. In seinem Gesicht hatte sich die Sorge um das geliebte Haustier eingegraben. Im Unterricht war er zwar weiterhin ein Arschloch, aber er wirkte zerstreut. Man spürte, dass eine Veränderung mit ihm vorgegangen war.

Viel einfacher wurde es dadurch nicht. Ihre Eltern drängten auf gute Noten und setzten sie unter Druck. Ein Fehlschlag der Sprösslinge war in ihrer Gesellschaftsschicht undenkbar, ein Spitzenabitur Pflicht. Alles andere käme einem erzieherischen Versagen gleich, einer Niederlage, einer Schmach, die es unter allen Umständen abzuwenden galt.

Rike saß an Steffs Schreibtisch und hatte den Kopf auf die Hände gestützt. Seit Wochen trafen sie sich regelmäßig in Arbeitsgruppen. Wie den anderen auch hing ihr das alles zum Hals heraus.

»Ich kann den Scheiß nicht mehr sehen«, stöhnte Jana. »Wenn ich das Abi in der Tasche hab, nehm ich nie wieder ein Buch in die Hand, das schwöre ich euch.«

Tim nickte. Sie benötigten dringend eine Abwechslung, sie mussten sich entspannen. Doch Steff, der bisher immer die Initiative ergriffen hatte, saß nur wie unbeteiligt neben Nina auf dem Bett und hielt sie in den Armen.

Verstohlen musterte Tim die beiden. In ihm brodelte die Eifersucht. Letzte Woche hatte er Steff und Nina zum ersten Mal bei einem Kuss erwischt. Seitdem war klar, wohin die Reise ging.

»Jana hat recht«, sagte Fabian. Bleich hockte er im Schneidersitz neben ihr auf dem Boden. Ein aufgeschlagenes Heft lag vor ihm. Fabians krakelige Schrift prädestinierte ihn für ein Medizinstudium, fand Tim. Die Unterschrift für Rezepte, die garantiert niemand lesen konnte, hatte Fabian bereits bestens drauf.

Steff löste sich von Nina, die aufstand und engelsgleich durchs Zimmer schwebte. »Muss mal«, sagte sie.

Wolke sieben, dachte Tim. Die Eifersucht ließ ihn helle Punkte sehen. Nina gehörte zu ihm. Er hatte sie in die Clique eingeführt, er hatte ihre besondere Veranlagung entdeckt. Das mit Steff und ihr war ungerecht. Er krallte die Fingernägel in den Bezug des Sofas.

Steff räusperte sich. »Wir waren uns einig. Wir helfen uns untereinander, machen einen auf Vorzeigeschüler und bieten so keinen Grund für Klagen. Deswegen sitzen wir hier, oder etwa nicht?«

»Hör auf, Steff«, wies ihn Tim heftiger zurecht, als es eigentlich angemessen war. Doch er konnte seinen Unmut kaum verbergen. Nicht zum ersten Mal fragte er sich, wieso alle immer nur auf Steff hörten. Wer hatte ihn legitimiert, die Führungsrolle einzunehmen? Er könnte das viel besser, wäre konsequenter und effizienter. »Wir wissen selbst, warum wir uns mit der Schule so abquälen. Wir sollten mal wieder die Ernte dafür einfahren.«

»Also, von mir aus gerne«, sagte Jana. Demonstrativ klappte sie ihr Buch zu. Erwartungsvoll sah sie zu Steff auf.

»Was könnten wir?«, fragte Nina. Sie lehnte am Türrahmen. In ihrer engen Jeans und dem knappen Top zeichneten sich ihre wohlgeformten Rundungen ab.

Niemand antwortete, gebannt sahen alle Steff an.

Wie bei einem Monarchen, dachte Tim. Seine Worte waren Gesetz, ohne seine Zustimmung lief im Staate nichts. Verdammt, warum war es so, wie es war? Warum hatte Steff das Sagen? Nur weil er aussah wie ein Hollywood-Jungstar? Aber er wollte ja anscheinend lieber hier mit Nina rumturteln. Umso besser, dachte Tim, dann konnten sie doch allein ihr Ding durchziehen …

In diesem Moment seufzte Steff und hob die Hände. »Okay, okay, ihr habt ja recht.« Er rutschte vom Bett und ließ die Finger über die CD-Sammlung gleiten. Vorsichtig zog er eine Plastikhülle heraus und legte die CD in den Player. Kurz darauf sangen Tears for Fears »The Hurting«.

»Ganz schön retro«, beschwerte sich Nina.

»Genau das Richtige, um in Stimmung zu kommen«, sagte Fabian und zwinkerte Tim zu.

»Ja, für eine Beerdigung«, lästerte Nina. Sie setzte sich auf das Bett und zog eine Schnute.

Tim lachte auf. »Goldrichtig. Bald legen wir los.«

»Endlich«, rief Fabian aus, der sich wie ein kleines Kind bei der Bescherung freute. Er umarmte Jana und drückte ihr einen Kuss auf die Wange.

Nina runzelte die Stirn. »Was habt ihr vor?«

Tim sah sie verwundert an. »Du hast ihr nichts davon erzählt?«, fragte er an Steff gewandt.

Ungerührt zuckte der mit den Schultern. »Du etwa?«

Tim sprang auf und baute sich vor ihm auf. »Wer gluckt denn mit ihr rum, hä? Wer mimt denn hier den Chef? Es wäre deine Aufgabe gewesen.«

»Spinnt ihr jetzt total?«, fuhr Nina auf. »Ihr macht mir Angst.«

Sekundenlang funkelte Tim Steff drohend an, entspannte sich dann aber und lächelte süffisant. Er drehte sich um. »Ich denke, wir sollten die beiden Turteltauben eine Weile allein lassen. Der liebe Steff muss anscheinend eine kleine Beichte ablegen. Ich schlage vor, wir treffen uns um elf bei mir. Ich habe sturmfreie Bude und werde alles besorgen.«

»Woher?«, fragte Rike.

»Lass das mein Problem sein.« Die Initiative zu ergreifen fühlte sich gut an. Tim drückte die Brust raus und genoss die anerkennenden Blicke der anderen. Sie brachen auf und ließen Nina mit Steff zurück.

Das Letzte, was Tim noch hörte, waren Ninas empörte Worte: »Steff, was geht hier vor?«

35

Nina betrachtete eine Weile den Klingelknopf der Familie Jäger. Sie war zwanzig Minuten zu spät und hatte eigentlich keine Zeit zu verlieren. Die anderen waren bestimmt schon da.

Noch immer zweifelte sie daran, Steff vorhin richtig verstanden zu haben.

Es war so … abgedreht.

Fluchtartig hatte sie sein Zimmer verlassen und war nach Hause gerannt. Der Drang, sich zu säubern, sich mit einer harten Bürste zu schrubben, war unwiderstehlich gewesen. Es war ihr vorgekommen, als hätte Steff sie mit Dreck beworfen. Erst nach einer halben Stunde unter der Dusche hatte sie sich so weit beruhigt, dass sie über alles nachdenken konnte.

Zunächst hatte ihre Abscheu überwogen, dann plötzlich war da ein Kribbeln gewesen, ein beschwingtes Prickeln, das ihren Puls beschleunigte.

Genau das verunsicherte sie und ließ sie jetzt zögern, auf die Klingel zu drücken.

Das alles konnte doch nicht richtig sein. Sie verstand sich selbst nicht. Das hier ging weit über den Beo und

Hausers Katze hinaus. Gut, ja, sie wollte Steff nicht verlieren, ihn nicht enttäuschen. Doch das allein war es nicht. Vielmehr spürte sie ein unbändiges Verlangen nach Macht, das sie an diese Haustür führte.

Steffs Worte klangen in ihren Ohren nach. »Du tickst wie wir.«

Vehement hatte sie das bestritten.

Milde hatte er gelächelt und gesagt: »Du gehörst zu uns. Tief in dir weißt du das, davon bin ich fest überzeugt. Und nicht nur ich, sondern Tim und die anderen auch. Ansonsten hätten wir dich gar nicht akzeptiert. Zerfleisch dich nicht, lass es einfach geschehen, und genieße es.«

Nina wirbelte herum. Sie hatte plötzlich das Gefühl, dass jemand direkt hinter ihr stand. Doch sie war allein. Suchend blickte sie sich um.

Alles ruhig.

Kaum vernehmlich drang das Brummen des Verkehrs vom vielbefahrenen Militärring zu ihr herüber. Autos parkten am Straßenrand, die meisten Rollläden der Fenster rundum waren geschlossen. Bei einsetzender Dämmerung fuhren diese fast gleichzeitig automatisch herunter. In der ersten Woche nach dem Umzug hatte sich Nina über das seltsame klappernde Geräusch in der Straße gewundert. Bis sie auf die Lösung gekommen war.

Erleichtert atmete sie durch. Jetzt drehte sie anscheinend total am Rad. Als ob sich jemand von hinten an sie ranschleichen würde. Warum sollte jemand so etwas tun? Unsicher lachte sie, beruhigt war sie jedoch nicht.

Ob Steff mit seiner Einschätzung recht hatte oder

nicht, sie wusste es nicht, aber sie konnte es herausfinden. Sie hob die Hand und drückte endlich auf den Klingelknopf. Hinter der Haustür erklang der Big Ben. Anscheinend mochten Tims Eltern solch einen Kitsch.

Die Haustür schwang auf, Rike lachte. Sie trug einen weißen Arztkittel, ihre Hände steckten in Latexhandschuhen. »Da bist du ja.« Sie deutete eine Umarmung an zur Begrüßung. »Schnell rein ins Haus, muss mich ja nicht jeder so sehen.« Sie warf die Haustür zu und schob Nina vor sich her zur Kellertreppe. »Wir haben extra auf dich gewartet.«

Steifbeinig nahm Nina die Stufen. Am liebsten wäre sie wieder umgekehrt. Sie sah über die Schulter. »So könntest du zu einem Kostümball gehen.«

»Bekommst du gleich auch alles. Unten nach rechts.«

»Ist das denn notwendig?«

»Nach rechts zu gehen?« Nina kicherte. »O ja.«

»Ich meine die Verkleidung.«

»Blut lässt sich schwer aus den Klamotten waschen. Solltest du wissen.«

Die Wände des gefliesten Flurs leuchteten in einem hellen Beige, goldene Lampen mit verspieltem Zierrat hingen an der Decke. Möbel gab es keine.

»Geradeaus, in das Versuchslabor«, wies Rike an. »Dort.« Sie zeigte auf eine Stahltür.

Nina blieb wie angewurzelt stehen. »Bitte? Labor?«

»Kennst du Tims Vater nicht?«

»Bin ihm nie begegnet.«

Rike verdrehte die Augen. »Trotzdem, also wirklich. Schaust du nie die Privaten?«

»Selten.«

»Die Sendung *›Jäger! Schnitzel und mehr‹* sagt dir nichts?«

»Nee, keine Ahnung.« Zu Hause sah sie kaum fern. Sie hatte nicht einmal einen eigenen Fernseher.

»Herr Jäger ist Fernsehkoch bei RTL. Den kennt eigentlich jeder. Hier unten hat er eine vollausgestattete supergeile Küche. Dort probiert er herum, sein Versuchslabor halt. Alles Edelstahl, kann man super reinigen. Da bleibt nichts zurück. Einfach genial für unsere Zwecke.« Sie schubste Nina weiter.

Beim Betreten der Küche wurde Nina mit einem freudigen »Hallo« der anderen begrüßt. Wie Rike trugen sie Kittel und Handschuhe.

An den gekachelten Wänden hingen große silbrige Kochtöpfe, die im Licht der Neonröhren schimmerten. Herrn Jägers Lieblingsgefäße waren an der Unterseite von der Hitze bläulich verfärbt. Über den Töpfen, knapp unter der Decke, befanden sich zwei längliche Fenster, die ein wenig Tageslicht hereinließen. Rundherum zog sich eine Küchenzeile mit diversen Kochstellen. In der Mitte stand ein Tisch. Auf der Arbeitsfläche hätte man einen Tango tanzen können. Ein mit einem Siebgitter abgedecktes Abflussloch war direkt darunter im Boden eingelassen. Sehr praktisch, wie Nina fand. So konnte man die Fliesen mit einem Schlauch abspritzen.

Mit einem Lächeln im Gesicht kam Steff um den Tisch herum, wo er mit Tim gestanden hatte.

»Habe ich dich doch richtig eingeschätzt«, sagte er triumphierend. Fest drückte Steff sie an sich und küsste sie. »Klasse«, rief er und wirbelte sie im Kreis. »Auf dich ist Verlass.«

»Stopp! Halt!«, forderte Nina.

Steff ließ sie los. Skeptisch hob er eine Augenbraue.

»Es ist … ich will nur mal zuschauen. Um mir eine Meinung zu bilden. Um ein … Gefühl dafür zu bekommen.«

Amüsiert schüttelte Fabian den Kopf. Lachfältchen umrahmten seine Augen. »Na klar.« Er zog ein Augenlid herunter. »Schon verstanden. Nur zuschauen, nicht mitspielen.«

»Genau«, bestätigte Nina ärgerlich. Sie fühlte sich von Fabian ertappt, schaltete daher reflexartig auf Abwehr. »Hast du ein Problem damit?«

»Nein, nein, alles paletti.« Fabian lachte.

Jana drückte ihr einen Kittel in die Hand. »Zieh das an, damit wir endlich anfangen können.«

Kühl schmiegte sich die Baumwolle an Ninas Haut. »Und die Handschuhe?«

Jana zog ein Paar aus einer Schublade. »Hier, nimm.«

Tim verließ den Raum. »Ich hole dann jetzt mal den Probanden«, rief er von nebenan. Wie auf Signal verstummten alle. Die Spannung im Raum schien greifbar.

Mit einem mulmigen Gefühl im Bauch streifte Nina den Kittel und die Handschuhe über. Dabei versuchte sie, so leise wie möglich zu sein. Sie fürchtete, den Zauber des Augenblicks mit ihren Geräuschen zu zerstören.

Sie war tatsächlich hier.

Was sie am Nachmittag für unmöglich gehalten hatte, war jetzt Wirklichkeit geworden.

Fast konnte sie es selbst nicht glauben.

36

Was für eine Schmonzette!

Wie kann ein Produzent nur so einen Schrott drehen lassen? Am liebsten würde ich in den Fernseher treten. Ein geschniegelter, grün berockter Förster, hinter dem die ganzen Weiber im Dorf her sind. Typ Schwiegermutters Liebling mit Schmalztolle.

Den Wilderer beachtet dagegen kaum jemand. Zumindest nicht bis zum Showdown. Hier darf er wenigstens noch eine Kugel ins Herz bekommen und theatralisch sterben. So mit Stöhnen, Lidflattern und Muskelzuckungen. Das hat nur Uschi Glas als Apanatschi noch kitschiger hinbekommen. Der Förster hatte dem Wilderer eine Falle gestellt, und der Schuss hatte sich irrtümlich gelöst.

So ein Schwachsinn. Das Problem hätte ich anders gelöst. Im Fallenstellen bin ich gut. Ein Fachmann quasi. Ganz sicher, das ist was für mich. Ich habe schließlich Zeit. Zeit ohne Ende, he, he.

Also, man darf sich nicht nur hinter irgendeinem Busch verstecken, sondern muss rundherum vorsorgen. Neben einem Plan B muss man auch einen Plan C und D und E haben. Man weiß doch nicht, wohin so ein Opfer rennt, oder woher es kommt. Plötzlich tippt es einem auf die Schulter. Ha, das wäre aber ein Hallo. Von der anderen Seite angeschlichen und schon hat man selbst die Kugel im Herz. Oder im Kopf. Ganz schöne Schweinerei. So etwas darf nicht passieren.

O ja, Überraschung ist wichtig. Erst in Sicherheit wiegen und dann – zack – zuschlagen. Kurz und schmerzvoll, kein Erbarmen. Die Falle muss perfekt funktionieren, keine halben Sachen. Am besten tödlich. Schlimme Verletzungen reichen auch. Bewegungsunfähig, weil die Knochen zerschmettert sind. Auf gebrochenen Schien- und Wadenbeinen lässt es sich schwer gehen. Den Rest kann man dann im zweiten Durchgang erledigen. Lieber er als ich. Und hinterher einen Urschrei wie Tarzan ausstoßen und auf die Leiche pissen.

Ja, so sehen Sieger aus!

Und was macht der bescheuerte Förster da? Der knutscht jetzt die hübscheste Tusse des Dorfes, so eine mit geiler Figur und Porzellangesicht. Barbie wäre aber so was von neidisch auf die. Klar, die Tusse ist die Tochter des Bürgermeisters und hat ordentlich was in der Bluse. Die anderen Bräute weinen sich im Hintergrund die Augen aus. Dazu eine derartige Schnulzenmusik, dass einem die Tränen kommen.

Hilfe! Wo ist die Fernbedienung?

Ein letzter Blick des Liebespaars in die Kamera. Leidenschaft, Friede, Freude, Eierkuchen und Abspann. Nichts mehr zur anschließenden Gerichtsverhandlung, zum Totschlag oder zur fahrlässigen Tötung, die sich der Förster hat zuschulden kommen lassen. Stattdessen ein großes »Ende«.

Wie verlogen.

Der Typ wäre bestimmt für ein paar Jahre in den Bau gewandert. Währenddessen hätte seine zuckersüße Braut mit einem anderen gefickt. So ein Vollblutweib will schließlich befriedigt werden. Die wartet nicht keusch auf ihren kriminellen Ehemann.

Alles Schlampen, diese Filmhuren.

Der letzte Blick des Försters in die Kamera hatte es in sich gehabt. Nachtschwarze Pupillen in Technicolor, als blicke man in die Abgründe seiner Seele. Hammer! Ich glaube, der – angeblich – ungewollte Todesschuss war überhaupt kein Versehen gewesen. Der Sack hat das mit purer Absicht gemacht. Der Wilderer stand auch auf die Bürgermeistertochter, seinen Avancen war sie nicht ganz abgeneigt gewesen. So nach dem Motto: süßer Kerl, aber leider ein Suffkopp. Sie mit Helfersyndrom.

Skrupellos, der Förster. Den härtesten Konkurrenten abgebrüht ausgeschaltet. Der steht dann schon mal nicht mehr für die Rein-raus-Nummer zur Verfügung. Was für ein genialer Einfall. Das macht mir den Förster richtig sympathisch. Was er im ganzen Film nicht erreicht hat – mich einzufangen –, ist ihm buchstäblich im letzten Augenblick doch noch gelungen.

Mein neuer Berufswunsch: Förster.

He, he, leg dich nicht mit meinen Bräuten an, ansonsten trifft dich – aus Versehen natürlich – eine Kugel von mir.

Blattschuss!

37

Das war also Staudenhof. Wie trostlos, dachte Nina. Drei verfallene Häuser in einem Talkessel. Stürme hatten die Dächer großflächig abgedeckt, zerbrochene Dachziegel lagen auf den Wegen. Das Gebälk des Hofgebäudes vor ihr glich der Form eines Sattels. Die Fenster waren so verstaubt und fleckig, dass man nicht in die Wohnräume hineinsehen konnte. Vermutlich sah es darin auch nicht besser aus. Rundherum wucherte das Unkraut. Ein verrosteter Bagger stand auf der Wiese. Ob er dafür gedacht gewesen war, hier alles einzuebnen? Die Obstbäume auf den Wiesen hätten einen Beschnitt dringend nötig gehabt, und die Eiche, unter der sie standen, war vom Blitz gespalten. Nur noch an vereinzelten Ästen spross grünes Blattwerk.

Fabian und Tim tuschelten, brachen dann in schallendes Gelächter aus.

Ärgerlich riss sich Nina den Rucksack vom Rücken und ließ ihn einfach zu Boden fallen. Die Konserven rumpelten dumpf gegeneinander. Seit einer Stunde amüsierten sich Fabian und Tim über ihren saudämlichen Spaß. »Ist es bald gut?«, fuhr sie die beiden an.

Fabian schnappte nach Luft und wischte sich eine Träne aus dem Augenwinkel. »Ihr hättet eure Gesichter sehen sollen. Ihr hattet so was von Schiss. Wir dachten schon, ihr nässt euch ein.«

»Ihr seid so was von … ach … einfach Arschlöcher!«, fauchte Jana.

Rike war auch noch nicht wieder besänftigt. Böse funkelte sie Fabian und Tim an. »Sich hinter einem Busch verstecken und Leute erschrecken. Das ist echt Kindergarten.«

»Trotzdem lustig«, konterte Tim und prustete sofort wieder los.

Verständnislos schüttelte Nina den Kopf. Die Überraschung war den beiden gelungen, keine Frage. Selten hatte sie so viel Angst gehabt wie in dem Moment, als die beiden laut grölend aus dem Busch brachen. Das allein hätte sie ihnen nicht übel genommen. Aber immer und immer wieder drauf hinzuweisen, was für schreckhafte Ziegen sie doch seien, schoss übers Ziel hinaus.

Ihre Endstation lag im Innenhof eines verlassenen Gehöfts, bestehend aus dem Wohnhaus und der rechtwinklig anschließenden windschiefen Scheune. In der leichten Brise knarrten über ihr drohend die morschen Äste der Eiche. Den Schlafplatz würde sich Nina so weit wie möglich vom Stamm entfernt aussuchen. Sie wollte nicht von einem herunterfallenden Ast erschlagen werden.

Die unter einer Plane verstauten Schlafsäcke hatte Mike gefunden. Sie lagen an der Scheunenwand, genau bei den GPS-Koordinaten, die sie von dem Unbekannten erhalten hatten. Die Genauigkeit des Gerätes erstaunte Nina.

Mike hatte die Mitte des Hofs für eine Feuerstelle auserkoren und schleppte Steine herbei, die er kreisförmig auslegte. Mike hantierte mit den melonengroßen Brocken, als wären es leichte Fußbälle. Nina zollte seiner Fitness Anerkennung.

Jana rollte ihren Schlafsack auseinander und warf Mike einen skeptischen Blick zu.

Nina ahnte, was in Jana vorging: Sie glaubte, Mike stecke hinter der ganzen Sache. Wie sonst hätte er so zielsicher die Schlafsäcke unter der Plane ansteuern können? Der Gedanke war ihr auch gekommen, jedoch hatte sie ihn rasch wieder verworfen. Mike liebte den Luxus. Der Porsche und die teure Kleidung zeugten davon. Sogar seine Sandalen, die hier völlig deplatziert waren, zierte ein Krokodil. Nein, niemals würde er so etwas wie ein Pfadfinderlager planen. Dafür war Mike einfach nicht der Typ.

Fabian und Tim gackerten albern.

Nina konnte es nicht mehr hören. »Ich schau mich mal um«, sagte sie und schlenderte los. Vielleicht beruhigten die beiden sich in der Zwischenzeit.

Etwas abseits des Gehöfts befand sich ein großer Platz mit einer Kapelle in der Mitte. Der ehemals weiße Putz platzte überall großflächig ab, darunter trat heller Lehm zutage. Die Fachwerkbalken zeigten sich morsch und verwittert. Das schiefe Glockentürmchen wirkte wenig vertrauenerweckend. Den nächsten größeren Sturm würde es wohl nicht mehr aushalten. Der liebe Gott musste das kleine Gebäude aus den Augen verloren haben.

Die anderen Häuser gruppierten sich verstreut um den Platz. Zwischen ihnen konnte Nina einen Ziehbrunnen erkennen. Ob sich darin noch Wasser befand? Oder hatten die Bewohner das Dorf verlassen, weil er ausgetrocknet war?

Quatsch!

Nina konnte es selbst nicht glauben, was sie sich manchmal zusammenfantasierte. Selbst hier, am Rande der Zivilisation, musste es Leitungen mit fließend Wasser gegeben haben. Mit Strom waren die Häuser schließlich auch versorgt gewesen. Das bewiesen die Überlandleitungen, die in die Giebel führten. Und mit dem einziehenden Fortschritt war der ehemals lebenswichtige Brunnen sicher zum nostalgischen Zierrat verkommen.

Sie stellte sich eine Familie vor, die nach erledigtem Tagwerk abends auf dem Sofa saß und *Dalli Dalli* schaute. Morgens wurden die Kinder zur Schule gefahren, am Nachmittag wieder abgeholt. Dazwischen kaufte die Mutter Lebensmittel im Supermarkt ein, kochte zu Mittag, und am Nachmittag ging es in den Garten. Man hatte hier glücklich und zufrieden leben können, mit Strom aus der Steckdose, Wasser aus dem Hahn und Nutella auf dem Frühstückstisch.

Trotzdem interessierte es sie, ob man in dem Brunnen noch Wasser schöpfen konnte. Sie ging los, wurde jedoch von Tims Stimme gebremst.

»Nina! Wo steckst du? Wir haben Hunger.«

»Die Konserven sind im Rucksack. Bedien dich«, antwortete sie genervt. Fehlte nur noch, dass sie jetzt für die ganze Bagage das Mittagessen kochen sollte.

»Wäre schön, wenn du uns helfen würdest.«

»Beim Dosenöffnen?«

»Und was ist mit Feuerholz?«

»Leute, ich hab tatsächlich ein paar Löffel in dem alten Küchenschrank hier gefunden.« Das war Mike. Er klang so euphorisch, als hätte er einen Fernsehpreis gewonnen.

»Was ist denn jetzt?«, rief Tim ungeduldig. Nina seufzte. Jana hatte recht mit dem Kindergarten. Nahm man nicht die Zügel in die Hand, scheiterten die Kerle kläglich. Sie machte auf dem Absatz kehrt.

Das Knirschen ihrer Schuhe im Kies und das Pfeifen des Windes überlagerten ein kaum wahrnehmbares Wimmern.

38

Das Feuer prasselte, und die Flammen tanzten munter um den Topf, den Mike unter den Schlafsäcken gefunden hatte.

Nina rührte die Erbsensuppe um und fragte sich, warum ein Teil der Ausrüstung bereits vor Ort gewesen war, sie den anderen Teil jedoch hatten hierherschleppen müssen. Was bezweckte der Unbekannte damit? Wollte er es ihnen nicht zu leicht machen? Oder sollte es möglichst wie ein zünftiger Wanderausflug aussehen?

Tim warf das Handy in seinen Rucksack, der neben ihm stand. »Kannst du vergessen. Kein Netz.«

Rike saß neben Nina auf dem Schlafsack und starrte ins Feuer. Sie hatte die Beine angezogen und umklammerte ihre Knie. »Hat der Wirt ja gesagt. Du hättest ihm ruhig sein Handy lassen können.«

»Er hat es mir angeboten, also habe ich zugegriffen. Ich bin doch nicht so blöd und laufe ohne durch die Gegend.«

Mike lehnte sich vor und legte ein Holzstück nach. Funken wirbelten auf. »Nun ja, gebracht hat es jedenfalls nichts.«

»Aber das weiß man erst mit Gewissheit, wenn man es

ausprobiert hat. Oder glaubst du, ich traue diesem Giebels? Der steckt doch bestimmt mit unserem Unbekannten unter einer Decke.«

Mike hob die Schultern. »Was weiß denn ich? Wenn du dich besser damit fühlst, soll es mir recht sein.«

Jana sagte: »Ich hätte kein Handy mitgenommen. Bestimmt war das eine Art Prüfung. Der Briefeschreiber wollte schauen, wie wir darauf reagieren. Ob wir uns an seine Regeln halten.«

Sie lehnte Rücken an Rücken mit Fabian. Die beiden hatten sich einen Baumstamm herangerollt und saßen breitbeinig darauf. Ihre Angst schien verflogen zu sein, und Fabian hatte in den letzten Stunden sein albernes Verhalten abgelegt. Inzwischen ignorierte er sogar Tims Lachen, wenn der wieder einmal die »schreckhaften Ziegen« bemühte.

Tim blickte zum Himmel. Wolken waren aufgezogen.

»Sieht nach Regen aus. War nicht von Zelten die Rede?«

»Keine da«, antwortete Mike. »Ich habe überall nachgesehen.«

»Dann sollten wir einen Unterschlupf suchen«, murmelte Tim, ließ aber keine Taten folgen. Stattdessen holte er das Handy aus dem Rucksack und huschte mit dem Daumen über das Display. Immer noch nicht hatte er es für nötig erachtet, alle Sachen auszupacken.

Nina, die ihn beobachtet hatte, stand entschlossen auf, schnappte sich den Rucksack und schüttete den Inhalt aus.

Tim sprang auf. »He! Was soll ...«

Metallisch scheppernd purzelten Besteck, eine Schöpfkelle und blecherne Näpfe durcheinander.

Rike trat näher, nahm sich ein Besteck und hielt es hoch. An einem Ende befand sich ein Löffel, am anderen eine Gabel. »Praktisch. Kannst deine Löffel wieder einpacken, Mike, ich nehme lieber das hier.«

»Jetzt müssen wir auch nicht aus dem Topf essen«, kommentierte Jana.

Nina hatte Mühe, ihren Ärger zurückzuhalten. Wie konnte man nur so ignorant sein? Warum hockte Tim hier herum, ohne zu prüfen, was er den Vormittag über geschleppt hatte? Was ging nur in seinem Kopf vor? Nahm er die ganze Sache denn so gar nicht ernst? Doch es würde nichts nützen, ihm Vorhaltungen zu machen. Sie ahnte, dass er keine Einsicht zeigen würde. Sie drehte den Rucksack auf links. Ein Papierblatt flatterte zu Boden.

Mike stellte sich an ihre Seite. »Was ist das?«

Sie faltete das Blatt auseinander und überflog das Gedruckte. »Hm, sieht aus wie die Kopie von einem Zeitungsbericht.«

»Die Überschrift ist interessant.« Mike tippte darauf.

»Was steht denn da?«, wollte Fabian wissen. »Mann, macht es nicht so spannend.«

»Die weiße Frau von Mauel. Oder: Der Staudenhof-Geist«, las Nina vor.

Tim stand auf. »Lasst den Blödsinn!« Er verdrehte Ninas Arm, bis er ebenfalls den Text lesen konnte. »Das steht da doch nie und … Du liebe Zeit!« Ungläubig starrte er auf die Zeilen. »Jetzt bin ich platt«, murmelte er.

»Na, das ist ja ein Ding«, sagte Mike.

Nina riss sich von Tim los, drückte Mike das Papier in die Hand und wandte sich wieder der Suppe zu. Sie hatte Hunger. Die Gespenster der Eifel mussten warten.

Stumm las Mike eine Weile, dann verkündete er: »Also, das ist eine überlieferte Geschichte.«

»Lies vor«, forderte Fabian.

Mike ließ den Arm sinken und sah in die Runde. »Aber nicht, dass sich hinterher jemand beschwert, dass ihm die Geschichte nicht aus dem Kopf geht. Nachher, wenn es dunkel ist.« Sein Blick blieb bei Jana hängen.

Die winkte ab. »Nach dem Schreck, den die beiden Idioten uns vorhin eingejagt haben, ist mein Adrenalindepot für heute aufgebraucht. Erzähl ruhig.«

Ein wenig schwerfällig ließ sich Mike auf seinem Schlafsack nieder. »Na schön.« Seelenruhig stopfte er sich eine Pfeife und paffte an. Es schien ihm zu gefallen, so die Spannung zu steigern. »Dann wollen wir mal.« Er hielt das Blatt ins Licht und las vor:

»Wird in unserer aufgeklärten Zeit von Geistern berichtet, so wird man bestenfalls milde belächelt, im schlimmsten Fall ausgelacht. Die Menschen glauben nicht mehr an das Übersinnliche, an eine Welt außerhalb unserer Wahrnehmung und Vorstellungen. Rasch wird eine physikalische Erklärung gefunden, eine Luftspiegelung etwa oder eine Gaswolke. Wenn danach noch Zweifel bleiben, war der Beobachter unzuverlässig, hat halluziniert oder sich in Wahnvorstellungen verirrt. Frei nach dem Motto: Was nicht sein kann, darf auch nicht sein.

Doch damit machen die Skeptiker es sich zu einfach.

Die zahlreichen Augenzeugenberichte über Geister quer durch die Jahrhunderte und Gesellschaftsschichten bis in unsere Zeit beweisen, dass mehr hinter der Sache steckt als pure Fantasie. Dass all die Menschen, die Geister gesehen haben, unter Wahnvorstellungen litten oder schlicht gelogen haben, um Aufmerksamkeit zu erringen, ist wenig glaubhaft. Nicht nur ausgewiesene Spiritismus-Anhänger sind daher davon überzeugt, dass es eine Welt gibt, die hinter der unseren existiert.

Viele Berichte von Geistererscheinungen handeln von einer weißen Frau. Die weiße Frau ist meist eine Büßerin, die in ihrem Leben eine Verfehlung begangen hat und nun im Tod keine Ruhe findet. Sie hofft auf die Erlösung, die sie aber nur in der Welt der Lebenden finden kann, denn sich selbst erlösen können die Toten nicht. Geister, die auf Erlösung hoffen dürfen, sind weiß oder schwarz-weiß. Die Geister, denen man nicht mehr helfen kann, sind vollständig schwarz. In der Eifel – das wird viele überraschen – gab es seit jeher zahlreiche Berichte über weiße Frauen. Als Beispiele seien genannt: ›Die drei Juffern in der Kindshardth‹ aus Schleiden, ›Die Magd im Haus Drees in Alendorf‹ oder ›Die weiße Frau von Mauel‹.

Gerade die Letztgenannte wurde in der jüngsten Vergangenheit häufiger gesichtet.

Die Legende besagt, dass zwei Schwestern aus dem Dorf sich in denselben Edelmann verliebt hatten. Als der Edelmann die jüngere Schwester heiratete, kannte die ältere Schwester in ihrer Eifersucht keine Grenzen. Noch in der Hochzeitsnacht lauerte sie dem verliebten Paar auf und tötete beide mit dem Schwert des Bräutigams. Rasend vor Zorn, trennte sie dabei die Köpfe der Verliebten vom Leib und warf sie in den Dorfbrunnen.

Als die kopflosen Leichen am nächsten Morgen gefunden wurden, war rasch klar, wer hinter der schrecklichen Tat steckte. Die ältere Schwester hatte bei der Hochzeitsfeierlichkeit nicht mit ihrem Zorn und Neid hinter dem Berg gehalten und dem Brautpaar die Pest an den Hals gewünscht. Man fand sie in ihrem blutbefleckten Kleid stumm um Vergebung betend in der kleinen Dorfkapelle. Es folgte, was folgen musste: ein Gerichtsverfahren und wenig später der Tod durch den Strang. Während des Verfahrens kam kein Wort über ihre Lippen. Es schien, als wollte Gott sie bereits zu Lebzeiten strafen. Leider aber konnte sie so auch nicht mitteilen, wo die Köpfe der Opfer abgeblieben waren. So ahnte niemand, was in dem Brunnen vor sich ging. Wenig später erkrankten die Bewohner von Staudenhof und starben an einer Vergiftung. Diese Schuld nahm die ältere Schwester zusätzlich mit sich in die Ewigkeit.

Seitdem wandelt der Geist als weiße Frau durch Staudenhof. Häufig wurde er in einer mondlosen Nacht gesichtet. Er wurde als hell und durchscheinend beschrieben, in jüngster Vergangenheit allerdings auch oft schwarz und weiß. (Ein Zeichen, dass die Zeit für seine Erlösung bald abläuft?) In den Händen trägt der Geist die Köpfe des Brautpaars. Einige Beobachter haben ergänzend von Schrumpfköpfen am Gürtel berichtet. Hierbei soll es sich um die Antlitze der an dem vergifteten Wasser verstorbenen Dorfbewohner handeln. Der Geist schwebt einige Zentimeter über dem Boden, Fußabdrücke hinterlässt er daher nicht. Er spricht kein Wort und hält den Beobachtern hilfesuchend die abgeschlagenen Köpfe hin. Vermutlich erlangt er Erlösung, wenn die Köpfe mit dem Rest des Körpers vereint werden. Allerdings ist das unmöglich, da der Legende nach die faulig stinkenden Köpfe aus dem Brunnen verbrannt wurden. So ist es nicht verwunderlich, dass der Geist heutzutage immer noch nachts durch Staudenhof streift.

Aller Überlieferung zufolge sollen die weißen Geister ungefährlich sein. Doch aus den fünfziger Jahren des vergangenen Jahrhunderts gibt es einen Augenzeugenbericht, der bei der weißen Frau von Mauel daran zweifeln lässt. Zwei Schwestern sollen bei einem Scheunenfest nach Sonnenuntergang mit anderen Kindern herumgetollt haben. Da die Eltern es sich auf der Tenne bei reichlich Alkohol gut gehen ließen, achtete niemand auf die beiden. Übereinstimmend sagten die anderen Kinder später aus, die jüngere der Schwestern sei plötzlich auf den Wald zugerannt und wenig später zwischen den Bäumen verschwunden. Zunächst hielten sie es für ein Versteckspiel, doch als eine schwebende weibliche Gestalt am Waldrand auftauchte, bekamen sie es mit der Angst zu tun. Sie alarmierten die Erwachsenen. Sofort setzte eine Suchaktion ein. Erst am nächsten Morgen wurde das Mädchen gefunden – in einer Schlucht unweit des Dorfes, tot. In der Hand hielt sie ein altertümliches rostiges Schwert. Offensichtlich war das Mädchen von einem steilen Hang in die Schlucht hinabgestürzt und hatte sich das Genick gebrochen. Aber wie war es an das Schwert gekommen? Hatte sie es nur zufällig gefunden, oder wurde sie von dem

Geist zur Fundstelle begleitet? Handelte es sich um das Schwert, mit dem die weiße Frau das Brautpaar geköpft hatte? Wollte der Geist dem Kind gar nichts Böses, sondern suchte er nur jemanden, dem es die Stelle mit dem Schwert zeigen konnte? War der tödliche Sturz nur ein Unfall gewesen?

Fragen über Fragen, auf die es vermutlich nie zufriedenstellende Antworten geben wird. Aber wie dem auch sei: Gehen Sie auf Nummer sicher, und hüten Sie sich vor dem Staudenhof-Geist – der weißen Frau von Mauel.«

39

1991

Ein Martinshorn heulte durch die Nacht. Kurz darauf fuhr ein Krankenwagen mit Blaulicht durch die Straße und verschwand wenig später wieder aus Pierres Blickfeld. Das selbst für das Rheinland ungewöhnlich schwüle Herbstwetter schien ein weiteres Kreislaufopfer gefordert zu haben.

Der Wecker zeigte halb eins an. Seine Eltern hatten sich bereits hingelegt. Das Schnarchen seines Vaters dröhnte durchs Haus. Wie hielt seine Mutter das nur aus? Vielleicht sollte er ihr zu Weihnachten Ohrstöpsel schenken.

Drüben bei Jägers war es ruhig. Nina war bisher nicht wieder aufgetaucht.

Seit zwei Stunden saß er hier am Fenster und wartete gespannt darauf, was geschah.

Mehrere Wochen beschattete er inzwischen die Clique. Bisher ohne interessante Vorkommnisse, sah man von dem Vorfall mit dem Rucksack einmal ab. Fast jeden Tag büffelten sie gemeinsam fürs Abitur. Ninas Leistungssteigerung in der Schule war somit nicht verwunderlich. Ansonsten hingen sie ab, gingen hin und wieder shoppen, ins Kino oder zu McDonald's. Absolut unauffällig, nichts, was andere in ihrem Alter nicht auch taten.

Doch Pierre war sich sicher, dass da mehr war. Erst heute hatte er Tim beim Kauf einer Packung Latexhandschuhe beobachtet.

Latexhandschuhe!

Ein wohliges Prickeln breitete sich in Pierres Magen aus, als er sich Tim mit den Handschuhen vorstellte. Rasch versuchte er an Nina zu denken. Schöne Rundungen, ansehnliche Oberweite, Tims Haare, wie eine flauschige Wolke … Scheiße! Seine Gedanken gehorchten ihm nicht. Was war nur mit ihm los? Nachts träumte er von Tim, von einem Tim, der ihn in die Arme nahm und küsste. Tagsüber erwischte er sich dabei, wie er sich den nackten Körper seines ehemaligen besten Freundes vorstellte.

War er etwa schwul? Einer, der sich den Arsch versilbern lässt, wie es sein Opa ausdrückte?

Ach was!

Pierre und Tim waren seit dem Sandkasten miteinander befreundet. Bei Problemen waren sie füreinander da gewesen, unzertrennlich durch dick und dünn gegangen. Selbstverständlich empfand man da mehr füreinander als nur oberflächliche Freundschaft. Eine Umarmung war doch nichts Verwerfliches, nichts, woran man Anstoß nehmen müsste.

Nachdenklich fuhr sich Pierre übers Kinn. Seit Tim in der Clique war, beachtete er ihn, Pierre, kaum noch.

Die Distanz zwischen ihnen wuchs von Woche zu Woche. Tim lebte in einer anderen Galaxie. Das schmerzte Pierre. Weshalb ging Tim nur auf Abstand? War es, weil er so klein geraten war? Nein, es musste mehr dahinterstecken.

Latexhandschuhe!

Die Erregung flammte wieder auf. In den Pornoheften seines Vaters, die versteckt im Nachttisch unter einem Stapel Romane lagen, trugen die Frauen Lackhandschuhe. In den Heften ging es richtig zur Sache.

War dies das Geheimnis der Clique?

Sexspiele?

Unruhig rutschte Pierre auf seinem Schreibtischstuhl hin und her. Hart pulsierte sein Glied in der Hose. Am liebsten hätte er es befreit und den Druck abgebaut, aber er fürchtete, etwas Entscheidendes zu verpassen. Stattdessen sprang er auf, warf sich ein schwarzes Kapuzenshirt über und schlich die Treppe hinunter.

Seine Eltern mochten es nicht, wenn er sich nachts draußen rumtrieb. Zwar schnarchte sein Vater unbeeindruckt vor sich hin. Man hätte eine Bombe neben seinem Ohr zünden können, ohne dass er etwas bemerkt hätte. Doch seine Mutter lag bestimmt noch wach. Bei dem Lärm konnte niemand schlafen. Routiniert deaktivierte Pierre die Alarmanlage. Die rote LED erlosch, die grüne leuchtete auf. Leise schlüpfte er hinaus.

Milde Luft umschmeichelte seine Wangen, es roch nach feuchtem Laub. Er zog seine Kapuze tiefer ins Gesicht. Sollte er zufällig entdeckt werden, musste ihn ja nicht sofort jeder erkennen.

Er sprang über den hüfthohen Zaun, der das Grundstück der Jägers einfasste. Sanft und fast geräuschlos landete er auf der Wiese. Garantiert hatte Tim wieder vergessen, die Alarmanlage zu aktivieren. In solchen Dingen war er nachlässig, und vor Einbrechern hatte er sich ohnehin nie gefürchtet. »Stech ich ab«, war sein Spruch, wenn man ihn auf die Gefahr hinwies.

Pierre huschte durch den Garten. Die Rollläden des Hauses waren unten. Unter Tims Fenster blieb er stehen und horchte. Keine Musik und vor allem kein Stöhnen oder andere Geräusche, die auf eine wilde Sexorgie schließen ließen.

Vorsichtig schlich er weiter. Es musste sich jemand im Haus befinden. Nina war nicht mehr herausgekommen. Und irgendjemand hatte ihr die Tür geöffnet. Bestimmt war es Tim gewesen. Es musste … Pierre blieb abrupt stehen. Ein Gedanke erschreckte ihn. Er stützte sich mit einer Hand an einer Linde ab.

Tim und Nina?

Waren die beiden allein?

Vorhin war er gerade aus der Dusche gekommen, als er Nina vor der Haustür der Jägers hatte stehen sehen. Im Geiste hatte er die anderen der Clique ergänzt.

Ein eifersüchtiger Stich schoss durch seine Brust.

Nina!

Das Biest!

Die war doch eigentlich mit Steff zusammen, jeder konnte sie auf dem Schulhof turteln sehen. Wie kam sie dazu, sich an Tim ranzuschmeißen? Pierre schäumte vor Wut. Er boxte auf den Stamm ein. Die Haut an den Fingerknöcheln platzte auf, Blut sickerte heraus. Den

Schmerz spürte er kaum. Wenn er Nina allein erwischte, dann …

Der Hintereingang sprang auf, der Schein einer Lampe warf einen hellen Streifen auf den Rasen.

Pierre hockte sich hinter den Stamm. Klein wie er war und zusätzlich getarnt durch das schwarze Oberteil, würde ihn hier niemand sehen.

Fabian tauchte auf. Er trug einen weißen Kittel, auf dem sich dunkle Flecken abzeichneten. In der Hand hielt er einen grauen Müllsack. Suchend sah er sich um. »Mann, wo sind denn die verdammten Tonnen?«, rief er ins Haus hinein.

»Links. An der Hausecke, in dem kleinen Vorbau«, war Tim aus dem Inneren zu hören. »Stopf den Sack aber tief nach unten, hörst du? Wir müssen die Müllabfuhr schließlich nicht mit der Nase darauf stoßen.«

»Und deine Eltern?«

»Keine Sorge, die kommen erst nach der Müllabfuhr zurück.«

»Dann können wir doch gleich alles hier entsorgen.«

»Lass das mal meine Sorge sein. Und jetzt schleich dich.«

Mist, dachte Pierre. Der kleine geziegelte Vorbau, den Tim meinte, befand sich gerade mal fünf Meter von seinem Versteck entfernt. Das könnte knapp werden. Regungslos verharrte er und atmete flach.

Fabian tapste auf den Vorbau zu. Seine Augen hatten sich ganz offensichtlich noch nicht an die Dunkelheit gewöhnt. Gut so! So würde er kaum was in der Umgebung erkennen können.

»Die Müllabfuhr nicht mit der Nase drauf stoßen«, schnaubte Fabian verächtlich. »Für wie blöd hält der mich eigentlich?« Er öffnete die Tür und trat ein. Dann klappte hörbar ein Deckel hoch, es raschelte einige Male, und wenig später tauchte Fabian wieder auf. Er wischte sich die Hände am Kittel ab und ging ins Haus. Die Hintertür fiel zu, der Lichtstreifen war verschwunden.

Pierre atmete erleichtert auf und geduldete sich noch einen Moment, um sicherzugehen, dass Fabian nicht mit einer weiteren Tüte auftauchte. Nichts geschah, die Stille war wieder eingekehrt im Garten.

Gebückt huschte er zum Vorbau hinüber und zog die Tür auf. Ein strenger Geruch schlug ihm entgegen. Der Deckel der großen Tonne stand halb offen. Ein Müllsack lugte aus der Tonne heraus. Es war nicht der, den Fabian in Händen gehalten hatte. Der war grau gewesen, der hier vor Pierre leuchtete heller. Klar, Fabian sollte den grauen ja auch nach unten stopfen.

Pierre nahm den hellen Sack aus der Tonne und wühlte sich dann bis zum Grund durch. Endlich stieß er auf den grauen Sack und zog ihn hervor. Er öffnete den Knoten und riss die Tüte auf. Ein metallischer Geruch schlug ihm entgegen. Würgend wandte er sich ab. Scheiße, was war das denn? Einige Sekunden benötigte er, bis sein Magen sich beruhigte. Er hielt die Luft an und sah in den Sack: Tücher! Unzählige Leinentücher, dazu massenhaft Papiertücher. Pierre rollte den Sack ein, sodass er den Inhalt besser sehen konnte. Immer wieder musste er sich abwenden, um Luft zu holen.

Gott, der Gestank war unerträglich.

Die Tücher waren alle verschmutzt. Nur womit? Motorenöl? Es blieb ihm nichts anderes übrig, als sich eins näher anzusehen. Vorsichtig zupfte er an einem Leinentuch und hielt es ausgebreitet gegen das schwache Licht, das von draußen hereindrang.

Blut?

Pierre brach der Schweiß aus. Der metallische Geruch, ja, klar, Blut, es war eindeutig Blut. Er ließ das Tuch und den Sack fallen und drückte sich entsetzt an die Wand.

Blut! Blut! Überall!

Wo kam so viel Blut her?

Hatte sich jemand verletzt?

War was mit Tim?

Der Krankenwagen vorhin kam ihm in den Sinn. Doch der hatte nicht angehalten. Also, es gab keine Verletzten. Ansonsten hätte Fabian auch nicht seelenruhig den Müll rausgetragen.

Pierre atmete durch, zwang sich zur Ruhe. Er war dem Geheimnis der Clique so nah gekommen wie nie zuvor. Aber er hatte keine Ahnung, von wem das Blut stammen konnte?

Er stopfte den Müll zurück. Gerade noch rechtzeitig verließ er den Vorbau. Auf der anderen Seite des Hauses erklangen Stimmen: Steffs dunkler Bass, Ninas aufgekratztes Geplapper, Rikes überdrehtes Gequietsche, Janas einsilbiges Gemurmel.

»Ich kümmere mich morgen früh um den Rest«, hörte er Tim sagen.

»Brauchst du Hilfe?« Das war Rike.

»Schon okay. Die paar Meter schaffe ich alleine.«

»Gut, danke. Mann, bin ich müde. Bin froh, wenn ich an der Matratze horchen kann«, sagte Fabian. »War super heute.«

Einige Lacher und Abschiedsgrüße, dann wurde es still.

Die Haustür schlug zu.

»Morgen früh«, hallte es in Pierres Ohren nach. Morgen früh würde sich Tim um den Rest kümmern.

Was immer das heißen mochte, Pierre würde zur Stelle sein und endlich das Geheimnis lüften.

40

»Meine Güte«, stöhnte Rike, als Mike das Blatt sinken ließ. »Was für ein Ammenmärchen. Ein Geist, also nee.« Sie schüttelte den Kopf und stocherte mit einem Ast in der Glut herum. »Könnte man glatt ein Drehbuch draus machen.«

»Mit dir als weißer Frau?«, frotzelte Tim.

Sie sah auf. »Warum nicht? Bestimmt ein interessanter Charakter mit einer enormen emotionalen Bandbreite.«

Nina bemerkte ein herausforderndes Funkeln in Rikes Augen.

Tim nickte. »Du wärst genau die Richtige dafür«, sagte er, und in seiner Stimme lag keinerlei Spott. »Kann ich mir gut vorstellen.«

Fast verschlug es Nina die Sprache. Tim konnte ja richtig nett sein. Damit hatte sie nicht gerechnet. Rike anscheinend auch nicht, denn sie stutzte und sagte: »Äh … danke.«

Nachdenklich entzündete Mike seine Pfeife wieder. »Wo das jetzt geklärt ist – was haltet ihr denn von dem Bericht? Will unser Freund uns etwas mitteilen?«

»Hm, weiß nicht«, sagte Nina, »bisher hat er uns konkret angesprochen und eindeutige Forderungen gestellt.«

Sie deutete mit der Schöpfkelle in Richtung des Blattes. »Das passt nicht ins Muster. Wir können aber auch beim Essen darüber reden, sonst brennt mein Eintopf noch an.«

Reihum füllte sie die Näpfe, löffelte dann mit Appetit. Es roch verführerisch, der Speck schmeckte rauchig, und die Erbsen waren nicht zu weich gekocht. Einfach köstlich. Sie konnte sich gar nicht mehr erinnern, wann sie ihre letzte Erbsensuppe gegessen hatte.

»Um auf die Fragen von Mike zurückzukommen«, nahm Fabian nach einigen Minuten den Faden wieder auf, »der Typ will uns Angst machen. Deswegen hat er den Bericht im Rucksack versteckt. Aber ich bitte euch – Gespenstergeschichten!« Er stellte seinen Blechnapf auf den Boden und rülpste in die hohle Hand. »Sorry, ich vertrage keine Hülsenfrüchte«, entschuldigte er sich.

Jana lachte und rieb ihm über den Rücken. »Stimmt, war früher schon so. Sag Bescheid, wenn es schlimmer wird. Ich entferne mich dann ein wenig.«

Er grinste. »Kann man nichts machen … Haben wir eigentlich noch was zu trinken?«

Mike kramte in seinem Rucksack und warf ihm eine Wasserflasche zu. »Ist die letzte. Ihr habt einfach zu viel gesoffen.«

Gekonnt fing Fabian die Flasche im Flug. »Schöne Bescherung. Und was machen wir jetzt? Die Wasserleitungen funktionieren bestimmt nicht mehr. Wir haben noch die Nacht vor uns, und den Heimweg.«

»Bestimmt will der Typ uns austrocknen«, bemerkte Mike und paffte genüsslich an seiner Pfeife.

Nina knurrte: »Jetzt weißt du, warum es besser ist, die

Vorräte vor einer Wanderung zu kontrollieren.« Obwohl sie auch Durst verspürte, freute sie sich diebisch, dass sie recht behalten hatte. »Ich habe da hinten bei dem Platz einen Brunnen gesehen. Mit ein wenig Glück können wir dort Wasser schöpfen.«

Jana schüttelte sich. »Hier gibt es wirklich einen Brunnen? Ist das etwa der aus der Geschichte?«

Rike lachte. »Und wenn schon. Die Köpfe sind verbrannt worden, die werden wir also nicht finden.«

»Trotzdem eine ungemütliche Vorstellung.«

Ein Poltern aus der Scheune ließ Nina zusammenschrecken. »Was war das denn?«

Ungerührt sah Mike über die Schulter. »Ein Tier? Hat bestimmt etwas umgestoßen.«

Fabian sagte: »Oder ein morscher Balken ist runtergekracht. Schau dir doch mal an, was das für eine Ruine ist.« Er nickte zur Scheune. »Also, mich kriegen keine zehn Pferde in eins dieser Gebäude.«

Nina entspannte sich. Dass die Männer keine Gefahr witterten, beruhigte sie. Ein wenig schämte sie sich für ihre Schreckhaftigkeit.

Nachdenklich rieb sich Tim das Kinn. »Ich würde dem Kerl zutrauen …«, sagte er, zögerte dann und sah in seinen Napf.

»Was?«, fragte Mike. »Sag schon, was traust du dem Kerl zu?«

Zunächst schien Tim die Frage nicht gehört zu haben. Sein Blick ging in die Ferne. Nur langsam kehrte er in die Wirklichkeit zurück. »Fabian könnte recht haben. Ja, ich traue dem Kerl durchaus zu, dass er uns Angst machen will. Und heute Nacht, wenn wir alle tief und fest schlummern, erschreckt er uns.«

Nina lachte. »Ist das ein Verwandter von dir? Du bist doch eigentlich für solche Kindereien zuständig.«

»Sehr witzig.«

Mike klopfte seine Pfeife aus. »Erschrecken, hm, wenn es nur darum geht …«

Jana ruckte hoch. »Was willst du damit andeuten?«

»Er könnte uns an die Gurgel wollen.«

»Red doch keinen Scheiß«, schimpfte Tim.

Frustriert ließ Jana ihren Löffel in den Napf fallen. »Toll, Leute, jetzt habt ihr's geschafft. Ich wollte mich eigentlich nicht fürchten, an eine weiße Frau glaube ich nicht. Aber mir gefällt es nicht, wenn nachts ein Unbekannter hier rumstreift.«

»Vielleicht sollten wir Wache halten«, schlug Mike vor. »Kann nicht schaden, oder?«

Nina nickte. Ein ungutes Gefühl zog ihr den Magen zusammen.

Tim stemmte sich hoch. »Ich muss mir mal die Beine vertreten.«

Wie aufs Stichwort sprang Rike ebenfalls auf. »Ich komme mit.«

»Äh … also, wenn ich ehrlich bin, wollte ich ein bisschen … allein sein. Den Kopf freibekommen, du verstehst schon.« Verständnis heischend lächelte Tim.

Rikes Miene trübte sich. »Schade. Ich dachte … Aber klar, verstehe schon. Es gibt so Momente.«

»Das ist so einer. Danke.« Mit den Händen hinter dem Rücken schlenderte Tim davon.

»Wenn du Bewegung brauchst«, raunzte Mike, »dann such Holz.« Prüfend sah er zum Himmel. »Es wird langsam dämmrig. Nicht mehr lange, und hier ist es so dunkel wie in einem Bärenarsch.« Verhalten lachte er. »An einem warmen Feuer lässt es sich besser Wache halten. Ich begleite dich gerne.« Mike zwinkerte Rike zu.

Sie stemmte die Arme in die Taille, ihre gute Laune kehrte zurück. Amüsiert zuckten ihre Mundwinkel. »So, so, du alter Charmeur. Ich sollte Nina sicherheitshalber als Anstandsdame mitnehmen.«

»Nichts da«, ging Fabian dazwischen. »Ihr beide sammelt Holz, wir anderen sehen uns den Brunnen an.«

Mike hakte sich bei Rike unter. »Pech gehabt, mein Schatz.« Lachend gingen sie davon.

Nina sah ihnen hinterher, bis sie um die Ecke der Scheune bogen. So vertraut, fast schon verliebt. Ob sich da was anbahnte? Sie hoffte es. Dann würde Rike wenigstens die Finger von dem Wirt lassen. Irritiert stutzte Nina. Hatte sie das tatsächlich gedacht? Kaum zu glauben, ihr schien der Kerl wirklich zu gefallen. Immer wieder drängte er sich in ihr Bewusstsein, das musste etwas bedeuten. Steff fiel ihr ein. Hätte sie sich in den Wirt verguckt, wenn Steff hier wäre? Oder wäre dann die frühere Zuneigung wieder aufgeflammt, wie bei Jana und Fabian? Oder Mike und Rike?

Steff fehlte. Nicht nur ihr, sondern auch in der Gruppe. Die Clique raufte sich langsam zusammen, das spürte sie. Das gemeinsame Essen am Lagerfeuer war bereits deutlich entspannter und harmonischer verlaufen als das Abendessen gestern. Doch Steffs Abwesenheit war wie ein fehlendes Puzzleteil. Das fertige Bild würde sich so niemals ergeben.

»Was ist jetzt?«, riss Fabian sie aus ihren Gedanken. Er streckte ihr die Hand hin.

Nina griff zu und ließ sich aufhelfen.

»Dann mal auf zum Brunnen«, sagte er, vollführte eine galante Handbewegung und ließ ihr so den Vortritt.

41

Ruhelos tigerte Holger Giebels im Garten herum. Er schleppte die Gießkanne zum Kräutergarten, aus dem er sich gewöhnlich die Zutaten für die Gerichte holte. Danach kamen die Hortensien dran, die konnten gar nicht Wasser genug haben.

Sein »böser Arm« schmerzte. Die nach dem wochenlangen Gips degenerierten Muskeln vertrugen noch keine Anstrengungen. Aber als er diesen Fatzke, diesen Tim Jäger, am Vormittag in den Schwitzkasten genommen hatte, hatte er sich einfach nicht zurückhalten können.

Während sich das Wasser auf das Wurzelwerk der Blumen ergoss, grübelte er über die letzten Stunden nach.

Vor gut zwei Stunden waren die beiden Polizisten unverrichteter Dinge wieder abgezogen. Trotz intensiver Suche hatten sie keine Einbruchsspuren gefunden. Entweder verfügte der Dieb über einen Zweitschlüssel, oder er war nicht von außen eingestiegen – dann kam nur einer der Gäste infrage. Außer ihm besaß nur seine Schwester einen Schlüssel zum Gasthof. Blieb die andere Alternative. In Verdacht hatte Giebels die Pummelige mit den schönen Augen, diese Jana. Die war auffällig still gewesen. Ruhige

Gewässer sind mitunter tief. Zumindest konnte er sich bei ihr ein Motiv vorstellen: Sie schien nicht auf Rosen gebettet zu sein, trug ausgewaschene, schlichte Kleidung, keinen Schmuck, und ihr kleiner Koffer war von einem Billiglabel. Nachdem ein wenig Gras über die Sache gewachsen war, würde sie die Handys bestimmt bei eBay verticken.

Ein Meisenpärchen beschwerte sich lautstark über Giebels' Tätigkeit im Garten. Ihr Nest befand sich in einem Vogelhäuschen am Geräteschuppen. Ihr schrilles Tschipp-Tschipp-Tschipp, wenn er dem Schuppen zu nahe kam, amüsierte ihn. »Ich tu euch doch nichts«, versuchte er sie ohne Erfolg zu beruhigen. Die Worte fruchteten nicht. Aufgebracht flatterte das Meisenpärchen hin und her. Um sie nicht weiter zu stören, stellte Giebels die Gießkanne ab und setzte sich ein Stück entfernt auf die Bank vor der Terrasse.

Sein Blick ging in Richtung Staudenhof. Die sechs waren bereits mehrere Stunden unterwegs. Ob sie klarkommen würden? Er traute der Truppe nicht viel zu. Er wäre nicht verwundert, wenn in Kürze ein Rettungswagen anrücken würde. Geübte und erfahrene Wanderer schienen die nicht zu sein. Der Kräftige mit den schütteren Haaren war sogar in Sandalen losgezogen. Der wird fluchen, wenn er sich erst die Zehen aufgeschlagen hat, dachte Giebels. Der Rest der Gruppe hatte nicht weniger ahnungslos auf ihn gewirkt. Die hatten noch nicht mal die Rucksäcke richtig geschultert. Viel zu locker. Kreuzschmerzen waren vorprogrammiert.

Verächtlich schnaubte Giebels. Vom Komfort und den

Annehmlichkeiten der Zivilisation verweichlichte Stadtmenschen.

Der Feldweg zum Ort Staudenhof führte durch Wald und Flur. Das dürfte selbst für ungeübte Wanderer zu meistern sein. Kurz vor dem Ziel führte eine alte Holzbrücke über eine steinige Schlucht. Die stellte aber ebenfalls kein Problem dar, konnte sogar mit ein wenig Geschick mit einem Auto befahren werden, auch wenn sie baufällig aussah.

Die Asphaltstraße zum Ort wäre trotzdem die bessere und kürzere Lösung gewesen. Die konnte aber nicht mehr benutzt werden. Im letzten Winter hatte ein Unwetter ein mächtiges Stück Erdreich davongeschwemmt. Da die Straße am Hang lag, sah es dort jetzt aus, als hätte Gott einen Handkantenschlag in ein Stück Lehm gesetzt. Nur mit äußerster Anstrengung und Klettererfahrung konnte man die Stelle passieren. Oder man nahm einen Umweg durch unwegsames und morastiges Gelände in Kauf. Ohne Ortskenntnisse konnte man dabei schnell in eine lebensbedrohliche Situation geraten.

Weitere Wege gab es nicht. Das Dorf lag in einem Talkessel, ringsum steile und dicht bewachsene Hänge. Geologen zufolge handelte es sich um einen erloschenen Vulkankrater. Da der Vulkankessel die Häuser vor dem in der Eifel vorherrschenden Westwind schützte, verstand Giebels nicht, warum das Dorf aufgegeben worden war. Andernorts, zum Beispiel in Höfen bei Monschau, schützte man sich vor dem widrigen Wetter mit hohen Hecken. In Staudenhof war dieser Aufwand nicht notwendig. Andererseits: Wer wollte schon derart abgeschieden leben?

Er beobachtete das Meisenpärchen. Die beiden Vögel bauten jetzt wieder fleißig an ihrem Nest.

Oder waren die Einwohner vor dem Geist der weißen Frau geflüchtet? Wollte deswegen niemand dorthin zurück? Unzählige Male hatte er die Geschichte am Tresen gehört. Ob vielleicht doch ein Fünkchen Wahrheit in ihr steckte? Und selbst wenn nicht: Die Eifler waren sehr abergläubisch. Es konnte gut sein, dass sie sich von Gespenstergeschichten abschrecken ließen.

Giebels grinste. Kurz vor dem Aufbruch der Wandergruppe hatte er diesem Tim Jäger eine Kopie aus einer Festschrift in den Rucksack geschmuggelt. Er hatte sich um den Inhalt des Rucksacks ja nicht gekümmert. Selbst schuld.

So ein Idiot.

Zumindest die Vorräte hätte er überprüfen müssen. Ohne Supermarkt in der Nähe würde der Typ innerhalb von ein paar Tagen verhungern. Dieses Schicksal würde ihm aber bestimmt erspart bleiben, da er vorher verdurstet sein dürfte.

Wie auch immer. In dieser Festschrift hatte ein Chronist die Geschichte von dem Staudenhof-Geist sehr anschaulich wiedergegeben. Beim Lesen war selbst Giebels ein leichter Schauder über den Rücken gelaufen. Und dieser Tim musste immerhin die Nacht da oben verbringen. Nachts am Ende der Welt ist schon so mancher abergläubisch geworden.

Er lachte leise. Wäre zu schön, das miterleben zu können.

Giebels stutzte.

Warum nicht? Warum sollte er sich den Spaß entgehen lassen?

Er grinste, sprang auf und rannte ins Haus. Im Schlafzimmer zog er sich eine Camouflage-Weste an und kontrollierte die Taschen. Das riesige Schweizer Armeemesser, ohne das er nie auf Wanderschaft ging, beulte den Stoff aus. Mit dem Messer konnte er sogar Wölfe töten. In der Küche füllte er die Feldflasche mit Leitungswasser und band sie sich dann an den Hosengürtel.

Abmarsch.

In seiner Eile bemerkte er nicht die Gestalt, die ihm in einigem Abstand folgte.

42

1991

Pierre hatte die ganze Nacht Wache geschoben. Er wusste nicht, wann genau Tim aufbrechen würde. Nervös hockte er im dunklen Zimmer am Fenster, den Kopf auf die Unterarme gelegt, und beobachtete das Haus der Jägers.

»Die paar Meter schaffe ich allein«, hatte Tim den anderen zugerufen.

Und wenn er damit nur den Weg zur Mülltonne meinte? Dann könnte Pierre noch bis in alle Ewigkeit warten. Inständig hoffte er, dass dem nicht so war. Er wollte unbedingt wissen, was es mit dem Blut auf sich hatte.

Er hörte Schritte auf dem Flur. Es war etwa fünf Uhr. Hoffentlich war es nicht seine Mutter, die nach ihm schauen wollte. Manchmal hatte sie solche Anwandlungen. Was sollte er als Ausrede vorbringen? Mist, stundenlang hätte er sich etwas überlegen können. Spontan fiel ihm nichts ein. Sie übertrieb es aber auch mit ihrer Fürsorge. Er war schließlich kein Kleinkind mehr, dem man nachts den Schnuller in den Mund schieben musste.

Wie gebannt blickte Pierre auf die Türklinke und erwartete jeden Moment einen Lichtschein, der durch den Türspalt einfiel.

Die Schritte schlurften weiter, wenig später rauschte die Wasserspülung. Pierre atmete durch. Nur jemand, der sich erleichtern musste. Die Schritte kehrten zurück, schlappten an seinem Zimmer vorbei.

Glück gehabt.

Er wandte sich wieder zum Fenster.

Verlassen lag die Straße im Morgengrauen, die Dächer der Nachbarhäuser schälten sich aus dem schwarzen Nachthimmel.

Hoffentlich hatte er Tim nicht verpasst. Ein paar Mal waren ihm zwischendurch die Augen zugefallen, aber er hoffte, nur für Sekunden. Auch jetzt wurden ihm die Augenlider wieder schwer.

Verdammte Müdigkeit!

Er richtete sich auf und dehnte den Rücken. Ein Nackenwirbel knackte.

Er brauchte frische Luft, die würde seine Müdigkeit vertreiben. Noch ein kurzer Blick aus dem Fenster. Alles ruhig. Pierre schnappte sich die Jacke und verließ das Zimmer.

Einsatzbereit lehnte das Fahrrad neben der Haustür an der Wand. Pierre hatte es nach dem Besuch im Garten der Jägers aus der Garage geholt. Er bezog Stellung hinter einem Busch, von dem aus er freie Sicht auf die Nachbarhäuser hatte.

Tautropfen hingen in den Ästen. Nach kurzer Zeit fror Pierre, der Winter kündigte sich an. Er hauchte in die hohle Hand. Handschuhe wären nicht schlecht gewesen.

Eine Viertelstunde harrte er so aus. Dann endlich ging die Haustür der Jägers auf, und Tim tauchte mit einer großen Tasche in der Hand auf.

Endlich!

Das Warten hatte ein Ende. Am liebsten wäre Pierre sofort aufgesprungen und auf das Rad gestiegen. Doch damit hätte er sich verraten. Ein wenig Vorsprung musste er Tim lassen.

Tim schob sein Rad aus der Garage und zurrte die Tasche mit Riemen auf dem Gepäckträger fest. Er schwang sich auf den Sattel und fuhr wackelig los.

Pierre wartete, bis er in die nächste Seitenstraße einbog. Dann startete er die Verfolgungsjagd.

43

Seit zwanzig Minuten hockte Pierre hinter einem Baumstamm im Grüngürtel und beobachtete seinen Freund. Die Fahrräder lagen gut fünfzig Meter entfernt im Gebüsch. Abzuschließen hatte Pierre sich nicht getraut. Bei einer überstürzten Flucht konnte er so auf der Stelle losradeln.

Direkt vor ihm befand sich eine Lichtung. Am gegenüberliegenden Waldrand grub Tim mit dem Klappspaten, den er vor fünf Minuten aus der Tasche hervorgezaubert hatte. In der kalten Luft kondensierte sein Atem.

Die Verfolgung war einfacher gewesen als gedacht. Tim schien sich seiner Sache absolut sicher zu sein, denn er hatte sich nicht ein einziges Mal umgedreht. Selbst hier im Wald schien er keine Überraschungen zu erwarten. Seelenruhig schaufelte er vor sich hin.

Pierre beneidete ihn.

Tims Selbstbewusstsein drang quasi aus jeder Pore. Er schien nie an sich zu zweifeln, cool und lässig zog er sein Ding durch. Dagegen war er, Pierre, wirklich ein mitleiderregendes Häufchen Elend.

Endlich schien Tim zufrieden zu sein. Den Spaten locker in der Hand, betrachtete er sein Werk.

Eine Krähe krächzte.

Pierre kam sich vor wie in einem Horrorfilm: ein Verrückter mit Spaten, eine mit Tau bedeckte Wiese, ein dämmriger Wald, ein grauer, trüber Himmel und ein heimlicher Zuschauer, der nicht ahnte, dass er in wenigen Minuten sein blutiges Ende finden würde … Ein Schauder lief ihm über den Rücken.

Aus der Tasche zog Tim nun einen prall gefüllten Müllbeutel und warf ihn in das Loch. Dann begann er, das Loch zuzuschaufeln. Pierre beobachtete, wie Tim auf sein Rad stieg und davonradelte. Die Tasche lag jetzt platt auf dem Träger.

Einige Minuten wartete Pierre noch ab, dann machte er sich auf den Weg. Die Stelle erkannte er sofort. An dem Baum neben dem zugeschaufelten Loch bemerkte er ein eingeritztes Kreuz in der Rinde. Er strich darüber. Hatte Tim es geschnitzt? Pierre kniete sich vor dem Baum auf den Boden. Die umgeworfene Erde roch modrig, Regenwürmer gruben sich ein.

Pierre scharrte mit bloßen Händen. Er rechnete nicht damit, dass ihn jemand bei dem, was er hier tat, überraschen könnte. Tim stand bestimmt unter der Dusche, um sich von Schmutz und Schweiß zu reinigen. Die anderen der Clique saßen bestenfalls am Frühstückstisch, sollten sie überhaupt schon aufgestanden sein.

Der feuchte Dreck klebte an den Händen, schwarze Ränder zierten Pierres Fingernägel. Der Boden war noch locker. Mühelos drang Pierre in die Tiefe vor. Wenig später berührten seine Finger das Plastik des Müllsacks. Pierre grub weiter, bis er den Sack mühelos herausziehen konnte. Er wog ihn in der Hand: schwerer als der gestern Abend. Tief holte er Luft und wappnete sich, dann band er den Müllsack auf. Ein ekelhafter Geruch schlug ihm entgegen, wie eine Mischung aus Rost, Fäkalien und Pisse.

»Ach, du Scheiße!«

Flach atmend stierte er in die Tüte. Er sah … Haare, Blut und … rohes Fleisch. Einige Sekunden verstrichen, bis er erkannte, was er da in Händen hielt. Die Erkenntnis traf ihn wie ein Faustschlag.

Angewidert warf er den Sack von sich, drehte sich zur Seite und kotzte.

44

Besorgt blickte Fabian nach Westen. Dort zogen dunkle Wolken auf, schoben sich bedrohlich immer weiter in den Himmel. »Das wird heftig.«

Wortlos stimmte Nina ihm zu. Da musste wohl doch eins der heruntergekommenen Häuser als Schlafplatz dienen. Skeptisch beäugte sie die Dächer: eingefallen und teilweise abgedeckt. Die Decken im Inneren sahen gewiss nicht besser aus. Die Stelle musste sorgfältig gewählt werden, ansonsten konnte ein herunterfallender Dachbalken sie alle erschlagen.

Sie schritten nebeneinander über den Dorfplatz an der Kapelle vorbei. Eine Böe wirbelte Staub auf. Jetzt noch ein vorbeirollender Steppenläufer, und Nina würde sich wie in einem Westernfilm fühlen.

Jana löste sich von Fabian. »Könnt ihr mal einen Moment warten? Ich … äh … ihr wisst schon.« Sie drückte die Knie zusammen und hielt die Hände vor den Schritt.

»Klar«, sagte Fabian.

Jana hastete los und verschwand hinter einem Busch am Rande des Platzes. Eine Weile hörte man noch Äste rascheln, dann war es wieder still.

Nina entdeckte Mike und Rike. Sie marschierten in Richtung des bewaldeten Steilhangs. Sie stellte sich Mike vor, wie er mit seinen Unterarmen, einem Gabelstapler gleich, die Äste vor sich hertrug.

Fabian schlenderte zum Eingang der Kapelle. Nina folgte ihm durch die morsche Tür ins Innere.

Ein trostloser Anblick. Die Bänke fehlten. Auf dem Steinfußboden lag eine dicke Staubschicht. Die verblichenen Wandmalereien zeugten von besseren Zeiten, der Heiligenfigur in der Nische gegenüber fehlte der Kopf, und das schlichte Holzkreuz hing schief darüber. Ein massiver gusseiserner Kerzenständer von der Größe eines Baseballschlägers lag umgestürzt unter dem Fenster auf der linken Seite.

»Hier hat schon lange keiner mehr gebetet«, sagte Fabian.

Nina nickte. »Ist es deswegen ein gottverlassener Ort? Was meinst du?«

Spöttisch hob Fabian eine Augenbraue. »Interessiert dich das wirklich? Ich hab immer gedacht, du hättest mit Gott und dem ganzen Firlefanz nichts am Hut.«

»Immerhin habe ich meinen Amtseid auf Gott geschworen, obwohl das heutzutage nicht mehr zwingend erforderlich ist.«

»Okay, verstehe. Lag ich wohl daneben.« Er rieb sich nachdenklich das Kinn.

»Womit?«, hakte Nina nach.

»Hm, du machst dir gar keine Sorgen, schon zu weit auf dem Highway to Hell gegangen zu sein? Nach allem, was passiert ist?«

»Schon mal was von Reue gehört?«

Fabian lachte abschätzig. »Damit willst du das Himmelstor wieder aufstoßen?«

»Ja, ganz genau«, knurrte Nina. Sie glaubte an ein Leben nach dem Tod und an den Umstand, dass die guten Taten gegen die bösen aufgewogen wurden. Jeden Tag arbeitete sie daran, ihr Minus aus jungen Jahren auszugleichen.

»Vergiss es!«, sagte Fabian eisig. »Niemand wartet auf dich, da ist nichts nach dem Tod. Das Einzige, was zählt, ist das Hier und Jetzt.«

»Setzt du dich deshalb so für die Umwelt ein?«

»Ja, das Paradies müssen wir uns selbst erschaffen.« Damit schien die Diskussion für ihn beendet. Er wandte sich dem Ausgang zu, sah hinaus und schirmte die Augen ab. »Wo bleibt nur Jana?«

Nina antwortete nicht. Sie spürte einen Schwindel und stützte sich an der Kapellenwand ab. Was war mit ihr los?

Fabian bekam von ihrem Unwohlsein nichts mit. Munter plapperte er: »Scheint ein größeres Geschäft zu sein. Dann kann ich die Zeit nutzen und schnell noch einen Topf holen. Da hätten wir auch gleich dran denken können. Dann haben wir was dabei zum Schöpfen, sollten wir im Brunnen Wasser finden.«

Nina nickte. Ihr war alles recht. Im Moment wollte sie nur allein sein. Ihr Kreislauf war völlig im Keller. Ob es an Fabians Worten lag? Seine Ansichten zu Vergebung und Jenseits – sie hatten sie auf sonderbare Weise getroffen. Aber konnte das der Auslöser für ein solches Schwindelgefühl sein? Oder wurde ihr einfach alles zu viel, die Wanderung, das Wiedersehen, die Ungewissheit, was sie hier erwartete?

Sie hörte Fabians Schritte im Kies knirschen. Er war also aufgebrochen. Sie hatte es nicht mitbekommen. Das Blut rauschte in ihren Ohren, Ort und Zeit verschwammen zu einem düsteren Grau, das sie zu verschlingen suchte. Aus dem Grau formte sich eine Fratze.

Mike!

Er zerfiel in eine wabernde Wolke, ein anderes Gesicht entstand. Nein, sogar zwei. Wie siamesische Zwillinge klebten sie an den Wangen zusammen.

Rike und dieser Wirt, Giebels.

Im nächsten Moment hackte Nina wütend mit einer Schere auf das Bild ein. Die Klingen verwirbelten die Gesichter, das Grau färbte sich dunkler, die Konturen zerflossen …

… schwarz …

… Stille …

… nichts als Schwarz …

… sie spürte nichts mehr.

War sie tot?

Hatte Fabian recht?

Wartete niemand?

Gab es nur … Schwarz?

Die Angst krallte sich kalt und grausam in ihre Brust.

45

Holger Giebels hockte in der Scheune hinter der Bretterwand, keine zwanzig Meter vom Lagerfeuer entfernt. Er hatte sich von der Rückseite angeschlichen. Bis er in das Gebäude geschlüpft war, hatte er unbemerkt bleiben können. Auf der Tenne war er leider über eine am Boden liegende Dachpfanne gestolpert und mit der Schulter gegen einen Balken gestoßen. Der dort an einem Zimmermannsnagel im morschen Holz aufgehängte Sattel hatte sich gelöst und war krachend zu Boden gefallen.

Immer noch ärgerte er sich darüber. Er war aus der Übung, tapste unachtsam herum wie ein Betrunkener. Nur gut, dass die Gruppe dem keine Bedeutung beigemessen hatte. Das war allerdings sonderbar. Sie wirkten tatsächlich kein bisschen verängstigt. Die ganze eigenartige Veranstaltung war für sie anscheinend nichts weiter als ein etwas skurriler Wochenendausflug. Den Bericht über die weiße Frau hatten sie im Übrigen bereits gefunden. Was das anging, war er zu spät gekommen. Die Kopie lag neben einem der Rucksäcke. Doch er war nicht unverrichteter Dinge wieder abmarschiert, sondern hatte heimlich Frederike Lojewski betrachtet.

Was für ein Rasseweib.

Die Geistergeschichte hatte sie kaltgelassen. Sie war eben eine starke Frau, die sich nicht so schnell verunsichern ließ. Das gefiel ihm. So etwas konnte er an seiner Seite gebrauchen. Eine Frau, die sich nicht scheute, ihm die Meinung zu sagen und sich gegen seinen Dickkopf durchzusetzen wusste.

Giebels verlagerte sein Gewicht auf das andere Bein. Das Hocken war für ihn unerwartet anstrengend, die Achillessehnen schmerzten von der ungewohnten Belastung.

Das Feuer prasselte munter vor sich hin. Niemand kümmerte sich darum, alle waren ausgeflogen.

Holzköpfe!

Ein Feuer ließ man nicht allein, erst recht nicht bei den Böen, die das kommende Unwetter ankündigten. Ein Windstoß, und die aufgewirbelten Funken konnten das ganze Dorf in Brand stecken.

Wenn er, Giebels, ein Feuer machte, stellte er stets zwei Eimer Sand für den Notfall bereit. Er wusste, wie man damit umgehen musste. Innerlich lachte er sich ins Fäustchen. Eben waren sie losgezogen, um Wasser zu besorgen. Hatte er es nicht vorausgesagt? Mann, unglaublich, diese Stadtmenschen. Das Ganze hätten sie sich ersparen können, wenn jeder seine Vorräte besser eingeteilt hätte. Aber … ach, was soll's? Das Kind war in den Brunnen gefallen. Es war nicht sein Problem. In seiner Wasserflasche gluckerte noch genug für den Rückweg.

Belustigt unterdrückte Giebels einen Lacher. Brunnen! Gutes Stichwort. Dorthin waren diese Nina und noch zwei andere zum Wasserholen aufgebrochen. Dort würden sie höchstwahrscheinlich sogar fündig werden. In der Eifel gab es mehr als genug Wasser, ob es nun von oben oder von unten kam. Das satte Grün überall und die zahlreichen gut gefüllten Stauseen bewiesen es.

Giebels kratzte sich die Wange. Eigentlich hätte er jetzt wieder verschwinden können. Die Gruppe kam ohne seine Hilfe aus, wenn sich alle auch selten dämlich anstellten.

Er blickte auf die Uhr. Halb acht.

Bei einem sofortigen Aufbruch konnte er noch die Gaststube öffnen und ein paar Kröten verdienen. Einige Stammkunden warteten bestimmt sehnsüchtig auf ihn – trotz des »Geschlossen«-Schildes.

Ein vernünftiger Gedanke, keine Frage – aber irgendetwas in ihm wehrte sich dagegen. Am liebsten hätte er die ganze Nacht aus seinem Versteck heraus Frederike Lojewski angeschmachtet. Live sah sie noch besser aus als im Fernsehen. Dort bekleisterte man sie mit Schminke. Nicht sein Geschmack. Ohne Farbkasten im Gesicht versprühte sie eine Natürlichkeit, die ihn ganz tief berührte. Ein Blick von ihr wärmte sein Herz. Am liebsten würde er sie dann in seine Arme …

Giebels stutzte.

Verdammt!

Er hatte sich ja ernsthaft verknallt. Wie ein Teenager beim ersten Mal. In eine Person, die sich jeden gutaussehenden Schauspieler ins Bett holen konnte, auf den sie Lust hatte. Hirnverbrannt!

Sich eine Partnerschaft mit ihr auszumalen war wie ein

Griff nach den Sternen – verlockend, aber unerreichbar. Er musste sich losreißen, musste sie vergessen. Bereits den Weg hierher auf sich zu nehmen war absoluter Blödsinn gewesen. Die Liebe zu einer Schauspielerin konnte nur mit einem gebrochenen Herzen enden. Nein, besser war es, die ganze Sache so schnell wie möglich zu vergessen.

Entschlossen stand Giebels auf, drehte sich um und zuckte zusammen, als er die Gestalt sah … Gleich darauf lachte er gackernd los. »Scheiße, was schleichst du dich von hinten an?

»Hast du die Sache mit der Geschichte gehört? ›Die weiße Frau von Mauel‹?«

»Ich verrate dir ein Geheimnis: Ich persönlich habe die Geschichte in dem Rucksack verstaut.«

»Warum?«

»Einfach so, ein Spaß. Wollte für ein wenig Gänsehaut sorgen.«

Provozierend trat er einen Schritt vor. Konnte nicht schaden, Initiative zu zeigen.

»Du solltest nicht hier sein.«

»Ist aber jetzt so«, sagte Giebels.

»Ich hatte nicht mit dir gerechnet. Jetzt muss ich improvisieren. Das mache ich nicht gerne.«

»Lass mich einfach vorbei, und du kannst machen, was du …«

Etwas Silbriges blitzte auf, fuhr zischend über Giebels Hals und entschwand seinem Blickfeld.

Sekundenlang stand Giebels regungslos. Was war das gewesen? Er senkte den Kopf, sah Blut, überall Blut, auf seiner Kleidung, auf den Füßen, auf dem Boden. Er setzte zu einer Frage an, doch sosehr er sich auch bemühte, er hörte nur ein Blubbern. Er strengte sich an. Zu dem Blubbern gesellte sich ein seltsames Pfeifen, wie bei einem Flötenkessel, kurz bevor das Wasser kocht. Plötzlich blieb ihm die Luft weg. Er presste die Hände auf den Hals. Warm und schlüpfrig. Er hustete. Blutspritzer flogen umher.

Giebels' Gedanken überschlugen sich.

Ein Messer?

War das ein Messer gewesen?

Seine Finger tasteten über die Wunde am Hals. Die Knie gaben nach. Er brach zusammen.

Panik stieg in ihm auf.

Hilfe!

Er musste rufen, um Hilfe rufen. Er versuchte es erneut. Aber wieder blubberte und pfiff er nur.

O Gott, der Schnitt ist … so … tief. Die Luftröhre …

Er krümmte sich, versuchte mit den Händen die Wunde zuzupressen.

Das Blut pulsierte durch seine Finger.

Keine … Chance.

Er fiel nach vorne, schmeckte Metall. Eine grenzenlose Müdigkeit griff nach ihm, lullte ihn ein, ließ den Widerstand erlahmen.

Jemand röchelte blubbernd.

War er das?

Sein Blickfeld verengte sich, der Boden kam näher. Blut, rot, alles rot … überall … so viel … Blu …

46

Rütteln.

»Nina!« Der Hauch einer Stimme in ihrem Ohr. Kam doch jemand, um sie abzuholen? Würde gleich das Licht am Ende des Tunnels erscheinen und ihr den Weg weisen?

»Nina! Mensch, was ist denn mit dir?«

Das Schwarz hellte sich immer weiter auf. Hände berührten ihre Schultern, kurz darauf verflog die Kälte, die ihre Glieder lähmte.

Sie riss die Augen auf und blickte in Janas besorgtes Gesicht.

»Nina! Gott sei Dank. Ich hab gedacht … Was ist denn los?«

Nina atmete tief ein. Sie wurde klarer im Kopf. Schritte näherten sich. Sie rappelte sich auf und hielt sich dabei an Janas Unterarm fest. »Alles in Ordnung. Es war nur … ich weiß nicht, die schwüle Luft, die Wanderung …« Sie lachte schwach. »Plötzlich ist mir schwarz vor Augen geworden.«

Kopfschüttelnd sah Jana sie an.

Fabian kam in die Kapelle und winkte mit dem Topf.

»Kann losgehen. Müssen wir nur noch durchspülen, sollten wir tatsächlich Wasser finden.«

»Kannst du allein gehen?«, flüsterte Jana in Ninas Ohr.

Nina nickte, froh über Janas Diskretion. Die anderen mit ihren Kreislaufproblemen zu behelligen war nun wirklich nicht notwendig.

Gemeinsam gingen sie zum Brunnen. Eine Bruchsteinmauer fasste die runde Öffnung ein. Silberraute wucherte in den Fugen. Ein Dach schützte vor Verunreinigungen, an einer Winde hing ein Seil nach unten.

Wie stilecht, dachte Nina, hier war wirklich die Zeit stehengeblieben. Obwohl … sie runzelte die Stirn. Das Seil schimmerte in der Abenddämmerung. Ein Drahtseil? »Seltsam«, murmelte sie.

»Schaut mal dort«, sagte Fabian aufgeregt und deutete zum Brunnendach.

Vom Brunnen lief ein Kabel in gut zwei Metern Höhe über einen Isolator am Dachfirst des Hauses zu ihrer Linken. Beim Näherkommen war Nina das nicht aufgefallen. »Vielleicht ist der Schacht beleuchtet.«

Nina warf einen Blick hinein. Nichts zu erkennen, dunkel wie die Nacht. Die Dämmerung war schon zu weit fortgeschritten.

Fabian strich an den Bruchsteinen vorbei, blieb dann auf der anderen Seite stehen. »Was ist das?« Mit gesenktem Kopf betrachtete er etwas.

Nina folgte ihm. Vor Fabians Füßen stand eine schuhkartongroße Kiste. Das Stromkabel führte vom Dach kommend dort hinein. Zwei fingerdicke Kabel kamen am anderen Ende wieder heraus. Eins davon endete nach einem Meter an einem in der Erde steckenden Metallstab. Das andere Kabel verlief entlang der Bruchsteine. Das blanke Ende klemmte an dem Seil, das in die Tiefe führte. Eine LED im Deckel der Kiste leuchtete rot, darunter befand sich noch eine ganze Reihe mit LEDs, und jetzt hörten sie auch ein feines hohes Summen, das von dem Gerät ausging.

Ratlos schüttelte Nina den Kopf. »Was soll das denn sein?«

In diesem Moment leuchtete eine grüne Leuchtdiode auf.

»Nanu?«, sagte Fabian.

»Lass mich auch mal sehen«, forderte Jana und drängte sich zwischen die beiden anderen.

Eine weitere grüne Leuchtdiode blitzte auf.

Fabian sagte: »Erinnert mich an mein Tapedeck aus den Achtzigern.« Er sah die anderen an. »Ihr erinnert euch? Das Ding mit den Kassetten?«

Die beiden Frauen nickten, ohne auf seine scherzhafte Frage einzugehen. Wieder leuchtete eine Diode auf.

Nina wusste, wovon er sprach. »Du meinst die Aussteuerungsanzeige.« Wenn ihr Vater Schallplatten auf Kassette überspielte, hatte er immer penibel darauf geachtet, dass das Aussteuersignal im grünen Bereich blieb. Leuchteten ständig die roten Dioden, war die Aufnahme verzerrt und nicht zu gebrauchen.

Vorsichtig fuhr Jana über den Deckel. »Werden wir etwa abgehört?« Mit dem Zeigefinger tippte sie auf etwas, das wie ein flaches Teesieb aussah. »Schaut mal. Was ist das?«

Fabian hockte sich hin und betrachtete es näher. »Ein Mikro? Keine Ahnung, wofür das gut sein soll.« Er nahm die Kabel in die Hand. »Ich hab so was schon mal gesehen … wenn ich nur wüsste …«

»Abgehört? Wohl kaum«, beantwortete Nina Janas Frage. »Viel zu weit weg von unserem Lagerplatz.«

»Hm.« Jana war nicht zufrieden. Vorsichtig hob sie die Kiste an und drehte sie vor ihren Augen hin und her.

»Ist das klug?«, fragte Fabian.

»Wird schon kein Sprengstoff drin versteckt sein. Das Ding ist ganz schön schwer.« Jana schüttelte die Kiste. Außer dem hohen Summen war nichts weiter zu hören. Sie stellte das Gerät zurück auf den Boden. »Egal, was es ist und welchen Zweck es erfüllt: Mir klebt die Zunge am Gaumen.«

»Du hast recht«, bestätigte Fabian. »Vorher muss ich aber das eine Stromkabel von dem Seil abklemmen. Sonst verwickelt es sich beim Kurbeln in der Haspel.« Er beugte sich über den Mauerrand und versuchte, das Seil zu sich heranzuziehen. Er ergriff es und versuchte, es zu sich herzuziehen. Doch keine Chance. »Nanu?« Fabian blickte überrascht um sich. »Verdammt schwer!«

»Soll ich Mike holen? Der hat mehr Kraft in den Armen«, spottete Nina.

»Unsinn …«, murmelte Fabian. Er erklomm die Mauer und setzte sich auf den Rand, seine Beine baumelten über dem Abgrund. Anscheinend hatte Nina seinen Ehrgeiz herausgefordert.

»Pass bloß auf«, warnte Jana.

Fabian brummte etwas Unverständliches, gleichzeitig

zog er mit beiden Armen an dem Seil. Diesmal gelang es ihm, es weiter zu sich heranzuziehen. »Da … muss … irgendwas … dranhängen«, keuchte er. Seine Arme zitterten, Schweißperlen traten ihm auf die Stirn. »Verdammt! Mehr geht nicht.« Der Bruchstein, auf dem er saß, kippelte. Unbarmherzig zog ihn das Seil zur Mitte des Brunnenschachtes.

»Loslassen!«, rief Jana.

»Bloß nicht!«, befahl Nina und sprang vor. Mit beiden Armen umklammerte sie Fabians Hüfte.

Jana kreischte auf. »Vorsicht, nein! Er fällt!«

Fast zeitgleich klickte das Gerät zu Ninas Füßen. Fabian, der soeben von dem Seil ablassen wollte, wimmerte auf und wurde nach hinten katapultiert. Nina stürzte mit ihm zu Boden und landete unter Fabian. Sein Gewicht drückte ihr die Luft aus den Lungen. Panisch versuchte sie, ihn von sich zu stoßen.

Endlich rollte er herunter und blieb keuchend neben ihr liegen. Er starrte zum Himmel und keuchte wild. »Scheiße!«, presste er zwischen zwei Atemzügen heraus.

Jana fiel neben ihm auf die Knie und boxte ihm auf den Brustkorb. »Das kann man wohl sagen, du Spinner.« Tränen liefen ihr über die Wangen. »Ich hab gedacht, du fällst da rein, und ich sehe dich nicht mehr lebend wieder.«

»Hast du dir etwa Sorgen um mich gemacht?«

Jana öffnete den Mund, schloss ihn dann wieder. Sie rappelte sich auf und winkte ab.

Nina stand ebenfalls auf. Ihre Knie zitterten unkontrolliert.

Fabian stemmte sich auf die Ellbogen. »Habt ihr auch das Klicken in der Kiste gehört?«

Nina sah ihn wütend an. »Nee, ich war gerade anderweitig beschäftigt.«

Fabian überging ihren Sarkasmus. Dann sah er wieder zu dem Gerät auf dem Boden.

»Tja, ich schon. Und ich kann euch jetzt sagen, was das für ein Gerät ist. Allerdings hab ich keine Ahnung, warum es hier steht.«

47

Mit der Fußspitze trat Nina gegen die schwarze Kiste. »Ach ja? Dann lass uns mal an deiner Weisheit teilhaben«, sagte sie zu Fabian, der kreideweiß auf dem Boden hockte.

Er zeigte auf das Gerät. »Das Ding da verteilt Stromstöße.«

Ungläubig starrte Nina ihn an. War er jetzt total durchgedreht?

Fabian stand auf. »Ich bin nicht einfach gefallen. Ich wollte gerade loslassen, da hab ich mordsmäßig einen gefunkt bekommen.«

»Aber wieso sollte hier jemand ein Brunnenseil unter Strom setzen?«

»Tja, das ist die große Frage. Das ergibt einfach keinen Sinn. Deswegen habe ich die Konstruktion auch nicht gleich erkannt. Also, ihr müsst wissen, Mitte der Achtziger haben mich meine Eltern in den Ferien mal auf einen Bauernhof geschickt.« Er lachte verächtlich. »Während ich dort Heimweh ohne Ende hatte, haben die sich in den USA vergnügt. Da hätte ich nur gestört. Eltern können …«

»Schon verstanden«, unterbrach ihn Jana. »Stell bitte

dein Einzelschicksal hinten an. Weißt du, wir hatten es alle nicht einfach.«

Fabian kratzte sich am Hinterkopf. »Ist ja schon gut. Also, damals habe ich dem Bauern geholfen, einen Weidezaun aufzustellen, ihr wisst schon, so einen mit Strom. Zum Schluss haben wir den in Betrieb genommen. Dafür hatte er daran ein Weidezaungerät angeschlossen. Die Dinger takten Strom in den Zaun. Jedes Mal wenn es klickt, steht der Zaun unter Spannung.«

»Ist das nicht gefährlich – also für Menschen?«, wollte Jana wissen.

Fabian schüttelte den Kopf. »Nein, nein. Im Gegensatz zum Haushaltsstrom ist das hier Gleichstrom, der ist ungefährlicher. Im Haus fließt Wechselstrom in den Leitungen. Die Wechselfrequenz bringt dein Herz aus dem Takt, Herzkammerflimmern ist die Folge.« Er deutete auf den Metallstab. »Das da ist der Erdanker. Beim Gleichstrom ist es anders, da gibt es keine Frequenz. Der Strom ist vom Gerät kommend über das Drahtseil geflossen, durch meinen Körper in die Erde und schließlich über den Anker zurück in die Box. So war der Kreis geschlossen, alles gleichmäßig, einfach nur ein Stromschlag.«

»Und das hat dir alles der Bauer beigebracht?«

»Na ja, nicht so im Detail. Als Jugendlicher habe ich mich für solche Dinge interessiert. Übrigens habe ich mal gelesen, dass Edison …«

»Der Erfinder?«

»Genau. Edison war ein absoluter Fan von Gleichstrom. Damit wollte er Hinrichtungen durchführen lassen. Nur hat das nicht richtig funktioniert.« Fabian schmunzelte.

»Wie? Nicht richtig funktioniert?«

»Er hat Tierversuche durchgeführt. Man erzählt sich, dass er die Tiere mit dem starken Gleichstrom innerlich gekocht hat. Von einem schnellen Tod konnte keine Rede sein.«

Jana schlug sich eine Hand vor den Mund. »Schrecklich. Und damit hat er dann auch später Menschen … gekocht? Auf dem elektrischen Stuhl?«

Fabian lachte. »Nein, nein, zum Hinrichten hat Edison dann doch lieber Wechselstrom benutzt, eine Elektrode am Kopf, die andere am Rücken. Die für die Beine kam erst später dazu. Er wollte zeigen, wie gefährlich Wechselstrom ist, damals stand er mit seinem Gleichstrom in Konkurrenz mit Westinghouse. Aber ich schweife ab. Wie auch immer: Eigentlich eine todsichere Sache.« Er kicherte.

»Eigentlich?«, fragte Jana.

Was für eine brave Stichwortgeberin sie doch ist, dachte Nina.

»Nun«, begann Fabian, »siebzehn Sekunden haben sie den Strom durch den Körper des ersten Probanden gejagt, dann abgeschaltet. Als der anwesende Arzt danach den Tod feststellen wollte, hat das Opfer nach Luft geschnappt. Es hatte den ersten Stromstoß überlebt.«

»Meine Güte«, rief Jana aus und schüttelte sich.

Das Gerät auf dem Boden klickte.

»Aha!«, rief Fabian aus. »Das Ding reagiert auf akustische Signale. Seht ihr, wenn ich lauter rede, leuchten die Dioden auf …« Er hockte sich neben den Apparat und betrachtete ihn genauer.

Nina hing ihren eigenen Gedanken nach. Aus dem Studium war ihr die Geschichte von Edison und dem elektrischen Stuhl bekannt. Dass aber Fabian die Details kannte, wunderte sie. War es wirklich reines Interesse an Strom und dessen Wirkung? Hätte er dann aber nicht sofort den Sinn und Zweck des Aufbaus hier verstehen müssen? Oder steckte etwas anderes dahinter? Frönte er immer noch seiner alten Leidenschaft? Wollte er ihnen in Wirklichkeit eins auswischen, im wahrsten Sinne des Wortes? Hatte er das hier alles inszeniert? Dagegen sprach, dass er das Seil angefasst hatte. Er würde sich doch nicht selbst in Gefahr bringen. Oder gehörte das zur Show? Dass der zu erwartende Stromschlag äußerst schmerzhaft, aber ungefährlich war, wusste er ja.

Entschieden zog Fabian die Leitungen heraus. »Damit ist jetzt Feierabend.«

Jetzt spielt er den Helden, den Macher, der alles im Griff hat, ging es Nina durch den Kopf.

Fabian riss an dem Kabel, das zum Seil führte. Nach kurzem Widerstand gab es nach und fiel herab. »Notfalls zahl ich dem Besitzer Schadensersatz.« Er packte die Kurbel der Winde und versuchte sie zu drehen. »Uff«, entfuhr es ihm überrascht, als sich das Seil trotz größter Anstrengung nur Zentimeter aufwickelte. »Was ist denn da los?« Er ließ die Kurbel los. Die Rolle drehte zurück, tief unten im Brunnen plätscherte es. »Entweder das Seil hängt fest, oder es ist was Schweres dran. Versuchen wir es zusammen. Der Hebel ist lang genug für uns drei.«

Nina stellte sich links von ihm auf und packte zu. Das Metall fühlte sich an ihren Handflächen kalt an. Jana schob sich auf der anderen Seite dicht an Fabian heran und machte sich ebenfalls bereit.

»Mit der richtigen Technik könnte ich es vielleicht auch alleine … aber egal, hau ruck!«, rief Fabian und stemmte sich gegen die Kurbel.

Zentimeter für Zentimeter wickelte sich das Seil auf. Schon nach kurzer Zeit brannten Ninas Muskeln. Die Schultern verspannten sich, der Nacken schmerzte.

»Nicht aufgeben«, feuerte Fabian sie an. »Wir schaffen das!«

Elend langsam drehte sich die Winde. Um sich von dem Schmerz in ihren überanstrengten Muskeln abzulenken, zählte Nina stumm die Sekunden mit. Bei dreißig fürchtete sie, jeden Moment loslassen zu müssen. Sie mobilisierte ihre allerletzten Reserven. Bei sechzig sah sie etwas aus dem Schacht auftauchen. Ein Eimer? Nein.

Haare?

Haare!

Jana kreischte auf und ließ die Kurbel los.

»O nein!«, presste Nina durch die zusammengebissenen Zähne hindurch. Der plötzliche Ruck schien ihre Muskeln zu zerreißen.

»Nicht … loslassen!«, stieß Fabian hervor.

»Ein Mensch!«, schrie Jana. »Scheiße! Scheiße! Scheiße!« Sie taumelte rückwärts und entschwand aus Ninas Blickfeld.

»Nein!«, wollte Nina rufen, doch ihr blieb die Luft weg. »Und … jetzt?«, ächzte sie. Ihr Körper schrie danach, die Kurbel loszulassen.

Fabians Stimme war nur ein Hauch. »Weiß … nicht.«

»Haltet durch«, rief eine Stimme hinter ihnen.

Mike! Offensichtlich warf er gerade die gesammelten Äste zu Boden. Nina hörte Holz gegeneinander schlagen. Jemand tauchte neben ihr auf und warf sich gegen die Kurbel.

Rike!

Mike beugte sich über die Einfassung des Brunnens und zerrte an etwas.

Nina konnte nicht weiter zuschauen. Vor Anstrengung presste sie die Augen zu und biss die Zähne aufeinander. Stumm zählte sie wieder. Bei zehn spürte sie eine Erleichterung, bei zwölf war der Druck fort. Sie öffnete die Augen.

Mike plumpste mit etwas zu Boden, das wie eine Schaufensterpuppe aussah.

Nur dass es keine Puppe war, die er da in den Armen hielt.

Ninas Herz setzte einen Schlag aus.

Dann schrie sie.

48

1991

Entspannt lag Nina auf ihrem Bett und kuschelte sich in die Decke. Ob das eine Nachwirkung von der Tablette war? Danach könnte sie süchtig werden. Ihre Füße steckten in Wollsocken, der Pyjama schmiegte sich weich an ihre Haut.

Unten in der Küche schepperte und klapperte es. Es war kurz nach zehn Uhr, und ihre Mutter war bereits mit den Vorbereitungen für das Mittagessen beschäftigt. Rouladen in Rotweinsoße. Nina liebte das Gericht über alles. Das Frühstück würde sie ausfallen lassen, um richtig Appetit zu haben.

Am Nachmittag wollte Steff sie abholen und mit ihr ins Kino gehen.

Ein perfekter Samstag.

Und schon der Freitag war kaum zu überbieten gewesen. Ein fantastischer Abend bei Tim – nach wenigen Minuten hatte sie vollkommen abgeschaltet, ihre Gewissensbisse über Bord geworfen und sich ganz der Situation hingegeben.

Schläfrig ließ sie die Ereignisse Revue passieren.

Sie steht wieder vor dem Edelstahltisch in Jägers Versuchsküche.

Sie spürt das Latex an den Fingern.

Der Kittel duftet angenehm nach Weichspüler.

Ihre Sinne schärfen sich. Jedes Detail nimmt sie wahr.

Steff fährt sich mit der Zungenspitze über die Lippen.

Jana kaut nervös an ihren Fingernägeln.

Moschusgeruch. Fabians Rasierwasser.

Rike wippt auf den Absätzen.

Im Nebenraum schlägt eine Tür zu. Tim tritt zu ihnen in die Versuchsküche. Auf dem Arm einen Rauhaardackel.

Der Hund schaut treuherzig in die Runde.

Fabian streckt die Hand aus und streichelt ihn. »Geil. Wo hast du den denn her?«

Tim setzt das Tier auf dem Edelstahltisch ab. Der Dackel steht steifbeinig auf den Pfoten und hechelt.

»Der gehört der Alten in der Goethestraße.«

»Echt? Die, die ihn immer in den Sandkasten im Südpark scheißen lässt? Und wie hast du ihn dir geschnappt?«

»War ganz einfach. Die Alte hatte sich mal wieder mit einer der Mütter angelegt. Dabei hat sie auf ihren kleinen Scheißer gar nicht geachtet. Hat nur noch rumgezetert.«

»Alte Hexe«, wirft Jana ein.

»Hab mich hinter einem Busch klein gemacht, kurz gepfiffen, schon kam er angewetzt.« Tim strich dem Dackel über den Kopf. »Ein paar Leckerlis, und der blöde Köter lief mir bis zur Haustür hinterher.«

Nina gefällt nicht, was sie sieht. »Aber wir können der alten Dame doch nicht den Hund wegnehmen«, gibt sie zu bedenken. »Bestimmt hat sie sonst niemanden.«

Mit einer energischen Handbewegung wischt Tim den Einspruch beiseite. »Quatsch. Denk an die Kinder auf dem Spielplatz. Wenn die davon wüssten, würden die uns ein Denkmal setzen.«

Nina ist skeptisch. Schließlich kann der Hund nichts für sein Frauchen. Würde sie ihren kleinen Vierbeiner an einer Leine führen, gäbe es keine Probleme. Nina will es sich nicht mit den anderen verscherzen, aber sie wagt einen letzten Versuch. »Sollten wir nicht lieber einen Streuner nehmen?« Sie versucht es beiläufig klingen zu lassen. »Damit würden wir keinem schaden.« Außer dem Tier selbst, denkt sie, sagt es aber nicht.

Versöhnlich legt Steff ihr eine Hand auf die Schulter. Er hält ihr eine gelbe Pille und ein Glas Wasser hin. »Schluck die!«

Zögerlich nimmt sie ihm die Tablette aus der Hand. »Was ist das?«

Albern kichert er. »Haben wir vorhin auch schon eingeschmissen. Du siehst, uns geht es gut, also kein Problem.«

»Wie wirkt die?«

»Du stellst zu viele Fragen.«

»Will es nur wissen.«

»Macht alles intensiver.« Auffordernd drückt er ihre Hand in Richtung Mund. Er lächelte aufmunternd. »Kümmer dich nicht um die Alte. Die ist in der ganzen Nachbarschaft verschrien. Es gibt keinen Grund für ein schlechtes Gewissen. Die Tablette wird dir helfen, diesen ganzen störenden Gedankenmüll zu verdrängen.« Jetzt hält er ihr das Wasserglas vor die Nase. »Du vertraust mir doch?« Argwöhnisch blickt er sie an.

»Doch schon, aber …«

»Dann zeig es!«, unterbricht er sie mit frostiger Stimme. Seine blauen Augen schimmern eiskalt. Wie ein Husky kurz vor einem Angriff. Fehlt nur noch das Knurren und Zähnefletschen.

Nina zuckt zusammen. Steff meint es ernst, es stellt für ihn anscheinend einen Liebesbeweis dar. Nun gut, wenn es ihm so wichtig ist, dann soll er seinen Willen bekommen. Davon würde die Welt nicht untergehen. Obwohl sie es albern findet, nimmt sie die Tablette in den Mund und spült mit dem Wasser nach. Sie stellt das Glas geräuschvoll auf der Arbeitsplatte ab. »Zufrieden?«

Steff beugt sich vor, um ihr einen Kuss zu geben.

Doch Nina drückt ihn von sich und stellt sich an den Tisch. Er soll ruhig ihre Verärgerung spüren. Noch einmal würde sie nicht klein beigeben. Sie sind doch nicht mehr im Mittelalter.

»Na endlich«, sagt Tim. »Hätten wir das also auch erledigt. Glaub mir, Nina, beim ersten Mal tut's vielleicht noch weh, doch dann will man es immer wieder machen.« Er lacht gackernd. Aus seiner Kitteltasche zieht er ein Klebeband. Geschickt umwickelt er die Hundeschnauze, während er mit der anderen Hand den Kopf des Dackels festhält. Sich windend versucht der Hund, rückwärts auszuweichen. »So!« Ein diabolisches Grinsen verzerrt Tims

Gesicht. »Jetzt kann uns das Vieh nicht mehr beißen. Und mit Bellen ist auch Schluss.«

Nina fröstelt. Sie spürt Tims Kaltblütigkeit.

»Jetzt schnüren wir ein ordentliches Paket, und dann legen wir los.« Tim umwickelt die Hundebeine. Jana hilft ihm. Sie hält den Dackel am Körper umschlungen und hebt ihn hoch. Kurz darauf liegt der Hund fest verschnürt auf dem Tisch. Er winselt und kneift den Schwanz ein. Seine Blase leert sich, der Uringestank erfüllt den Raum. Instinktiv entfernt sie sich einen Schritt.

Unbeeindruckt wischt Rike mit einem Bündel Küchenkrepp über den Tisch. Das vollgesogene Papier wirft sie in eine bereitstehende Mülltüte.

Ein wohliges Gefühl durchströmt Ninas Körper. Sie hört jemanden kichern und stellt überrascht fest, dass sie es selbst ist. Hellwach tritt sie wieder an den Tisch. Alles ist plötzlich so klar und eindeutig, jeglicher Zweifel hat sich in Luft aufgelöst. Sie genießt jede Sekunde. So gut hat sie sich schon seit ewigen Zeiten nicht mehr gefühlt. Am liebsten hätte sie ihre Freunde umarmt, ach was – die ganze Welt könnte sie umarmen. Selbst ihren Vater und Hauser.

Plötzlich hält Steff ein Skalpell in der Hand. Die Klinge blitzt im Licht der Deckenleuchte auf.

»Das Spiel kann beginnen«, sagt Steff. Seine Augen funkeln …

Jemand rüttelte an ihrer Schulter. »Nina!«

Sie öffnete die Augen.

Ihre Mutter beugte sich über sie. »Na, du Schlafmütze?

Willst du nicht langsam aufstehen?« Sie hauchte ihr einen Kuss auf die Wange.

Nina rang sich ein Lächeln ab. »Ja klar, gleich«, sagte sie mit belegter Stimme.

Aber am liebsten hätte sie ungestört weiter das wunderbare Gefühl der Macht ausgekostet.

49

Ninas Stimme versagte. Nur noch ein Wimmern drang aus ihrer Kehle. Das konnte nicht wahr sein. Sie musste träumen, ganz bestimmt. Sie war in einem Albtraum gefangen … Niemals lag dort tatsächlich eine Leiche im Schmutz. Sie rang nach Luft.

Niemals, niemals, niemals!

Und ganz bestimmt nicht Stefan Peters, Steff, ihr geliebter Steff. Das konnte nicht sein. Wie sollte er auch hierhergekommen sein? In einem Brunnen an einem Drahtseil hängend?

Unmöglich!

Jana kniete neben dem leblosen Körper und drückte mit beiden Händen auf dem Brustkorb herum.

Steff war tot!

Tot!

Nina schluchzte verzweifelt auf.

Mike nahm sie in den Arm. Er hielt sie fest, verhinderte, dass sie neben dem toten Steff zu Boden sank. Doch sie konnte den Blick nicht abwenden. Steff war nackt, sah man von den Handschellen ab, an denen das Drahtseil mit einem Karabinerhaken befestigt war. Eine lila verfärbte

Hand glich einer überreifen Aubergine. Die aufgedunsene Haut spannte über den Fingern. Der Körper schimmerte im Abenddämmer in einem ungesunden Graublau. Steffs Augen starrten zum Himmel, die Haare klebten ihm an der Stirn.

»Jetzt mach schon«, schrie Jana. Mit beiden Fäusten hieb sie auf Steffs Brustkorb, brach dann schluchzend über ihm zusammen.

Es gab keine Hoffnung, das spürte Nina.

Der Wind frischte auf, er heulte im morschen Dachgebälk und um die Ecken des abbruchreifen Mauerwerks. Wie geisterhafte Klageweiber.

»Das ist kein Zufall«, brach Rike das Schweigen. Sie griff in ihr Haar, damit es nicht ins Gesicht wehte.

Jana sah zu ihr auf. »Wie meinst du das?«

»Dass Steff hier ist, das meine ich«, sagte Rike.

Fabian räusperte sich. »Stimmt. Solche Zufälle gibt es nicht. Ganz abgesehen von der ganzen Konstruktion.«

»Konstruktion?«, fragte Rike.

»Stromschläge«, erläuterte Fabian. Er wies auf das Gerät am Boden und berichtete ihr, was sie herausgefunden hatten. Dann fuhr er fort: »Da ist ein Mikro eingebaut. Wenn eine bestimmte Lautstärke gemessen wird, verteilt die Scheißkiste Stromschläge. Wie du sehen kannst, hat Steff keinen Knebel …«

»Er hat um Hilfe gerufen«, führte Nina den Gedanken zu Ende, als ihr die grausame Tatsache bewusst wurde. »Und bei jedem Schrei wurde der Stromstoß ausgelöst.« Sie löste sich aus Mikes Armen und wandte sich ab. »Welches Monster tut so etwas?« Panisch blickte sie sich um.

»Es kann aber doch trotzdem ein Zufall sein«, wandte Jana ein. Noch immer hockte sie neben der Leiche. Hilfesuchend sah sie von einem zum anderen. Ihre Lippen bebten.

»Hör auf, Jana«, forderte Rike. »Das ist kein Zufall.« Sie sah die anderen an. »Habt ihr seinen Rücken gesehen?«

»Was ist mit dem?«, fragte Fabian.

Mike ging zu Steffs Leichnam. »Hilf mir bitte«, forderte er Jana auf.

Sie packten zu und drehten den Körper um. Unsanft klatschte die geschwollene Hand auf den Boden.

»Ach du Scheiße!«, entfuhr es Mike, als er den Schriftzug auf Steffs Rücken sah.

Mit schwarzer Farbe hatte jemand *LOSER* auf die Haut gepinselt.

In diesem Moment knirschten hinter ihnen Schritte.

»Was ist denn das für eine konspirative Versamm … Fuck!« Tim stellte sich an Ninas Seite und schaute betroffen zu Boden. »Wer ist …?« Er brach ab, als Mike den Körper zurück auf den Rücken drehte.

»Steff«, flüsterte Nina.

»Fuck«, stieß Tim erneut aus. Seine Gesichtszüge verhärteten sich. »Und das Seil an seinen Händen? War er etwa im Brunnen?«

»Ja.«

»O nein.«

Mike sah in die Runde. »Wie es aussieht also eine Racheaktion. Die eigentliche Frage ist aber, was das alles mit uns zu tun hat?«

»Ja, darüber sollten wir nachdenken.« Nina hatte ihre

Stimme wiedergefunden. Sie holte tief Luft, bevor sie fortfuhr. »Nur nicht jetzt. Die Polizei muss sich darum kümmern. Wir haben es hier schließlich mit Mord zu tun.«

»Mord«, wisperte Jana. Sie stand auf. Alle Blicke gingen zu Tim.

Der zog das Handy aus der Tasche und drückte einen Knopf. In der Dämmerung leuchtete das Display hell. »Keine Chance. Immer noch kein Netz.«

»Dann brechen wir die Zelte ab«, bestimmte Mike. Ihn schien nichts aus der Ruhe zu bringen.

Eine besonnene Person in ihrer Runde zu wissen beruhigte Nina. Dadurch blieb ihr auch erspart, eigene Entscheidungen treffen zu müssen. Das hier war nicht bloß irgendein Toter. Das war Steff, ihre erste große Liebe – nein, eigentlich die einzige wahre Liebe in ihrem Leben. Das war etwas völlig anderes als die Fälle, die sie als Staatsanwältin bearbeitete. Da war ein Toter nur ein Name in einer Akte.

»Und was machen wir mit … Steff?«, fragte Rike. »Wir können ihn doch hier nicht so einfach liegen lassen.«

»Willst du ihn etwa mitschleppen?«, fragte Fabian ungläubig. Er schüttelte den Kopf. »Steff ist tot, und sobald wir wieder in Mauel sind, kümmert sich die Polizei um ihn.«

»Wie kannst du nur so kaltherzig sein?«, stieß Nina schockiert hervor.

Fabian wirbelte herum. »Du weißt, wie ich über den Tod und das Jenseits denke. Also komm mir nicht so. Du kannst ihn ja tragen, wenn du scharf darauf bist …«

Nina wollte etwas entgegnen, doch Mike ging dazwischen.

»Schluss jetzt!«, rief er. »Ich übernehme das. Zurück geht es überwiegend bergab, ich schaff das schon.«

»Na, da bin ich mal gespannt«. Du mit deinen Sandalen – du wirst dir die Haxen brechen«, ätzte Fabian.

50

Eine halbe Stunde später schulterten sie ihre Rucksäcke, die jetzt angenehm leicht waren. Besorgt blickte Nina in den Himmel. Pechschwarze Wolken. Der Wind hatte zugenommen und heulte in den Baumkronen. Nina wünschte, sie hätte Regenzeug mitgenommen. Überhaupt schien ihr der überstürzte Aufbruch keine gute Idee mehr zu sein. In der Finsternis durch den Wald zu stapfen, über Wurzeln zu stolpern, von Wildschweinen angegriffen und möglicherweise bei der Überquerung einer Wiese vom Blitz getroffen zu werden war nicht gerade verlockend. Aber die anderen waren wild entschlossen, und so wagte Nina keine Einwände.

Schweigend gingen sie los, überquerten den Dorfplatz und blieben vor Steffs Leiche stehen.

»Tim! Fabian! Helft mir mal«, sagte Mike und ging in die Hocke. »Löst den Karabiner und legt mir Steff quer über die Schultern.«

Ohne Murren folgten die beiden der Anweisung.

Ächzend stand Mike auf. Er schwankte wie ein Matrose auf einem schlingernden Schiff, dann hatte er die Balance gefunden.

»Los jetzt«, brummte Mike und setzte sich in Bewegung.

Sie gingen an der Rückseite der Scheune vorbei, vor der sie wenige Stunden zuvor noch ausgehungert ihre Erbsensuppe gelöffelt hatten. Der zurückgelassene Bagger rostete umgeben von meterhohen Brennnesseln am Wegesrand vor sich hin. Im schwindenden Tageslicht wirkte er wie ein gigantisches Insekt.

Ihr Weg führte sie zur Brücke.

In diesem Moment fielen die ersten Regentropfen. In der Ferne zuckte ein Blitz.

»Mist!«, fluchte Fabian. »Es geht los.«

Ein Donnergrollen ertönte, dann öffnete der Himmel die Schleusen. Der Regen klatschte auf sie herunter. Bereits nach wenigen Sekunden war Nina nass bis auf die Haut.

Tapfer schleppte Mike die Leiche weiter. Mit Steff auf dem Rücken sah er im faden Schein des nächsten Blitzes aus wie ein hünenhafter Glöckner von Notre Dame. Seine Schritte wurden schwerer. Er rutschte in einer Sandale weg und konnte gerade noch einen Sturz verhindern.

»Das hat doch keinen Zweck«, jammerte Jana. Sie sprang Mike zur Seite. Unbeholfen stabilisierte sie die Last, indem sie Steffs Füße anhob.

Von der unerwarteten Hilfe aus dem Gleichgewicht gebracht, taumelte Mike seitlich.

Nina beschleunigte ihre Schritte und stützte von der anderen Seite. »Sie hat recht«, rief sie Mike ins Ohr. »Wir müssen umkehren.«

Mike schüttelte den Kopf. »Die Brücke. Sie ist recht betagt. Wenn der Bach anschwillt …«

Der Rest ging in einem Donnerschlag unter. Doch Nina wusste auch so, auf was Mike hinauswollte: Der Bach könnte über die Ufer treten, die Brücke mit sich reißen, und dann würden sie endgültig festsitzen. Nina wurde unruhig. Die Stelle zu umgehen kam kaum infrage. Man musste sich entweder den Steilhang hinaufkämpfen oder weiter unten sein Glück versuchen. Ein Umweg von mehreren Stunden, was selbst Mikes Bärenkräfte überfordern dürfte. Davon ganz abgesehen bestand die Gefahr, sich zu verlaufen.

Sie kämpften sich über den schlammigen Pfad weiter. Der Regen prasselte hart auf sie hinab. Die Dunkelheit wurde immer wieder von Blitzen erhellt.

Endlich sah Nina das dunkle Band des Bachbetts. Ein gurgelndes Glucksen gesellte sich zum Lärm des strömenden Regens.

»Gleich geschafft«, presste Mike hervor. Die Aussicht darauf, eine wichtige Etappe geschafft zu haben, verlieh ihm neue Kräfte.

Ein Blitz erhellte die Umgebung.

Nina erkannte das Brückengeländer. Rike rannte voraus, blieb dann aber abrupt stehen.

Die anderen traten zu ihr. Ungläubig blickten sie in das Bachbett hinunter, in dem die Überreste der Brücke lagen. Das Wasser schäumte und gluckste wild über die gebrochenen Balken hinweg.

Nina stutzte. Ein Balken erregte ihre Aufmerksamkeit. Hell schimmerte eine Schnittfläche im flackernden Licht der Blitze. Der Balken sah aus, als wäre er durchgesägt worden.

»Fuck!«, brüllte Tim.

»Los! Zurück!«, befahl Mike. »Es hat keinen Zweck. Ich kann Steff nicht durch unwegsames Gelände schleppen, das schaffe ich nicht. Wir treffen uns in der Scheune.« Ohne eine Reaktion abzuwarten, drehte er sich um und stapfte schlingernd los.

Nina konnte den Blick nicht von dem Balken abwenden. Er klemmte zwischen zwei großen Gesteinsbrocken. Eindeutig ein gerader Schnitt. Niemals splitterte ein Balken so glattflächig.

Beunruhigt drehte sie sich um und folgte den anderen.

51

1991

Pierre fröstelte nicht allein wegen der Kälte, die unter seine Kleidung kroch. Angewidert blickte er auf den Hundekadaver in dem Müllbeutel. Was um Gottes Namen hatten sie mit dem Tier angestellt? Mit den klaffenden Wunden im Fell und den verklebten Haaren sah er aus wie durch den Wolf gedreht. Pierre hatte genug gesehen.

Er warf den Beutel wieder in das Loch und schob mit den Händen den Aushub darüber. Die Erde prasselte auf das Plastik. Nicht denken, einfach nur zuschieben, ermahnte er sich.

Doch die Gedanken ließen sich nicht verdrängen. Immer wieder stellte er sich die entscheidende Frage: Wieso?

Wieso musste der Hund qualvoll sterben?

Er wischte sich den Dreck an seinen Hosenbeinen ab und kroch aus dem Dickicht zurück auf die Lichtung. Erschöpft lehnte er sich gegen einen Baumstamm. Die raue Rinde drückte durch den Stoff seiner Jacke. Er achtete nicht darauf, zu sehr beschäftigte ihn, was er hier gefunden hatte.

Interpretierte er das Erlebte und Gesehene vielleicht völlig falsch?

War vielleicht alles ganz einfach aufzuklären? War alles nur ein Missverständnis?

Oder träumte er?

War er krank und sah Trugbilder?

Er schloss die Augen und rekapitulierte die Ereignisse. Den Fund in der Mülltonne, die total entspannte Clique vor Tims Haustür, das Grab hier in diesem Waldstück.

Es war alles real, er hatte es erlebt. Wenn er erneut nach dem Kadaver grub, würde er wieder auf die Mülltüte stoßen. Nein, er war im Vollbesitz seiner geistigen Kräfte.

Wenn er eins und eins zusammenzählte …

Er riss die Augen auf und zog scharf die Luft ein. Allmählich wich sein Entsetzen, machte Platz für ein erwartungsvolles Flirren in seinem Magen. Lag er mit seiner Vermutung richtig, dann hatte er die Clique in der Hand. Endlich konnte er sie unter Druck setzen. Für einen Moment meldete sich das schlechte Gewissen.

War das nicht Erpressung?

Na und!

Das konnte er vertreten. Erpressung war ein Witz gegen das, was die Clique anstellte. Pierre wusste nicht, welche Strafe auf Tierquälerei stand. Davon abgesehen konnten sie kein Interesse daran haben, es an die große Glocke zu hängen. Es gäbe einen Skandal, wenn die Presse davon erführe. Zufrieden rieb Pierre sich die Hände. Sie mussten ihn akzeptieren, schließlich hatte er sie in der Hand.

Doch wollte er noch zu ihnen gehören, jetzt, nachdem er ihre dunkle Seite kannte? Wollte er sich wirklich mit Tierquälern umgeben? Darüber musste er sich erst klar werden.

Er stand auf und wandte sich zum Gehen.

Dabei stolperte er über eine kleine Erhebung. Fluchend trat er danach, Erde spritzte davon. Er verfolgte die Flugbahn der Dreckklumpen. Weit verstreut kullerten sie über den Waldboden.

Pierre stutzte. Langsam drehte er sich um die eigene Achse. Im Umkreis von etwa zehn Metern war der Boden mit weiteren Erdhügeln übersät. Zwar waren sie flacher als das Grab, das er eben geöffnet hatte, teilweise mit Gras und Moos bewachsen, aber die Ähnlichkeit war nicht zu verkennen.

Pierre stockte der Atem, als ihm der Zusammenhang bewusst wurde: Er stand hier inmitten eines Tierfriedhofs. Die Clique hatte mehr als nur diesen einen Hund auf dem Gewissen.

Er lachte nervös. »Reim dir jetzt keinen Scheiß zusammen«, murmelte er. »Nicht anfangen zu spinnen.«

Es gab nur eine Möglichkeit, Gewissheit zu erlangen. Pierre kniete sich hin und grub.

52

Die Türklingel riss Tim aus dem Schlaf.

Er blinzelte, sah zum Wecker. Kurz nach zehn am Vormittag. Verdammt, er war gerade erst eingenickt. Wer störte ihn? Er rappelte sich hoch, setzte sich auf die Bettkante und rieb sich die Augen. Sein Kopf fühlte sich an wie in Watte gepackt. Wieder klingelte es.

»Ist ja schon gut«, murmelte er, griff sich die Jeans und zog sie an. Dann machte er sich auf den Weg nach unten.

Gähnend riss er die schwere Holztür auf. Er stutzte, als er sah, wer vor ihm stand. »Du?«

Pierre Franck sah zu ihm auf. Seine Klamotten waren total verdreckt, auch sein Gesicht war ganz verschmiert.

»Ich muss mit dir reden«, begann Pierre ohne Umschweife.

Tim wunderte sich über den selbstsicheren Ton, den sein ehemaliger Freund anschlug. Sonst hörte er sich immer an wie ein leidender Hund, jaulte mehr, als dass er sprach. »Ich wüsste nicht, was wir zu besprechen hätten.«

Pierre trat einen Schritt vor. »Dann lass dich überraschen. Eins kann ich dir aber versprechen: Du willst es nicht hier auf der Türschwelle erfahren.« Entschlossen sah er seinem Gegenüber in die Augen.

In Tim keimte Ärger auf. Was wollte der Hosenscheißer von ihm? Es ging ihm schon mächtig gegen den Strich, wie Pierre unter der Woche hinter ihm herrannte. Sollte er ihn jetzt auch noch am Wochenende heimsuchen, dann war Schluss mit lustig. Inzwischen musste er doch geschnallt haben, dass sie nichts mehr verband. Energisch stieß er ihn von sich. »Mann, hast du sie noch alle? Verzieh dich, und lass mich endlich in Frieden.« Tim wollte die Haustür zuwerfen, doch Pierre rührte sich nicht von der Stelle. Mit der Schulter fing er die Tür ab. Tim ließ perplex die Klinke los. Pierre nutzte den Überraschungsmoment und drängte sich an ihm vorbei ins Haus.

Tim packte ihn am Kragen. »Arschloch! Was soll der Scheiß?«

Pierre wehrte sich nicht. Nur ganz kurz flackerte Furcht in seinen Augen. Dann machte sich ein boshaftes Grinsen auf seinem Gesicht breit.

»Tierquäler«, presste Pierre hervor.

Im ersten Moment meinte Tim, sich verhört zu haben. »Was? Was redest du da?«

»Ich weiß, was bei dir im Keller abgeht.«

Tim lockerte den Griff.

Pierre riss sich los, ruckte mit den Schultern und zupfte seine Jacke zurecht. »Nun, was ist, reden wir darüber?« Er sah sich um. »Hast du ein Bier?« Und damit schlenderte er lässig zur Küche.

Verblüfft sah Tim ihm nach. Verdammt, der Zwerg meinte es ernst. Tim folgte ihm und lehnte sich an die

Arbeitsplatte. Er verschränkte die Arme und versuchte, seine Anspannung zu verbergen.

Pierre nahm unterdessen seelenruhig eine Flasche Bier aus dem Kühlschrank.

Tim musste sich zurückhalten, nicht handgreiflich zu werden. »Hör zu«, begann er, »egal, was du gesehen hast – es ist nicht so, wie du es dir zusammenreimst ...«

Pierre lachte. »Hör auf.« Er holte einen Öffner aus der Besteckschublade und hebelte den Kronkorken ab. »Erspar uns die Scheiße.«

Tim griff sich die Marlboro-Packung seiner Mutter, die neben der Obstschale lag, und zündete sich eine Zigarette an. Im selben Moment ärgerte er sich darüber. Er rauchte bei Stress, und Pierre wusste das.

Der kleine Scheißer grinste ihn siegessicher an. »Nervös?«

Tim blies den Rauch durch die Nase aus. »Red keinen Quatsch.«

Pierre zog sich einen Stuhl unter dem Tisch hervor, setzte sich und trank gierig. »Aaah, das tut gut«, seufzte er, als er die Flasche wieder absetzte. »Löcher graben macht durstig. Ich hatte ja keinen Spaten dabei. Da warst du im Vorteil.« Er streckte die Hände vor und betrachtete sie. »Ich sehe aus wie ein Maulwurf.«

Tim wurde es heiß und kalt. Hatte Pierre ihn verfolgt? War die kleine Ratte tatsächlich hinter ihm hergeschlichen? »Einen Spaten? Ich? Tut mir leid, ich kann dir nicht fol...«

»Tz-tz!« Pierre schüttelte in gespielter Resignation den Kopf. »Keine Ausflüchte. Also: Ihr quält Tiere, tötet sie anschließend und verscharrt sie im Stadtwald. Punkt.«

Tim drückte die angerauchte Kippe aus und stieß sich mit der Hüfte von der Arbeitsplatte ab. Jetzt konnte auch er ein Bier vertragen. Er öffnete den Kühlschrank und spürte dabei, wie seine Knie zitterten. Die kalte Luft strich über seine Hand. Fieberhaft überlegte er. Wie konnte er glaubhaft alles leugnen? Den Schaden abwenden? Mit der Flasche setzte er sich an den Tisch. Den Kronkorken hebelte er mit den Zähnen ab. Es konnte nicht schaden, den kleinen Wichser ein bisschen einzuschüchtern. »Was wir machen oder nicht machen, geht dich einen Scheißdreck an. Ist das klar?«

Pierre drehte die halbleere Bierflasche auf dem blank polierten Küchentisch. »Wenn es dich beruhigt«, sagte er, »ich will nicht mit meinem Wissen hausieren gehen. Ich will nur in Ruhe mit dir reden.«

Tim überlegte. Konnte er Pierre vertrauen? Er musste vorsichtig sein, durfte sich nicht zu früh aus der Reserve locken lassen.

»Also schön, reden wir. Was willst du von mir?«

Pierre leerte seine Flasche und knallte sie auf den Tisch. »Ich will in die Clique.«

Im ersten Moment glaubte Tim, sich verhört zu haben. Pierres Forderung war so absurd, dass er unwillkürlich laut auflachte. »Unmöglich!« Er schüttelte den Kopf. »Was denkst du dir? Du passt zu uns wie ein Hamster in ein Wolfsrudel.«

Pierres Miene verfinsterte sich. »Ich habe die Gräber gesehen. Was, glaubst du, würde passieren, wenn die Polizei dort buddelt.«

Tim hob die Hände. »Gräber? Was denn für Gräber?«

»Lass den Quatsch. Ich bin dir gefolgt.«

Tim schwieg betreten. Ein flaues Gefühl breitete sich in seinem Innern aus.

»Und stell dir vor, ich weiß auch, wo ihr die Sauerei gestern Abend veranstaltet habt. Ich würde die Hand dafür ins Feuer legen, dass man in der Versuchsküche deines Vaters noch Blutspuren von einem gewissen Rauhaardackel finden kann.« Pierre sah auf. »Bin gespannt, wie dein Vater das Hundefleisch in seiner Versuchsküche erklären will. Hm, ob das förderlich für seinen Ruf ist?« Er lachte gehässig. »Scherz beiseite. Kein Fernsehsender dreht eine Sendung mit einem Mann, bei dem zu Hause Hunde massakriert werden.« Mit der Hand wies er auf die hochmoderne Küchenzeile. »Dann wäre es aus mit dem Luxus. Geld weg, Villa weg, bestimmt die Scheidung, denn wer liebt schon einen Loser, der Hundefleisch kocht? Schöne Bescherung, was? Und nur, weil der Sohn seine Gräueltaten nicht eingestehen wollte.«

Tims Hand krampfte sich um die Bierflasche, er mahlte heftig mit dem Kiefer. Was bildete sich der Scheißer ein? Drohte er tatsächlich damit, ihm sein Leben wegzunehmen, seinen Vater zu ruinieren, die Familie auseinanderzubringen?

»Ich habe vorhin eine Weile überlegt«, fuhr Pierre scheinbar ungerührt fort, »ob ich überhaupt zu dir kommen oder gleich zur Polizei gehen soll. Also mal im Ernst – was ihr da macht, ist doch voll daneben. Was gibt euch das? Was findet ihr so toll daran?«

Tim schaffte es kaum, die Kiefermuskeln zu entspannen. »Wenn du die Frage nicht selbst beantworten kannst, dann gehörst du nicht in die Clique.«

Pierre nickte bedächtig. »Ja. Das verstehe ich sogar. Ehrlich.« Er beugte sich vor. Er legte eine Hand auf Tims Unterarm – als wolle er ihm Mut zusprechen.

Tim unterdrückte den Reflex, den Arm zurückzuziehen. Was war das jetzt für eine Schwuchtelnummer?

Eindringlich sah Pierre ihm in die Augen. »Mir ist das egal, weißt du. Für mich ist das die Gelegenheit. Die kann ich mir nicht entgehen lassen. Tim, ich tu das nicht gern, dich unter Druck zu setzen.«

»Dann lass es.«

»Würde ich ja. Aber versetz dich mal in meine Lage. Ich bin ein Außenseiter. Was ich auch versuche, niemand nimmt mich ernst. Manchmal komme ich mir vor, als wäre ich für die Leute unsichtbar. Kannst du dir vorstellen, wie das ist?« Der jaulende Unterton war in seine Stimme zurückgekehrt. »Niemand will etwas mit mir zu tun haben.«

Da musste Tim ihm recht geben. Seine Wut verrauchte ein wenig. Er lehnte sich auf seinem Stuhl zurück. »Und jetzt erhoffst du dir ausgerechnet von einer Gruppe Zuspruch, von der glaubst, dass sie Dinge tut, die du ablehnst?«

Pierre spürte den Stimmungsumschwung in Tims Stimme. Aufgeregt sprang er auf und gestikulierte. »Weißt du, das kann sich noch ergeben. Ich bin da zuversichtlich. Und wenn nicht, so what? Dann macht ihr halt weiter, und ich ziehe mich zurück. Kann ich mit leben, wirklich.« Er kicherte. »Also, was ist, Tim? Ihr habt nichts dabei zu verlieren.« Er trat an den Tisch und stützte die Arme auf. »Komm, gib dir einen Stoß!«

Tim spitzte die Lippen, die Wut war vollkommen verflogen. Er tat, als würde er über Pierres Frage nachdenken, wollte aber nur Zeit gewinnen. Während Pierres Ansage war in ihm ein Plan gereift. Niemals würde er die schmutzige Kröte in der Clique akzeptieren. Wer konnte wissen, was der sich noch alles einfallen ließ? Eine erfolgreiche Erpressung motivierte ja förmlich dazu, es erneut zu versuchen. Nein, Pierre war zu gefährlich. Man musste ihn mundtot machen. Tim räusperte sich. »Es gibt da aber etwas …«

»Was?«, unterbrach Pierre aufgekratzt. »Was? Sag schon. Ach, egal was, ich bin dabei. Ich würde alles machen, um endlich zu euch zu gehören.«

»Ja. Sogar deine Kumpels erpressen«, knurrte Tim.

»Nur wenn es nicht anders geht«, druckste Pierre herum, und jetzt sah er wirklich verlegen aus. Er zog den Kopf ein.

»Okay, Schwamm drüber«, sagte Tim. »Du würdest wirklich alles tun?«

Pierre nickte. »Alles!«

»Wir haben ein Aufnahmeritual.«

»Echt?« Pierre stutzte, winkte ab und kicherte. »Nee, schon klar. Gibt es wohl überall, oder? Bin dabei. Was soll ich machen?«

53

Ich liebe Musik. Töne, die meine Seele streicheln, oder hämmernde Rhythmen, die mich zu was auch immer motivieren. Einfach geil.

Lieder komponieren wäre mein Ding.

Die Welt um mich herum mit Noten ausmalen, Gefühle auf Notenblätter zeichnen, das stelle ich mir göttlich vor. Mit Musik kann man alles ausdrücken.

Garantiert haben bereits die Neandertaler ihren Angebeteten am wärmenden Lagerfeuer Liebeslieder vorgesummt.

Hm, konnten die überhaupt summen? Waren ihre Stimmbänder dazu überhaupt in der Lage? Na, und wenn nicht, dann haben sie eben gebrummt. Kann jeder Bär, dann werden das unsere Vorfahren ebenfalls geschafft haben. Aber egal, es geht um Musik, nicht um die Evolutionstheorie. Es gibt einfach keine genialere Ausdrucksform als die Musik.

Gedichte sind zwar auch nicht schlecht – quasi in Buchstaben gegossene Emotionen. Doch gegen die Musik haben die null Chance. Ein Gedicht muss gelesen und verstanden werden. Dafür benötigt man Hirnschmalz, und nicht zu wenig. Da muss schon was in der Birne stecken. Ist nichts für Schweine oder Kühe. Aber die Viecher reagieren auf Musik!

Kühe geben mehr Milch, wenn sie mit klassischer Musik beschallt werden. Dazu gab es einen Bericht im Fernsehen. Das ist der beste Beweis für die Überlegenheit der Musik über das geschriebene Wort. Den Verstand kann man beim Musikhören abschalten, der wird überhaupt nicht benötigt. Trotzdem begreift man bereits bei den ersten Klängen, wohin die Reise geht. Ein Liebeslied ergreift das Herz. Bei Techno möchte man am liebsten sofort aufspringen und mitzappeln. Und trägt man jemanden zu Grabe, bringt ein schöner Trauermarsch jeden Hartgesottenen zum Heulen.

Und was wäre ein Film ohne Musik?

Bekanntlich war die Musik lange vor der Sprache wichtiger Bestandteil des Kinos. Oben auf der Leinwand flimmerte der Stummfilm, und unten saß ein Typ am Klavier und haute in die Tasten. Und warum? Weil erst die Musik für die wahren Emotionen im Film sorgt. Wenn zwei sich küssen? Aufjaulende Geigen. Wenn es spannend wird? Grollendes Gebrumm von Kontrabässen.

Musik ist das Höchste. Dafür alleine müsste man dem Schöpfer, wenn es denn einen geben würde, oder wer auch immer dahintersteckt, die Füße küssen.

Aber bei dem Zeug, was nebenan gehört wird, bleibt mir die Luft weg. Das ist einfach nur schrecklich!

Was soll das sein?

Der Sänger muss einer Anstalt entsprungen sein. Ein unartikuliertes Grölen, extrem laut und mies. Dazu dieser

Krach im Background, als würde pausenlos auf eine Blechwand eingedroschen werden! Einzelne Instrumente sind nicht herauszuhören, einfach nur Lärm, als würde nebenan eine Boeing starten. Ach was, eine Boeing hört sich beim Start harmonischer an. Sogar dann noch, wenn sie anschließend eine Bruchlandung hinlegt und Hunderte Tonnen Kerosin in einem grandiosen Feuerball explodieren.

Rhythmus?

Nicht vorhanden!

Wenn ich eben vom Schöpfer sprach, muss hier ein Teufel die Hand an der Töpferscheibe gehabt haben. Ich kann mir gut vorstellen, wie der Gehufte mit einem boshaften Grinsen davor saß. »Musik? Könnt ihr haben, ihr Wichte. Ich gebe euch Musik.« Vor sich hinbrabbelnd hat er mit seinen Klauenhänden die Kunst des Schöpfers in ihr groteskes Gegenteil verkehrt. Oberste Prämisse: Diese Musik muss Schmerzen bereiten!

Das Grölen von nebenan verstärkt sich. Ein Kakophonie-Armageddon! Laute Stimmen, Schreien und Gebrüll! Man möchte zum Hulk werden.

Jetzt eine Kalaschnikow! Als Hintergrundmusik: Klavierklimpern und eine kratzig gestrichene Geige. Die perfekte Untermalung. Und ab mit den Kugeln durch die Rigipswand. Den Finger am Abzug, bis der Lauf die letzte Patrone ausgehustet hat.

Wie im Chicago der dreißiger Jahre.

Mit den besten Grüßen von Al Capone.

54

Unbarmherzig peitschte der Regen Nina ins Gesicht. Die Tropfen stachen wie kleine Nadeln auf der Haut. Schützend hielt sie sich einen Arm vor die Stirn, kämpfte sich auf dem schlammigen Pfad weiter. Neu entstandene kleine Sturzbäche gurgelten um ihre Füße, bei jedem Schritt drohte sie wegzurutschen. Vor ihr taumelte Mike, ein vager Umriss in der Dunkelheit. Ob die anderen bereits in der Scheune waren oder ihr folgten, sie wusste es nicht. Sie hatte die Orientierung verloren. Sie stapfte einfach Mike hinterher. Wir lange waren sie schon unterwegs? Minuten? Eine halbe Stunde? Länger? Es kam ihr jedenfalls wie eine Ewigkeit vor.

Plötzlich stoppte Mike, Nina prallte auf ihn. »Was ist?«, rief sie.

Wie aus weiter Ferne hörte sie ein Knarren.

Das Scheunentor!

Mike schwankte vorwärts, Nina folgte.

Eine dunkle Wand zeichnete sich vor ihnen ab. Sie bemerkte Tim. Er winkte sie heran. »Hier! Hierher!«, rief er.

Dann hatten sie es geschafft.

Mit einem Stöhnen ließ Mike den Leichnam von den Schultern gleiten, neben ihr ließ sich Jana auf den Boden fallen. »Mein Gott«, stöhnte sie.

»Fuck!«, brüllte Tim.

»Alle da?«, fragte Mike. »Rike? Fabian?«

»Alles klar«, krächzte Fabian hinter Nina, Rike brummte müde.

»Immerhin etwas«, sagte Mike.

Nina setzte sich im Schneidersitz auf den gestampften Lehmboden. Das Gebälk über ihr knarrte bedrohlich. Irgendwo lief plätschernd Wasser ins Innere. Das Dach war nicht dicht. Aber es bot ausreichend Schutz vor der Sintflut draußen. Das war mehr, als Nina nach dem ersten Eindruck erwartet hätte.

Ihre Zähne klapperten. Jetzt ein heißes Bad. Sie spürte eine Hand auf der Schulter und zuckte zusammen.

»Ich wollte dich nicht erschrecken«, flüsterte Tim. »Du frierst, das ist nicht zu überhören. Lass dich ein wenig wärmen, ja?« Behutsam nahm er sie in die Arme und drückte sie an sich.

Nina ließ es geschehen. Obwohl Tim ebenfalls durchnässt war, wärmte sein Körper sie. Gleichzeitig durchströmte sie ein wohliges Empfinden.

»Wir müssen ein Feuer machen«, sagte Tim.

Fabian stand auf. »Ich suche Holz. Irgendwas wird sich hier schon finden lassen. Kannst du mir das Handy geben?«

»Wieso? Willst du einen Lieferservice anrufen?«

»Blödmann! Das Licht vom Display, du verstehst?«

Tim gab ihm das Gerät. »Schon den Akku.«

»Aber das geht doch nicht.« Jana sah besorgt auf. »Die Scheune wird abbrennen.«

Fabian lachte. »Wenn ich mit dem Handy leuchte?«

»Wenn wir ein Feuer machen.«

»Ach was. Nichts wird passieren, wenn wir aufpassen.«

Nina schloss die Augen. Trotz der Kälte kroch die Müdigkeit in ihre Knochen. Tims warmer Atem in ihrem Nacken beruhigte sie. Seine Arme beschützten sie vor dem Wind, der unablässig an den Balken und Sparren zerrte. Ihre Augenlider fühlten sich schwer an. Einen Moment kämpfte sie gegen den Schlaf an, dann nickte sie ein.

Das Krachen von splitterndem Holz ließ sie aufschrecken.

»Hier ist eine Trennwand«, hörte sie Fabian jubeln. »Zwar ein bisschen morsch, aber es wird gehen.«

Gut, alles wird gut, Feuer, es wird warm werden, lauschig, heimelig. Nina kicherte innerlich über ihre Gedankengänge. »Heimelig« in einem verlassenen Dorf, in dem ein Geist umgeht.

Was für ein Quatsch. Sie kuschelte sich an Tims Brust. Seine Nähe tat so gut … Wieder glitt sie in den Schlaf.

Als sie das nächste Mal die Augen öffnete, loderte vor ihr ein Feuer. Sie befreite sich sanft aus Tims Armen und schenkte ihm ein dankbares Lächeln.

»Schon gut«, murmelte er sanft. »Habe ich gerne gemacht.«

Dieser empfindsame Tim gefiel Nina. Ihretwegen musste er nicht ständig den jugendlichen Draufgänger spielen.

Sie horchte. Etwas klapperte blechern. »Was ist das?«

»Jana hat Blechnäpfe aufgestellt«, erklärte Fabian. »Wir sammeln Wasser.« Er und Mike saßen Schulter an Schulter mit dem Rücken zum toten Steff, der notdürftig mit einer Art Plane abgedeckt war.

»Und was nun?«, fragte Rike. In ihren Augen spiegelten sich die tanzenden Flammen. Ihre Haare klebten am Kopf, ihr Shirt war völlig durchnässt. Deutlich zeichnete sich der Büstenhalter ab.

»Wir warten ab, bis es hell wird und der Sturm nachlässt«, entschied Mike, »dann versuchen wir es noch mal.«

»Na toll«, blaffte Tim. »Hier ist ein Mord passiert, wir frieren uns hier den Arsch ab, und du willst einfach abwarten?«

Nina rutschte von ihm fort. Der einfühlsame Tim hatte sich offenbar zurückverwandelt. Das war bedauerlich.

Mike seufzte. »Hast du einen besseren Plan?«

»Ja, habe ich.« Tim stand auf. Das Gesicht schimmerte orange im Licht des Feuers. Entschlossen reckte er das Kinn vor.

»Ich werde Hilfe holen.«

Fabian sah vom Feuer auf. »Spinnst du? Du wirst dir nur das Genick brechen.«

Tim machte eine abfällige Handbewegung. »Ja, ja, und vom Blitz getroffen werden, und was weiß ich noch alles. Dass es kein Spaziergang wird, ist mir klar. Aber, hey«, er breitete die Arme aus und lachte, »wir sind in der Eifel. Nicht in den Wäldern Kanadas.« Er deutete auf die Außenwand der Scheune. »Dort draußen gibt es keine Grizzlys und Wölfe. Es ist nur ein Wald. Ich wette mit euch, dass ich keine Stunde brauche, um aus dem Funkloch rauszukommen. Dafür muss ich bestimmt nicht erst bis nach Mauel. Was sagst du, Mike? Nur bis zum ersten Balken auf dem Handy.«

Stimmt, daran hatte Nina nicht gedacht. Irgendwo in der Umgebung musste doch ein Funkmast stehen.

Mike öffnete den Tabakbeutel, der an seinem Gürtel hing. »Ich kann dich eh nicht hindern.« Er rieb den Tabak zwischen Daumen und Zeigefinger, verschloss den Beutel dann wieder. »Feucht«, murmelte er und sah zu Tim auf. »Versuch dein Glück. Meinen Segen hast du.«

»Dann komme ich mit«, sagte Fabian.

»Nein!«, rief Jana.

Lächelnd legte Tim ihm eine Hand auf die Schulter. »Ich schaffe das alleine, keine Sorge.«

Fabian schüttelte resigniert den Lockenkopf. »Ich weiß nicht, ob das so klug ist.«

»Der Sturm lässt doch schon nach, hör mal«, unterbrach ihn Tim. Er neigte den Kopf und horchte.

Nina konnte jedoch keinen Unterschied feststellen. Unbeirrt stürmte der Wind durch den ächzenden Dachstuhl, und der Regen trommelte auf die verbliebenen Dachpfannen.

»Na ja«, brummte Mike. »Wer's glaubt …«

Tim lachte. »Seht nicht alles so schwarz. Es wird schon gut gehen.« Verschwörerisch zwinkerte er Fabian zu. »Bleib hier bei Jana, und pass auf sie auf. Und jetzt her mit dem Handy.«

Das Telefon wechselte den Besitzer, Tim deutete zum Abschied einen Soldatengruß an und verschwand in der Dunkelheit der Nacht.

55

Mike gähnte und streckte die Arme aus. »Mann, ich würde was geben für ein schönes, warmes Bett«, flüsterte er aus Rücksicht auf Fabian und Rike, die seit einer Weile selig schliefen.

»Ich wär schon mit einem trockenen Schlafsack zufrieden«, murmelte Nina.

Nach Tims Aufbruch hatte Fabian die Idee gehabt, die Schlafsäcke zu holen. Sie lagen völlig durchnässt in einer Ecke der Scheune, da sich niemand vor ihrem Aufbruch die Mühe gemacht hatte, sie trocken zu lagern. »Shit happens«, hatte Rike treffend bemerkt.

Gut eine Stunde war Tim jetzt unterwegs. Ob er bereits Hilfe anfordern konnte? Wie lange würde es brauchen, eine Rettungsaktion zu starten? Würde überhaupt jemand nachts aus dem Bett kriechen, um sie hier abzuholen?, überlegte Nina. Das ganz bestimmt, beantwortete sie sich die Frage selbst, und warf einen raschen Blick in Richtung des toten Steff. Hier war immerhin ein Mord geschehen. Die Kripo zögerte bestimmt nicht, wenn sie davon erfuhr.

»Hm, ja, trockener Schlafsack wäre auch okay«, unterbrach Mike ihren Gedankengang. Wieder gähnte er. »Seid mir nicht böse. Ich muss fünf Minuten die Augen pflegen. Könnt ihr einen Moment auf das Feuer aufpassen?«

»Klar«, sagte Nina, »ich kann sowieso nicht schlafen. Ich fühl mich wie in einem eiskalten Pool.«

Mike griff sich einen Rucksack, drehte sich auf die Seite, zog die Beine an und bettete seinen Kopf darauf. Keine Minute später schnarchte er leise.

Nina legte eins von den zersplitterten Brettern nach, die Fabian vorhin abgerissen hatte. Die Glut leuchtete auf, die Flammen züngelten nach der frischen Nahrung. Die Ränder des Brettes färbten sich schwarz.

Gebannt starrte Jana ins Feuer und kaute auf der Unterlippe. Seit Tims Aufbruch hatte sie kein Wort mehr gesagt. Sie schien mit den Gedanken weit fort zu sein. Nina rückte näher zu ihr und flüsterte: »Du kannst dich auch ausruhen. Ich passe auf.«

Wie ertappt zuckte Jana zusammen. »Wie … was?«

Nina hob den Zeigefinger an die Lippen. »Pst. Die anderen schlafen.«

Verwirrt sah sich Jana um. »Ach so. Habe ich gar nicht mitbekommen.«

Nina wollte ihr Angebot wiederholen, doch Jana kam ihr zuvor.

»Die Glücklichen. Ich kann nicht schlafen, nicht hier, nicht mit Steff hier im Raum. Nicht mit der Gefahr da draußen.« Sie drehte den Kopf und sah Nina direkt in die Augen. »Es ist wie früher. Diese Angst, nachts überrascht zu werden. Ich glaube, das wird immer bleiben.« Das Holz im Feuer knackte laut. Jana fuhr zusammen.

»Wie früher?«, frage Nina.

Sah man von ihrer gemeinsamen Jugendzeit ab, war Jana für sie ein unbekanntes Wesen. Sie erinnerte sich daran, im Internet nichts über »ihre« Jana gefunden zu haben. Zunächst hatte sie die Schlussfolgerung gezogen, dass Jana geheiratet und einen anderen Namen angenommen hatte. Doch gestern bei ihrer Ankunft im Gasthof hatte sie sich bei dem Wirt mit ihrem Mädchennamen »Traut« vorgestellt.

Jana zog ihre Bluse bis knapp unter die Brust nach oben. »Das hat er mir angetan.«

Fassungslos betrachtete Nina die Narben, die ihren Torso linksseitig überzogen. Offensichtlich Brandnarben. Die Haut glich einer Landkarte vom Mars.

Jana zog die Bluse wieder herunter. »Du wunderst dich bestimmt, wie mir das passieren konnte, stimmt's? Wo es uns doch immer darum ging, die Zügel in der Hand zu behalten.«

Nina schluckte schwer. Was für Schmerzen hatte Jana erleiden müssen? »Wer hat dir das angetan?«

Jana sah sie lange an. Dann sagte sie: »Ich mir selbst. Es hat nur eine Weile gedauert, bis ich das erkannt habe.«

»Suizid? Du wolltest dich umbringen?«

Jana stieß einen verächtlichen Laut aus. »Ach was, ich liebe das Leben.« Sie rückte näher an Nina heran, ihre Schultern berührten sich. »Pass auf, ich fang von vorne an. Das dauert zwar ein bisschen, wird aber all deine Fragen beantworten. Das heißt, nur wenn du einverstanden bist, dass ich dich ins Vertrauen ziehe.«

Nina nickte.

»Unterbrich mich aber bitte nicht«, flüsterte Jana. »Ich weiß nicht, ob ich dann noch die Kraft habe weiterzuerzählen.«

»Versprochen. Wir haben ja Zeit.«

Jana nahm Ninas Hand und drückte fest zu.

56

Von Anfang an lief es bei mir schief.

Es war mein Traum gewesen, Lehrerin zu werden. Eine Klasse anzuleiten, den kleinen Rabauken etwas beizubringen, das stelle ich mir heute immer noch als den Himmel auf Erden vor. Mitzuerleben, wie sie wie Blumensprösslinge wachsen und gedeihen, und man selbst ist die Frühlingssonne. Das *muss* doch fantastisch sein, oder?

Auf Wunsch meiner Eltern habe ich mich dann aber in Jura eingeschrieben und tatsächlich einen Studienplatz in Münster bekommen. Münster! Kannst du dir das vorstellen? Was für ein Glück. Eine Stadt voller Studenten, voller Leben.

Doch je näher das Studium rückte, desto unruhiger wurde ich. Zu dem Zeitpunkt ahnte ich es vielleicht schon, doch ins Bewusstsein war es noch nicht vorgedrungen: Ich fühlte mich betrogen. Ich wollte doch eigentlich etwas ganz anderes.

Wie wirkte sich das aus? Nun ja, ich suchte nur halbherzig nach einer Unterkunft, sah mir einige nett gelegene Apartments an, sagte aber jedes Mal ab und erfand dafür fadenscheinige Ausreden. Ständige Magenschmerzen quälten mich, und ob du es mir glaubst oder nicht, ich nahm über zwanzig Kilo ab. Nicht auf die gesunde Art, nein, viel zu schnell und eher durch den Hals.

Aber Hauptsache schlank, oder? Ich überschminkte meine Augenringe und sah ziemlich attraktiv aus.

Bei den Männern kam das an. Du hättest mich nicht wiedererkannt, da bin ich mir sicher.

Meine Eltern waren völlig verzweifelt, übten Druck aus, immer nach dem Motto »Zuckerbrot und Peitsche«. Das eine Mal versprachen sie mir ein Auto, das andere Mal drohten sie mir, mich aus dem Haus zu werfen.

Und so kam es, wie es kommen musste. Das ewige Bevormunden, der Leistungsdruck, die stetigen Ratschläge, die nur noch nervten, brachten bei mir das Fass zum Überlaufen.

Es ging nie um mich, um meine Bedürfnisse und Wünsche. Das war mir schlagartig klar geworden. Mein ganzes Leben hatte ich nach ihrer Pfeife getanzt, mich reingehängt, nur um sie zufriedenzustellen.

Das machte mich wütend. Wütend auf mich selbst, weil ich vorher nie den Mut gehabt hatte, ihnen meine Meinung zu sagen. Wütend auf mein verkorkstes Leben, das bis dahin nicht mir gehört hatte. Wütend auf die Abende in Jägers Versuchsküche, auf die Nacht mit Pierre, weil ich mitgemacht hatte, weil ich es … absolut geil fand!

Ich flippte also total aus, es war wie ein Damm, der brach. Du weißt, normalerweise bin ich ja eher der stille Typ. Ha, aber nicht an diesem Nachmittag. Du wärst beeindruckt gewesen. Da flogen echt Fetzen. Es gingen sogar ein paar Teller von dem teuren Hutschenreuther Porzellan zu Bruch. Das Klirren und Scheppern hatte etwas Befreiendes. Als würde ich mein altes Leben auf den Müll schmeißen, um Platz für einen Neuanfang zu schaffen. Die Nachbarn riefen sogar die Polizei.

Nun ja, nach dem Streit konnte ich natürlich nicht mehr im Elternhaus wohnen. Das Klima war vergiftet. Meine Oma hätte es vielleicht noch geschafft, mich zum Bleiben zu bewegen. Aber sie war leider im Frühjahr des Jahres verstorben.

Weißt du, ich grübel oft darüber nach, wie viele Stellrädchen unser Lebensschicksal beeinflussen. Menschen, die unseren Weg kreuzen, Zufälle und Unvorhersehbarkeiten. Schon beeindruckend, wenn man sich mal näher damit beschäftigt.

Wie auch immer, ich entschied mich also für eine WG in Bonn und brach alle Brücken hinter mir ab. Es war nicht so schwer, die Clique hatte sich ja eh in alle Himmelsrichtungen zerstreut, und sonst gab es kaum jemanden, dem ich nachtrauerte.

Außer Fabian natürlich.

Ich habe ihn geliebt. Ehrlich. Aber für einen Neuanfang musste ich Tabula rasa machen, nicht wahr? Ich musste mir ein neues Umfeld aufbauen. Der Umgang mit euch, oder mit Fabian, erinnerte mich zu sehr an … na, du weißt schon. Euch ging es bestimmt genauso. Man kann das, was man getan hat, nicht vergessen, wenn man täglich mit seinen Mittätern konfrontiert ist.

Fabian unternahm wenig, um mich aufzuhalten. Ich bin überzeugt, dass ich ihm einen Gefallen getan habe.

So saß ich also mit zwanzig in einer schönen Altbauwohnung in Bonn. Ich beschloss, das Studium um ein Jahr zu schieben, um meine gerade erst erlangte Freiheit genießen zu können. Ganz davon abgesehen, dass ich sowieso keinen Studienplatz in Pädagogik mehr bekommen hätte.

Wir waren zu viert in der WG. Elisa, die schnell meine beste Freundin wurde. Eine echt liebe Person, hilfsbereit und selbstlos. Die würde dir gefallen. Sie hat Medizin studiert. Dann gab es noch Ralf, einen Draufgänger und Frauenschwarm. Er studierte Germanistik. Tja, mit ihm hatte ich den wenigsten Kontakt. Nachts war er unterwegs, vormittags in der Uni, nachmittags schlief er. Wir sind uns kaum begegnet. Und wenn doch, dann saß er mit seinem Brummschädel in der Küche, vor sich ein Wasserglas mit einer aufgelösten Aspirin. Und dann war da noch Christian. Chris stammte aus Frankfurt, wo er wohlbehütet in einer gutbürgerlichen Familie aufgewachsen war. Er studierte auf Lehramt, und ich fand ihn vom ersten Tag an süß … Ach, was soll ich drum herum reden: Hals über Kopf hatte ich mich in ihn verknallt. Seine Augen, Nina, ich kann dir sagen … dunkel und unergründlich. Sehr geheimnisvoll, äußerst anziehend. Ich hatte den Eindruck, direkt in seine Seele sehen zu können.

Ein absoluter Trugschluss, wie sich später herausstellte. Denn das, was kommen würde, konnte ich nicht absehen.

Aber der Reihe nach.

Wir haben unsere Zeit weidlich genossen. Wir waren jung, und ich fühlte mich zum ersten Mal im Leben normal. Nur noch selten dachte ich an Pierre, an euch und an die Zeit auf dem Gymnasium. Ich befreite mich von dem Ballast. Da ich Geld brauchte, kellnerte ich in einem Café in der Innenstadt. Ich bekam jede Menge Trinkgeld, der Chef war in Ordnung, und die Kollegen waren freundlich.

Nur eins fehlte mir noch zu meinem Glück: Chris. Trotz mehrerer Anläufe gelang es mir nicht, ihn für mich zu interessieren. Ich lud ihn zum Essen ein, kümmerte mich um ihn, als er mit einer Grippe das Bett hüten musste, übernahm Aufgaben in der WG, für die eigentlich er eingeteilt war. Jeder normale Mann hätte die Zeichen erkannt. Nur Chris nicht. Er ging kaum auf mich ein, ich verzweifelte fast. Sollte ich ihm frei heraus gestehen, was ich für ihn empfand? Nein, das brachte ich nicht über mich. Eine Zurückweisung hätte zugleich das Ende meiner Hoffnung bedeutet.

Bescheuert, oder? Aber manchmal ist eine ungeklärte Situation einfach leichter zu ertragen. Zumindest für mich. Ich träumte mir die Welt und mein Leben eben schön.

Vermutlich hätte Chris nie erfahren, was in mir vorging, wenn er nicht eines Tages diesen Spruch abgelassen hätte.

Wir hatten uns Spaghetti Bolognese gekocht. Elisa war bei ihren Eltern, Ralf vergnügte sich im Bonner Nachtleben. Nach dem Essen räumten wir auf, ich spülte, Chris trocknete ab. Wir plauderten über Gott und die Welt. Ich musste mich anstrengen, nicht zu lallen, weil wir eine Flasche Lambrusco geleert hatten. Wir lachten viel und ausgelassen, eine schöne Stimmung. Auf einmal legte Chris das Spültuch zur Seite und lächelte mich honigsüß an. Mein Herz bummerte wie wild. Ich dachte: endlich! Jetzt! Jetzt!

Von wegen.

Er sagte: »Du bist die beste Freundin, die ich habe, Jana.« Ich war wie vor den Kopf gestoßen. Einen Moment lang sah ich ihn fassungslos an, aber dann fing mein Blut an zu kochen.

Beste Freundin? *Geht's noch?*

Meine Gesichtszüge entglitten, ich spürte es, konnte aber nichts dagegen unternehmen. Ich wollte keine beste Freundin sein. Ich wollte mich an ihn klammern, wilde Nächte mit ihm erleben, seine Lippen überall auf meinem Körper spüren …

Ich konnte nicht mehr klar denken. Ich spürte nur noch dieses unendliche Verlangen, und ehe ich mich's versah, hatte ich mich an ihn herangeschmissen und drückte ihm einen Kuss auf die Lippen. Einige Sekunden regte sich bei ihm nichts, ich spürte nur, wie er sich zurückziehen wollte. Doch so einfach sollte er mir nicht davonkommen.

Jetzt oder nie, sagte ich mir. Zumindest den einen Kuss schuldete er mir für die ganzen Mühen, die ich auf mich genommen hatte. Drängend schob ich meine Zunge zwischen seine Lippen.

Nun, meine Beharrlichkeit sollte sich auszahlen. Endlich brach seine Defensive zusammen. Am nächsten Morgen fand uns Elisa total ausgepumpt in meinem Bett.

Es war eine wunderbare Nacht gewesen. Chris war ein Liebhaber, wie ihn sich jede Frau nur erträumen kann, zärtlich, einfühlsam und ausdauernd. Mein Glück war endlich perfekt.

Dachte ich.

Na ja, am Anfang war es ja auch so. Im Nachhinein nenne ich es »die schöne Zeit«.

Chris vergötterte mich. Er liebte mich mit einer Leidenschaft, die mich beeindruckte und die mir schmeichelte. Er suchte meine Nähe, konnte die Finger nicht mehr von mir lassen. Was am Anfang gefehlt hatte, holte er jetzt offensichtlich nach.

Stutzig wurde ich, als ich ihn dreimal hintereinander zufällig in einer Disco traf, in der ich mit Elisa regelmäßig tanzen ging.

Stellte er mir etwa nach? Vertraute er mir nicht? In einer ruhigen Minute sprach ich ihn darauf an. Alles nur Zufall, schwor er mir.

Ich glaubte ihm.

Mannomann, war ich einfältig.

Schon nach wenigen Wochen unserer Zweisamkeit beschlossen wir, aus der WG in eine schmucke Zweizimmerwohnung umzuziehen. Es drängte uns niemand dazu. Elisa und Paul störten sich überhaupt nicht an unserer Beziehung. Elisa versuchte sogar, mich umzustimmen. Sie fand, es sei zu früh für diesen Schritt. Drum prüfe, wer sich ewig bindet … blablabla.

Ich dachte natürlich, die dumme Pute wäre nur neidisch auf mein Glück und gönnt es mir nicht.

Meine Güte, wie vernagelt man manchmal ist.

Ich schlug also ihre Warnungen in den Wind. Du glaubst nicht, wie sehr ich das heute noch bereue.

Also, die ersten Tage in der neuen Wohnung waren wunderschön, nur wir beide in unseren vier Wänden. Ich schwebte auf Wolke sieben. Und als Chris mir einen Antrag machte, überlegte ich nicht lang. Bereits sechs Wochen später hieß ich Jana Weber.

Damit begann für mich das, was ich »die böse Zeit« nenne.

Chris war wie ausgewechselt. Als hätte mein Ja bei ihm einen Schalter umgelegt. Sprach ich mit einem Nachbarn im Hausflur, machte er mir eine Szene. Mit Elisa weggehen? Denk nicht daran! Chris verbot es mir, und ich gehorchte.

Das Kellnern musste ich aufgeben, obwohl wir das Geld gut hätten gebrauchen können. Doch Chris ertrug es nicht, wie die männlichen Gäste mir hinterhersahen.

Weißt du, ich wollte keinen Streit, wollte nur meine Ruhe. Beugte ich mich seinem Willen, dann verwandelte er sich wieder in den sanften Liebhaber, nach dem ich mich so sehr sehnte. Zigmal hätte ich aufbegehren können, Gründe gab es genug. Doch ich hielt den Mund und ertrug es tapfer.

Aber als er mir dann das Studium verbieten wollte, da war Schluss. Es war eher ein stiller Protest, aber immerhin. Heimlich schrieb ich mich ein, wollte ihn vor vollendete Tatsachen stellen. Ich dachte mir, dann würde er schon klein beigeben.

Weit gefehlt.

Als er davon erfuhr – übrigens nicht von mir –, schlich er mir nach und fand es so heraus. Stell dir vor: Er beschattete mich. Er *kontrollierte* mich. Ich war fassungslos und machte ihm eine Szene. Ich schrie ihn an.

Da schlug er mich.

Geschockt nahm ich auch das hin. Später entschuldigte er sich bei mir, und tatsächlich beherrschte er sich eine Weile. Es war also nicht so, dass er dauernd auf mich einprügelte, wie man es aus anderen Beziehungen schon gehört hat. Allerdings spürte ich, wie in Chris ein Vulkan brodelte, der jederzeit ausbrechen konnte. Davor fürchtete ich mich. Trotzdem hoffte ich, dass es nur ein Ausrutscher gewesen war. Doch tief in meinem Inneren wusste ich es besser.

Die Eifersucht, die Chris zusetzte, war wie ein Gift. Und glaub mir, Nina, es gibt kaum was Schlimmeres. Es verändert den Menschen, frisst ihn von innen auf, zehrt an seinen Kräften. Chris' wunderschöne Augen veränderten sich, wurden hart und kalt, wie zwei schwarze Murmeln. Seine Wut spiegelte sich darin – und die Angst, mich zu verlieren. Er schmiss sein Studium. Er hatte zum Studieren keine Zeit, er musste ja auf mich aufpassen.

Vielleicht hätte ihm ein Therapeut helfen können. Ich redete mit Chris darüber. Dafür handelte ich mir wieder eine Ohrfeige ein. Er wäre nicht krank, nicht bescheuert, ich sollte so etwas niemals denken und niemals wieder mit so einem Mist ankommen.

Zunehmend fürchtete ich mich vor seinen Gewaltausbrüchen. Er war wie eine lebende Bombe, man wusste nie, wann sie hochging.

Schlimmer aber war das Subtile, das Unterschwellige, das, was man nicht sofort bemerkte.

Eines Nachts wachte ich auf, da stand er mit einem Messer in der Hand vor meinem Bett. Angeblich hätte ich schlecht geträumt, während er sich in der Küche eine

Scheibe Brot schmierte. Er wollte nur nach dem Rechten sehen.

Ich frag dich: Mit einem Fleischermesser in der Hand?

Wenn wir zusammen fernschauten, ertappte ich ihn dabei, wie er mich musterte. Eiskalt lief es mir über den Rücken.

Es war der reinste Psychoterror.

Ich brach ebenfalls das Studium ab. Ich war mit den Nerven am Ende. Nachts schreckte ich bei jedem Geräusch aus dem Schlaf, fürchtete, Chris wieder mit dem Fleischermesser vorzufinden. Ich ging nicht mehr vor die Tür, wollte ihm keinen Anlass für seine Eifersucht bieten. Wenn das Telefon schellte, sprang er an den Hörer. Er erwartete, einen meiner »Liebhaber« zu erwischen. Doch außer Elisa, die treu zu mir hielt, gab es niemanden zu »erwischen«.

Glaub mir, ich habe alles versucht, um Chris und unsere Ehe zu retten.

Irgendwann konnte ich einfach nicht mehr. Ich packte meine Sachen und teilte ihm mit, dass ich ihn am nächsten Tag verlassen würde. Elisa, die gute Seele, hatte mir die Rückkehr in die WG angeboten.

Du kannst dir denken, dass ich eine Szene und Prügel erwartete. Doch, o Wunder, nichts davon geschah. Traurig sah er mir zu, wie ich den Koffer packte. Dann bettelte er mich an, nur noch eine Nacht zu bleiben. Obwohl ich keinen Sinn darin sah, willigte ich ein. Ein bisschen tat er mir leid. Den einen Gefallen konnte ich ihm noch tun. Schließlich hatten wir uns mal geliebt.

Ach, wäre ich doch nur sofort gegangen.

Es begann alles ganz hoffnungsvoll. Chris kochte das Abendessen, schwänzelte um mich herum und machte Witze, die mich zum Lachen brachten.

Es war wie in alten Zeiten.

Er wirkte entspannt und locker. Fast bereute ich es, ihn zu verlassen. Spät am Abend bot er mir das Doppelbett im Schlafzimmer an. Er selbst würde auf der Couch nächtigen.

Verwundert nahm ich sein Angebot an.

Dafür musste ich bitter bezahlen.

57

Ein fürchterlicher Schrei unterbrach Janas Geschichte. Er kam von außerhalb der Scheune und jagte Nina eine Gänsehaut über den Rücken.

Jana sprang hoch, zog Nina auf die Beine und klammerte sich an ihren Arm. »Was war das?«

Mike und Rike waren erwacht und richteten sich verwundert auf.

Fabian rieb sich den Schlaf aus den Augen und murrte: »Mann, kann man nicht mal ein paar Minuten pennen?«

Er erhielt keine Antwort. Mike ging bereits zum Scheunentor, drückte es auf und starrte in die Dunkelheit.

Es regnete noch immer, wenn auch nicht mehr so stark wie zuvor.

»Zu dunkel, um irgendwas …«, begann Mike, doch ein erneuter, markerschütternder Schrei ließ ihn verstummen.

»Das ist Tim«, rief Rike. Sie stürmte vor und drückte Mike zur Seite. »O Gott, was ist mit ihm?«

»Für mich hört sich das mehr nach einem Tier an«, raunzte Fabian. »Tim sitzt bestimmt schon längst irgendwo im Warmen.«

Rike wirbelte herum. »Und was für ein Tier soll das bitte schön sein?«

»Eine Eule vielleicht. Was weiß ich, ich habe noch nie im Wald übernachtet.«

Zum dritten Mal gellte der Schrei durch die Nacht.

»Das ist nie und nimmer ein Tier, verdammt«, rief Rike. »Ich geh raus und such ihn. Ich kann hier nicht untätig rumsitzen.« Sie zog den Reißverschluss ihrer Jacke hoch und verschwand in der Nacht.

Fabian hob seine Jacke vom Boden auf. »O Mann. Ich hasse dramatische Auftritte.«

»Willst du ihr nach?«, fragte Mike.

»Klar. Meinst du, ich lasse sie allein dort draußen rumrennen?« Als Erklärung deutete er mit dem Daumen zu Steffs Leiche.

»Na schön«, nickte Mike. »Dann komme ich auch mit.«

Janas Klammergriff verstärkte sich. »Wir bleiben hier, ja? Bitte, Nina, ja?« Ihre Finger gruben sich schmerzhaft in Ninas Oberarmmuskel.

Nina nickte.

»Passt auf das Feuer auf«, mahnte Mike beim Hinausgehen. Dann waren sie allein.

»O mein Gott. O mein Gott ...«, brabbelte Jana pausenlos vor sich hin. Mit angstgeweiteten Augen sah sie zum Scheunentor.

Nina musste Jana ablenken, damit sie nicht durchdrehte und weglief. Sie hockte sich ans Feuer, zog Jana zu sich herab und legte beruhigend einen Arm um sie. »Also, wir waren bei deiner Geschichte ... Wofür musstest du bitter bezahlen?«

»O mein Gott. O mein Gott …« Jana schien sie nicht gehört zu haben.

»Jana, deine Geschichte eben. Erzähl bitte weiter.«

»Was? Wie …« Jana blinzelte. »Meine Geschichte?«

»Chris und du, der letzte Abend. Was ist passiert?«

Sie runzelte die Stirn. »Chris, ja. Der letzte Abend.« Sie schüttelte sich. »Scheußlich.«

»Bitte erzähl mir davon.«

Jana löste sich aus Ninas Arm. Sie warf Holz nach. Sie hatten nur noch zwei Bretter. Sie mussten bald auf die Suche nach neuem Holz gehen.

»Wo war ich?«, fragte Jana.

»Chris hat dir das Doppelbett angeboten, er selbst wollte auf der Couch schlafen.«

»Ah ja, genau.« Jana nickte bedächtig. »Ich hätte sofort den Koffer nehmen und verschwinden sollen. Doch, nein, ich musste ihm ja unbedingt den Gefallen tun. So um elf legte ich mich hin, Chris wünschte mir eine gute Nacht, schnappte sich sein Bettzeug und verzog sich ins Wohnzimmer. Eine Weile hörte ich noch den Fernseher. Chris schien tatsächlich Wort zu halten. Trotzdem überlegte ich, die Tür abzuschließen. Das Fleischermesser geisterte durch meine Gedanken. Bevor ich aber mein Vorhaben in die Tat umsetzen konnte, fielen mir die Augen zu. Noch heute frage ich mich, wieso ich so schnell einschlief. Man pennt doch nicht einfach so ein, wenn man Angst hat, abgestochen zu werden, oder? Inzwischen bin ich davon überzeugt, dass er mir ein Schlafmittel gegeben hat. Dafür hatte es massenhaft Gelegenheiten gegeben. Ich war nicht immer in der Nähe gewesen, wenn er Wein nachschenkte oder als er den Espresso machte. Sein teuflischer Plan ging allerdings nicht ganz auf. Ein beißender Geruch riss mich aus dem Schlaf. Es dauerte einen Moment, bis ich die Gefahr erkannte, in der ich schwebte. Chris stand am Bettrand und hielt einen Kanister in der Hand. Es gluckerte. Ich spürte mein feuchtes Nachthemd. Das Schwein übergoss mich mit Benzin, Benzin, verstehst du? Trotz des Schwindels, den die Dämpfe bei mir auslösten, strampelte ich die Bettdecke weg und rollte mich zur Seite. Dann ging alles sehr schnell. Ich hörte ein ›Wusch‹, heiße Luft strich mir über die Haut. Ich kämpfte mich auf die Beine. Chris lachte höhnisch. Er hörte sich wie der Teufel persönlich an. Um mich herum schlugen die Flammen deckenhoch, alles schien Feuer gefangen zu haben, die Decken, die Möbel, selbst die Wände. Und mein Nachthemd loderte. Geistesgegenwärtig riss ich es mir vom Körper und warf es weg. Alles war so heiß. Ich roch das Benzin, meine verbrannten Haare, meine Lungen brannten vom Rauch …«

Jana brach ab. Sie schluckte schwer, Tränen rannen ihr über die Wangen. Es dauerte eine Weile, bis sie sich so weit gefasst hatte, dass sie fortfahren konnte.

»Es war die Hölle, Nina. Noch heute wache ich nachts schweißgebadet auf. Es ist dann so real, ich spüre die Hitze, sehe in die lodernde Flammenwand, hinter der Chris' teuflische Fratze lacht.«

Nina sah ihre alte Freundin an. »Wie konntest du dich retten?«

»Das kann ich dir gar nicht genau sagen. Ich muss die Balkontür aufgerissen haben und in den Garten gesprungen sein. Wir haben in der ersten Etage gewohnt. Aber an all das kann ich mich nicht mehr erinnern. Meine Erinnerungen setzen erst wieder im Krankenhaus ein. Schwere Verbrennungen und ein Oberschenkelhalsbruch. Wie es seitdem um meine Psyche steht, kannst du dir denken.«

Nina schüttelte fassungslos Kopf. »Das Schwein hat dich angezündet? Ich fasse es nicht. Ich … ich weiß nicht, was ich sagen soll. Oh, Jana …« Nina nahm sie in die Arme. Eine Weile saßen sie schweigend nebeneinander.

Dann fragte Nina: »Was ist mit Chris passiert?«

»Auch er hat das Inferno überlebt, mit schwersten Verbrennungen. Es gibt keinen gerechten Gott, wenn du mich fragst. Allerdings ist er nicht so gut davongekommen wie ich. Sein Leben hing an einem seidenen Faden.«

Nina wollte sich nicht vorstellen, wie Chris heute aussehen musste.

»Er saß knapp zehn Jahre ein«, fuhr Jana fort. »Währenddessen habe ich mich scheiden lassen und meinen Mädchennamen wieder angenommen. Die Brandwunden reichen mir als Erinnerung.«

»Hat er versucht, dich zu kontaktieren?«

Jana zögerte. »Weiß ich nicht genau. Also … es gibt … Anrufe.«

»Anrufe? Wie meinst du das?«

»Ich hebe ab, melde mich, aber in der Leitung bleibt es stumm. Ich höre nur ein Atmen. Da ist jemand am anderen Ende.«

»Und du vermutest, dass dein Exmann dahintersteckt?«

Jana zuckte mit den Schultern. »Albern, oder?«

»Nein, ganz im Gegenteil.«

»Die Eifersucht, das Gift, du erinnerst dich. Es würde mich wundern, wenn es nicht mehr wirken sollte.« Jana lachte bitter. »Würde mich noch nicht mal wundern, wenn Chris hinter der ganzen Sache hier steckt. Ich habe ihm von unserer Clique erzählt.«

»Aber unser Versprechen …?«

»Ja, ich weiß. Es tut mir leid, ehrlich. Aber ich musste mich jemandem anvertrauen.«

Nina schluckte ihren Ärger herunter. Sie schüttelte den Kopf. »Nein, dein Ex hat kein Motiv. Warum sollte er uns Schwierigkeiten bereiten wollen?«

»Was weißt du, was in den Köpfen solcher Menschen vorgeht?«

Damit hatte Jana recht. Dieser Christian war ernsthaft gestört. Das durfte man nicht vergessen. »Pass auf, wenn wir zurück sind, gehen wir die Sache an. Schließlich bin ich Staatsanwältin. Wir klären das, okay?«

Jana holte tief Luft und nickte. »Ja. Danke.«

»Nichts zu danken.«

»Es tröstet, jemanden an seiner Seite zu haben. Seit dem … Ereignis hat sich bei mir eine rasende Wut auf Männer angestaut. Nachts träume ich von Rache, genieße ihre qualvollen Schreie. Dann wache ich auf, und im ersten Moment bin ich enttäuscht, dass es nur ein Traum war.« Jana ballte die Fäuste. »Ich weiß, es ist ungerecht, alle Männer über einen Kamm zu scheren. Aber ich kann nicht anders. Über kurz oder lang sehe ich in allen Christian, und die Angst ist sofort wieder da.« Jana ließ den Kopf nach hinten fallen und rieb sich den Nacken. »Nur bei Fabian, da ist es anders. Ich kann es nicht erklären.

Bei ihm bin ich einfach … na, so wie früher. Unbelastet und, hm, ich denke, ›vertrauensvoll‹ ist die richtige Bezeichnung für mein Gefühl.« Sie nahm das letzte Stück Holz und legte es auf die Glut. »Seit unserem Wiedersehen denke ich darüber nach, ob es damals richtig war, ihn zu verlassen.«

»Lass dir Zeit damit, es eilt nicht. Triff diesmal die richtige Entscheidung.« Nina stand auf. »Wir brauchen mehr Holz. Bleib sitzen, ich kümmere mich darum.«

Nina erhob sich, ging zu der morschen Holzwand hinüber. Bereits nach wenigen Metern konnte sie kaum noch etwas erkennen. Angestrengt versuchte sie, sich in dem diffusen Grau zurechtzufinden. Wo hatte Fabian das Holz abgerissen? Eher links oder eher rechts?

Vorsichtig schob sie den Fuß vor. Der Umriss einer Maschine zeichnete sich ab. Sie glich einer riesigen Drehorgel, eine Kurbel an der Seite, oben befand sich ein Trichter. Nina ging einen Schritt darauf zu. Wozu mochte die Maschine gedient haben? Sie schob sich links daran vorbei, überzeugt, dass sie das Krachen der splitternden Hölzer vorhin aus dieser Richtung gehört hatte.

Plötzlich stolperte sie über etwas. Sie fiel auf die Knie und stieß einen Schrei aus.

»Nina? Was ist los?«, hörte sie Janas besorgte Stimme.

Nina rappelte sich auf und rieb sich die schmerzenden Knie. »Alles in Ordnung. Mir geht es gut.« Ärgerlich drehte sie sich um und holte mit dem Fuß aus, um dem Hindernis einen Tritt zu verpassen. »Ich bin nur …«

Doch weiter kam sie nicht. Sie musste würgen, als ihr klar wurde, was dort im Dunkeln vor ihr lag.

58

1992

Tim hasste die Wintermonate. Die Tage kurz, die Nächte lang, und eine Hundskälte, die ihm auf der Haut brannte und die die Nase zum Laufen brachte.

Die Hände tief in den Hosentaschen, stapfte er durch den Schneematsch. Er spürte, wie die Feuchtigkeit in seine neuen Sneakers drang. In das Leder würde sich ein hässlicher Salzkranz einfressen. Vorhin, nach dem Telefonat mit Pierre, hatte er sich wutentbrannt das erstbeste Paar aus dem Schuhschrank gegriffen. Die Stiefel wären eindeutig die bessere Wahl gewesen.

Die kleine Ratte drohte auszupacken. Pierres Geduld war am Ende, das hatte Tim bereits bei der Begrüßung gespürt. Er war auf dem Weg zu Steff. Es wurde Zeit, ihm alles zu berichten und eine Entscheidung herbeizuführen.

Eine Weile hatte er seinen Plan verdrängt. Er hatte Pierre eine ehrliche Chance geben wollen, die Sache auf sich beruhen zu lassen. Doch offensichtlich beharrte der kleine Scheißer auf seiner Forderung.

Okay, er würde schon sehen, was er davon hatte.

Zornig trat Tim einen hüfthohen Schneemann um, der die Einfahrt eines Einfamilienhauses bewachte. Die Möhrennase fiel zu Boden, der Kopf rollte über den Gehweg und blieb im Rinnstein liegen. Anklagend schienen die Kohleaugen ihn zu fixieren. Tim hockte sich hin, fummelte sie heraus und warf sie im hohen Bogen davon. Sie klackerten über die Dachpfannen des Hauses auf der anderen Straßenseite.

»Was machst du da?«, hörte er hinter sich eine Stimme.

Erschrocken fuhr er herum.

Die Arme um den Oberkörper geschlungen stand Nina vor ihm. Ein grüner Wollschal wand sich über Nase und Mund bis hinunter in die Jacke wie eine Boa Constrictor.

»Ich … äh …« Verdammt, sah Nina heute super aus. Da konnte man keinen klaren Gedanken fassen. Der grüne Rock und die weinrote Wollstrumpfhose betonten ihre atemberaubende Figur.

Nina legte den Mund frei und kicherte. »Du Schneemannmörder.«

»Ersatzbefriedigung«, konterte Tim und zwinkerte. »Es wird mal wieder Zeit für ein neues Abenteuer. Bin deswegen auf dem Weg zu Steff.«

»Oh, schön, dann haben wir den gleichen Weg.«

Zusammen gingen sie weiter. Als sie an einer Bushaltestelle vorbeikamen, wies Nina auf das Filmplakat, das auf der seitlichen Scheibe prangte. Darauf schaute Kevin Costner mit Brille wissend in die Welt hinaus. »Den muss ich mir anschauen!«

»Stehst du auf Kevin Costner?«

»Ach was. Dann schon eher auf Tom Cruise. Der ist ganz süß, nur ein bisschen zu klein. Ich meine tatsächlich den Film, den Inhalt, worum es geht. Capito?«

»Äh … klar. JFK? Ist das nicht … politisch?« Eigentlich hatte er »langweilig« sagen wollen. Ein amerikanischer Präsident, der von einem Kommunisten erschossen wurde. Dazu eine Handvoll Akteure, die etwas ermittelten, was ohnehin feststeht. Wo blieb da die Spannung? Da konnte man ja direkt auf die Idee kommen, den Untergang der *Titanic* als Blockbuster neu aufzulegen. Da stand das Ende auch schon fest. Absurd. Selbst das Wort zum Sonntag war spannender.

»Jungs, echt.« Nina lachte. »Wenn es bei euch nicht kracht und blitzt, bis man taub und blind ist, seid ihr nicht zufrieden. Der Film erzählt einen wichtigen Teil unserer jüngeren Geschichte. So was liebe ich. *Gandhi* habe ich mir mehrmals angesehen. Ben Kingsley ist einfach perfekt in der Rolle.«

Tim zuckte die Schulter. »Wenn du es sagst«, sagte er und sah Nina entschuldigend an.

»Schon okay«, sagte Nina. »Bisher habe ich niemanden gefunden, der mit mir ins Kino gehen will. Steff will den Film auch nicht sehen. Er meint …«

»Nein, nein«, unterbrach Tim. »Wenn ich darüber nachdenke … es gibt doch einen Haufen Verschwörungstheorien um JFK. Von daher könnte es ganz spannend sein … zumindest ist es einen Versuch wert.« Tim hoffte, glaubwürdig rüberzukommen. Denn jetzt kam der entscheidende Satz: »Wollen wir uns den Film zusammen anschauen?« Nervös erwartete er Ninas Antwort.

Ein Bus rauschte heran, die Räder schleuderten Schneematsch. Hinter den Scheiben saßen eingemummelte Gestalten, die gelangweilt vor sich hinstarrten. Sie alle würden gleich das Filmplakat sehen, es jedoch nicht zur Kenntnis nehmen. Für Tim dagegen war es vielleicht die Initialzündung gewesen, um Ninas Herz zu erobern.

»Wirklich?« Erstaunt hob Nina die Augenbrauen. »Du würdest mitkommen?«

»Klar«, sagte er so beiläufig wie möglich. Am liebsten wäre er vor Freude in die Luft gesprungen. Eine Verabredung mit Nina ohne die anderen, das war die Chance. Er würde alles daransetzen, sich von seiner besten Seite zu zeigen. »Ein Kumpel von mir arbeitet im Cinedom. Der kann mir Freikarten und Gutscheine für die Fresstheke besorgen. Wie wär's mit nächsten Sonntag?« Das mit dem Kumpel war glattweg gelogen. Doch er wollte den Anreiz weiter erhöhen, damit sie nicht doch noch Nein sagte.

»Wahnsinn!« Sie hakte sich bei ihm ein und tänzelte fast an seiner Seite. »Das ist eine richtige Einladung.«

Dort, wo sie ihn berührte, schien selbst durch die Jacke hindurch die Haut Feuer zu fangen. »Ach was, einfach nur Connections. Aber wenn du Lust hast, lade ich dich tatsächlich noch ein, hinterher, auf einen Cocktail. Oder zum Essen.«

Über ihr Gesicht huschte ein Schatten.

Hatte er den Bogen überspannt?

»Aber nicht, dass du auf dumme Gedanken kommst. Es ist nur ein Abend unter guten Freunden.«

»Ja klar«, versicherte er rasch. »Ich will mir doch keinen Ärger mit Steff einhandeln.«

Ninas finstere Miene wich einem strahlenden Lächeln. »Also dann: gerne.«

59

Steff trommelte nervös mit den Fingern auf die Sessellehne. Stumm stand Nina am Fenster und sah in den Garten hinaus. Ihre rotblonden Haare glänzten seidig im Licht der Deckenlampe. Die hochgezogenen Schultern verrieten ihre Anspannung.

»Was für eine Scheiße«, brummte Steff unwillig. »Das gefällt mir nicht, absolut nicht.«

Tim zupfte ein Fädchen vom Sofa. »Meinst du, mir vielleicht?«

»Du hättest besser aufpassen müssen.«

»Ach, jetzt bin ich der Schuldige?«

»Ist es denn nicht so?«

Tim beugte sich vor. Am liebsten hätte er Steff die Fresse poliert. Was bildete der sich ein, was nahm er sich heraus? Für die Drecksarbeit war er sich immer zu fein gewesen. Bereitwillig hatte Steff den anderen den Vortritt gelassen, wenn es um die Entsorgung der Kadaver ging. »Es hätte jedem von uns passieren können.«

Steff hielt Tims Blick stand und ging mit dem Gesicht ganz nah an ihn heran. Ihre Nasenspitzen trennten nur noch wenige Zentimeter. Steffs linkes Augenlid zuckte.

»Nicht wenn man ein bisschen die Augen offen halten würde.«

»Du hättest ja mitkommen können. Zu zweit wär das nicht passiert. Was hast du stattdessen gemacht, du Schlaumeier, he?« Nur noch mühsam konnte Tim sich beherrschen.

»Scheißegal, was ich gemacht habe«, zischte Steff. »Hier geht es um den Mist, den du angerichtet hast.«

»Ach ja? Pass lieber auf, was du sagst, sonst …«

»Sonst was?«

Nina drehte sich um. »Hört auf zu streiten, verdammt noch mal! Beim nächsten Mal werden wir *alle* Verantwortung übernehmen. Jetzt müssen wir über Pierre reden, dieses Problem hat Vorrang.«

Steff holte tief Luft und richtete sich auf. Seine Gesichtszüge entspannten sich. »Ja, du hast recht.« Er zog Nina an der Hand auf seinen Schoß und gab ihr einen Kuss auf die Wange.

Die Eifersucht ließ Tim Sterne sehen. Trotzdem versuchte er, entspannt und gleichgültig auszusehen. Unter keinen Umständen wollte er zeigen, was er fühlte. Er schmachtete nach einer Zigarette. Wenn er hier raus war, dann würde er sich am nächsten Kiosk eine Packung besorgen.

»Du hast gesagt, du hättest eine Idee«, wandte sich Steff jetzt an ihn.

Es dauerte eine Weile, bis die Worte zu Tim durchgedrungen waren. Er war einfach zu aufgewühlt. »Richtig. Ein Aufnahmeritual«, krächzte er. Vor verhaltener Wut war seine Stimme ganz belegt.

Verwundert sah Nina von einem zum andern. »Es gibt ein Aufnahmeritual? Habe ich das bestanden, ohne davon zu wissen?«

Steff schüttelte den Kopf. »Quatsch. Ich höre auch zum ersten Mal davon.«

Tim federte vom Sofa hoch und reckte sich. »Ab sofort haben wir eins«, bestimmte er. »Über Karneval sind meine Eltern unterwegs. Ich setze hiermit das Ritual für Weiberfastnacht an.«

»Was stellst du dir vor?«, fragte Steff.

Tim grinste. »Lasst euch überraschen. Es wird ein absolutes Highlight werden, das versprech ich euch.«

Und sobald das erledigt ist, dachte Tim bei sich, würde er alles daransetzen, Steff vom Thron zu stoßen.

60

Der Wind blies eisig über das Rondell vor dem Cinedom. Sprühregen benetzte Ninas Gesicht. Sie zog ihre Jacke enger und senkte den Kopf. Am liebsten wäre sie wieder ins Innere geflüchtet, doch dort war kein Hindurchkommen. Das gerade erst im Dezember eröffnete Kino zog die Menschen an wie das Licht die Motten. Köln war um eine Attraktion reicher geworden.

Tim lachte. »Gerade noch die Hitze von Dallas, jetzt zurück ins triste kölsche Wetter. Dein Jäckchen ist eindeutig zu dünn für die unbarmherzige Polarluft.« Er legte einen Arm um Nina.

Sie ließ es geschehen. Er hatte sich bisher von seiner besten Seite gezeigt, war höflich und zuvorkommend gewesen. Während des Films hatte er nicht versucht, ihre Hand zu berühren oder ihr sonst wie körperlich näher zu kommen. Nina hatte also keinen Grund, ihm zu misstrauen.

Sie schlenderten durch das abendliche Köln in Richtung Hauptbahnhof. Hinter vielen Fenstern flackerte bläuliches Licht. Die allerorts sichtbaren Domspitzen erstrahlten im hellen Licht der Scheinwerfer.

»Wir sind gleich da«, sagte Tim.

Kurz darauf führte er sie in eine Bar. Laute Musik schallte ihnen entgegen. Auf einer winzigen Tanzfläche in dem schlauchartigen Raum traten sich die Gäste auf die Füße. Nina hustete. Zigarettenqualm waberte in dichten Schwaden um die Scheinwerfer der Lichtorgel.

Tim ergatterte zwei Plätze auf einer Bank in der Nähe der Tanzfläche. Ihnen gegenüber saß ein hemmungslos knutschendes Paar. Es schien die Welt um sich herum vergessen zu haben. Sie hielten mit ihrem Zungenspiel auch nicht inne, als Tim ihm ein lautes Hallo zurief.

»Bist du hier öfter?«, fragte Nina. Sie beugte sich dicht an Tims Ohr, um gegen die Lärmkulisse anzukommen.

»Ja. Ist quasi Steffs und meine Stammkneipe.« Ein Mann schob sich durch die Menge auf sie zu. »Was wollt ihr beiden Süßen denn trinken?«, fragte er und wischte mit einem Tuch über ihre Tischhälfte.

Nina orderte eine Piña Colada, Tim ein Kölsch.

Eine Weile hörten sie der Musik zu. Tim lächelte zufrieden und wippte mit dem Fuß im Takt. »Willst du tanzen?«, fragte er, nachdem die Bedienung die Getränke schwungvoll auf den Tisch gestellt hatte.

Nina nahm einen Schluck und nickte. Sie tanzte gerne. Steff dagegen mochte es überhaupt nicht. In der Disco klebte er immer an der Bar. Den Hocker verließ er nur, wenn er zur Toilette musste.

Tim zog sie hinter sich her und erkämpfte ihnen einen Platz auf der Tanzfläche. Nina fühlte sich sofort in ihrem Element. Lachend drehte sie sich im Kreis, klatschte in die Hände, bewegte rhythmisch ihre Hüften.

Tims Tanzkünste standen den ihren in nichts nach. Seine Bewegungen waren geschmeidig, wie bei einer Schlange, die durch flaches Gras glitt. Sogar einen Discofox legte er problemlos aufs Parkett. Für einen Jungen in seinem Alter ungewöhnlich, dachte Nina. Obwohl … »Junge« traf es nicht mehr. Trotz Tims schlaksiger Gestalt waren die Schultern breit, die Arme muskulös. Ein Grübchen zierte sein Kinn, die blonden Haare trug er zum Seitenscheitel gekämmt. Nina war von seiner auffallend reinen Haut fasziniert. Viele andere Jungen in seinem Alter waren von Akne geradezu entstellt. Tims Haut wirkte dagegen wie aus Porzellan und verlieh ihm etwas Zerbrechliches.

Nach einer halben Stunde wurde das Licht gedämpft. »Jetzt was zum Klammern«, gab der DJ bekannt, die ersten Takte von »Close Encounters« von Clouseau folgten.

Unschlüssig stand Nina vor Tim. Verlegen strich der sich eine Haarsträhne hinters Ohr. »Wollen wir, oder …?«

Kurz flammte Ninas schlechtes Gewissen auf. Was würde Steff sagen, wenn sie hier an Tim gekuschelt tanzte? Dann verwarf sie den Gedanken. Sie liebte Steff, er musste sich keine Sorgen machen. Ein kleiner Flirt mit Tim änderte daran nichts. Sie schob sich an Tim, umschlang ihn auf Hüfthöhe und legte ihren Kopf auf seine Brust. Sie spürte sein Herz klopfen. Er drückte sie an sich und wiegte sich mit ihr zur Musik. Seine Hand wanderte ihren Rücken hinauf, blieb im Nacken hängen und kraulte dort zärtlich ihre Haare. Nina fühlte sich geborgen. Sie schaltete alle Gedanken aus und genoss die zauberhaften Minuten, die viel zu schnell vorbeigingen.

Als die letzten Takte ausklangen, beugte sich Tim zu ihr herunter und hauchte: »Ich muss dir was sagen ... ich ... also ...«, stotterte er.

Nina runzelte die Stirn. Was sollte das jetzt? Warum genoss er nicht einfach den schönen Moment?

»Ich liebe dich.«

Nina riss die Augen auf. Es war wie ein Sprung in eiskaltes Wasser. Sie hob den Kopf von Tims Schulter und schaute ihm ungläubig in die Augen. Sie erkannte fiebrige Erwartung und Zuneigung. Er meinte es ernst. Verdammt. Was dachte er sich nur? Das ging jetzt eindeutig zu weit.

Sie versuchte sich von Tim zu lösen, doch er hielt sie fest.

»Tim, bitte, lass uns zum Tisch gehen. Ich mag dich wirklich gern, aber ...«

Anstatt sie loszulassen, presste Tim ihr einen Kuss auf die Lippen. Überrumpelt von der Attacke, ließ sie es geschehen.

»Nina?«

Tims Kopf ruckte hoch, er sah zur Seite, dorthin, wo jemand ihren Namen gerufen hatte.

Nina drehte ebenfalls den Kopf.

Vor ihr stand Steff.

Sein fassungsloser Blick bewies ihr, dass er alles gesehen hatte.

Und dass er eindeutig die falschen Schlüsse zog.

61

Nina wollte schreien, davonrennen, sich verstecken, Hilfe holen. Alles gleichzeitig. Stattdessen stand sie wie erstarrt vor der Leiche. Ihre Muskeln schienen ihr nicht mehr zu gehorchen.

Vor ihren Füßen lag der Wirt aus Mauel, Giebels. Das Licht reichte gerade noch, um ihn zu identifizieren. Am Hals klaffte eine entsetzliche Schnittwunde. Unter seinem Kopf hatte sich ein dunkler Fleck ausgebreitet, der sich deutlich vom gestampften Lehmboden abhob. Es sah aus, als wäre aus einem Motor Öl ausgelaufen.

Sie würgte. Nicht nur der Anblick setzte ihr zu, sondern auch der Gestank nach Fäkalien, Pisse und Blut.

Verdammt, was machte Giebels hier? Warum lag er hier tot auf dem Boden und nicht in seinem warmen Bett?

»Nina?«, hörte sie Jana rufen, dann Schritte.

Janas kräftiger Körper schob sich an ihre Seite. »Ach, hier steckst du. Ich hatte … Meine Güte!« Schmerzhaft umklammerte sie Ninas Unterarm. »Ist er … ist er tot?«

Nina nickte nur stumm. Sie bekam kaum Luft.

Jana zerrte an ihrem Arm. »Nina, komm, wir müssen

hier weg.« Hektisch sah sie sich um. »Der Mörder läuft hier bestimmt noch rum.«

Nina torkelte im Schlepptau hinter Jana her. Keuchend schnappte sie nach Luft. Langsam meldete sich ihr Überlebensinstinkt.

Was hatte Jana gesagt?

Der Mörder musste noch in der Nähe sein?

Jana zerrte an ihr wie an einem störrischen Maultier. »Nun komm doch endlich«, jammerte sie, »wir müssen raus, zu den anderen.«

Nina löste sich aus Janas Klammergriff und blieb dann abrupt stehen. »Warte!«

Jana schüttelte den Kopf. »Worauf denn? Willst du dich abmurksen lassen?«

Nina hörte nicht zu. War Jana heute Nachmittag nicht hinter der Scheune verschwunden, um auszutreten? Jetzt lag ein toter Mann darin. Jana wirkte relativ gefasst, verglichen mit ihrem verschüchterten Auftreten, das sie sonst an den Tag legte.

Und sie war zornig auf Männer.

Sie träumte sogar davon, sie zu quälen.

Nina brach der Schweiß aus. Konnte es sein, dass Jana …? Steckte sie hinter allem? Hektisch wischte sich Nina mit dem Ärmel über die Stirn.

»Jetzt komm«, forderte Jana bestimmt. Sie öffnete das Scheunentor. In dem Moment wurde sie beiseitegedrängt.

Im ersten Augenblick fürchtete Nina einen Angriff. Doch es waren nur die anderen, die hereintaumelten und sich um das heruntergebrannte Feuer scharten. Nina atmete erleichtert auf.

»Scheiße!«, fluchte Fabian.

Unbeholfen umarmte Jana ihn. »Gott sei Dank, es geht dir gut.«

Fabian schob sie von sich. »Lass das. Das kann ich jetzt gar nicht gebrauchen ... Wir haben Tim gefunden. Er liegt unterhalb der Brücke. Dort geht es gut und gerne vier, fünf Meter in die Tiefe. Ich hab versucht, ihn zu erreichen, aber, na ja ...«

»Ohne Seil viel zu gefährlich«, fiel ihm Mike ins Wort. »Ich hatte Fabian nur mit Mühe und Not davon abhalten können, sein eigenes Leben aufs Spiel zu setzen.«

Jana brauste auf: »Was?«, rief sie. »Verstehe ich das richtig? Tim liegt immer noch da? Das geht doch nicht!« Sie zog an Fabians Arm. »Wir müssen ihm helfen.«

Skeptisch musterte Nina sie. Zwar hatte Jana recht, doch sie schien Giebels' Leiche vollkommen ausgeblendet zu haben. Oder verschwieg sie es absichtlich? Verdrängte es aus ihrem Bewusstsein, um sich selbst zu schützen? Es gab Täter, denen man einen Mord zweifelsfrei nachweisen konnte, die sich aber nicht daran erinnern konnten.

Rike schüttelte den Kopf. »Jana, hör auf, ja? Wir sind nicht blöd. Natürlich hätten wir ihm geholfen, wenn ... ja, wenn ...« Sie schluckte schwer, Tränen glitzerten auf ihren Wangen. Sie wirkte um Jahre gealtert.

Nina ahnte, was los war. »Mein Gott, ist er tot?« Ein Schwindel ergriff sie. Es war wie in einem Albtraum, aus dem es kein Erwachen gab.

»Ja«, bestätigte Mike mit dünner Stimme.

»Wie könnt ihr das sagen?« Jana schrie es fast. »Woher

wisst ihr das? Ihr wart doch nicht bei ihm, habt ihn nur aus der Ferne gesehen. Das habt ihr eben selbst …«

»Hör auf, Jana!«, befahl Rike. »Sein Kopf … seine ganze Haltung … er … ach, scheiße, du hättest ihn sehen müssen, Jana. Er hat sich das Genick gebrochen. Gott, es ist so furchtbar …«

Schluchzend presste Jana die Faust zwischen die Lippen und biss hinein.

Nina stützte sich an der Scheunenwand ab. Sie zwang sich, einen klaren Kopf zu bewahren. Schließlich musste sie den anderen noch von Giebels berichten. Jetzt nur nicht schlappmachen. Sie räusperte sich und holte tief Luft.

»Es gibt übrigens noch einen Toten«, stieß sie schließlich aus.

62

Als Nina mit zwei Sätzen den Sachverhalt erläutert hatte, herrschte sekundenlang ungläubiges Schweigen. Dann verschwand Mike in die Richtung, in die Nina gewiesen hatte. Nach kurzem Zögern folgten ihm Fabian und Rike. Als sie wieder auftauchten, fuhr Mike sich mit zittriger Hand durch die schütteren Haare.

»Das kann doch alles nicht wahr sein.« Er sah hilflos in dic Runde. »Meint ihr … meint ihr, Giebels hat Steff ermordet?«

»Wie kommst du denn darauf?«, fragte Rike fassungslos.

Mike breitete die Arme aus. »Nun, wenn er nichts damit zu tun hat, frage ich mich, was er hier macht?«

»Das hab ich mich allerdings auch schon gefragt«, sagte Nina.

Fabian hatte sich hingehockt und lehnte an der Stallwand. Er winkte ab. »Wenn Giebels Steffs Mörder war, stellt sich die Frage, wer *ihn* erledigt hat.«

Jana schlang die Arme um sich, als wäre ihr plötzlich sehr kalt. In ihren Augen stand die nackte Panik. »Und wenn es jemand … von uns war?«

Mike wollte Jana beruhigend die Hand auf die Schulter legen, doch die zuckte zurück.

»Red doch nicht so einen Unsinn«, sagte Mike mit betont ruhiger Stimme. Seine Hand schwebte einen kurzen Moment in der Luft, dann ließ er den Arm sinken. »Es hat keinen Zweck, dass wir uns gegenseitig verdächtigen.«

»Was ist an der Überlegung so falsch?«, wandte Nina ein und sah auffordernd in die Runde.

Rike sah auf. »Du verdächtigst uns?«

Nina zuckte die Schultern. »Hast du eine bessere Erklärung für das, was hier geschieht?«

»Nina hat recht«, mischte sich Fabian ein. »Ganz auszuschließen ist es nicht.«

Nina fixierte Fabian wie einen Angeklagten beim Verhör. »Ja, es könnte jeder von uns gewesen sein. Auch du, Fabian. Vorhin, bevor wir Steff gefunden haben und Jana pinkeln war, da bist du zurück zum Lager gegangen. Allein.«

Fabian schoss aus der Hocke hoch. »Ach, nur weil ich mal allein war, bin ich jetzt der Mörder?«

»Nein, ich will nur klarstellen, dass du die Gelegenheit gehabt hättest. Mehr nicht.«

Fabian ging auf Nina zu und tippte ihr auf die Brust. »Und du? Kann ja sein, dass dein Schwächeanfall in der Kapelle nur vorgetäuscht war. Vielleicht bist du rasch in die Scheune, hast dem Wirt die Kehle aufgeschlitzt und bist dann zurückgehetzt. Beweis mir mal das Gegenteil.«

»Und nicht zu vergessen: Jana war pinkeln«, warf Rike ein.

»Aber das ist doch lächerlich«, gab Jana kleinlaut zurück. Sie schien den Tränen nah. »Und wo warst du die ganze Zeit«, wagte sie zaghaft zu kontern.

»Mit Mike Feuerholz sammeln. Er kann es bezeugen.«

»Klar, wie praktisch«, rief Jana aus. »Vielleicht seid ihr ja ein Team.«

Rike winkte ab. »Tim war übrigens auch weg«, sagte sie und lachte sarkastisch.

»Lass doch den armen Kerl in Ruhe«, erwiderte Jana. »Der wäre doch nicht losgelaufen, um Hilfe zu holen, wenn er mit dem Mord an Giebels was zu schaffen gehabt hätte.«

»Muss trotzdem erwähnt werden, finde ich. Vertragen haben die beiden sich nicht besonders, du wirst dich an heute Morgen erinnern. Tim hatte zumindest ein Motiv.«

Nina schüttelte den Kopf. »Stimmt zwar, aber für einen Mord ist das ein wenig dünn. Außerdem sind Motive selten so eindeutig und sofort zu erkennen. Wer weiß, wer von uns noch eine Rechnung offen hatte.«

Mike hob einen Arm. »Leute, Leute, wir verrennen uns da in was«, sagte er, und als alle ihn ansahen, fuhr er fort: »Ich möchte etwas vorschlagen. Kommt mal alle zu mir.« Er sah auffordernd in die Runde.

Nina setzte sich als Erste in Bewegung und stellte sich an seine linke Seite. Rike folgte, platzierte sich rechts von ihm. »Was soll das werden?«

Fabian und Jana kamen zögernd ebenfalls näher.

»Macht schon«, forderte Mike und winkte sie heran.

»Da bin ich ja mal gespannt«, brummte Fabian.

»Wisst ihr noch? Damals unser Schwur?«, begann Mike und senkte unwillkürlich die Stimme. »Wir hatten uns versprochen, nie ein Wort über den Abend im Keller bei Jägers zu erzählen.«

»Darauf willst du also hinaus«, sagte Rike. Sie streckte den Arm aus.

»Hand drauf«, befahl Mike.

Nina legte ihre Hand auf Rikes, Mike seine obenauf, dann Fabian, zum Schluss Jana. »So, Leute, jetzt schwören wir, dass wir nichts mit dem Tod von Steff und dem Wirt zu tun haben.«

»Aber das ist doch Kinderkram«, fuhr Fabian auf, zog seine Hand aber nicht zurück.

»Es ist das Beste, was wir unter diesen Umständen machen können«, erklärte Mike. »Los jetzt!« Feierlich legte er seine freie Hand auf die Brust. »Hiermit schwöre ich meine Unschuld. Ihr müsst euch nicht vor mir fürchten.« Auffordernd blickte er Nina an.

Sie hielt das Ganze zwar für eine Spielerei, die in einem Pfadfinderlager besser aufgehoben wäre. Doch sie gab sich einen Ruck und schwor ebenfalls. Die anderen zogen reihum nach.

Auch wenn der Schwur praktisch nichts bedeutete, hatte Mike sich Ninas Respekt verdient. Die Wogen hatten sich geglättet. Fabians Wut schien verraucht, Jana setzte sich stumm ans Lagerfeuer, Rike streichelte ihr tröstend übers Haar, und Mike lächelte gütig.

Fabian fragte Nina: »Hast du eigentlich das Messer gefunden?«

Nina sah ihn ratlos an. »Das Messer?«

»Mit dem Giebels ermordet wurde.«

Nina schüttelte den Kopf.

»Mir ist auch nichts aufgefallen«, sagte Mike.

Fabian streckte sich und ging an Nina vorbei. »Ich suche mal. Die Waffe könnte uns Aufschluss über den Täter geben. Sicher ist sicher.«

Im ersten Moment wollte Nina ihm erklären, wie unwahrscheinlich es war, dass der Täter die Mordwaffe am Tatort zurückgelassen hatte. Doch sie schwieg lieber. Fabian gehörte zu den Typen, die nicht untätig bleiben konnten. Das bewies sein Engagement für die Umwelt: etwas unternehmen, bevor es zu spät ist, nicht abwarten, sondern handeln. Jetzt, nicht irgendwann.

»Ich komme mit«, sagte Mike.

Rike schüttelte den Kopf. »Ich passe.« Sie richtete den Blick auf Steff. »Der reicht mir voll und ganz.«

Wie ein Häufchen Elend saß Jana neben Rike und sah den beiden Männern nach. Sie rang die Hände und weinte stumme Tränen.

Nina spürte, wie ihr Kreislauf wieder in den Keller rutschte. Der Streit war ihr an die Nerven gegangen. Ihr Blickfeld verengte sich. Verdammt, ging das schon wieder los. Sie zupfte am Kragen ihres Shirts, fächelte sich Luft zu.

»Ich muss mal raus«, sagte sie nur, dann steuerte sie auf das Scheunentor zu, stemmte sich dagegen und zwängte sich durch die schmale Öffnung.

Draußen empfing sie der Regen. Ihr war es recht. Die Kühle vertrieb den Schwindel und belebte sie. Der Mond versteckte sich hinter den tief hängenden Wolken. Die Silhouetten der Häuser hoben sich kaum aus dem Dunkel der Nacht ab. Der Wind strich durch die Baumwipfel und ließ die Blätter rauschen. Irgendwo schlug ein Fensterladen.

Nina ging ein paar Schritte um die Scheune herum. An der linken Seite hing das Dach weiter über. Hatte dort früher ein Leiterwagen untergestanden? Oder ein Traktor, der Stolz seines Besitzers?

Nina stellte sich dort unter. Sie wollte noch nicht zurück zu den anderen, musste erst einen klaren Kopf bekommen. Dafür brauchte sie Abstand. Im Büro schloss sie in solchen Momenten die Tür ab, schaltete den Bildschirm aus, entstöpselte das Telefon und steckte sich die Kopfhörer ihres iPods ins Ohr. Meditative Musik half ihr, sich zu konzentrieren. Damit fiel sie in einen entrückten Zustand, in dem sie jegliches Problem absolut klar und nüchtern betrachten konnte. Leider musste es hier ohne Musik gehen.

Aus dem Inneren der Scheune hörte Nina gedämpfte Stimmen. Jana und Rike. Ihre Nähe zu spüren tröstete und nahm ihr die Angst, allein hier in der Nacht zu stehen.

Zwei Tote. Nein, drei, wenn man Tim mitzählte. Aber das war ein Unfall gewesen. Obwohl … Ein Gedanke schoss ihr durch den Kopf. Was, wenn es gar kein Unfall war? Steff und Giebels waren ermordet worden, warum dann nicht auch Tim? Ein Angriff aus dem Hinterhalt? Sie sah es vor sich: Tim oberhalb des Bachbettes, der überlegt, wie er die schwierige Stelle passieren soll. Plötzlich ein Stoß von hinten. Oder ein Schlag auf den Kopf. Tim fällt vier Meter tief, trifft unglücklich auf einem Stein auf.

Sollte tatsächlich ein Irrer hinter ihnen her sein, dann

hatte derjenige Tim unter allen Umständen stoppen müssen. Schließlich wollte Tim Hilfe holen.

Nina hörte leise eine Türangel quietschen. Vermutlich ging jemand austreten, oder Mike rauchte an der frischen Luft seine Pfeife.

Die Stimmen in der Scheune waren verstummt. Die Diskussion war ganz offensichtlich beendet. Es gab nichts zu deuteln: Sie steckten knietief in der Scheiße. Nur wenn sie zusammenhielten, dann … Moment! Zusammenhalten war ja gut und schön. Es war aber trotz des Schwurs von eben nicht ausgeschlossen, dass der Täter aus den eigenen Reihen kam. Zu viel Vertrauen konnte tödlich sein.

»Verdammt!«, zischte Nina. Sie kam in ihren Überlegungen einfach nicht weiter. Am besten war es, sich eine Waffe zu besorgen und wachsam zu bleiben.

Ein Rascheln hinter ihr ließ sie zusammenschrecken. Bevor sie reagieren konnte, umklammerte sie jemand hinterrücks und drückte ihr einen feuchten Lappen aufs Gesicht.

Ein stechender Geruch schoss ihr in die Nasenhöhlen. Verzweifelt versuchte Nina, sich zu befreien, doch ihr Gegner hielt sie wie in einem Schraubstock fest.

Der Stoff auf ihrem Mund schluckte das schwache Winseln, das sie aus der Kehle presste. Ihr Widerstand erlahmte, sie spürte, wie ihr die Sinne schwanden. Das Letzte, was sie wahrnahm, bevor sie in die Schwärze glitt, war ein weißbekleideter Arm.

63

1992

Endlich! An Weiberfastnacht war es so weit. Tim hatte ihn zu sich nach Hause eingeladen. Er, Pierre, sollte endlich feierlich in die Clique aufgenommen werden. Tim hatte ihn lange genug hingehalten.

Auf dem Gehweg vor Pierres Haus torkelten einige Jecken in Clownskostümen auf ihn zu. Sie sangen ein Karnevalslied, das Pierre noch nie gehört hatte. Lachend trat er zur Seite und machte ihnen Platz. Ein Mann mit roter Perücke und Clownsnase bot ihm einen Schluck aus einer Apfelkornflasche an. »Damit du groß und stark wirst«, rief er. Es hörte sich an wie: »Namitu grofuntark wirf.« Die anderen lachten und klopften Pierre jovial auf die Schulter. Seine gute Laune war getrübt. Selbst wildfremde Leute machten Späße auf seine Kosten. Mühsam lächelte er und schlug das Angebot aus. Unter allen Umständen musste er nüchtern sein für das Aufnahmeritual, das ihm bevorstand. »Meine Kindergärtnerin sieht es nicht gerne, wenn ich saufe.«

Die Clowns grölten.

Der Mann mit der Schnapsflasche klopfte ihm auf die Schulter. »Bist in Ordnung, Kleiner.« Dann zogen sie weiter.

Stolz auf seinen Spruch, ging Pierre über die Straße und klingelte bei den Jägers.

Fast augenblicklich riss Tim die Tür auf. »Da bist du ja endlich. Ich hab schon gedacht, du hast es dir anders überlegt. Komm rein.«

Tim wirkte aufgedreht, fast nervös, was Pierre verwunderte. »Wann kommen die anderen?« Er folgte Tim in den Keller.

»Die werden rechtzeitig da sein«, antwortete Tim. Er sah über die Schulter und lachte. »Keine Sorge, heute Abend findet definitiv das Ritual statt.«

Sie betraten Herrn Jägers Versuchsküche. Der beißende Geruch nach scharfen Reinigungsmitteln schlug ihnen entgegen. Pierre wusste, wie sehr Tims Vater auf Sauberkeit achtete. Das Thema Hygiene war ein wichtiger Bestandteil in jeder Fernsehsendung. Als »Koch-Meister Propper« hatte ihn eine Illustrierte tituliert. Kurz darauf wurde er von einer Reinigungsmittelmarke dann auch als Werbefigur unter Vertrag genommen.

Tim führte Pierre in einen Nebenraum, der überraschend gemütlich eingerichtet war. Zwei Ohrensessel und ein Tischchen standen vor einem Fernseher, in der Ecke brummte ein großer amerikanischer Kühlschrank, und das Licht einer Stehlampe tauchte alles in ein warmes Licht. Links an der Wand stand ein Schreibtisch, auf dem ein Computer thronte. Ein süßlicher Duft lag in der Luft.

Tim holte zwei Bierflaschen aus dem Kühlschrank, öffnete sie und gab eine Pierre. »Den Raum kennst du noch nicht, oder?«

»Nein. Sieht aus wie eine Mischung aus Arbeits- und Wohnzimmer.«

»Ganz richtig. Ist das Reich meines Vaters. Hier zieht er sich in seinen kreativen Phasen zurück. Der Raum ist komplett schallisoliert. Deswegen konnte ich auch immer laut durchs Haus toben. Meinen Alten hat das nicht gekratzt.«

Das wusste Pierre aus eigener Erfahrung, aus der Zeit, als er noch regelmäßig bei Tim zu Besuch gewesen war. Pierres Eltern dagegen flippten bei dem kleinsten Geräusch aus, das aus dem Kinderzimmer zu ihnen ins Wohnzimmer drang. Deswegen hatte er es stets vorgezogen, zum Spielen zu den Jägers zu gehen.

»Deine Eltern waren immer total entspannt«, bestätigte Pierre und dachte mit einer gewissen Wehmut an die alten Tage zurück.

»Mein Vater kann auch ganz anders«, sagte Tim ernst.

»Echt? Kann ich mir nicht vorstellen.«

Tim ließ sich in einen der Sessel fallen. Er nahm einen großen Schluck aus der Flasche und wischte sich mit dem Handrücken den Schaum von der Oberlippe. »Meine Alten sind nicht so locker, wie sie immer tun. Das hast du schon früher nicht kapiert. Wenn ich mich über sie beschwert habe, hast du sie verteidigt.« Er sah auf. Sein Blick ließ Pierre frösteln. »Erinnerst du dich? Ich habe mich ausgekotzt, um Hilfe gerufen, doch du hast sie in

Schutz genommen. Verdammt, du hättest zuhören und mir glauben müssen.«

»Hab ich doch!«, verteidigte sich Pierre. Was sollten die Anschuldigungen?

»Einen Scheiß hast du«, schnaubte Tim.

Pierre setzte sich in den andern Sessel. Er stellte die Flasche auf dem Tisch ab. Das Bier schmeckte ihm nicht mehr. Ohnehin wollte er ja nüchtern bleiben. »Du bist aber auch mit jedem Killefitz angekommen. Von meiner Mutter habe ich regelmäßig Dresche bekommen. Du wurdest nie geschlagen, oder?«

Tim legte die Unterarme auf die Armlehnen. »Geschlagen nicht ...«

»Na bitte.«

»Aber man kann ein Kind auch anders fertigmachen. Weißt du, um was ich dich immer beneidet habe?«

»Mich?« Pierre lachte. »Du spinnst.« Er konnte sich nicht vorstellen, was Tim meinte. Seiner Familie ging es zwar nicht schlecht, sein Vater verdiente als Ingenieur bei Bayer recht ordentlich. Doch kein Vergleich zu den Jägers. Die protzten mit einer riesigen Villa, drei Autos in der Garage und einem Swimmingpool in der Größe eines öffentlichen Freibades. Pierre konnte von Dingen nur träumen, die Tim sich ohne Probleme von seinem Taschengeld leistete.

Tim stand auf und zog eine Schreibtischschublade auf. »Deine Eltern lieben dich. Sie beschützen dich. Und du Idiot weißt das noch nicht mal zu schätzen.«

Pierre machte große Augen. Was redete der da? »Meine Eltern?«

Tim setzte sich wieder und legte einen Tabakbeutel, ein Feuerzeug und Zigarettenpapier auf dem Tisch ab. »Du solltest froh sein über solche Eltern. Irgendwann wirst du mich verstehen.« Er drehte eine Zigarette. »Aber du hast mich ja noch nie verstanden. Du grübelst darüber nach, warum unsere Freundschaft zerbrochen ist, stimmt's? Jedes Mal, wenn du mir auflauerst und mich vollaberst, kann ich das an deinem Gesicht ablesen.«

Pierre sah keinen Sinn darin zu widersprechen. Daher zuckte er die Schultern und nickte.

»Wir beide sind zu verschieden«, sagte Tim. »Wir passen einfach nicht zusammen.«

»Soll das jetzt eine Retourkutsche werden? Hör mal, Tim, wir waren Kinder. Wenn ich einen Fehler …«

»Es geht nicht um irgendeinen Fehler. Die Sache geht tiefer.«

Pierre wollte nicht, dass etwas zwischen ihm und Tim stand. Hindernisse konnten beseitigt, Missverständnisse aufgeklärt werden. Er wollte Tim nicht verlieren. Bereits bei dem Gedanken daran schnürte sich seine Kehle zu. »Tim, ehrlich, verzeih mir, wenn …«

Mit erhobener Hand gebot Tim ihm zu schweigen. »Hör einfach zu, ja?« Er holte tief Luft. »Du verstehst nicht, warum wir die Tiere quälen?«, fuhr er schließlich fort. »Kein Wunder. Du bist eben komplett anders aufgewachsen. Deine Werte, Grundsätze und Maßstäbe sind … nun ja … rein. Du hast nie echte Gewalt erlebt. Ich wäre heilfroh gewesen, wenn mir meine Eltern mal *Dresche* gegeben hätten, wie du es so schön ausdrückst. Eine harmlose Tracht Prügel.« Er streute grünen Tabak auf das

Zigarettenpapier. »Weißt du, die Mehrzahl der Kinder von Rauchern rauchen später selber auch. Es wird ihnen vorgelebt, sie übernehmen es.«

Pierre stutzte. Er besah sich die Zigarette näher, die Tim drehte. Grüner Tabak? »Ist das ein … Joint?« Den Beutel hatte Tim dem Schreibtisch seines Vaters entnommen. Kiffte Herr Jäger etwa?

»Siehst du.« Tim lachte gackernd. »Du hörst dich an wie eine Memme. Mann, Kiffen ist harmlos.«

»Es ist eine Einsteigerdroge.«

Tim winkte ab. »Du bist einfach zu gut für diese Welt. Glaub mir, es ist nur ein Joint, nichts Besonderes.« Er zündete die Tüte an und inhalierte genüsslich. »Ah, guter Stoff. Mein Vater lässt sich da nicht lumpen.« Er hielt Pierre den Joint hin, eine Rauchfahne stieg zur Decke.

Pierre zögerte.

»Jetzt mach schon«, forderte Tim. »Du wirst sehen, vollkommen harmlos.«

Pierre griff zu. Der Qualm roch süßlich, nicht unangenehm. Vorsichtig nahm er einen Zug. Es schmeckte nach … hm, Tannenwald? Der Rauch kroch in die Lunge. Hustend hielt Pierre den Joint von sich weg. »O Scheiße«, krächzte er.

»Kein Problem. Ich habe für nachher noch ein paar Pillen besorgt. Damit wirst du keine Probleme haben.«

Pierre wollte keine Pillen schlucken, ebenso wenig am Joint ziehen. In der Clique schien es jedoch üblich zu sein, sich auf diese Weise in Stimmung zu bringen. Er wollte nicht gleich beim ersten Mal anecken. Es würde ihn schon nicht umbringen. Die anderen schluckten das Zeug ja auch.

Tim zog erneut an dem Joint. Die Spitze glühte auf. »Kommen wir zurück zu den Tieren. Ich möchte versuchen, es dir zu erklären. Also, das Quälen – es befriedigt uns.«

»Es … es befriedigt euch?« Das war das Bescheuertste, das Pierre je gehört hatte.

Missbilligend hob Tim eine Augenbraue. »Vielleicht hältst du einfach mal die Klappe, und hörst dir die ganze Geschichte an?«

»Von mir aus.« Pierre verschränkte die Arme. Die Zurechtweisung gefiel ihm nicht.

Tim lehnte sich in seinem Sessel zurück. Er wirkte jetzt deutlich entspannter als noch vor ein paar Minuten. »Am Anfang ist es, als würden wir eine andere Welt betreten, die weit vom Alltag entfernt ist. Eine Welt, in der unsere Regeln gelten, ein Ort, an dem wir uneingeschränkte Macht haben. Niemand sagt uns, wo es langgeht. Wir bestimmen über Leben und Tod. Allmächtig wie Gott. Oder wie der Teufel, je nachdem. Und das ist so was von geil, kann ich dir sagen. Du vergisst alles um dich herum. Die Welt da draußen existiert nicht mehr. Kannst du mir folgen?«

»Hm, ja, ich denke schon.«

Tim sah dem Rauch nach, der in kunstvollen Spiralen zur Decke stieg. »Ich verlange nicht von dir, dass du das verstehst …«

»Und ich versteh es auch nicht.« Pierre sah keinen Grund, mit seiner Meinung hinterm Berg zu halten. Er musste niemandem etwas vorspielen. Er saß schließlich am längeren Hebel. Nur deswegen war er ja hier.

»Weißt du, Pierre, es geht uns gar nicht so sehr ums Töten. Aber im Rausch passiert es halt. Einfach so.« Seine Augen hatten einen sonderbaren Glanz angenommen. »Du erinnerst dich sicher daran, wie ich früher Insekten gern mit der Lupe abgefackelt habe. Oder wie ich Katzen am Schwanz gepackt und herumgeschleudert habe. Das wilde Fauchen hat mich angestachelt. Die konnten kratzen, wie sie wollten, ich habe nicht losgelassen. Ich war mächtiger. Es ist tief in mir drin, ich kann nicht anders.« Er kicherte. »Immer hast du versucht, mich daran zu hindern. Eigentlich passten wir schon damals nicht zusammen.« Wieder hielt er Pierre den Joint hin.

Diesmal zog Pierre beherzter, unterdrückte den Hustenreiz und hielt den Rauch tapfer im Mund. »Du musst dich nicht rechtfertigen«, gab er sich großzügig. »Mir ist es egal. Hauptsache, ich gehöre zu euch.«

»Du weißt jetzt, wie wir ticken. Und ich weiß, wie du tickst. Uns trennen Welten. Kennst du *Clockwork Orange*?«

»Den Film über die brutale Jugendgruppe? Nein, ich hab nur mal das Buch …«

»Einfach Hammer! Malcolm McDowell spielt den Alex grandios. Weißt du, Pierre, wir, die Clique, sind wie Alex und seine Droogs.«

»Blödsinn. Das ist bloß ein Film.«

Spöttisch sah Tim ihn an. »Wie du meinst. Noch kannst du aussteigen.«

»Keine Chance. Ich bin dabei.«

Bedächtig nickte Tim. »Okay. Beschwer dich aber hinterher nicht, ich hätte dich nicht gewarnt.«

»Ganz sicher nicht«, sagte Pierre bestimmt. Er fühlte sich leicht und beschwingt.

Genüsslich zog er abermals. Doch nicht so übel, so ein Joint. Nur auf Tims spöttisches Grinsen hätte er gut und gern verzichten können.

64

Stöhnend drehte Nina sich auf den Rücken und zog die Beine an. Ihr Schädel brummte. Sie fror. Ihre Zähne klapperten. Ihr ganzer Körper zitterte, und sie konnte das Zittern nicht unter Kontrolle bekommen.

Wieso war es hier so eisig? Es war doch Sommer.

Ein schmerzhafter Stich in ihren Schultergelenken ließ sie herumfahren.

Sie riss die Augen auf und sah … nichts.

Panik erfasste sie.

Blind? Ein Unfall? Lag sie im Krankenhaus? Oder schlimmer noch – scheintot in einem Kühlhaus?

Ihr Hilferuf blieb im Hals stecken, sie brachte keinen Ton heraus. Etwas steckte in ihrem Mund. Mit der Zunge ertastete sie etwas Klebriges.

Was war hier los? Und was hielt ihre Arme auf dem Rücken? Ihre Handgelenke schienen miteinander verschweißt zu sein, ebenso die Füße.

Voller Panik versuchte sie sich aufzurichten. Schweiß brannte in ihren Augen, ihr Puls raste, stoßweise pfiff ihr Atem durch die Nasenlöcher. Als sie schließlich saß, durchströmte sie für einen Moment Erleichterung, als sie die brennende Kerze in der gegenüberliegenden Ecke bemerkte. Wenigstens hatte sie jetzt Gewissheit, nicht erblindet zu sein.

Langsam kehrten die Erinnerungen zurück: die Wanderung, die Clique, das verlassene Dorf, die Toten. Sie stöhnte auf. Die Trauer um Steff durchbohrte ihr Herz wie ein Schwert.

Der Schwur fiel ihr ein. Hatte einer ihrer Freunde einen Meineid geschworen? Für eine Schauspielerin sicherlich ein Leichtes. Rike könnte ihnen alles vorspielen.

Sie erinnerte sich an die quietschende Türangel. Hatte Rike die Gelegenheit genutzt und sie hinterrücks überwältigt? Oder war es eine der Haustüren gewesen? Hielt sich noch jemand im Dorf auf? Aber wer sollte das sein. Wer sollte sie bis hierher verfolgen? Pierre wäre es zuzutrauen gewesen, doch das war ausgeschlossen.

Ihre Augen hatten sich an das diffuse Licht gewöhnt. Eine von mächtigen Balken getragene Holzdecke war über ihr. Riesige Spinnweben überzogen sie fast vollständig. Die Fäden glitzerten im Kerzenlicht wie Raureif auf Grashalmen in der Morgensonne. Regale standen an den Wänden mit einigen Einmachgläsern, in denen undefinierbarer Inhalt vor sich hin gärte. Irgendwo auf dem Regal trappelten Schritte. Sie schauderte. Mäuse hatten ihr gerade noch gefehlt. Oder waren es Ratten, die sie als leicht anzuknabbernde Beute im Visier hatten?

Erneut kroch Panik in ihr hoch. Jemand hatte sie betäubt, gefesselt und in ein muffiges Kellerloch gesperrt.

Sie versuchte, den Mund zu öffnen. Doch unbarmherzig hielt der Klebestreifen die Lippen zusammen. Plötzlich baumelte etwas vor ihren Augen, schwarz, dick und behaart. Eine Spinne! Sie senkte sich direkt auf Nina herab. Reflexartig wollte sie danach schlagen, doch die Fesseln hielten ihre Arme auf dem Rücken. Voller Entsetzen robbte sie fort. Dabei rieb sie sich die Handballen auf dem rauen Steinfußboden wund. Sie achtete nicht auf die neuerlichen Schmerzen, nur fort von dem fetten Mistvieh. Die Fesseln schienen sich bei jeder Bewegung fester zu ziehen. Schmerzhaft schnitten sie in die Haut. Wütend heulte Nina auf und kroch zu einem der Regale. Sie *musste* die Hände befreien. So konnte sie sich nicht einmal gegen den Angriff einer Spinne verteidigen. Hektisch suchten ihre Augen die Regalbretter ab. Nichts Brauchbares zu sehen. Noch nicht mal ein rostiger Nagel stand hervor.

Ein Wimmern war alles, was sie hervorpressen konnte. Wütend stieß sie mit dem Kopf gegen das Regal.

Glas klirrte.

Sie sah nach oben. Auf dem obersten Holzbrett standen zwei Gläser ein gutes Stück über dem Rand.

Nina kam eine Idee.

Sie drehte sich und holte Schwung. Ihr Kreuz krachte gegen das Regal.

Wieder klirrte es.

Sie sah erneut nach oben. Die Gläser hatten sich ganz offensichtlich bewegt. Ein euphorischer Laut drang aus Ninas Kehle. Die Einmachgläser würden auf dem Bruchsteinboden zerschellen. Mit den Scherben könnte sie die Fesseln durchschneiden.

Doch bevor sie sich daranmachen konnte, ihren Plan in

die Tat umsetzen konnte, ließ ein schriller, fast unmenschlicher Schrei sie innehalten.

Die Stimme kam ihr vertraut vor. Jana?

Ihr Herzschlag setzte eine Sekunde aus, danach raste ihr Puls wie verrückt.

Hektisch versuchte Nina, an dem Regal in die Höhe zu kommen. Sie musste sich beeilen. Sie wollte ihrem Kontrahenten nicht wehrlos gegenüberstehen. Mit dem Gewicht des ganzen Körpers würde es schneller gehen, die Gläser zu Fall zu bringen. Sie stolperte über eine hochstehende Steinkante und schlug der Länge nach hin. Nicht heulen, mahnte sie sich selbst. Die anschwellende Nasenschleimhaut würde ihr die Luft rauben. Sie drehte sich auf den Rücken.

Wieder ein Schrei, ein Schuss krachte, dann Stille.

Ihre Schläfen pulsierten, ihr Kopf schien zu platzen.

Sie hörte über sich schwere Schritte, Dreck prasselte von der Decke auf ihre Wangen.

Er war zurückgekehrt, um sie zu holen.

65

Gibt es Gerechtigkeit? Seit Jahren denke ich über diese Frage nach. Inzwischen bin ich zu einem Ergebnis gekommen: Ja, es gibt Gerechtigkeit. Allerdings, das ist die Einschränkung, kommt sie häufig zu spät. Und komm mir jetzt niemand mit dem lieben *Gott. Auf den kann man ewig warten. Oder wenigstens bis zum Jüngsten Gericht. Nun, ich finde, es gibt Dinge, die müssen sofort erledigt werden. So sieht es aus.*

Was wäre denn aus Hitler geworden, hätte der Rest der Welt nicht die Sache in die Hand genommen? Da hat auch niemand gesagt: »Lasst ihn machen, der liebe Gott wird ihn schon bestrafen.« Der Dreckskerl hätte weiter Juden ermordet und Europa unterjocht. So sieht es aus!

Oder Robin Hood. Ein gieriger Sheriff, der durch Nottingham läuft und die Bevölkerung auspresst. Wie lange hätten die Armen wohl warten müssen, bis dem Blutsauger das Handwerk gelegt wird? Einfache Antwort: bis in den Tod.

Nein, Gerechtigkeit ist nichts, was man einem höheren Wesen überlassen sollte. Ansonsten wartet man bis zum Sankt-Nimmerleins-Tag. Fakt!

Okay, okay, ich gebe zu, ein einziges Mal bin ich ins Grübeln geraten. Und zwar bei der Fernsehdoku über den amerikanischen Serienmörder Jeffrey Dahmer, der siebzehn Opfer auf dem Gewissen hatte.

Also, Dahmer wurde auf der Gefängnistoilette von einem Mithäftling mit einer Hantel erschlagen, kurioserweise die gleiche Tatwaffe, die Dahmer bei seinem ersten Opfer verwendet hatte.

So, und jetzt kommt's: Der Täter, ein Afroamerikaner, nannte Gott als seine Inspiration für den Mord. Vermutlich war das nur wirres Gefasel. Doch was, wenn nicht? Wenn Gott tatsächlich die Finger im Spiel hatte? Das wäre doch genau das, was ich mir von einem Allmächtigen wünsche.

Dann könnte ich auch wieder glauben.

Da es aber niemals Beweise geben wird, ziehe ich das Fazit: Wer Dreck am Stecken hat, sollte sich nicht sicher fühlen dürfen. Nix mit Vergebung und dem sonstigen Pfaffengeschwätz. Hau drauf, wenn du kannst, ersticke das Übel sofort, warte nicht! Nutze jede Möglichkeit, um der Gerechtigkeit zum Sieg zu verhelfen. Scheue dich nicht, schmutzige Mittel einzusetzen. Der Zweck heiligt die Mittel.

Verdammt! Das Telefon.

Jetzt nicht. Ich will nicht gestört werden.

Vielleicht ist es der Pfarrer, der, wie er beteuert, jeden Tag für meine Seele betet, damit ich zum Glauben zurückfinde. He, he, der Arme. Ist alles vergebene Liebesmüh.

Wahrscheinlich ist es aber mein Bruder. Er fehlt mir.

Dabei ist er erst zwei Tage unterwegs. Bestimmt fühlt er das und will mich trösten. Vielleicht sollte ich …

Ah, es hat aufgehört zu klingeln.

Zu spät für einen Sinneswandel.

Mitunter entscheidet halt der Bruchteil einer Sekunde über unser Schicksal.

66

1992

Nina lag auf ihrem Bett und starrte zur Decke. Dabei umklammerte sie ihr flauschiges Kuschelkissen, das sie schon als Kind so geliebt hatte. Mit einem Zipfel strich sie sich die Tränen aus dem Gesicht.

Wäre sie doch noch ein Kind.

Seit dem fatalen Abend mit Tim erschien ihr eine Zeitreise sehr verlockend. Es musste wunderbar sein herumzutollen und in den Tag hineinzuleben, ohne sich Gedanken über die Zukunft machen zu müssen.

Mehrfach hatte sie versucht, Steff alles zu erklären. Doch der hatte ihr nur die kalte Schulter gezeigt. Kaum ein Wort wechselte er noch mit ihr. Nina konnte den Schmerz in seinen Augen erkennen. Es brach ihr das Herz, ihn so leiden zu sehen.

Da er jedes Gespräch abblockte, hatte Nina ihm vor drei Tagen einen Brief geschrieben. Sie hatte sich ihren Frust von der Seele geschrieben und Steff angebettelt, ihr zu verzeihen. Einen ganzen Tag hatte sie nach den richtigen Worten gerungen, mit jedem Satz gekämpft, schlussendlich alles verworfen und neu angefangen. Erst gegen Mitternacht war sie fertig gewesen. Müde, aber erleichtert, war sie ins Bett gekrochen.

Der Brief musste schon lange angekommen sein. Bisher hatte Steff keine Reaktion gezeigt.

Verdammt, wie konnte man nur so verstockt sein? Nina schlug mit der Faust ins Kissen. Ihre Seele hatte sie vor Steff ausgekotzt, und ihn kümmerte es nicht.

Tim dagegen lief zur Höchstform auf. Den Kuss schien er als Ermunterung zu sehen, nicht aufzugeben.

Zugegeben, Tims Geflirte gefiel ihr. Er brachte sie zum Lachen, schickte ihr Blumen, steckte ihr kleine Geschenke zu und opferte seine Freizeit, um ihr in Mathe zu helfen. Um Steff keinen weiteren Eifersuchtsgrund zu liefern, schleppte sie immer Rike oder Jana mit zur Nachhilfe. Tim durchschaute das Manöver, akzeptierte es aber bereitwillig. Er genoss auch so die Zeit an ihrer Seite.

Ihre Mutter steckte den Kopf ins Zimmer. Sie hielt ihr das schnurlose Telefon, das neue Spielzeug ihres Vaters, auf das er so stolz war, entgegen. »Nina, Schatz, Tim will dich sprechen.«

Zuerst wollte Nina sich verleugnen lassen. Sie war nicht in Stimmung für ein Gespräch. Doch dann nickte sie und nahm den Hörer.

»Wir sind jetzt weg«, sagte ihre Mutter noch. »Wir sehen uns morgen beim Frühstück. Viel Spaß auf eurer Feier.«

Nina wartete, bis die Schritte ihrer Mutter sich entfernt hatten, dann nahm sie den Hörer ans Ohr. »Ja?«

»Tim hier.« Er lachte.

Es klang ein wenig zu ausgelassen. Hatte er etwa getrunken?

»Wie geht es meiner Minimaus?«

»Du sollst mich nicht so nennen.«

»Hört doch keiner zu. Keine Sorge, wenn die anderen dabei sind, benehme ich mich.«

»Das will ich hoffen. Was willst du?«

»Deine Stimme hören.«

Nina verdrehte die Augen. »Lass es.«

»Okay, okay, schon gut. Wollte nur hören, ob du dich auf heute Abend freust.«

Ich würde mich mehr freuen, wenn Steff mir verzeihen würde, dachte Nina. Andererseits würde sie für ein paar Stunden alles vergessen können. Das war sehr verlockend. »Klar.«

»Super. Soll ich dich abholen?«

»Abholen? Das kleine Stück …«

»Gehört zum Service.«

Ärger keimte in ihr auf. Er behandelte sie wie ein kleines Kind. »Ich kann die paar Schritte gut allein bewältigen.«

»Ist ja schon gut, war nur ein Scherz. Hauptsache, du kommst. Wird ein Heidenspaß.«

Nina war sich da noch nicht so sicher. Die klassische Variante wäre ihr lieber gewesen. »Mal sehen«, sagte sie ausweichend. »Bis nachher.« Sie drückte das Gespräch weg und legte das Gerät auf die Nachtkommode.

Von unten hörte sie die Stimmen ihrer Eltern. Unverkennbar freuten sie sich auf den Abend. Ihr Vater lachte ausgelassen. Das war ungewöhnlich. In den letzten Monaten hatte er sich weiter zu seinem Nachteil verändert. Er moserte bei jeder Kleinigkeit, schimpfte lautstark über Nichtigkeiten, ziemlich nervig. Wenn möglich, ging sie ihrem Vater aus dem Weg. Leider konnte sie sich bei ihrer Mutter nicht über ihn beschweren. Beistand wäre toll gewesen. Doch ihre Mutter hatte nur noch die Freundinnen, Mode und die allabendlichen Partys im Kopf.

Nina musste daran denken, wie anders ihre Eltern waren, als sie noch in dem Reihenhaus in Mönchengladbach gewohnt hatten. Früher war ihre Mutter morgens aufgestanden, um Nina das Frühstück zuzubereiten. Das war Schnee von gestern. Jetzt schlief sie bis in den Nachmittag, um ihren Kater loszuwerden, und begrüßte die ersten wachen Minuten mit Zigaretten und Sekt. Das hinterließ Spuren. Ihre Wangen wirkten teigig, und feine rote Äderchen zeigten sich.

Nina fürchtete, dass ihre Mutter ein Alkoholproblem hatte. Ein Streit ihrer Eltern, den sie letzte Woche erlebt hatte, bestärkte sie in dieser Vermutung. Das Wortgefecht ihres Vaters und ihrer Mutter echote in ihrem Kopf:

»Du denkst nur noch ans Saufen!«

»Ach, sag bloß. Woran liegt das wohl, he?«

»Typisch Säuferin. Immer sind die anderen schuld, nicht wahr?«

»Woher hast du denn diese Weisheit? Und wenn es dich beruhigt: Ich habe noch andere Interessen.«

»Du … du … Hure!«

»Ha, ha, was stört es dich. Das Thema hast du doch abgehakt. Schlappschwanz.«

Inzwischen schienen ihre Eltern so etwas wie einen

Waffenstillstand getroffen zu haben. Doch die Krise war damit nicht überwunden.

Nina rollte sich vom Bett, schaltete das Radio ein und setzte sich mit ihrem Kissen an den Bauch gedrückt im Schneidersitz auf den Fußboden.

Zwei Stunden noch bis zur *Party*.

Prince schmachtete »Purple Rain« aus den Lautsprechern. Sie seufzte. Steff fehlte ihr so sehr. Jede Faser in ihr verzehrte sich nach ihm, nach seinem Körper, den Augen, den Haaren. Sie vermisste sein zärtliches Streicheln, die Hand, die sich sanft unter ihr Höschen schob. Sie liebte ihn für sein Verständnis, dass sie für mehr noch Zeit benötigte. Andere Jungs hätten die Geduld verloren und sie zum Teufel gewünscht.

Traurig stützte sie ihr Kinn auf das Kissen. Sie sah Steff vor sich, wie er hier zu ihren Füßen saß und ihre Plattensammlung durchsah. Sie teilten denselben Musikgeschmack. Depeche Mode, The Cure, Snap. Nur bei den Toten Hosen wollte sie ihm nicht folgen.

Der Klang der Türglocke riss sie aus ihren Gedanken. Nina warf das Kissen auf ihr Bett und sprang wütend auf.

Was erlaubte sich Tim eigentlich? Mit seinem Aufkreuzen hatte er das Fass zum Überlaufen gebracht.

Sie stürmte die Treppe hinunter, mit Schwung riss sie die Haustür auf. »Du Arsch! Ich …« Sie brach ab und riss die Augen auf. Vor ihr stand Steff.

»Arsch? Okay, klar, ich kann verstehen, wenn du sauer auf mich bist«, sagte er und kratzte sich verlegen im Nacken. »Trotzdem möchte ich mit dir sprechen.«

67

Panisch kroch Nina in die dunkle Ecke zurück, aus der sie gekommen war. Fest drückte sie sich mit dem Rücken gegen die unverputzten Steine. Am liebsten wäre sie in eine der Fugen gekrochen.

Die Schritte kamen näher, Treppenstufen ächzten. Nur noch Sekunden trennten sie von ihrem Peiniger. Der Türgriff senkte sich, die Kerzenflamme flackerte. Die Tür öffnete sich einen Spalt.

Ninas Herz raste. Ihre Lungenflügel pumpten hektisch, stoßweise pfiff der Atem durch ihre geblähten Nasenflügel. Sie erkannte im dämmrigen Licht einen weiß gekleideten Arm.

Die weiße Frau!, schoss es ihr durch den Kopf. Der Geist von Staudenhof kommt mich holen!

In diesem Moment gellte ein Schrei durch die Nacht. Er ging Nina durch Mark und Bein. Die ferne Stimme klang schrill wie eine Luftschutzsirene. Noch nie hatte Nina einen so schrecklichen Verzweiflungsschrei gehört.

Der weiße Arm verharrte.

Wieder erklang ein Schrei.

Der Arm zog sich zurück.

Kurz darauf hörte sie schnelle Schritte über sich. Dann schlug eine Tür. Es brauchte einige Sekunden, bis Nina begriff, dass sich gerade eine Chance zur Flucht ergeben hatte. Sie schob sich mit dem Rücken die Wand hinauf. Das Blut schoss in ihre tauben Füße. Sie biss die Zähne aufeinander. Es fühlte sich an, als würde sie auf glühenden Holzkohlen stehen. An die Wand gestützt, hüpfte sie seitwärts. Einige Male verlor sie das Gleichgewicht, konnte aber in allerletzter Sekunde einen Sturz verhindern. Ihre Füße fühlten sich immer noch taub an, doch das Brennen ließ nach.

Am Regal angekommen, drehte sie sich um neunzig Grad und nutzte die Regalböden als Halt. Nach drei weiteren Hüpfern stand sie unterhalb der Einmachgläser, die sie vorhin hatte hinunterwerfen wollen. Sie sah hoch und warf sich dann mit aller Kraft gegen das Regal. Die Gläser gerieten ins Wanken, fielen aber nicht. Erneut rammte Nina das Regal, ein Glas kippelte, doch erst ein weiterer Stoß brachte das gewünschte Resultat. Klirrend zerschellte es auf dem Steinboden. Das zweite Glas folgte eine Sekunde später. Die Splitter zerstreuten sich in alle Himmelsrichtungen. Fäulnisgeruch breitete sich aus.

Nina ließ sich auf die Knie fallen. Angewidert betrachtete sie die matschige Masse. Der Ekel ließ sie würgen. Nur nicht kotzen, schoss es ihr durch den Kopf, nicht so kurz vor dem Ziel.

Suchend sah sie sich um. Sie entdeckte eine große scharfkantige Scherbe in der Nähe der Kerze, die die richtige Größe zu haben schien, um ihre Fesseln zu durchtrennen. Sie robbte näher, suchte mit den Fingern den Boden hinter sich ab, versuchte, die Scherbe zu ertasten.

Ein stechender Schmerz schoss durch ihren Zeigefinger. Sie hatte sich geschnitten, aber sie hatte die Scherbe. Beherzt griff sie zu. Erschöpft rollte Nina auf die Seite.

Nina konzentrierte sich. Langsam drehte sie die Spitze der Scherbe zwischen den Fingern. Sie spürte einen Widerstand dicht an ihren Handgelenken. Die Fessel.

Vorsichtig begann sie, daran zu schaben. Einige Male rutschte sie ab, schnitt sich erneut. Aber sie arbeitete unermüdlich weiter.

Draußen war es still geworden. Es stand zu befürchten, dass der Unbekannte das »Problem« draußen gelöst hatte und bald wieder zurückkommen würde, um sich um sie zu kümmern.

Mit aller Kraft säbelte sie an den Fesseln. Sie spürte eine Kerbe in der Fessel, drückte die Scherbe dort hinein. Dann passierte es, und von einer Sekunde auf die andere waren ihre Hände frei.

Stöhnend ließ sie die Scherbe fallen, zog die Arme vor und rieb sich die blutverschmierten Handgelenke. Sie musste warten, bis das taube Gefühl etwas nachgelassen hatte. Dann riss sie sich das Klebeband vom Mund und schnappte gierig nach Luft.

Einen Moment lag sie so da, dann entledigte sie sich der Fußfesseln und stand auf. Im ersten Augenblick musste sie sich an der Wand abstützen.

Langsam, langsam, mahnte sie sich, nur nichts überstürzen. Nicht dass du hinknallst und wieder bewusstlos wirst.

Zu Ninas Erstaunen fühlte sich die Wand glitschig an, obwohl die Steine ansonsten trocken wirkten. Blut? Hatte sie sich doch so heftig geschnitten? Sie roch an ihrer Hand. Der scharfe Geruch überlagerte den Fäulnisgestank des Früchtebreis.

Da war kein Blut. War das Farbe? Sie roch erneut. Ja, eindeutig Farbe und kein Blut. Sie runzelte die Stirn, trat einen Schritt zurück und musterte die Wand.

Dort stand etwas, in roter Farbe geschrieben. Während sie mit den Fesseln gekämpft hatte, war es ihr nicht aufgefallen. Vorsichtig griff sie sich die Kerze vom Boden und beleuchtete die Wand.

FLITTCHEN!

Beinahe hätte sie die Kerze fallen lassen.

»O mein Gott!«, stieß sie aus, das Bild von Steff vor Augen. Auf dessen Rücken hatte jemand das Wort »Loser« eingeritzt. Ein Modus Operandi des Täters? Durchaus möglich.

Sie musste hier raus und die anderen warnen.

Entschlossen machte sie sich auf den Weg und hoffte, auf dem Weg nach draußen ihrem Peiniger nicht zu begegnen.

68

Nina schleppte sich die Stufen der Kellertreppe hinauf, magisch angezogen von dem grauen Rechteck am oberen Absatz. Sie fürchtete, jeden Moment den Schatten auftauchen zu sehen, doch sie erreichte das Erdgeschoss ohne weitere Vorkommnisse.

Eine Küche.

Von dort gelangte man in den Flur. Die Kücheneinrichtung hatten die Hausbewohner mitgenommen, die Tapeten hingen in Fetzen herab. Das Mondlicht schimmerte im fleckigen Fliesenspiegel, ein Wasserhahn hing schief aus der Wand. Einige Kacheln waren abgeplatzt und lagen nun auf dem Boden. Ein Umzugskarton mit der Aufschrift »OBI« stand herum. Sie öffnete ihn. Bis auf eine Glasmurmel war der Karton leer. Sie wusste nicht, was sie erwartet hatte – ein großes Küchenmesser, am besten, oder wenigstens Besteck –, irgendetwas, das ihr als Waffe dienen könnte. So steckte sie wenigstens die Murmel in ihre Hosentasche. Vielleicht brachte sie ihr Glück.

Wie lange sie wohl bewusstlos im Keller gelegen hatte? Erst jetzt bemerkte Nina, dass ihre Armbanduhr fehlte. Der Unbekannte musste sie ihr abgenommen haben.

Nina schlich ans Fenster, stellte sich neben den Rahmen und spähte hinaus.

Das Wetter hatte sich beruhigt. Es regnete nicht mehr, die Wolkendecke war aufgerissen. Fleckig wie eine schimmelige Apfelsine hing der Mond am Nachthimmel.

Sie sah die Scheune, in der sie Unterschlupf gesucht hatten. Links davon war die Kapelle. Rechter Hand befand sich der Brunnen, mit der Stromkiste und dem Kabel, das zur Hauswand führte. Wenn sie zurück zu den anderen gelangen wollte, musste sie über den offenen Platz. Aber ob die anderen sich überhaupt noch in der Scheune aufhielten? Die schrecklichen Schreie – irgendetwas musste geschehen sein. Bestimmt waren die anderen geflüchtet, versteckten sich und warteten auf die ersten Sonnenstrahlen.

Das Mondlicht warf lange Schatten über den Platz. Nina hielt noch eine Weile Ausschau – aber nichts rührte sich. Sie musste es wagen. Sie musste den Platz überqueren. Hier drin lief sie dem Unbekannten früher oder später garantiert in die Arme.

Sie verließ die Küche, trat auf den Flur und wandte sich zur Haustür. Dann aber zögerte sie und sah sich um. Am hinteren Ende des Flurs gab es eine weitere Tür. Ein Hinterausgang. Entschlossen eilte sie darauf zu. Es widerstrebte ihr, den Vordereingang zu benutzen, der von weither einsehbar war.

Ein kleines Hirschgeweih hing rechts an der ansonsten kahlen Wand. Es hatte dem Hausbesitzer vermutlich als Garderobenhaken gedient. Eine Seite des Geweihs war abgebrochen. Bestimmt hatte man es deshalb zurückgelassen. Mit einem Ruck riss Nina den tierischen Kleiderhaken von der Wand. Putz bröckelte zu Boden. Sie stemmte den Fuß auf den Schädel und brach das Geweih mit einem trockenen Knacken vom Schädelknochen ab. Nina richtete sich auf und wog den Knochen in der Hand. Er war massiv und gut zwanzig Zentimeter lang.

Besser als nichts.

Nina öffnete die Tür einen Spaltbreit und sah hinaus. Eine angenehm frische Brise strich ihr übers Gesicht. Sie trug den erdigen Geruch des Sommerregens mit sich. Ein zusammengefallener Holzzaun fasste den ehemaligen Gemüsegarten ein. Eine Pforte hing schief in der Angel. Dahinter ragte dunkel und bedrohlich der bewaldete Hang auf. An die Hauswand gepresst, tastete sie sich nach rechts. Mit etwas Glück konnte sie ungesehen die Kapelle erreichen. Sie erinnerte sich an den gusseisernen Kerzenständer. Damit könnte man einem Elefanten den Kopf spalten. Sie wollte versuchen, ihn zu holen. Danach würde sie versuchen, die Scheune zu erreichen.

In höchster Anspannung blickte sie um die Hausecke. Alles ruhig. Niemand zu sehen.

Gebückt rannte sie los. Unter ihren Füßen knirschten die Kieselsteine erschreckend laut. Keuchend erreichte Nina die Kapelle und duckte sich sofort in deren Schatten. Sie hörte einen Fensterladen schlagen, zuckte zusammen, beruhigte sich aber gleich wieder. Das war nur der Wind. Ein Kauz schrie. Sonst war nichts zu hören.

Innerlich jubelte sie. Bis hierher hatte sie es geschafft. »Ich komme hier raus«, murmelte sie. »Und dann setze ich alle Hebel in Bewegung, um den Mistkerl zu erwischen.

Ich zerr das perverse Arschloch vor den Kadi und reiß ihm vor dem Richter die Eier ab.« Eine wilde Euphorie ergriff sie. Doch im nächsten Moment ermahnte sie sich selbst: nur nicht übermütig werden. Noch war die Gefahr nicht vorüber.

Der Kerzenständer!

Den Dorfplatz immer im Blick, glitt sie rückwärts in die Kapelle. Im Inneren schwang sie herum, das Geweih vor sich ausgestreckt. Ihre Augen mussten sich erst an die neuen Lichtverhältnisse gewöhnen. Aber der Raum schien leer zu sein. Vorsichtig bewegte sie sich in Richtung Altarraum. Immer wieder schwang sie herum und hieb auf imaginäre Angreifer ein, die in den Schatten lauern mochten. Sie hatte die Kapelle halb durchquert, als sie auf ein Hindernis stieß. Sie ruderte mit den Armen, konnte jedoch einen Sturz nicht verhindern.

Sie fiel weich. War das etwa ein Körper? Hatte er ihr hier aufgelauert? Instinktiv rollte sie zur Seite und stieß mit dem Geweih zu. Ihre provisorische Waffe bohrte sich in weiches Fleisch.

Sie hatte ihn erwischt!

Sie sprang auf, wich in Panik zurück bis an die Kirchwand. Sie hatte ihn erwischt! Der Typ rührte sich nicht mehr.

Aber wieso gab er keinen Laut von sich? War er etwa tot?

Vorsichtig trat sie einen Schritt näher.

Und dann sah sie den zweiten Körper.

69

1992

Tim konnte es immer noch nicht fassen. Dieser verdammte Steff! Wie hatte er es nur geschafft, Nina erneut rumzukriegen? Die beiden schnäbelten seit ihrer Ankunft wie zwei Wellensittiche.

»Wo ist denn eigentlich der Zwerg?«, fragte Fabian. »Dein *Freund* Pierre?« Hemmungslos fummelte er unter der Bluse an Janas riesigen Brüsten herum. Ein Zeichen dafür, dass der Stoff wirkte, den Tim extra für diesen Abend besorgt hatte. Ein Vermögen hatte er dafür abgedrückt. Erstklassiges Zeug, frisch vom Dealer seines Vaters.

»Der wartet nebenan«, presste Tim hervor. Die Eifersucht schnürte ihm den Hals zu.

»Nebenan?«, echote Fabian. »Warum?«

»Damit wir uns erstmal in Stimmung versetzen können. Dabei will ich den Pisser nicht sehen.« Unverhohlen sah er zu Nina.

Sie saß mit Steff auf einem Sessel in Jägers Arbeitszimmer, hockte auf dessen Schoß und steckte ihm die

Zunge in den Hals. Tim schäumte vor Wut. Wie gerne wäre er heute Nacht mit ihr ins Bett gestiegen. Er hatte sich alles so schön ausgemalt: *Nina sitzt stöhnend auf ihm, den Rücken wollüstig durchgedrückt. Er massiert ihre festen Brüste, sein Glied dringt tief in sie*... Scheiße! Das konnte er jetzt vergessen. Niemals würde Steff sie hier allein zurücklassen. Verlieren tat weh.

Rike kam angeschlendert und beugte sich über ihn. »Was ist mit dir los? Fabian hat dich was gefragt.« Ihr Atem roch nach Bier und Kartoffelchips.

Er löste den Blick von Nina und Steff. »Was?«

Sie verdrehte die Augen. »Ich habe dich was gefragt? Wann geht es los?« Wie um ihn aufzuwecken, drückte sie ihm einen Kuss auf den Mundwinkel.

»He!«, beschwerte sich Mike und zerrte sie weg. »Du kannst doch nicht fremdgehen.«

Ohne hinzuschauen, schüttelte sie seine Hand ab. Zärtlich strich sie Tim über die Wange. »So langsam könnten wir wirklich mal. Meine Sinne sind extrem geschärft.« Sie kicherte mädchenhaft.

Tim genoss ihre Berührung. Rike wäre eine attraktive Alternative. Zweifellos sah sie gut aus, zwar für seinen Geschmack zu zierlich, Typ Kylie Minogue, aber ihre Stupsnase und die mandelförmigen Augen waren nett anzusehen.

Er runzelte die Stirn. »Nett«? Die kleine Schwester von »scheiße«? Würde ihm das auf Dauer reichen? Nina war nicht »nett«, sie war »umwerfend«.

Rike war keine Alternative, sondern die zweite Wahl, die bittere Pille, das hässliche Entlein neben dem stolzen Schwan. Nein, damit würde er sich niemals zufriedengeben. Sollte Mike sich weiter um Rike bemühen. Vielleicht würde sie seinem derben Charme ja noch erliegen.

Etwas unwirsch schob Tim Rike zur Seite und stand auf. »Okay, dann mal los.«

Steff ließ von Nina ab und räusperte sich. »Wie? Jetzt schon? Sollen wir das nicht verschieben? Ich meine«, er breitete die Arme aus, »uns geht es doch gerade bestens. Ich kann noch warten.«

»Von mir aus gerne«, säuselte Jana. Angelehnt an Fabian saß sie auf dem Sofa und hatte dessen Hals umschlungen. Mit verzücktem Blick genoss sie seine Streicheleinheiten. Deutlich zeichneten sich ihre erregten Nippel unter dem Stoff der Bluse ab.

Genervt blickte Tim zu den beiden hinüber. Hatten sie völlig vergessen, worum es hier ging?

Mike hatte seinen Blick aufgefangen. Er nickte. »Kommt, Leute«, sagte er, »dafür sind wir schließlich hier, oder? Knutschen können wir später noch.« Er wuschelte Rike mit seiner Riesenpranke durchs Haar.

Sie wich ihm aus und knuffte ihn in die Seite.

»Wieso denn so eilig?«, nuschelte Nina und wandte sich wieder Steff zu.

Das war zu viel für Tim. War das hier ein Swingerclub oder was? Wenn sie sich nicht sofort auf den Weg machen würde, würde er ausrasten. Unwirsch packte er Nina am Arm und zerrte sie von Steff herunter.

Verdattert taumelte sie in den Raum. »He, sag mal. Hakt's bei dir?«, schimpfte sie lahm.

Steff stemmte sich aus dem Sessel und baute sich drohend vor Tim auf. »Hast du ein Problem?«

»Allerdings!«

»Nina?«

Das saß. Zielsicher hatte Steff den Finger in die Wunde gelegt. Offensichtlich hatte Tim die Eifersucht nicht so gut verborgen, wie er es gehofft hatte.

»Quatsch keinen Dünnschiss!«, verteidigte er sich und versuchte, beiläufig zu wirken. »Ihr könnt nachher tun und lassen, was ihr wollt. Es stört mich nicht im Geringsten.« Tim kam eine Idee, wie er Steff in die Defensive drängen konnte. Er lächelte milde. Freundschaftlich legte er Steff die Hand auf die Schulter. »Nina und du, ihr gehört zusammen.«

Steff sah ihn zweifelnd an, die Augenbrauen rückten zusammen.

»Ja, okay, in den letzten Wochen habe ich ein bisschen gebaggert, zugegeben. Aber doch nur, weil du nichts von ihr wissen wolltest … du verstehst schon.«

Steff entspannte sich. »Du hast ja recht. Für eine Weile war ich … na ja … nichts für ungut.« Lächelnd klatschte er Tim auf die Schulter. »Reden wir nicht mehr davon. Lass uns anfangen. Je eher wir fertig sind …« Er ließ den Satz unvollendet und zwinkerte Tim amüsiert zu.

Tim zwang sich, ebenfalls zu lächeln. Offensichtlich schien das alles für Steff nicht mehr so wichtig zu sein. Anscheinend wollte er es nur noch hinter sich bringen. Das alte Feuer war erloschen.

Aber es war nicht nur Steff. Tim blickte zu Fabian und Jana. Auch sie schienen sich eher widerwillig zu erheben.

Kein Zweifel, der Zusammenhalt der Clique bröckelte. Verdammt! Das durfte nicht passieren. Tim wollte nicht auf diese ganz speziellen Abende mit seinen Freunden verzichten. Was hatte er denn sonst? Er musste ein Zeichen setzen, er musste sie zu neuen Ufern führen, sie neu begeistern. Wenn Steff nicht das Feuer in ihnen nährte, dann musste Tim seinen Part übernehmen. Heute Abend wollte Tim das Maximum aus allen herausholen, wollte ihnen einen unvergesslichen Höhenflug bescheren.

Sie würden mehr verlangen, würden ihn anbetteln, solche Aktionen zu wiederholen, sie würden nie mehr genug bekommen. Er musste die Initiative ergreifen, er musste das Ventil öffnen, er musste… musste… musste…

Pierre würde nichts zu lachen haben. Für den Anschluss an die Clique sollte er teuer bezahlen.

70

Überall klebte Blut, an ihrem Shirt, an ihrer Hose, an den Händen. In einer riesigen Lache verteilte es sich über den Steinboden.

»Rike«, hauchte Nina. Sie rang nach Luft, starrte den Leichnam an. Wie bei Giebels klaffte ein langer Schnitt im Hals ihrer Freundin.

Neben Rike lag Fabian. Ihm fehlte die rechte Schädelhälfte.

Wenn sie nicht alles täuschte, waren die Überreste davon an der Wand neben dem Fenster verteilt.

Erst jetzt nahm sie den grauenhaften Gestank nach Eisen, Fäkalien und Urin wahr.

Ihr Magen krampfte. Sie beugte sich zur Seite und erbrach sich. Ihre Gedanken wirbelten durcheinander.

Der Schuss vorhin!

Fabians Vollstreckung?

Wenig später die Schreie.

Rike? Als sie Fabian hier gefunden hatte?

Als sie sich ausgekotzt hatte, stand Nina auf und wischte sich mit dem Ärmel den Mund ab. Der bittere Geschmack auf der Zunge war widerlich. Sie spuckte aus.

Was sollte sie jetzt tun?

Rikes tote Augen starrten zur Decke, ihre schwarzen Haare klebten im Blut auf dem Boden. Nina sah sich die Wunde genauer an. In ihrem Kopf ratterte es.

Steff im Brunnen …

Der Keller …

Giebels passte nicht ins Bild …

LOSER.

FLITTCHEN.

Auf wackeligen Beinen suchte sie die Umgebung ab. Im schwach hereinfallenden Mondlicht konnte sie wenig erkennen. Schließlich aber fand sie, wonach sie suchte. An der Wand im Altarraum stand etwas.

Es waren zwei Wörter.

KEIN PARDON.

Nina bekam Pulsrasen.

Das konnte nicht wahr sein!

Lange verdrängte Erinnerungen wurden an die Oberfläche gespült.

Sie hetzt mit der unbändigen Gier nach Leid und Schmerz durch den Wald.

Wie ein Bluthund hinter einem Ausbrecher.

Jemand ruft, zweimal.

Sie nimmt die Worte auf und schreit aus vollem Hals.

»Kein Pardon!«

Die Parole peitscht sie voran.

Was für ein Spaß.

Diese Macht!

Glückshormone überschwemmen ihren Körper.

Es ist ihr egal, ob jemand sie sieht oder hört.

Nur der Augenblick zählt, diese Befreiung von allen Zwängen und Regeln.

Nina schüttelte sich. Sie sah sich um, erkannte einen länglichen Gegenstand auf dem Boden. Der Kerzenständer. Sie hob ihn auf. Schwer lag er in ihren Händen. Vorsichtig strich sie mit der Fingerkuppe über den Dorn am oberen Ende.

Ja, damit konnte sie zustoßen und einen Angreifer auf Abstand halten.

Sie machte sich nichts mehr vor. Über kurz oder lang würde es zu einem Kampf kommen.

Nur Mike und Jana waren noch übrig. Würde sie einem der beiden gegenüberstehen und sich verteidigen müssen? Sehr wahrscheinlich. Sie glaubte nicht mehr an den großen Unbekannten. Dafür hatte der Täter zu viel Hintergrundwissen.

Ein Gedanke erschütterte sie bis ins Mark.

Vorhin hatte Fabian ihr den schwarzen Peter zugeschoben.

Völlig absurd.

Jetzt aber gab es zwei neue Leichen, und sie hatte davor wieder einmal das Bewusstsein verloren.

Aber du bist gefesselt im Keller aufgewacht.

Vorher bist du überwältigt worden.

Du hast die Schreie und den Schuss gehört.

Du hast den weiß gekleideten Arm gesehen.

Und wenn ich mir das alles nur einbilde?

Eine Art Selbstschutz?

Du weißt, dass es solche Krankheitsbilder gibt.

Du hast es studiert und in der Praxis erlebt.

»Schluss!«, befahl sie sich selbst. »Das bringt doch nichts.« Ihre Stimme hallte durch den kleinen Raum. Sie hörte sich weinerlich an. Und doch tat es gut, die eigene Stimme zu hören. Es verscheuchte die aufkommende Panik.

Gebückt huschte sie zum Eingang und spähte hinaus.

Auf dem Platz war alles ruhig.

Unschlüssig schweifte ihr Blick umher. Sie sah zur Frontseite des Hauses, aus dessen Keller sie geflohen war.

Die Tür stand offen!

Ein Schauder überlief Nina. Hundertprozentig war die Tür geschlossen gewesen, als sie sich bei ihrer Flucht für den Hinterausgang entschieden hatte.

Im Geiste sah sie ihren Peiniger die Treppe hinuntersteigen, voller Vorfreude auf das, was er mit ihr vorhatte.

Stopp! Nicht so eilig. Es gab andere Erklärungen.

Suchten Mike und Jana nach ihr? Vielleicht waren sie jetzt dort im Haus.

Ein Geräusch ließ sie zusammenschrecken.

Sie horchte.

Kies knirschte.

Jemand näherte sich der Kapelle von der Rückseite. Er schien es nicht eilig zu haben und versuchte, sich leise fortzubewegen.

Flucht oder Kampf? Im Wegrennen würde sie ein leichtes Opfer abgeben. Ein geübter Schütze würde sie ohne Probleme von den Beinen holen.

Nein, keine Flucht.

Entschlossen packte Nina den Kerzenständer mit beiden Händen, trat ins Freie und wandte sich nach links.

Der Täter musste hinter der Kapelle stehen. Hoffentlich konnte sie den Überraschungseffekt nutzen. Sie schlich weiter.

Auf der anderen Seite knirschte es wieder. Dort arbeitete sich jemand zum Eingang vor.

Sollte er ruhig, sie war gewarnt. Ninas Puls hämmerte das adrenalingesättigte Blut durch ihre Adern. Sie tastete sich an der halbrunden Rückwand der Kapelle entlang und achtete darauf, möglichst nicht in den knirschenden Kies zu treten.

Eine Gestalt lehnte vor ihr an der Wand und zeigte ihr den Rücken.

Jetzt oder nie!

Nina hob den Kerzenständer über den Kopf und bewegte sich langsam voran. Ein heftiger Schlag würde die Knochen bersten lassen und die Person kampfunfähig machen. Nur noch drei Schritte trennten sie von der Gestalt.

Zwei Schritte.

Plötzlich wirbelte die Gestalt herum, machte einen torkelnden Schritt nach hinten, riss schützend die Arme nach oben.

Nina hieb zu. Doch der Kerzenständer glitt ihr aus den Händen. Er traf den Gegner am Oberarm, prallte klirrend gegen die Mauer der Kirche und fiel dann zu Boden.

»Scheiße!«, stieß sie aus. Ihr Überraschungsangriff war misslungen. Sie hechtete nach vorn, schnappte sich das schwere Eisenteil, bereit, ihrem Gegenüber mit dem Dorn den Bauch zu durchbohren.

Sollte er nur kommen!

Doch die Gestalt stand regungslos da.

»Was soll das?«, schrie eine Männerstimme, die ihr bekannt vorkam. Im Schock war Nina zuerst unfähig, die Stimme zu erkennen. Aber das war doch unmöglich. Vor ihr stand ein toter Mann.

71

Nina konnte es nicht glauben. Tim war auferstanden. »Was … was machst du hier?«

»Du meinst, außer mich vor Angriffen durchgeknallter Furien zu verteidigen?«

Die Anspannung fiel von Nina ab. Tim lebte. Er lebte! Aber sie begriff nicht … »Fabian und Mike …«, begann sie stammelnd, »sie haben dich gesehen … im Bachlauf. Sie sagten, du hättest dir das Genick gebrochen.«

»Das haben sie erzählt?«, stieß er aus. »Diese Schweine!« Er sah sich um. »Lass uns von hier verschwinden, ja? Ich erklär dir alles, sobald … Mann, wir müssen hier erst mal weg!« Seine Stimme überschlug sich fast.

»Wohin denn?«

Tim dachte fieberhaft nach. »Wir müssen aus dem Kessel hier raus. Weg von Mike und Fabian.« Er hob den Kopf. »Es regnet nicht mehr, das müssen wir ausnutzen.« Er wandte sich zum Gehen.

Nina hielt ihn am Arm zurück. »Tim – Fabian … also …« Sie schluckte hart. Die Wahrheit tat so weh. »Es gibt keinen Grund vor Fabian zu fliehen. Er ist tot. Rike auch. Es ist so schrecklich …«

Tim erstarrte. »Tot?«

»Sie liegen in der Kapelle. Wir sind in Todesgefahr, Tim! Giebels ist ebenfalls tot. Ermordet.« Nina zitterte am ganzen Körper.

»Giebels? Der Wirt? Was hat der denn hier zu suchen?«

»Wir wissen es nicht.«

»Fuck! Fuck! Fuck!« Tim ballte die Fäuste. »Mike, Mike war's!«, keuchte er.

»Mike?«

»Später. Jetzt bloß weg hier!« Er packte Nina und zog sie hinter sich her. Sie wehrte sich nicht. Tim rannte auf die Scheune zu.

»Was willst du bei der Scheune, Tim? Wir müssen hier *weg*!« Ninas Stimme klang hysterisch.

»Jana muss noch da drin sein. Wir können sie nicht im Stich lassen.«

Ein brennendes Schamgefühl durchfuhr Nina. Sie hätte ihre Freundin einfach zurückgelassen. Wie selbstlos Tim war. Ganz offensichtlich war er gar nicht der zynische Krawallbruder, den er immer markierte. So etwas wie Zuneigung blitzte in ihr auf. Vielleicht wäre damals doch ein Paar aus ihnen geworden, hätte sie sich nicht wieder mit Steff versöhnt.

Sie hatten die Scheune erreicht. Tim griff sich den Kerzenständer von Nina und schlüpfte ins Innere. Bange Sekunden vergingen, dann schließlich: »Du kannst reinkommen.«

Aufatmend folgte Nina ihm.

In der Mitte des Raums glomm noch das Lagerfeuer. Tim hatte ein Brett auf die Glut geworfen und stocherte mit dem Kerzenständer herum. Funken sprühten. Im Feuerschein lag Steffs Leichnam immer noch an derselben Stelle. Sonst war niemand in der Scheune.

»Setzen wir uns einen Moment«, sagte Tim. Seine Stimme klang weich und warm. »Keine Ahnung, vielleicht taucht sie noch auf…« Mit gespreizten Fingern strich er sich die Haare nach hinten. »Mann, ich bin so was von am Arsch. Der Sturz, die Kälte, fuck, ich glaube, wenn ich hier heil rauskomme, werde ich einen Monat am Stück schlafen.«

Nina streckte die Hände aus, um sie an der Glut zu wärmen. Ihre aufgerissenen Handballen schmerzten. »Also? Was ist passiert?«

Tim starrte ins Feuer. »Der Regen, der Sturm, die Dunkelheit, fuck. Kaum war ich aus der Scheune raus, hatte ich mich so was von verlaufen.« Tim lächelte gequält. »Dabei habe ich mir auf meinen Orientierungssinn immer so viel eingebildet.« Tim hob den Kerzenständer an. Der Dorn glühte. »Ist ein Scheißgefühl, keine Ahnung zu haben, wo man sich befindet. Mal meinte ich, den Schatten eines Hauses zu erkennen, dann dachte ich, ich wär endlich auf dem Weg, der zu der zerstörten Brücke führt. Aber egal in welche Richtung ich gegangen bin, ich kam nirgends an. Das reinste Labyrinth. Dann stand ich plötzlich vor dem Bachlauf. Ich war total erleichtert. Endlich kannte ich mich wieder aus. Ich habe sogar einen lauten Jubelschrei ausgestoßen.« Ärgerlich stieß Tim in die Glut, Funken sprühten auf. »Aber ich hätte besser mein Maul gehalten. Sicher wusste Mike deswegen, wo ich stehe. Plötzlich werd ich geschubst, verlier das Gleichgewicht und stürze. Dann bin ich mit dem Kopf aufgeknallt und bewusstlos geworden. Aber irgendwann bin ich wieder aufgewacht, den Hang hochgeklettert und ins Dorf zurückgelaufen.«

»Aber du hast nicht gesehen, dass es Mike war, oder?«

»Nein. Ich hab nur einen Schatten bemerkt.«

»Dann muss es nicht Mike gewesen sein.«

Tim blickte auf. »Wer soll es sonst gewesen sein? Wenn Fabian tot ist ...«

Sie zuckte mit den Schultern. »Ein Unbekannter. Keiner von uns. Irgendein Irrer, der hier rumläuft.«

Verächtlich schnaufte Tim. »Vielleicht, vielleicht auch nicht. Tatsache ist, dass Mike sich ziemlich merkwürdig verhalten hat.«

»Was meinst du? Mike war derjenige, der versucht hat, uns zusammenzuhalten. Was ist daran seltsam?«

»Eben genau das.«

»Ich kann dir nicht folgen.«

»Mike hat alles unternommen, damit wir tatsächlich hierher aufbrechen. Offensichtlich war es ihm wichtig. Ich sag dir, Mike ist durchgedreht. Er will uns ausschalten, weil wir eine Gefahr für ihn sind.«

»Eine Gefahr?«

»Der will nicht ewig Bürgermeister bleiben. Mike will nach Berlin.«

»Und was haben wir damit zu schaffen?«

»Wir könnten auspacken. Dann wäre Schluss mit der Karriere.«

»Bisher haben wir doch alle geschwiegen«, fuhr Nina auf. Tims banale Argumentation machte sie wahnsinnig.

»Und keiner von uns hat ein Interesse daran, dass die alten Geschichten publik werden.«

Tim lachte höhnisch. »Aber er hat nichts unternommen, um mich zu retten, schon vergessen?«

»Fabian war doch bei ihm! Sie waren beide der Meinung, dass es zu gefährlich sei und dass … nun ja, dass jede Hilfe zu spät käme.«

»Pfff, was für ein geschultes medizinisches Auge unser Herr Bürgermeister doch hat. Das stinkt doch zum Himmel, Nina. Wärst du einfach weggerannt?«

Verschämt verkniff sich Nina eine Antwort, schließlich hatte sie selbst dann nichts unternommen, als Jana darauf gedrängt hatte.

»Die haben mich im Dreck liegen lassen, damit ich krepiere, so sieht es aus.«

Nina dachte nach. Tatsächlich hatte Mike nach eigener Aussage Fabian von einem weiteren Rettungsversuch abgehalten. Ohne Seil wäre es zu gefährlich, hatte er gesagt. Nur ein Zufall? Oder steckte tatsächlich mehr dahinter? »Was ist mit dem Handy?«

»Zu Bruch gegangen.« Er fingerte es aus seiner hinteren Hosentasche und warf es Nina zu.

Das Display war zerbrochen, aus dem aufgeplatzten Gehäuse ragte ein elektronisches Bauteil an einem Kabel heraus.

»Den Akku habe ich beim Sturz verloren«, sagte Tim und gähnte. »Fuck, bin ich kaputt. Gib mir noch zehn Minuten, dann ziehen wir los, ja?«

Nina nickte. Sie war froh, einige Minuten ungestört nachdenken zu können. War Mike wirklich ein skrupelloser Mörder? Das Motiv, das Tim angeführt hatte, überzeugte sie zwar nicht, aber ihr waren Fälle bekannt, bei denen die Täter aus weit weniger nachvollziehbaren Gründen gemordet hatten. Wieder andere töteten, ohne überhaupt zu wissen warum, einfach so, ein krankes Hirn, Wahnvorstellung … Aber sie konnte sich Mike nun einmal nicht als Mörder vorstellen. Sie sah ihn, wie er sich mit Steff auf den Armen durch den Sturm kämpfte. Warum sollte er das tun, wenn er vorhatte, sie alle umzubringen? Um sie in Sicherheit zu wiegen? Um sich anschließend einen nach dem anderen vorzuknöpfen? Gut, selbst wenn es so wäre: Wie würde Mike als einziger Überlebender den Kopf aus der Schlinge ziehen? Die Polizei musste doch stutzig werden. Eigentlich gäbe es nur eine Lösung: Mike müsste dann alles jemand anderem in die Schuhe schieben.

Es traf sie wie ein Blitz. War das der Grund gewesen, sie nicht sofort zu töten, sondern im Keller gefangen zu halten? Hatte Mike für sie die Rolle der durchgedrehten Irren vorgesehen? Hätte er ihr die Waffe in die Hand gedrückt, damit ihre Fingerabdrücke darauf zu finden wären? Ebenso das Messer? Hätte er sich sogar selbst angeschossen, um alles glaubwürdiger zu gestalten? Wäre Mike dazu in der Lage?

Das ergab doch alles keinen Sinn.

Die Botschaften!

Loser, Flittchen und *Kein Pardon.*

Nur bei Giebels gab es keine Nachricht. Vielleicht, weil sein Tod nicht geplant war? War Giebels nur zufällig in die Sache geraten? Dann würde alles ins Bild passen.

Tim rappelte sich auf. »Komm, lass uns gehen. Es hat keinen Zweck länger zu warten.« Er wirkte verlegen.

»Ja, ich denke, du hast recht«, sagte Nina. »Wer weiß, vielleicht ist sie schon auf eigene Faust losgezogen, könnte doch sein.« Sie nahm ihn in den Arm und drückte ihn kurz. Seine Nähe tat ihr gut, die Wärme seines Körpers beruhigte sie. Er lebte, sie lebte, gemeinsam würden sie es schaffen.

Sie löste sich von ihm.

In dem Moment hörte sie ein Kratzen an der Scheunenwand. »Was war das?«

»Keine Ahnung«, flüsterte Tim. »Vielleicht Jana?«

Verhalten rief eine Stimme: »Jana? Bist du noch da drin?«

»Fuck«, flüsterte Tim, »das ist Mike.«

72

1992

Norbert Unkel hatte den Wagen am Straßenrand geparkt und den Motor ausgeschaltet. Er sah auf die Uhr: halb zwei, und er hatte noch nichts zu Mittag gegessen. Der Regen klatschte auf das Glas der Frontscheibe und rann in tränengleichen Tropfen herunter. Unkel steckte sich eine weitere Zigarette an und schaltete das Radio aus. Für seinen Geschmack spielte der Sender heute zu viele Karnevalhits. Unkel war kein Verächter der fünften Jahreszeit. Die Übertragung des Rosenmontagszuges und die Sitzung im Gürzenich zählten zu seinem Pflichtprogramm. Aber am Freitag nach Weiberfastnacht konnte er auf De Höhner, Bläck Fööss, Brings und wie die Stimmungsbands alle hießen, wirklich verzichten.

Zumal er auch nicht in Stimmung war. Sein neuer Fall ging ihm an die Nieren. Heute Morgen bei Antritt des Dienstes hatte der Bericht bereits auf dem Schreibtisch gelegen. Zunächst schien es reine Routine zu sein. Doch das änderte sich, als Unkel am Vormittag den LKW-Fahrer befragte. Es gab da einige Ungereimtheiten.

Unkel klemmte die Kippe zwischen die Lippen und nahm die Unterlagen vom Beifahrersitz. Konzentriert sah er sie erneut durch, obwohl er sich sicher war, alles auswendig zu wissen.

Lesend wollte er die Asche seiner Zigarette abstreifen, doch der Aschenbecher quoll bereits über. Sein Chef würde ihm die Hölle heißmachen, wenn er den Wagen so ablieferte. Kurzerhand entriegelte Unkel den Aschenbecher, öffnete die Tür und leerte ihn auf dem Asphalt aus. Die festhängenden Reste klopfte er am Schweller ab.

»Verdammt«, nuschelte er. Bei der Aktion hatte sich jede Menge Asche auf seiner Hose verteilt. Nachlässig wischte er sie fort. Solange kein Brandloch im Stoff war, würde seine Frau nicht meckern.

Seit gut vierzig Jahren ertrug seine Frau nun klaglos seine Marotten und seine unregelmäßigen Arbeitszeiten. Er liebte sie immer noch wie am ersten Tag. In elf Monaten würde er seine Pensionierung antreten, und er freute sich darauf. Im Garten stand ein Wohnmobil bereit, mit dem sie durch Europa kutschieren würden. Einmal eine Polarnacht erleben, Mont-Saint-Michel sehen, an Italiens Stiefelabsatz im Mittelmeer schwimmen und als besonderes Highlight den Kreml besuchen. Jahre würden vergehen, bis sie ihre Liste abgearbeitet hatten.

Unkel sah auf und blickte in die Ferne.

Das hieß, wenn er so lange durchhielt. Nachdenklich rieb er sich über die Brust. Kommende Woche musste er zum Röntgen. Sein Hausarzt hatte ein Rasseln in der Lunge bemerkt. Außerdem hatte sich der Husten verschlimmert. Weitere Untersuchungen waren unumgänglich. Der sorgenvolle Blick des Arztes bei der Verabschiedung hatte nichts Gutes verheißen. Er fürchtete sich vor einem niederschmetternden Befund.

Der Regen ließ nach. Unkel legte die Unterlagen zurück auf den Sitz und stieg aus. Er zündete sich an der Glut seiner Zigarette eine neue an und ging dann über die Straße. Er kontrollierte das Namensschild an der Haustür und versicherte sich, dass er hier richtig war. Er klingelte, und kurz darauf machte ihm eine Mittvierzigerin die Tür auf. Hinter ihr im Flur stand ein Reisekoffer.

»Frau Jäger?«, brummte er, ließ seine Zigarette fallen und trat sie aus.

Missbilligend sah ihm die Frau dabei zu. »Tut mir leid, wir kaufen nichts an der Haustür.« Als sie die Tür wieder schließen wollte, stellte Unkel schnell seinen Fuß hinein. Aus der Tasche seines Regenmantels zog er den Dienstausweis und hielt ihn ihr unter die Nase. »Hauptkommissar Unkel, Kripo Köln. Ich muss mit ihrem Sohn Tim sprechen. Sie sind Frau Jäger, nehme ich an?«

Sie griff den Ausweis und prüfte ihn genau. Unkel sah genervt zum Himmel. Schließlich erhielt er den Ausweis zurück.

»Ja, Jäger ist richtig. Was wollen Sie von meinem Sohn?« Sie machte keine Anstalten, ihn ins Haus zu bitten.

Unkel staunte nicht schlecht. Dass ihr Sohn in Schwierigkeiten stecken könnte, auf den Gedanken kam sie anscheinend nicht. »Er ist doch zu Hause, oder?«

»Er schläft.«

Demonstrativ blickte Unkel auf die Armbanduhr. »Der Junge hat aber einen gesegneten Schlaf.« Er lachte.

Frau Jäger verzog keine Miene. »Er hatte heute schulfrei.«

»Na ja, ist ja auch egal, es sei ihm gegönnt«, sagte Unkel, »trotzdem muss ich mit ihm sprechen.«

»Um was geht es?«

»Sie können gerne bei dem Gespräch dabei sein.«

Frau Jäger rümpfte die Nase. »Wenn das so ist …« Sie ließ Unkel eintreten und führte ihn ins Wohnzimmer, das so groß war wie eine Turnhalle.

Massive Zedernholzmöbel waren dekorativ im Raum verteilt. Vor dem Kamin stand eine Sitzgruppe mit Füßen wie Löwenpranken. Der samtige Bezug schimmerte grün im Licht des Kronleuchters, den Unkel eher im Festsaal der Brühler Augustusburg erwartet hätte. Anstelle von Tapeten spannte sich bordeauxroter Stoff über die Wände. Zwei Landschaftsbilder in der Größe von Tischtennisplatten, die Rahmen massig und golden, hingen zwischen den Fenstern zur Straße. Es roch nach Bohnerwachs und Glasreiniger.

»Bitte treten Sie nicht auf den Perserteppich«, sagte Frau Jäger und sah abschätzig auf seine ausgetretenen Straßenschuhe. »Der stammt aus dem achtzehnten Jahrhundert. Ich werde jetzt meinem Sohn mitteilen, dass Sie ihn sprechen möchten.« Ohne ihm einen Platz anzubieten, verschwand sie in den Weiten des Hauses.

Unkel verschränkte die Hände auf dem Rücken und ging zur Standuhr neben dem Sekretär, wo er sich das schwingende Pendel ansah. Das laute Ticken des Uhrwerks beruhigte ihn. Vielleicht sollte er sich auch so etwas zulegen.

»Das ist eine Bodenstanduhr mit einem Musikspielwerk von Johann Gottfried Kaufmann, um 1774«, erklärte Frau Jäger.

Unkel zuckte zusammen. Er hatte sie nicht kommen hören. Neben ihr stand ein Halbwüchsiger in Shorts und zerknittertem Shirt. Herzhaft gähnte er, rieb seine geschwollenen Augen und fläzte sich auf das Sofa. Provokant lässig legte er ein Bein über die Lehne. Dafür kassierte er einen strafenden Blick seiner Mutter, doch es kümmerte ihn nicht.

»Auf dem Flohmarkt bekommen Sie so etwas nicht«, machte der Junge sich wichtig. »Aber Sie können mal im Mathematisch-Physikalischen Salon in Dresden nachfragen, die haben auch so ein Modell.« Es klang nicht arrogant oder überheblich, eher so, als würde ihn der ganze Protz anöden.

»Danke, werde ich bei Gelegenheit tun. Sie sind Tim Jäger?«

Der Junge nickte.

»Ist Tim okay?«

Wieder nickte er.

Frau Jäger setzte sich auf einen Sessel, die Federn quietschten vernehmlich. Immer noch hielt sie es für unnötig, Unkel einen Platz anzubieten.

Unkel störte sich nicht daran. In seiner jahrzehntelangen Laufbahn hatte er sich ein dickes Fell zugelegt. »Du bist ein Freund von Pierre Franck?«

Tim Jäger zuckte gleichgültig mit den Schultern. »Wie man es sieht.«

»Wie sieht man es denn?«, hakte Unkel nach.

»Sie waren mal die besten Freunde, in der Kindheit«, kam Frau Jäger ihrem Sohn zuvor. »Inzwischen ist das Verhältnis ein wenig abgekühlt.«

Großmännisch öffnete Tim Jäger die Arme. »Wir haben uns auseinandergelebt. Freunde kommen und gehen, Reisende soll man nicht aufhalten.«

Was für ein Schnösel, dachte Unkel. Er zückte sein Notizbuch und blätterte darin. Er musste zwar durchaus nichts nachsehen, fand aber, dass es so gewiefter aussah. »Ah, Reisender, gutes Stichwort. Ich habe vorhin mit Pierres Mutter gesprochen. Sie berichtete mir von der Vorfreude ihres Sohnes. Es gab hier wohl gestern eine Party, zu der er eingeladen war.« Über den Rand des Notizbuchs blickte er Tim Jäger eindringlich an. »Ihr habt also ein wenig gefeiert. Richtig?«

Tim Jäger runzelte die Stirn. »Gestern?«

Frau Jäger schaltete sich ein. »Stell dich nicht dumm. Du hast mir doch erzählt, dass du Pierre eingeladen hast.«

Unkel wandte sich an Frau Jäger. »Persönlich sind Sie Pierre somit nicht begegnet?«

»Nein. Ich bin gerade erst nach Hause gekommen. Ich war mit meinem Mann unterwegs.«

Das erklärt den Reisekoffer im Flur, dachte Unkel.

»Es stört Sie nicht, wenn die jungen Leute in Ihrer Abwesenheit in Ihrem Haus feiern?«

»Ich nehme an, Sie haben keine Kinder, Herr Kommissar.«

»Nein, warum?«

»Ansonsten würden Sie wissen, dass man es ohnehin nicht verhindern kann. Ist die Katze aus dem Haus, tanzen die Mäuse auf dem Tisch. Bisher gab es für mich und meinen Mann keinen Grund zu Beanstandungen. Tim und seine Freunde räumen anschließend vorbildlich auf. Wenn wir zurückkommen, glänzt hier förmlich alles. Das hat Tim ganz offensichtlich von seinem Vater. Mein Mann ist ein renommierter Koch, müssen Sie wissen.«

»Verstehe. Um noch mal auf Pierre Franck zurückzukommen. Er war also hier?« Unkel blickte Tim Jäger an.

Der nahm das Bein von der Lehne und beugte sich vor. »Ja doch, ja, Pierre war hier. Ich wollte es halt noch mal versuchen mit unserer Freundschaft. Er ist ja auch kein schlechter Kerl, oder so. Nur ein wenig … hm … ja, *fad* trifft es, glaub ich, ganz gut.«

Unkel nahm einen Stift aus der Innentasche seines Jacketts und notierte sich die Aussage des Jungen. »Wie lange ist er denn geblieben?«

»Nicht lange. Es ging ihm nicht gut. Wir hatten was getrunken, na ja, Pierre ist es wohl nicht bekommen.« Entschuldigend zuckte er mit den Schultern und warf seiner Mutter einen verlegenen Blick zu. »War ein wenig heftiger als sonst.«

Seine Mutter hob die Hand, als wollte sie ihm die Absolution erteilen. »Das passiert, davon kann ich mich auch nicht freisprechen. Lasst es aber nicht zur Gewohnheit werden, hörst du?«

Ihr Sohn nickte ernst.

»Herr Kommissar«, Frau Jäger straffte sich, »bevor Sie fortfahren, wäre ich Ihnen sehr verbunden, wenn Sie mich aufklären würden. Was ist denn geschehen, dass Sie uns mit derartigen Fragen behelligen?«

»Oh, habe ich es noch nicht erwähnt?« Unkel tat erstaunt. »Tut mir leid, in solchen Dingen bin ich vergesslich. Das Alter, Sie verstehen.«

Frau Jäger verdrehte die Augen. »Wenn Sie jetzt die Güte hätten.«

»Ja, ja.« Unkel ließ sich auf den freien Sessel fallen und holte tief Luft. Er genoss den fassungslosen Gesichtsausdruck von Frau Jäger. »Tim, leider habe ich schlechte Nachrichten.« Er ließ den Jungen nicht aus den Augen.

Tim Jägers Miene versteinerte sich. »Ist Pierre … ist er tot?«

»Wie kommst du denn darauf?«, fragte Unkel.

Der Junge schien nach einer Antwort zu ringen. Für einen Moment wirkte er ertappt. »Wie ich …?« Er lachte. Es klang nicht echt. »Also wirklich. Die Kripo kommt ins Haus und fragt mich nach meinem Freund aus. Da habe ich eins und eins zusammengezählt.«

»Nun, mir würden noch ein paar andere Möglichkeiten einfallen, warum die Polizei jemanden nach einem Freund befragt. Aber lassen wir das.« Er ließ das wirken. Hier war ganz offensichtlich etwas faul. Er holte tief Luft, bevor er fortfuhr. »Pierre hatte gestern Nacht einen schweren Verkehrsunfall. Er ist auf der A555 kurz hinter dem Verteilerkreis von einem LKW erfasst worden.«

Frau Jäger schlug die Hand vor den Mund. »Wie schrecklich«, hauchte sie.

»Ja, er ist schwer verletzt, aber er lebt«, beruhigte Unkel sie. »Allerdings ist er noch nicht über den Berg. Mehr kann ich Ihnen zu diesem Zeitpunkt nicht sagen, dafür haben Sie sicher Verständnis.«

Sie nickte. Jegliche Arroganz war von ihr abgefallen. Jetzt saß sie wie ein Häufchen Elend im Sessel und kämpfte mit den Tränen. »Der arme Junge.«

Unkel reichte ihr ein Papiertaschentuch, das sie dankbar annahm.

Sie schnäuzte sich, stand dann entschlossen auf. »Ich werde zu Ingrid gehen und ihr beistehen. Sie braucht jetzt Unterstützung. Wenn Sie fertig sind, Herr Kommissar, wird Tim Sie zur Tür begleiten.«

Unkel stand ebenfalls auf und deutete eine Verbeugung an. »Hat mich gefreut, Sie kennenzulernen.«

Ohne ein weiteres Wort schwebte die Dame des Hauses aus dem Zimmer. Kurz darauf fiel die Haustür ins Schloss.

Unkel blickte mit einem süffisanten Lächeln den Sohn an. Jetzt würde er dem kleinen Möchtegern da auf dem Sofa mal so richtig auf den Zahn fühlen.

73

»Pst«, zischte Tim und deutete mit dem Daumen hinter sich. Er schlich zurück in die Dunkelheit der Scheune und versteckte sich.

Nina verstand. Er wollte Mike auf die Probe stellen. »Ich bin's, Nina«, rief sie leise.

»Gott sei Dank.« Das Tor kratzte über den Boden. Mike hinkte herein. Er war auf Socken, offensichtlich hatte er seine Sandalen verloren. »Gott sei Dank, dir geht es gut. Verdammt, wo warst du nur?« Seine schütteren Haare klebten am Kopf. Ohne ihre Antwort abzuwarten, hinkte er zur Feuerstelle, ließ sich auf den Boden fallen und rieb seinen Knöchel. Er stöhnte leise. »Bin umgeknickt. Wahrscheinlich Bänderdehnung.«

Nina hockte sich vor ihn. »Zeig her.«

Widerstrebend streckte er das Bein aus. »Pass bitte auf.« Sanft legte er den Fuß in ihre Hand.

Vorsichtig streifte sie die Socke ab. »Oha!« Rund um das Gelenk spannte die geschwollene Haut wie ein blauer Luftballon kurz vor dem Platzen. »Wie ist das passiert?«

»Ich war auf der Suche nach dir und den anderen.« Er

stockte, setzte dann erneut an. »Rike und Fabian … ich habe sie …«

»Ich weiß Bescheid«, sagte Nina. Verstohlen musterte sie Mike. Er schien ehrlich betroffen zu sein.

Mike schloss erschöpft die Augen. »Was geht hier nur vor?«

Nina seufzte. »Ich weiß es nicht. Aber sag doch schon, wo ist Jana?«

»Sie ist völlig durchgedreht und weggerannt. Ich bin hinter ihr her, wollte sie stoppen. Dabei bin ich gestolpert und umgeknickt.«

Mit richtigem Schuhwerk wäre dir das nicht passiert, dachte Nina. Sie betrachtete wieder seinen geschwollenen Fuß. »Das muss so schnell wie möglich behandelt werden«, entschied sie. »Meinst du, du kannst laufen? Wir müssen endlich von hier verschwinden.«

Mike erhob sich, setzte den verletzten Fuß auf und stieß sofort einen Schmerzenslaut aus. »Verdammt, es geht nicht. Ich kann nicht auftreten.«

»Vielleicht, wenn ich dich stütze. Komm!« Sie legte seinen Arm um ihre Schultern. Sie gingen versuchsweise ein paar Schritte. Mike stöhnte bei jeder Belastung des Knöchels, aber sie kamen voran, wenn auch langsam.

»Na bravo, das geht ja schon wieder«, rief in diesem Moment Tim hinter ihnen.

Mike hielt abrupt inne. Er dreht sich um und starrte Tim völlig entgeistert an. »Du?«

»Überraschung!« Tim kam einen Schritt näher. »Ich bin nicht verreckt. Dein Plan ist nicht aufgegangen.«

»Mein Plan?«

»Tu nicht so scheinheilig!« Drohend richtete er den Kerzenständer auf Mike. »Du hast mich gestoßen. Und als ich dann unten lag, seid ihr abgehauen.«

»Gestoßen? Hast du sie noch alle? Warum sollte ich …?«

»Du willst uns aus dem Weg räumen. Damit wir nicht auspacken und deine politische Karriere zunichtemachen«, schrie Tim.

Mike fiel die Kinnlade herunter. »Hä?«

Tim sah zu Nina. »Komm zu mir rüber, Nina«, befahl Tim, »wir holen die Bullen. Mit dem Fuß kommt der nicht weit.«

»Ich weiß nicht«, sagte Nina, sie konnte keinen klaren Gedanken fassen. War Mike wirklich ein skrupelloser Mörder? Wem sollte sie glauben?

»Worauf wartest du? Auf wessen Seite stehst du eigentlich?«, zischte Tim wütend. »Hat er dir etwa nicht erzählt, ich sei tot? Mensch, Nina, er hätte mich verrecken lassen!«

»Das ist doch absurd«, warf Mike dazwischen. »Es sah eindeutig nach einem Genickbruch aus. Und ohne Seil wären wir nicht zu dir gekommen.«

Erneut stieß Tim mit dem Kerzenständer nach Mike. »Und wieso stehe ich dann hier?«

Mike stutzte. »Moment! Ja, wieso eigentlich? Du lagst da wie tot. Und jetzt stehst du hier und hast nicht einmal eine Kopfverletzung?«

Tim blieb der Mund offen stehen. Für einen Moment war er sprachlos.

»Und weißt du, was ich noch seltsamer finde?«, fuhr Mike fort.

»Was soll das?«, rief Tim wütend. »Bist du jetzt Günther Jauch, oder was? Das hier ist keine Quizshow.«

Mike ging nicht darauf ein. Er zeigte auf Tim. »Für jemanden, der sich durch den Schlamm gewühlt hat, sind deine Klamotten erstaunlich sauber.«

Da war was dran. Nina betrachtete Tim genauer. Umgezogen hatte er sich nicht. Das T-Shirt und die Hose hatte er die ganze Zeit getragen. Warum war ihr das nicht schon vorher aufgefallen?

Tim schüttelte den Kopf. »Du willst doch nur ablenken. Der Regen hat den Dreck abgewaschen.«

»Eher unwahrscheinlich. Seit dem Sturm hat es nicht mehr geregnet«, polterte Mike.

Tim sah zu Nina. »Alles Geschwätz, lass dich von ihm nicht einlullen. Er will nur einen Keil zwischen uns treiben.«

Nina wollte etwas entgegnen. Doch sie kam nicht dazu.

Ohne Vorwarnung vollführte Mike auf seinem gesunden Fuß einen Ausfallschritt nach vorne, griff nach dem Kerzenständer und zog. Tim war so baff, dass er losließ. Er torkelte rückwärts, stolperte über Steffs Leichnam und schlug hin.

Mike baute sich kampfbereit vor ihm auf, den Kerzenständer wie einen Baseballschläger erhoben. »Komm nur her!«, rief er aus.

Wie ein Krebs krabbelte Tim auf dem Boden rückwärts. Dann griff er blitzschnell an seinen hinteren Hosenbund. Plötzlich hielt er eine Pistole in der Hand. »Bleib mir vom Leib«, schrie er.

»Wo hast du die Waffe her?«, stieß Mike entsetzt hervor.

Tim stand auf, die Pistole im Anschlag. »Tja, hättest nicht gedacht, dass jemand deinen Rucksack durchwühlt, was? Aber ich hatte dich schon länger im Verdacht.«

»O Gott«, ließ Nina sich vernehmen, »vorhin der Schuss … Das warst du? Du hast … du hast Fabian erschossen?«

Tim runzelte die Stirn. »Was? Quatsch, damit hab ich nichts zu tun. Ich hab die Pistole doch erst nach meiner Rückkehr ins Dorf gefunden.« Mit dem Lauf deutete er auf Mike. »Der hier hat doch alles geplant.«

Höhnisch lachte Mike. »Du bist ja völlig übergeschnappt. Ich sehe diese Waffe zum ersten Mal.« Er hielt den Kerzenständer wieder vor sich und trat einen humpelnden Schritt vor.

»Keinen Schritt weiter«, schrie Tim und spannte den Hahn.

Nina sah von einem zum anderen. Schwindel ergriff sie. Sie taumelte rückwärts, wollte nur fort. Raus aus dieser Scheune, raus aus diesem Tal. Fort von diesem ganzen Irrsinn.

Tim und Mike standen einander gegenüber, achteten nicht auf sie. So unauffällig wie möglich schlich sie sich rückwärts zum Scheunentor.

Ein kühler Windhauch strich Nina über den Nacken. Sie stand unmittelbar mit dem Rücken vor dem Türspalt.

In dem Moment, als sie sich umdrehte, um loszurennen, sprang Mike vor und stürzte sich auf Tim.

74

1992

Unkel hatte sich nicht wieder gesetzt. Es konnte von Vorteil sein, den Jungen ein wenig von oben herab zu behandeln. Er verschränkte die Arme auf dem Rücken und wippte auf den Fußballen.

»So, kommen wir noch einmal auf letzte Nacht zurück. Um wie viel Uhr …« Weiter kam er nicht. In seiner Lunge spürte er ein Kitzeln, das sich schnell zu einem Krampf auswuchs. Plötzlich wurde er von einem bellenden Husten durchgeschüttelt, der ihn fast in die Knie zwang. Seine Brust fühlte sich an, als müsste sie bersten.

Unkel sackte zurück auf den Sessel, hob eine Hand. »Gleich … vorbei.«

Tim Jäger nickte in Richtung Flur. »Soll ich Ihnen ein Glas Wasser holen?« Seine Stimme klang gelangweilt, aber nicht unfreundlich.

»Nein, nein«, stöhnte Unkel. Langsam ging es wieder. Er atmete tief durch. »Eine Zigarette wäre mir jetzt ehrlich gesagt lieber …«

»Kein Problem«, sagte der Junge zur Verblüffung des

Kommissars. Er verschwand und kam kurz darauf mit einem Aschenbecher, einem Feuerzeug und einer Packung Zigaretten zurück. Er setzte sich, hielt Unkel die Packung hin.

Unkel konnte sich ein dankbares Lächeln nicht verkneifen. Mit zittrigen Fingern fummelte er eine Kippe heraus und ließ sich Feuer geben. Tief zog er den Rauch ein.

Tim Jäger nahm sich ebenfalls eine Zigarette. Lässig hielt er sie zwischen Daumen und Zeigefinger. Aufmerksam fixierte er Unkel durch den aufsteigenden Rauch.

»Machen wir ... weiter«, ächzte Unkel schließlich, nachdem er einen weiteren Zug genommen hatte. »Wann hat Pierre Franck das Haus ... verlassen?«

Tim Jäger sah zur Decke und überlegte. »Muss so gegen Mitternacht gewesen sein.«

»Wie war sein Zustand?«

»Na ja, heftig halt. Habe ich ja schon angedeutet.«

»Und in diesem Zustand habt ihr ihn einfach so gehen lassen?«

»Wir sind doch nicht seine Eltern. Davon abgesehen hatten wir selbst genug gebechert und so. Besoffen sieht die Welt anders aus, harmloser, nicht so gefährlich. Ist doch niemand auf die Idee gekommen, dass Pierre was passieren könnte. Er wohnt direkt gegenüber. Wer konnte denn ahnen, dass er nicht nach Hause findet? Bis zur Autobahn sind es ja ein paar Meter.«

»Hm, mag sein. Darf ich den Partyraum mal sehen?«

Tim Jäger zog die Augenbrauen zusammen. »Wieso?«

»Damit ich mir eure Fete besser vorstellen kann.«

Mit einer energischen Bewegung drückte Tim Jäger die

kaum gerauchte Zigarette im Aschenbecher aus. »Von mir aus.«

Er führte Unkel Richtung Haustür und von dort hinunter in den Keller. Sie passierten eine moderne Profi-Küche – ganz offensichtlich das Reich des »renommierten« Kochs, wie Frau Jäger sich ausgedrückt hatte –, blitzsauber und steril. Kein Gesundheitsamt der Welt würde hier etwas zu beanstanden finden.

»Hier ist es«, sagte Tim Jäger und öffnete eine weitere Tür.

Unkel betrat einen überraschend gemütlichen Wohnraum, der offensichtlich auch als Büro genutzt wurde. Doch auch er sonderbar steril. Alles war streng an seinem Platz, nichts lag herum, auch hier glänzte alles wie frisch poliert.

»Hier habt ihr gefeiert?«, fragte Unkel.

»Ja«. Tim Jäger war in der Tür stehen geblieben.

»Erstaunlich«, sagte Unkel. »Zu meiner Zeit sahen Partykeller anders aus. Zumindestens am nächsten Morgen.«

»Wie meinen Sie das?« Der junge Mann wirkt zum ersten Mal verunsichert.

»Na ja, du sagst, du warst zu beschickert, um einen Freund davon abzuhalten, in sein Unglück zu rennen, aber Aufräumen und Putzen war kein Problem. Oder war das etwa deine Mutter?«

»Nein, nein. Das … das machen wir immer so. Sonst würden wir Ärger mit meinen Eltern kriegen. Reine Präventivmaßnahme.« Tim Jäger zündete sich eine neue Zigarette an.

Unkel holte sein Notizbuch hervor. »Pierre Francks Mutter hat mir eure Namen genannt.« Er schlug die entsprechende Seite auf. »Die genauen Adressen wusste sie allerdings nicht von jedem. Wärst du vielleicht so nett …«

Tim Jäger nickte und diktierte Unkel die Daten.

»Ich werde natürlich auch die anderen befragen«, sagte Unkel und klappte das Notizbuch zu. »Zum Beispiel wüsste ich gern: Waren gestern Abend Drogen im Spiel? Ich meine, außer Alkohol.«

Unwillig verzog Tim Jäger das Gesicht. »Nee, ist nicht unser Ding.«

»Seltsam. In Pierres Blut sind Substanzen festgestellt worden.«

»Substanzen?« Tim Jäger schürzte nachdenklich die Lippen. »Keine Ahnung. Die muss er sich irgendwo anders reingepfiffen haben.«

Unkel nickte und öffnete erneut sein Notizbuch. »Heute Morgen habe ich den LKW-Fahrer befragt, der Pierre angefahren hat. Der ist mit den Nerven völlig runter. Er hat ausgesagt, dass Pierre wie ein gehetztes Tier über die Fahrbahn gerannt sei, kein Blick nach links und rechts, einfach nur rüber. Der Fahrer hatte keine Chance auszuweichen.«

Tim Jäger machte eine ernste Miene. »Armes Schwein«, sagte er und nickte nachdenklich.

»Ach, und da ist noch eine Merkwürdigkeit. Pierre hatte nur eine Jeans an, als er von dem Wagen erfasst wurde, ansonsten nichts weiter. Keine Schuhe. Noch nicht mal eine Unterhose. Kannst du dir das erklären? Ist er hier schon so losgezogen?«

»Fuck, nein! *Das* hätten wir dann ganz bestimmt nicht zugelassen.«

»Verstehe. Damit bleibt sein Aufzug weiterhin ein Rätsel. Übrigens hat der LKW-Fahrer Personen hinter der Leitplanke gesehen.«

»Was denn für Personen?«

»Leider kann er keine genauere Beschreibung abgeben, er hat die Leute mehr aus dem Augenwinkel bemerkt. Als der erste Streifenwagen eintraf, war dort niemand zu sehen. Bist du sicher, dass niemand von euch Pierre begleitet hat?«

»Ja, ganz sicher.«

»Hat Pierre vielleicht noch andere Freunde, mit denen er später noch losgezogen sein könnte?«

»Nicht dass ich wüsste.« Tim Jäger ging zu dem Schreibtisch, der an der linken Seite des Zimmers stand, förderte aus einer der Schubladen einen Aschenbecher hervor und strich eine lange Aschesäule ab.

»Denn es ist so«, fuhr Unkel fort, »wir sind von Haus zu Haus gezogen und haben versucht zu rekonstruieren, welchen Weg Pierre Franck zurückgelegt hat. Auch wollten wir in Erfahrung bringen, was Pierre so in Panik versetzt haben könnte, dass er auf die Autobahn lief.«

»Und?«, sagte Tim Jäger.

»Es gibt da eine Zeugin, die angibt, dass in ihrer Straße kurz nach Mitternacht wild gegrölt wurde. Sie will mehrmals den Ausruf ›Kein Pardon‹ gehört haben. Sagt dir das was? Kannst du etwas damit anfangen?«

Tim Jäger senkte den Kopf und überlegte konzentriert. Auf seiner Stirn gruben sich tiefe Falten ein. »Kein

Pardon, kein Pardon«, murmelte er vor sich hin. Dann sah er auf.

»Nein«, antwortete er, »wie gesagt, wir waren ja nicht draußen.« Er drückte die Zigarette aus. »Aber ich meine, wir haben schließlich Karneval … Gejohle ist da doch normal. Und die Frau hat sich bestimmt nur verhört. Wer ruft denn im Karneval ›Kein Pardon‹?«

Unkel nickte und machte Anstalten zu gehen. »Da hast du vermutlich recht. Wenn noch was ist, melde ich mich nochmal.«

Tim Jäger ging voran, die Treppe hinauf. Oben angekommen, öffnete er die Haustür. »Kann ich Pierre besuchen?«, fragte er und sah Unkel mit aufrichtiger Besorgnis an.

»Später bestimmt.« Zum Abschied reichte Unkel dem Jungen die Hand. »Er wird Freunde brauchen«, sagte er und verließ das Haus.

Tim sah dem Wagen des Kommissars nach, bis er außer Sicht war. Dann rannte er ins Wohnzimmer, schnappte sich das Telefon und warf sich rücklings aufs Sofa. Er musste schnellstens die anderen warnen. Niemand durfte aus der Reihe tanzen, sonst würde ihr Kartenhaus zusammenfallen.

Er wählte die erste Nummer, kurz darauf klackte es, und Steffs Stimme dröhnte aus dem Hörer. »Was gibt's?« Er klang nervös, als würde er Ärger erwarten. Steff hat auch allen Grund dazu, dachte Tim hämisch.

»Die Polizei war hier«, sagte Tim.

Einen Moment herrschte Stille. »So schnell? Scheiße, wie kann das …«

»Hör mir genau zu!«, unterbrach Tim ihn ungeduldig.

»Okay, okay, schieß los.«

Tim genoss den Moment. Jetzt war er derjenige, der in der Clique die Fäden in der Hand hielt.

Was für ein geiles Gefühl.

75

Nina rannte. Kopflos hetzte sie durch die Dunkelheit, nur fort von der Scheune.

Hinter ihr krachte ein Schuss. Ein Schmerzensschrei gellte durch die Nacht. Mike? Tim? Sie konnte es nicht sagen.

Sie hielt nicht inne, wollte wenigstens den Waldsaum erreichen.

Ein weiterer Schuss fiel, kurz darauf noch einer.

Nina stolperte über eine Baumwurzel und schlug der Länge nach hin. Ein Wutschrei entfuhr ihr, gleich darauf rappelte sie sich hoch. In Panik sah sie sich um. Sie stand unter einer massigen Fichte, dahinter lag ein Steilhang.

Sie hob den Kopf und suchte nach einer Kletterroute. Der Mond war vom Nachthimmel verschwunden, sie konnte nur wenig erkennen. Auf den ersten Metern konnte sie einige armdicke Wurzeln als Treppenstufen benutzen. Weiter oben würde sie am Felsen klettern müssen.

Nina holte noch einmal tief Luft, dann machte sie sich auf den Weg.

Es funktionierte besser als erwartet. Nach weniger als

einer Minute stand sie auf einer mächtigen Wurzel in drei Metern Höhe. Sie hielt inne und schnaufte durch.

Beim Blick über die Schulter sah Nina zwischen den Baumwipfeln hindurch die dunklen Schatten der Häuser. Nichts rührte sich. Eine gespenstische Stille lag über dem verlassenen Dorf.

Das kann sich jederzeit ändern. Mach voran!

Nina suchte den nächsten Tritt. Ab hier wurde es schwieriger. Sie verlagerte ihr Gewicht, streckte sich und griff mit der Rechten nach einem vorstehenden Stein. Ihre Finger fanden Halt, sie zog sich hoch.

Unter ihr im Gehölz knackte es.

Nina schreckte zusammen.

War jemand hinter ihr her?

Mike oder Tim?

Würde gleich eine Kugel in ihren Rücken einschlagen?

Oder war Jana ihr gefolgt und beobachtete, wie sie sich hier in der Wand schlug?

Angestrengt horchte Nina.

Nichts!

Da ist niemand, du bildest dir was ein.

Weiter!

Weiter oben konnte sie die Finger in eine Spalte schieben. Die Kante schnitt unangenehm in ihren Handballen. Nina biss sich auf die Lippe. Schweiß brannte in ihren Augen.

Durchhalten!

Kämpfe!

Sie zog sich mit Schwung hoch. Ein schwerer Fehler.

Der Stein, in den sie sich gekrallt hatte, bröckelte weg. Ohne den Hauch einer Chance, sich noch halten zu können, rutschte sie mit ihrem Standfuß ab und fiel.

Entsetzt schrie sie auf. Sie prallte seitlich auf einen Ast. Der Schmerz ließ sie aufheulen. Im freien Fall drehte sich ihr Körper, kurz darauf schlug sie in Rückenlage auf den Boden auf.

Ihr Kreuz fühlte sich an, als hätte jemand mit einem Vorschlaghammer darauf eingeschlagen. Die Luft blieb ihr weg. Ihre Lungen schienen zusammengefallen zu sein. Nina japste nach Luft. Kurz schwanden ihr die Sinne.

Am liebsten hätte sie sich der erlösenden Schwärze hingegeben. Doch schutzlos auf dem Boden zu liegen war garantiert keine gute Überlebensstrategie. Nur nicht wieder gefesselt in einem Keller aufwachen.

Kämpfe!

Langsam kam Nina wieder zu sich.

Kämpfe!

Atme!

Stöhnend drehte sie sich auf die Seite. Gott sei Dank konnte sie noch alles bewegen.

»Alles in Ordnung?«

Jemand berührte sie an der Schulter. Panisch riss sie die Augen auf und fuhr hoch.

Ein Mann.

Sie erkannte ihn sofort, auch wenn sie ihn seit über zwanzig Jahren nicht gesehen hatte.

Unmöglich!

Schlagartig wurde ihr alles klar.

Sie alle waren Figuren in einem grausamen Spiel.

Nina konnte kein Erbarmen erwarten, nicht nach allem, was sie getan hatten.

Vor ihr hockte Pierre Franck.

76

1992

Hauptkommissar Norbert Unkel war am Ende seiner Kräfte. Er hatte es gerade noch geschafft, sich auf die nächste Bank fallen zu lassen. Ihn fröstelte, nicht nur wegen der Kälte, die der eisige Wind unter seinen Mantel blies.

Sein Blick wanderte zu dem massigen Gebäude des Klinikums Merheim hinüber. Der Rettungshubschrauber stand auf der Startrampe, durch die große Schiebetür am Eingang des Gebäudes gingen emsig Menschen aus und ein. Unter dem großen Vordach standen die Raucher. Viele von ihnen hager, ausgezehrt und kalkweiß im Gesicht.

Todkrank.

Trotzdem konnten sie nicht von ihrer Sucht ablassen.

Er fingerte die Zigarettenschachtel aus der Tasche und drehte sie nachdenklich in den Händen. Verdammte Sargnägel. Die bittere Wahrheit war ihm durchaus bewusst, doch hatte er sie nie ernst genommen.

Kann tödlich sein – muss aber nicht.

Nichtraucher sterben auch.

Mein kettenrauchender Opa ist über neunzig geworden.

Jeder kannte die Sprüche. Und es traf immer die anderen, nicht einen selbst, nicht wahr? So redete man es sich schön.

Sogar jetzt noch, nach der bitteren Diagnose, gierte alles in ihm nach der nächsten Kippe. Wütend knautschte er die Schachtel zusammen und warf sie im hohen Bogen fort.

Eigentlich hirnrissig. Er würde ohnehin nicht von den Glimmstängeln loskommen. Spätestens im Auto würde er sich eine anstecken.

Unkel schlug den Mantel enger um sich. Über ihm zogen graue Wolken dahin. Er wollte sich gerade erheben, als sein Handy in der Hosentasche vibrierte. Er ging nicht ran. Bestimmt war es seine Frau, die sich nach dem Ergebnis erkundigen wollte. Er war noch nicht so weit, ihr die Wahrheit zu sagen.

Was würde sie ohne ihn machen?

Wie lange würde sie trauern?

Würde sie allein mit dem Wohnmobil auf Europatour gehen?

Stopp!

Der Professor hatte von einer Chance gesprochen. Von einem schwierigen, aber nicht aussichtslosen Kampf. Sich seine Ehefrau als Witwe vorzustellen war der falsche Ansatz, um in die wichtigste Schlacht seines Lebens zu ziehen. Er musste jetzt all seine Kraft aufwenden, um wieder gesund zu werden.

Entschlossen stand er auf und setzte den Weg zum Parkplatz fort.

Zunächst würde er seinen Hausarzt aufsuchen. Der

würde ihn krankschreiben. Seine Abwesenheit würde auf der Dienststelle keine große Lücke hinterlassen. Da er ohnehin bald in Pension ging, überließ man ihm inzwischen nur noch die einfacheren Delikte. Und der Fall mit dem Jungen, der vom LKW angefahren worden war, dieser Pierre Franck – nun, dieser Fall war zum Glück so gut wie abgeschlossen. Am Wochenende und die vergangenen Tage war er von morgens bis abends unterwegs gewesen und hatte die Freunde befragt. Übereinstimmend hatten sie bestätigt, was er letzten Freitag von Tim Jäger erfahren hatte: Pierre Franck hatte die Party gegen Mitternacht angetrunken – und bekleidet – verlassen. Mehr wussten die Freunde auch nicht. Alle hatten sich bestürzt gezeigt, was ihrem Mitstreiter zugestoßen war. Es gab keinen Grund, an ihren Aussagen zu zweifeln. Noch heute Vormittag war Unkel in der Schule der Jugendlichen vorstellig geworden. Die Lehrer waren des Lobes voll. Die jungen Leute bereiteten sich auf das Abi vor, sie trafen sich in Arbeitsgruppen und galten allgemein als Musterschüler. Pierre Franck wurde als still, aber stets freundlich und zuvorkommend beschrieben. Nichts deutete darauf hin, dass es einen Streit zwischen ihm und den anderen gegeben hatte. Wie es aussah, hatte Pierre Franck einfach einen Joint zu viel geraucht. Die Akte konnte geschlossen werden.

Er schloss seinen Wagen auf und setzte sich ächzend hinters Lenkrad. Kurz darauf kurvte er vom Parkplatz und warf einen letzten Blick auf das Klinikgebäude.

77

Nina wusste nicht, was sie tat. Auf allen vieren krabbelte sie los. In ihrer Panik wollte sie nur fort, fort von Pierre, fort von diesem Geist aus ihrer dunklen Vergangenheit.

Doch sie kam nicht weit: Eine mächtige Fichte versperrte ihr den Weg.

»Du bist ein Gespenst«, stieß sie hervor. »Du kannst gar nicht hier sein.«

Pierre grinste übers ganze Gesicht. Seine Zähne leuchteten unnatürlich in der Dunkelheit. »Nun, wie es aussieht, bin ich aber da, Nina. Und jetzt krieg dich ein und komm mit.« Er stand auf.

»Ich geh nicht mehr in den Keller …«

»Keine Ahnung, wovon du sprichst.« Er hielt ihr die Hand hin. Eine freundschaftliche Geste, doch Nina traute ihm nicht. Stattdessen schob sie sich mit dem Rücken am Stamm nach oben.

»Lass mich in Ruhe, Pierre!«, zischte sie.

Er ließ den Arm sinken, zögerte, dann lachte er auf. »Pierre? Ah, verstehe.« Sein Lachen nahm einen spöttischen Ausdruck an. »Ja, wäre ich Pierre, hättest du wohl allen Grund, Angst vor mir zu haben. Er hasst euch wie die Pest.«

»Was … ich … ich verstehe überhaupt nichts mehr«, stammelte Nina. Wer war dieser Kerl, der Pierre so ähnlich sah?

Er sah sie ernst an. »Ich bin Luc, Pierres älterer Bruder. Wir kennen uns. Wir waren in Marienburg mal Nachbarn.«

»Luc?« Sie konnte sich an keinen Luc erinnern. »Was machst du hier?« Luc hatte mit der Clique nichts zu schaffen. Er gehörte einfach nicht hierhin. Es sei denn, es ging um Rache. Sie fröstelte.

Besorgt blickte er sich um. »Wir sollten uns zunächst ein sichereres Plätzchen suchen. Dort erzähle ich dir alles. Komm.« Ohne weiter auf Nina zu achten, ging er los.

Kurz zögerte sie, dann gab sie sich einen Ruck und folgte ihm. Eine Flucht war ohnehin aussichtslos, und wenn dieser Luc sie hätte umbringen wollen, würde er jetzt wohl nicht einfach davonspazieren. Nina streckte sich. Nach dem Sturz taten ihr alle Knochen weh. Sie gab sich einen Ruck, dann stampfte sie diesem Luc hinterher.

»Wohin gehen wir?«, fragte sie, als sie Luc eingeholt hatte.

»Wir sind gleich da. Schau, dort, vor uns.«

Angestrengt starrte Nina in die Dunkelheit. Doch außer ein paar Bäumen konnte sie nichts erkennen. Oder … Moment … sie konnte einen rechteckigen Kasten ausmachen. »Was ist das?«

»Ein Umspannhaus.«

»Für Strom?«

Er lachte leise. »Für Wasser bestimmt nicht. Es ist vom Dorf aus nicht zu erkennen. Es wird von den Bäumen verdeckt.«

Ein Summen lag in der Luft. Irgendwie hatte es etwas Beruhigendes.

»Es ist noch in Betrieb?«, fragte Nina ungläubig. Dann kam ihr die Apparatur in den Sinn, mit der Steff gefoltert worden war. Irgendwoher musste der Strom schließlich gekommen sein.

Luc zog eine Stahltür auf. »Hat wohl jemand vergessen abzustellen. Oder jemand möchte ins Dorf ziehen, und der Strom wurde deshalb wieder eingeschaltet. Was weiß ich. Auf jeden Fall sind wir hier vorerst sicher.« Luc machte ihr Zeichen, ihm zu folgen.

Nina blieb stehen. »Nein, da geh ich nicht rein.«

Luc blieb stehen. Nachdenklich rieb er sich das Kinn. »Hm, ich kann dich verstehen. Ich habe Fabian und Rike in der Kapelle gesehen. Ich habe keine Ahnung, was hier los ist. Ich weiß nur, dass ich bei Tagesanbruch aufbrechen werde, um Hilfe zu holen. Du kannst dich anschließen. Oder auch nicht.«

Nach dieser Ansprache verschwand er in dem Häuschen. Nina grübelte. Seine Worte klangen glaubwürdig. Andererseits kannte sie diesen Luc kaum. Und war nicht seine Anwesenheit allein schon ein Beweis dafür, dass er etwas im Schilde führte?

In dem Moment begann es erneut zu schütten. Dicke Tropfen prasselten auf Nina herab. Sie fluchte innerlich, zögerte noch eine Weile – dann folgte sie Pierres Bruder in das Umspannhäuschen.

Sie blieb im Türrahmen stehen. Die blaue Flamme eines Campingkochers erhellte den kleinen, kahlen Raum mit dem Transformator, der wie eine überdimensionale Heizung an der Wand gegenüber stand. Ein leises Brummen erfüllte den Raum.

Luc hantierte mit einem Topf. Es roch würzig nach Kräutern. »Möchtest du auch einen Tee?«

Tee?

Fast hätte Nina laut losgelacht. Die ganze Situation wirkte surreal: Sie kämpfte hier um ihr Überleben, und er bot ihr einen Tee an, als wäre sie bei ihm zum Sonntagsbesuch.

Luc sah auf, grinste. »Ich trinke auch zuerst. Ich habe kein Betäubungsmittel beigemischt.«

Die Aussicht auf ein heißes Getränk war mehr als verlockend. »Okay.«

Luc drehte die Flamme herunter, schüttete die Flüssigkeit in einen Alubecher. Er pustete eine Weile in den Becher, dann nahm er einen kleinen Schluck. Schließlich reichte er den Becher an Nina weiter.

Sie wärmte sich die Hände daran. »Pierre hat nie einen Bruder erwähnt«, sagte sie und nahm ebenfalls einen Schluck.

»Nun, du kanntest ihn ja kaum, oder?«

Dagegen konnte Nina nichts einwenden.

»Zu der Zeit, als Pierre verunglückte, wohnte ich schon nicht mehr bei meinen Eltern.«

Nina nippte an ihrem Tee und versuchte sich zu erinnern. Ohne Erfolg. Sie sah nur Pierre vor sich.

Nackt auf dem Stahltisch liegend.

Die Röte schoss Nina ins Gesicht. Sie fühlte sich beobachtet. »Das mit Pierres Unfall … tut mir leid«, sagte sie schließlich, um die Stille zu durchbrechen.

Luc schnaubte verächtlich. »Wirklich? Ich kann mich nicht erinnern, dass einer von euch ihn jemals besucht hat.«

Nina wollte ihm widersprechen. Doch was sollte sie sagen? Luc hatte recht. Sie zog es vor zu schweigen.

Mit versteinerter Miene nippte Luc an seinem Tee. »Pierre hat mir alles erzählt.«

Erzählt?

Schwindel ergriff sie. Pierre konnte wieder sprechen?

Panik ergriff Nina. Sie wankte rückwärts zur Wand, ließ sich niedersinken. Sie sah starr vor sich hin. »Er ist erwacht?«, brachte sie schließlich heraus.

Luc sah sie an. »Das wusstest du nicht?« Er schien ehrlich erstaunt.

Pierre war aus dem Koma erwacht. Nach zwanzig Jahren …

Es war alles umsonst gewesen.

Den Ausflug hierher hättest du dir sparen können! Dein Geheimnis ist keins mehr. Adieu, Frau Oberstaatsanwältin, es war ein schöner Traum.

»Aber warum …«, begann Nina.

Luc kam ihr zuvor. »Du willst wissen, warum Pierre noch nichts unternommen hat?« Er stellte den Topf auf den Boden. »Glaub mir, wenn es nach mir ginge, wäre es anders gelaufen. Ich hätte euch auffliegen lassen.« Er seufzte. »Pierre will das nicht.«

»Warum? Das verstehe ich nicht.«

»Er hasst euch.«

»Gerade dann sollte man annehmen …«

»Er träumt davon, euch einzeln zu erwischen und es euch heimzuzahlen. So absurd sich das anhört, es lässt ihn kämpfen. Wenn ein weltliches Gericht über euch befinden würde, dann wäre die Bestrafung aus seinen Händen genommen. Das will er nicht.« Luc schloss die Augen. »Ich versuche, ihn zu verstehen, aber es will mir einfach nicht gelingen. Jedenfalls muss ich seinen Wunsch akzeptieren, auch wenn der Hass Pierre innerlich zerfrisst.«

Wie in Zeitlupe schüttelte Nina den Kopf. »Das ist … das ist doch völlig absurd!«, rief sie. »Ich glaub dir kein Wort. *Du* hast uns hierhergelockt! Du willst Rache nehmen. Du willst uns fertigmachen. Deswegen bist du hier.« Sie fixierte ihn. »Gib es doch zu! Du bist doch nicht zufällig in dieser Nacht in diesem Scheißdorf!« Sie sprang auf, ballte die Fäuste.

Luc öffnete die Augen. Ungerührt schaute er zu Nina auf. »Nein, natürlich bin ich nicht zufällig hier.« Er griff sich seinen Rucksack, öffnete ihn und zog einen Briefumschlag heraus.

Nina verstand augenblicklich. Ihre Wut verrauchte. »Du hast auch einen Brief von dem Unbekannten bekommen?«

»Schau selbst.« Luc warf ihn ihr zu. »Er ist nicht an mich gerichtet. Sondern an Pierre.«

Sie faltete das Blatt auseinander und hielt es in Richtung des Lichts. Tatsächlich! Pierre sollte sich ebenfalls in Mauel einfinden. »Jetzt verstehe ich überhaupt nichts mehr.« Nina ließ den Arm sinken. »Jeder von uns wusste über Pierres Schicksal Bescheid. Niemand hätte ihm einen solchen Brief geschickt. Was sollte es auch bringen?«

»Und deswegen schließt du deine Freunde als Mörder aus?«

»Was willst du damit sagen?«

»Liest du keine Zeitung?«

»Doch, natürlich, die *Frankfurter*.«

»Die wird darüber kaum berichtet haben.«

»Nun, mach es nicht so spannend!«

»Vor zwei Jahren wurde ein Boulevardreporter auf Pierre aufmerksam. Das Ganze verlief ziemlich unseriös. Den Bericht betitelte die Zeitung mit: ›Unfallopfer nach zwanzig Jahren aus Koma erwacht. Erster Wunsch – Vanilleeis‹. Kompletter Schwachsinn! Pierre kam wieder zu Bewusstsein, aber er ist gelähmt und kann noch immer nicht sprechen. Er kommuniziert mit den Augen, einmal zwinkern ist Ja, zweimal Nein. Ein langwieriger Prozess, aber es funktioniert.« Luc seufzte. »Der verdammte Zeitungsartikel hat mit den üblichen Anonymisierungen gearbeitet. Aber jeder, der den Fall kannte, musste wissen, dass es um Pierre ging. Und der Bericht stellte es nun so dar, als würde Pierre in Kürze aus dem Bett springen und wieder Marathon laufen können.«

Luc beugte sich vor und nahm Nina den Brief aus der Hand. »Dabei kann Pierre nichts weiter als mit den Augen zwinkern.« Er stopfte den Brief wieder in den Rucksack. »Ich vermute, dass irgendjemand von euch den Bericht für bare Münze genommen hat. Deswegen hat Pierre die Einladung erhalten.«

»Verstehe. Und statt seiner bist du nun gekommen.«

»So ist es.«

»Aber warum hast du dich nicht zu erkennen gegeben?«

»Ich hielt Vorsicht für angebracht. Ich weiß ja, wozu ihr fähig seid. Erst mal wollte ich die Lage checken, bevor ich reagiere. Vorsicht ist die Mutter der Porzellankiste.«

Nina sah in die flackernde und zischende Flamme des Gaskochers. Sein Bericht klang glaubwürdig. Nina beschloss, Luc zu vertrauen. Sie hatte zwar immer noch ein mulmiges Gefühl bei der Sache, beschloss aber, es zu ignorieren.

Sie setzte sich wieder, lehnte sich an die Wand. »Und was machen wir jetzt?«

Luc gähnte vernehmlich. »Wir verschwinden von hier, so bald wie möglich.« Er sah auf seine Armbanduhr. »Es ist kurz vor drei. Jetzt ruhen wir uns erst mal aus. Bei Sonnenaufgang starten wir. Wir müssen über den Bachlauf, danach ist es ein Kinderspiel.«

»Die Brücke ist eingestürzt, weißt du das?«

»Ja, ich habe es gesehen. Wenn du mich fragst, hat da jemand nachgeholfen.«

Nina dachte an den Sägeschnitt und nickte. »Bist du bewaffnet?«

»Leider nein.«

»Wer immer hinter uns her ist, er hat eine Pistole.«

»Ja, ich weiß. Ich habe die Schüsse gehört. Wir müssen es trotzdem versuchen. Über kurz oder lang wird er uns aufspüren.«

»Hast du einen Verdacht, wer hinter der ganzen Sache steckt?«

Luc sah sie an. Er schüttelte den Kopf. »Nein. Ich habe

versucht, euch die ganze Zeit zu beobachten, aber im entscheidenden Moment war ich offensichtlich immer am falschen Ort.«

»Und wieso vertraust du mir? Ich meine, ich könnte es schließlich ebenso gut gewesen sein wie jeder andere …«

»Ach, weißt du, wenn jemand so verzweifelt ist, nachts eine Felswand hochzuklettern …« Er ließ den Satz unvollendet und grinste frech. »Jetzt versuch ein bisschen die Augen zuzumachen. Wenn wir starten, müssen wir ausgeruht sein.«

78

1992

Der Abiball war der krönende Abschluss eines stressigen Schulhalbjahres für Schüler und Lehrer. Die Anspannung der vergangenen Wochen war von allen abgefallen, jeder war befreit und glücklich. Auch Nina genoss in vollen Zügen die ausgelassene Stimmung.

Mit dem Abitur in der Tasche würde für sie alle in wenigen Wochen ein neuer Lebensabschnitt beginnen. Nina freute sich aufs Studium. Jura würde kein Zuckerschlecken werden. Aber sie war froh, von zu Hause wegzukommen, nicht mehr die Launen ihres Vaters ertragen zu müssen, endlich ihr eigenes Leben führen zu können. In drei Monaten war es so weit.

Mit einem Cocktail in der Hand stand sie in ihrem schlichten Abendkleid etwas abseits in der Aula. Ein wenig melancholisch sah sie zu Steff, der auf der anderen Seite an der Bar mit ein paar Jungs aus der Schulband herumhing. In seinem schwarzen Anzug sah er fantastisch aus. Er strahlte eine Selbstsicherheit aus, die einem angehenden Medizinstudenten gut zu Gesicht stand.

Obwohl sie immer noch ein Paar waren, hatte sich ihre Beziehung abgekühlt. Jener Abend, an dem Pierre so schwer verletzt wurde, stand zwischen ihnen. Sie hatten zwar versucht, sich gegenseitig einzureden, dass das Leben weitergehen musste, dass es das Beste sei, die ganze Sache zu verdrängen, doch das hatte nicht funktioniert. Sobald sie Steff sah, musste sie unweigerlich an die Ereignisse denken, an das Gejohle, an die irren Blicke … an die Folter …

Die Sache war grauenvoll aus dem Ruder gelaufen.

Sie schüttelte sich, versuchte, die Bilder zu verscheuchen. Heute wollte sie erst recht nicht daran denken. Heute wollte sie ausgelassen feiern. Das war doch nur gerecht, oder? Sie war jung, sie hatte ein Anrecht darauf, das Leben einfach nur zu genießen.

Aus den Boxen dröhnte Discosound. Die Musik füllte die Pause, bis es mit Livemusik weiterging. Zigarettenqualm hing im Raum, vermischt mit wabernden Parfümaromen. Nina zog an ihrem Trinkhalm. Süß klebte der Batida auf ihrer Zunge. Nachher würde sie sich ein Wasser besorgen. Sie spürte den Alkohol ohnehin schon. Es konnte nicht schaden, ein wenig auf die Bremse zu treten, sonst bestand noch die Gefahr … nein! Nicht schon wieder an den schicksalhaften Abend denken. Schluss, aus, Ende!

Sie sah Rike.

Suchend stand sie auf der Bühne. Das knallenge schwarze Stretchkleid modellierte kunstvoll ihre schlanke Taille. Rike sah fantastisch aus, sie hielt die perfekte Balance zwischen sexy, verrucht und unantastbar.

Zunächst dachte Nina, Rike würde die Musiker suchen. Sie sang in der Band, und der nächste Auftritt konnte nicht mehr lange auf sich warten lassen. Doch dann bemerkte sie ihren schockierten Gesichtsausdruck. Ihre Blicke trafen sich, hektisch winkte Rike sie heran. Ninas Hals schnürte sich zu.

Inzwischen war Steff ebenfalls auf Rike aufmerksam geworden und drängte sich durch die Tanzenden auf sie zu.

Nina drückte ihr Glas einem zufällig vorbeikommenden Pickelgesicht in die Hand und schlug ebenfalls den Weg zu Rike ein.

»Was ist los?«, fragte sie atemlos, auf der Bühne angekommen. Steffs mahlende Kiefermuskeln verhießen nichts Gutes.

»Jana dreht durch«, flüsterte Rike. »Ich sag kurz den Jungs von der Band Bescheid, dass ich noch ein paar Minuten brauche. Wir treffen uns in unserer Ecke. Fabian und Mike sind mit Jana schon vorgegangen. Tim werde ich finden und mitbringen.« Ohne eine Antwort abzuwarten, rannte sie los.

»So ein Mist«, zischte Steff und schob den Unterkiefer vor. Es sah aus wie eine wütende Bulldogge. »Gerade heute. Komm, lass uns gehen.«

Sie verließen die Aula.

An der frischen Luft bemerkte Nina erst, wie stickig es drinnen gewesen war. Ein warmer Westwind strich um ihre Beine und trug den würzigen Hauch des Sommers mit sich.

Schon von Weitem konnte Nina Mikes wuchtigen

Körper sehen. Er stand mit dem Rücken zu ihnen und schirmte die Ecke ab, in die sie sich während der Unterrichtspausen sonst immer zurückgezogen hatten. Ein Türsteher in der Disco hätte es nicht besser machen können.

»Ich kann nicht mehr«, jammerte Jana und schluchzte auf. Sie saß auf der Bank, die sich hier befand, und zitterte am ganzen Körper. Die Haare fielen ihr zerzaust ins Gesicht, auf dem Ärmel ihrer dunkelgrauen Bluse klebte Rotz.

Steff drängte Mike zur Seite. »Was ist denn los?«

Fabian hockte neben Jana, versuchte, sie zu beruhigen. Er wollte ihre Arme festhalten, doch sie schlug um sich und vergrub den Kopf in den Händen.

»Nervenzusammenbruch«, sagte Mike. »Sie will auspacken.« Furcht flackerte in seinen Augen.

»Wie bitte?« Tim war mit Rike eingetroffen. Er baute sich vor Jana auf und stemmte die Fäuste in die Seite. »Tickst du noch sauber?«

»Ich kann nicht mehr!« Jana schrie es fast.

Besorgt sah sich Mike um. Aber es war niemand in der Nähe, der sie hören konnte

Tim fauchte: »Fuck, ich glaube es nicht. Wir haben das doch lang und breit beredet. Wie kann man nur so blöd sein, ausgerechnet heute, ausgerechnet hier, wo …«

Rike packte Tims Schultern und zog ihn herum. »Es reicht! Das führt doch zu nichts. Siehst du nicht, in welcher Verfassung sie ist? Lass uns lieber überlegen, was wir machen.«

»Was wir machen? Ich lasse mir doch mein Leben nicht von der zerstören.« Anklagend wies er auf Jana.

»Wenn die Sache rauskommt, sind wir geliefert. Das ist dir wohl klar, oder?«

Nina musste ihm zustimmen. Sie war auch einige Male drauf und dran gewesen, alles zu gestehen. Aber genau aus diesem Grund hatte sie sich zusammengerissen. Sie hockte sich zu Jana auf die Bank und bedeutete den anderen, ein wenig auf Abstand zu gehen. »Jana, hör mal. Ich weiß, wie du dich fühlst.« Sie sprach betont ruhig. Sie musste zu Jana durchdringen. »Mir geht es nicht anders.«

Zweifelnd blickte Jana auf. Geräuschvoll zog sie die Nase hoch. »Ist das dein Ernst?«

»Glaubst du vielleicht, mich lässt das alles kalt?«

»Echt? Du wirkst immer so … cool, so distanziert. Ich habe dich dafür immer bewundert. Aber ich kann das nicht …«

»Red doch nicht so einen Unsinn. Ich bin nicht so cool, wie du denkst. Ich reiß mich eben zusammen. In mir drin sieht es ganz anders aus, das kannst du mir glauben.«

Jana machte große Augen. »Aber …«

»Hör mir zu«, sagte Nina und griff nach ihren Händen. Fest hielt sie die Finger ihrer Freundin umschlossen. »Du schaffst das! Du bist stark genug! Zerstöre nicht dein Leben. Bald bist du in Münster. Weit weg. Die Erinnerungen an den Abend werden verblassen, glaub mir. Und dann wirst du froh sein, geschwiegen zu haben.«

»Aber …«, setzte Jana erneut an, doch Nina schnitt ihr wieder das Wort ab.

»Pierre ist kein bisschen damit geholfen, wenn du gestehst. Er würde es gar nicht mitbekommen. Denk nach, Jana! *Niemandem* ist geholfen, wenn du auspackst.«

»Das stimmt nicht«, warf Jana ein. »Die Eltern von Pierre …«

»Denen geht es vermutlich besser, wenn sie das ganze weiterhin für einen tragischen Unfall halten … Niemand will erfahren, dass sein Kind …« Nina schluckte. Sie hatte Mühe, es auszusprechen. »Dass sein Kind … gefoltert wurde … nicht wahr?«

Jana blickte starr vor sich hin. »Gefoltert«, echote sie mit tonloser Stimme.

Nina nickte. »Hör zu, Jana, ich habe mir gedacht, wir werden uns um Pierre kümmern. Ihn besuchen, immer wenn wir Zeit haben. Wir tun das, was Freunde für gewöhnlich tun. Und die hat er sich doch immer gewünscht: Freunde. Was hältst du davon?«

Einige Sekunden herrschte Schweigen, dann erschien ein zaghaftes Lächeln auf Janas Gesicht. »Eine gute Idee. Ja, ich glaube, du hast recht. Das ist bestimmt für alle das Beste.«

Erleichtert atmete Nina auf. Sie stand auf und zog Jana auf die Beine. Sie sah die anderen an.

»Alles in Ordnung«, sagte Nina.

»Gott sei Dank«, murmelte Rike. Dankbar streichelte sie Jana über den Oberarm.

»Was jetzt?«, fragte Steff. »Zurück zur Feier?«

Mike räusperte sich. »Ich habe nachgedacht.«

»Ein Wunder ist geschehen«, feixte Tim.

»Schnauze!«, gab Mike zurück. »Echt jetzt: Ich finde, wir sollten einen Schwur leisten.«

»Einen Schwur? Was denn für einen Schwur?«, fragte Steff.

»Dass wir Stillschweigen geloben. Wir schwören uns, unser Geheimnis niemals und unter keinen Umständen zu verraten.« Mike streckte die Hand vor.

»Kinderkram«, brummte Tim, legte aber trotzdem seine Hand auf die von Mike.

Die anderen taten es ihm gleich. Reihum schworen sie.

Obwohl Nina so dachte wie Tim, erleichterte der Schwur sie trotzdem. Ihr Geheimnis war jetzt sicher, das spürte sie.

Es sei denn, Pierre würde jemals wieder erwachen.

79

Ein Erdbeben.

O Gott, nur fort von hier. Nina rennt los. Doch wohin soll sie sich wenden? Die Felswände kommen näher, scheinen sie zerquetschen zu wollen. Ein Schuss kracht, die Kugel streift ihr Handgelenk, das heftig zu brennen anfängt. Der nächste Schuss wird bestimmt besser treffen …

»Aufwachen!«

Nina schlug die Augen auf.

Luc rüttelte sanft an ihrer Schulter und lächelte auf sie herab. Die Stahltür des Umspannhäuschens stand offen. Ein Lichtstreifen fiel auf den Estrich. Frische Luft strich herein. Vögel zwitscherten.

Luc drückte ihr einen neuen Becher Tee in die Hand. »Trink das. Wir brechen gleich auf.«

Dankbar nippte Nina. Obwohl sie dagegen angekämpft hatte, war sie eingeschlafen. Luc hätte sie problemlos überwältigen können. Sie sah ihm zu, wie er seine Utensilien in dem Rucksack verstaute.

»Wanderst du oft?«, fragte sie.

»Wieso?«

»Du bist anscheinend bestens präpariert.«

»Ist keine Hexerei. Ich war Kampfschwimmer, da lernt man, vorbereitet zu sein.« Seine dunklen Haare hingen ihm ins Gesicht, mit einer lässigen Handbewegung strich er sie nach hinten.

Nina beobachtete ihn. Er war eine attraktive Erscheinung. Unter anderen Umständen hätte sie einem Flirt wohl kaum widerstehen können. Ein sonderbares Gefühl von Zuneigung zu diesem Mann erfasste sie. Er dagegen musste sie verachten, wenn nicht sogar hassen. Trotzdem hatte er ihr geholfen und seinen Groll hinten angestellt. Dafür zollte Nina ihm Respekt.

Luc stand auf und forderte ihren Becher.

Nina trank aus und drückte ihn ihm in die Hand.

»Jetzt aber los.« Er hielt ihr die Hand hin.

Diesmal zögerte Nina keine Sekunde, griff zu und ließ sich aufhelfen. Sie stöhnte. Jeder Knochen im Körper schmerzte. An den wund gescheuerten Handgelenken hatten sich blutige Krusten gebildet.

Mitleidig sah Luc sie an. »Wird es gehen? Oder willst du hier auf mich warten?«

»Auf gar keinen Fall«, stieß sie hervor. Entschlossen richtete sie sich auf. »Abmarsch!«

Das Unwetter in der Nacht hatte den Boden morastig gemacht, und sie mussten vorsichtig gehen, um nicht bis zu den Knöcheln im Matsch zu versinken. Sie mieden das Dorf, das links von ihnen lag. Alles wirkte ruhig und friedlich.

Als sie die alte Straße, die vom Dorf aus kommend nach Mauel führte, erreichten, blieben sie stehen. Der Bach hatte eine tiefe und breite Schneise ausgespült und damit die Asphaltdecke zerschnitten. Es klaffte eine riesige Lücke. Zwar war hier das Bachbett nicht so tief wie weiter oben an der Brücke, dafür aber breiter. Gut fünfzig Meter trennten sie von der anderen Seite der Straße. Angespültes Gehölz hatte sich zu einem Damm aufgetürmt und staute das Wasser an. In der Wasseroberfläche glitzerte das Licht der aufgehenden Sonne.

»Wolltest du da durch?«, fragte Nina.

Luc schüttelte den Kopf. »Der Untergrund ist schlammig. Das ist zu riskant.«

»Was schlägst du vor?«

»Wir versuchen es weiter oben, auf Höhe der eingestürzten Brücke. Ich klettere lieber, dort könnte es am besten klappen. Zudem können wir auf der anderen Seite dann direkt den Wanderweg nutzen. Also los.«

Schweigend setzten sie ihren Weg fort. Immer wieder sah sich Nina ängstlich um. Ihr Traum hing ihr nach. Sie wurde das Gefühl nicht los, dass irgendwann jemand im Hinterhalt lauerte und auf sie zielte.

Wer würde den Abzug betätigen?

Tim, Mike – oder Jana?

Wenn es so wäre, dann hoffte Nina, dass der Schütze gut treffen würde. Zumindest wäre es dann ein schneller Tod, ohne Qualen und ohne Schmerzen.

Unbehelligt erreichten sie nach einer Viertelstunde die zerstörte Brücke.

»Sieh dir das an.« Luc wies mit der Hand in die Schlucht.

Nina trat an seine Seite. Was sie sah, nahm ihr den

Atem. Ein Würgen ergriff sie. Die Furcht der vergangenen Nacht fraß sich erneut kalt in ihre Eingeweide, als sie den leblosen Körper erkannte. Wie konnte das sein?

»Das ist Tim. Aber das ist doch nicht möglich. Er hat doch überlebt … er hat es überlebt …« Ihre Stimme klang verzweifelt.

Luc runzelte fragend die Stirn, und Nina erzählte ihm, was Fabian und Mike berichtet hatten und dass Tim plötzlich wieder auferstanden war von den Toten.

»Das ist seltsam«, sagte Luc schließlich, als Nina geendet hatte. Er stellte den Rucksack auf den Boden, dann machte er sich an den Abstieg. »Wir müssen sowieso hier durch«, sagte er zu Nina. »Wenn ich unten bin, wirfst du mir den Rucksack runter und folgst mir. Auf der anderen Seite suchen wir uns eine Stelle zum Hochklettern.« Er lächelte zuversichtlich. »Ich bin überzeugt, es ist einfacher, als sich noch mal an der Felswand zu versuchen.«

Nina nickte. Nervös schaute sie sich um. Wenn jemand sie an der Flucht hindern wollte, musste er es jetzt tun. Doch sie konnte keine Anzeichen auf einen Angreifer entdecken.

»Bin unten«, rief Luc und winkte ihr zu. »Ist nicht so steil, wie es aussieht, nur glitschig.« Er lachte und zeigte seine feuchten, dreckigen Handflächen.

Nina warf ihm den Rucksack zu.

Geschickt fing er ihn auf. »Jetzt du!«

Nina schluckte ihre Angst hinunter, legte sich auf den Bauch und robbte rückwärts. Ihre Füße baumelten über der Abbruchkante.

»Sieht gut aus«, rief Luc. »Du schaffst das!«

Nina nahm all ihren Mut zusammen. Doch bevor sie den Fuß auf dem ersten vorstehenden Stein aufsetzen konnte, wurde sie an den Haaren nach oben gerissen.

Sie schrie auf.

Unbeeindruckt nahm der Angreifer sie in den Schwitzkasten. Etwas Hartes drückte auf ihren Hinterkopf.

»Na, wen haben wir denn da? Das Flittchen! Will einfach so mit einem neuen Stecher abhauen, soso. Ich hätte es mir denken können. Selbst an diesem gottverlassenen Ort findest du jemanden für dein Fickloch!«

80

Gelächter.

Ich liege gefesselt auf dem Tisch, als sollte ich gevierteilt werden.

Nackt.

Das gehört zum Ritual, hat mir Tim erklärt. Komisch, es macht mir nichts aus, mich so total nackt vor den Mädchen zu zeigen. Alle sind ja ohnehin zugedröhnt, ich auch. Man kriegt alles mit, gleichzeitig ist einem alles scheißegal.

Irgendwie cool.

Nina stellt sich ans Fußende. Sie grinst mich an, ihre Augen leuchten. Die Feder in ihrer Hand glitzert bunt wie ein Regenbogen.

Alles ist so kräftig und intensiv.

Sie streicht mir mit der Feder über die Fußsohlen.

»Nein, nicht«, rufe ich, »das kitzelt! O shit, aufhören, bitte!« Ich brülle und lache gleichzeitig, kann nicht anders, aber die Feder ist wirklich der Horror.

Die anderen lachen.

Nina hört nicht auf zu kitzeln.

Mikes bulliger Kopf schiebt sich von oben in mein

Sichtfeld. Seine Augen flackern. Er wirkt wie ein durchgedrehter Stier bei der Hatz in Pamplona.

»Augenbinde?«, fragt er mich.

Ohne meine Antwort abzuwarten, hebt er meinen Kopf an.

Steff tritt hinzu. Er hält einen dunklen Stoffstreifen in der Hand.

Sie sind schnell.

»Nicht«, stoße ich gerade noch zwischen zwei Lachattacken hervor, dann ist alles schwarz. Der Stoff riecht nach Waschmittel und nach Aprikose, wenn ich mich nicht irre.

»Hast du Durst?«, haucht mir Jana ins Ohr.

Ich nicke.

Hände packen meinen Kopf, halten ihn fest wie in einem Schraubstock.

Etwas schiebt sich in meinen Mund, kreisrund. Ich habe einen metallischen Geschmack auf der Zunge.

Ich versuche mich zu wehren, presse die Kiefer zusammen, doch unaufhaltsam schiebt sich dieses Ding vor.

»Lass mich das machen! Ich will!«, ruft Fabian.

Es gluckert, eine Flüssigkeit füllt meinen Mundraum, scharf, brennend.

»Der Wodka ist eigentlich viel zu schade dafür«, sagt Tim.

Alle lachen.

Ich lache nicht mehr.

Krampfhaft schlucke ich. Das Zeug explodiert in meinem Magen. Ich kann nicht mehr … atmen … will schreien … Ich will nicht ersticken. Ich bäume mich auf.

Dann ist es vorbei.

»Flasche leer«, sagt Fabian.

»Es reicht auch, sonst macht er hier noch die Grätsche«, sagt Steff. »Wir nehmen Wasser. Ich habe da mal was gehört... wartet... ich brauche einen Lappen, ein Tuch...«

Fabian zieht den Metallgegenstand aus meinem Mund.

Ich atme tief durch, japse, fahre mit der Zunge über meine rissigen Lippen. Der Alkohol steigt mir zu Kopf.

»Hier, Schatzilein.« Rikes Stimme ist zuckersüß, zum Dahinschmelzen.

Etwas wird auf mein Gesicht gelegt.

Ein Tuch.

Okay, nicht so schlimm, auch wenn es nach Putzmittel riecht.

Auszuhalten.

Es gluckert.

Wasser rinnt mir in die Nasenhöhlen und in den Mund.

Scheiße!

Ich bekomme keine Luft mehr.

Ist mein Kopf unter Wasser? Es fühlt sich so an, aber das kann doch nicht sein. Ich liege auf einem Tisch.

Es gluckert wieder.

Wasser.

Überall.

Meine Brust wird enger, und mein Herz rast.

Luft! Luft! Luft!

Ich werde sterben. Die sind durchgedreht! Ich will schreien, doch... keine Luft. Schnappe danach... hilflos...

Erlösende Schwärze.

Dann.

»Wach auf!«

Steff tätschelt meine Wangen.

Ich kann wieder atmen. Gott sei Dank. Ich lebe! »Aufhören«, krächze ich.

Auf einmal ist der Lappen wieder auf meinem Gesicht. Wasser gluckert, es rinnt meinen Hals hinunter … Es geht wieder los …

NEIN!!!

Ich habe kein Zeitgefühl mehr. Wenn ich aus meiner Bewusstlosigkeit aufwache, geht es wieder los. Sie sind unerbittlich.

Monster!

»Meinst du nicht, es ist genug?«, fragt Nina.

Ja! Ja! Ja!

Ich will es hinausschreien, doch meine Stimmbänder versagen.

Sie lachen verächtlich. Als hätte Nina eine dumme Frage gestellt.

»Nix da«, ruft Fabian.

Sie sind unbarmherzig.

Sie wollen mich umbringen.

Wie oft?

Wie oft noch?

Das Tuch … das Wasser … Panik … Schwärze …

Ich reiße die Augen auf.

Wappne mich gegen neue Qualen. Geht das überhaupt? Mein Herz rast.

Etwas ist anders.

Hell.

Ich blinzle. Die gleißend helle Deckenleuchte blendet mich.

Ich kann mich bewegen.

Arme, Beine, Oberkörper.

Ich bin frei. Erleichtert richte ich mich auf.

Ist es vorbei?

Ich höre ihr Lachen aus dem Nebenraum, begleitet von dröhnender Musik. Sie feiern ausgelassen, ohne mich.

Schlagartig wird mir bewusst, dass ich ihnen egal bin. Ich werde nie dazugehören. Eher würden sie mich töten.

»Ich hätte noch Lust auf ein Spielchen mit Pierre«, ruft Tim.

Die anderen grölen.

Wilde Tiere im Blutrausch.

Es ist nicht vorbei.

Sie kommen zurück.

Mein Hals schnürt sich zu, die Todesangst umklammert mein Herz.

Ich muss fliehen.

Schnell, keine Zeit verlieren.

Runter von dem Tisch, meine Jeans liegt auf dem Boden. Ich streife sie über, verheddere mich, stolpere und schlage mit dem Kopf gegen die Suppenkellen über der Anrichte.

Klirrend scheppern sie gegeneinander, wie ein Windspiel in einer heftigen Böe.

»Was war das?«, höre ich Rike ausrufen.

Keine Zeit mehr.

Ich muss hier raus. Endlich habe ich die Hose an.

Der Hintereingang ist nicht abgeschlossen.

Ich stürme raus, über die Wiese.

Hinter mir höre ich Tim rufen: »Er ist weg. Der Schweinehund ist getürmt.«

Es klingt nicht wütend, eher amüsiert.

»Los! Hinterher! Den schnappen wir uns!«

Mit einem Seitwärtssprung hechte ich über den Zaun zum Nachbargrundstück.

»Da ist er!«, höre ich hinter mir.

Ich sprinte los.

»Kein Pardon!«

Weiter, weiter, weiter. Meine gequälte Lunge wehrt sich, alles in mir schreit danach anzuhalten und zu verschnaufen.

»Kein Pardon!«

Sie werden nicht aufgeben.

Ich renne weiter, über Straßen, an Häusern vorbei. O Gott, warum hilft mir keiner? Warum ist es hier wie ausgestorben? Wo sind all die Menschen?

»Da vorne! Da ist er!« Mike kreischt wie wahnsinnig. »Kein Pardon!«

Ich muss sie abhängen. Ein Rauschen rechts von mir.

Die Autobahn!

Über die Autobahn werden sie mir vielleicht nicht folgen.

Ich muss es versuchen.

Ich muss sie abhängen. Sie wollen mich umbringen.

Meine wunden Füße brennen.

»Kein Pardon!«

Sie sind dicht hinter mir, sie hetzen mich.

Ich falle mehr über die Leitplanke, als dass ich springe. Ich kann nicht mehr. Wenn der Plan nicht funktioniert …

Helles Licht! Es rast auf mich zu.

Ein Hupen.

Das helle Licht.

Die Dunkelheit.

81

Nina bekam keine Luft mehr. Sie zerrte an dem Arm, der ihr die Luft abschnürte. Punkte tanzten vor ihren Augen. »Tim … nicht …«, krächzte sie.

»Lass sie los! Du bringst sie um«, schrie Luc.

Tim lachte kehlig. »Was meinst du, was ich vorhabe? Aber du hast recht, ich sollte mir Zeit lassen.«

Der Klammergriff löste sich. Tim stieß Nina von sich weg. Sie taumelte zur Seite und fiel auf die Knie, rang nach Luft.

Tim stand über ihr, zielte mit der Pistole auf ihren Kopf. Er trug ein großes weißes Tuch wie einen Poncho, mit einem Loch für den Kopf. Der Stoff war blutbefleckt. Er ginste sie mit leuchtenden Augen an. »Ich habe auf euch gewartet.«

»Warum trägst du ein … Bettlaken?«, fragte Nina. Sie musste ihn von Luc ablenken, Pierres Bruder Zeit verschaffen, um sich in Sicherheit zu bringen.

Tim zupfte an dem Bettlaken. »Och, nur so eine Idee. Die weiße Frau, du erinnerst dich. Schöne Geschichte. Ich bin dem Idioten von Wirt dankbar, dass er mein Spiel ein bisschen angereichert hat. Nur schade, dass ich nicht selbst darauf gekommen bin. Ich hätte es besser einplanen können ...«

»Was ist mit Mike?«, krächzte Nina. Ihr Hals fühlte sich wund an.

»Drei Schüsse aus nächster Nähe überlebt selbst ein Mann von Mikes Statur nicht.«

Nina hörte Steine prasseln.

Tim sprang zur Seite und richtete die Waffe in den Bachlauf. »Lass das mal schön bleiben, Pierre. Zu dir komme ich noch. Schön unten bleiben.«

»Warum tust du das, Tim?«, presste Nina hervor.

Tim grinste wieder. »Weißt du, Nina, ich habe einfach nie damit aufgehört.«

»Mit dem ... Spiel?«

»Ja, mit dem Spiel. Ich bin nie davon losgekommen. Ist dir der Frauenmörder ›Die Bestie‹ ein Begriff?«

»Das ... das bist du?«, hauchte Nina entsetzt.

Tim nickte stolz. »Leider sind mir die Bullen auf den Fersen. Viel Zeit bleibt mir nicht mehr. So wollte ich ein allerletztes Spiel spielen. Sozusagen das große Finale: Ich wollte euch. Geile Idee, oder? Ehrlich gesagt ging es mir mit Mike viel zu schnell.« Tim seufzte. »Leider liefen einige Dinge aus dem Ruder. Zum Beispiel deine Flucht aus dem Keller. Respekt, das hätte ich dir nicht zugetraut.«

»Es ist eine Puppe«, rief in diesem Moment Luc. »Eine Schaufensterpuppe.«

Tim lachte auf. »Ja, das hat bestens funktioniert.«

Wieder prasselten Steine. Tims Gesicht verzog sich zu einer wütenden Fratze. Er trat an den Rand der Schlucht, zielte und feuerte einen Schuss ab. Luc schrie auf.

Nina sprang auf, wollte sich auf Tim stürzen. Doch er hielt die Waffe bereits wieder in ihre Richtung. »Ganz ruhig. Es war nur seine Hand. Ich hatte ihn gewarnt.«

Nina beugte sich vor und blickte in den Bachlauf. Luc stand vornübergebeugt und hielt seine Hand an den Körper gepresst. Schweißtropfen standen auf seiner Stirn, er war kalkweiß geworden.

»Du Schwein«, schrie Nina Tim an. Sie ließ jede Zurückhaltung fallen, ihr war alles egal. Sie würde ohnehin nicht überleben, ein rascher Tod wäre das kleinere Übel. Sie wusste zu genau, was Tim mit seinen Opfern anstellte. Nicht umsonst wurde er »Die Bestie« genannt. Sie straffte sich. Drei Meter trennten sie von ihm.

Tim schien zu ahnen, was in ihr vorging. »Mach keine Dummheiten, Nina«, mahnte er sie.

In diesem Moment löste sich ein Schatten aus dem Unterholz an dem gut dreißig Meter entfernten bewaldeten Hang. Jemand kam näher.

Überrascht riss Nina die Augen auf. »Jana?«

Sie lebte!

Tim lachte. »Ehrlich, das ist der älteste Trick der Welt. Der funktioniert bei mir nicht. Tut mir leid, aber …«

In vollem Lauf prallte Jana auf seinen Körper. Dabei stieß sie einen irrsinnigen Laut aus, der Nina durch Mark und Bein ging.

Tim fiel der Länge nach hin. Die Pistole wurde aus seiner Hand geschleudert und schlitterte über das feuchte Gras auf Nina zu. Blitzschnell hob sie sie auf. Die Waffe lag gut in ihrer Hand.

Kreischend lief Jana an Nina vorbei, weiter den Bachlauf entlang. Anscheinend war bei ihr eine Sicherung durchgebrannt.

Tim rappelte sich hoch, schwankte ein wenig und klopfte sich den Dreck von seinem Laken. »Gib mir die Pistole«, forderte er seelenruhig. Er streckte die Hand vor.

Nina hörte ein Keuchen. Luc! Er musste Schmerzen haben.

»Gib mir die Waffe, Nina.«

Nina hob den Lauf und zielte. »Eher friert die Hölle ein«, stieß sie aus.

Höhnisch lachte Tim. »Erinnerst du dich an den Abend? Ach, was frage ich überhaupt? So etwas vergisst man nicht. Es war das Schönste, das Beste, das Geilste, was ich … was wir … je erlebt haben. Sieht man mal von den Frauen ab, die ich später beglückt habe. Dieser Kick, besser als Sex. Nur eins hat mich damals bei Pierres Behandlung gestört. Weißt du was, Nina?«

Sie schüttelte den Kopf, wollte es auch nicht hören. Das hier sollte endlich aufhören.

»Dein Genörgel! *Meinst du nicht, es ist genug?*«, äffte er ihre Stimme nach, »*Komm, lass uns aufhören. Er hat genug.* Und so weiter und so fort.« Angewidert verzog er das Gesicht. »Du *Flittchen* wolltest es nur schnell hinter dich bringen, damit du mit deinem Steff *ficken* konntest. Ein Wunder, dass du bis zum Schluss durchgehalten hast. Denn eins ist mir damals klar geworden: Du hast Hemmungen, du kannst einen Menschen nicht töten. Du bist nicht so stark, wie du tust – nicht so stark wie ich.«

Wie in Trance zog Nina den Lauf durch. Die Mechanik förderte mit einem metallischen Schnappen eine Kugel in den Lauf. Das hier musste aufhören! Es sollte ein Ende haben!

Irgendwo hinter ihnen kreischte Jana.

Tim wich einen Schritt zurück.

Steine prasselten.

Plötzlich ruderte Tim mit den Armen. »Was …?«, stieß er hervor. Ungläubig wandte er sich um, sah den Abgrund, und im nächsten Moment war er verschwunden.

Nina ging vorsichtig zu der Stelle, die unter Tims Gewicht weggebrochen war, und sah nach unten.

Luc trat auf den am Boden liegenden Tim ein. Um die verletzte Hand hatte er einen Stoffstreifen gewickelt. Er war blutdurchtränkt.

Doch Tim war nicht bewusstlos, wie Nina erwartet hatte. Wie eine Spinne krabbelte seine Hand suchend über den Boden. Seine Finger schlossen sich um einen faustgroßen Stein. Dann sprang er auf und hieb mit voller Wucht Luc den Stein an die Schläfe. Der sackte zusammen und fiel zur Seite.

Tim richtete sich auf, packte einen größeren Stein und hob ihn mit beiden Armen über den Kopf.

»Nein!«, schrie Nina.

Tatsächlich hielt Tim inne und sah zu ihr hoch. »Schau ruhig zu, wie ich deinen Stecher fertigmache. Du bist schuld, *Flittchen*, du allein!«

Nina verstand nicht, worauf er hinauswollte.

»Ich habe dich geliebt«, erklärte Tim. »Wären wir zusammengekommen, wäre mein Leben anders verlaufen.«

Dieser verqueren Logik konnte Nina nichts entgegensetzen. Vielleicht wäre Tims Leben tatsächlich anders verlaufen. Aber wer konnte das mit Sicherheit sagen? Tim war krank. Er wäre seinem Trieb wohl immer erlegen.

Mit dem Stein im Arm ging Tim durch das Bachbett auf Luc zu.

Der lag immer noch bewusstlos mit dem Kopf halb im Wasser.

»Wirf den Stein weg!«, befahl Nina und zielte.

»Du wirst nicht schießen, Nina. Du bringst das nicht fertig. Ich kenne dich, Nina.«

»Letzte Warnung, Tim. Wirf den Stein weg!«

Er sah auf. Seine Augen leuchteten wie im Fieber. »Du kannst mich nicht aufhalten, Nina. Glaub mir, du bist nicht wie ich ...«

Er visierte sein Opfer im Bachbett an, hob den Stein.

In diesem Moment schlug eine Kugel in Tims Schulter ein, eine weitere zerfetzte seine Brust.

Erstaunt glotzte Tim Nina an. Dann fiel er zur Seite.

Knapp neben Lucs Kopf klatschte der Stein ins Wasser.

82

Nina hatte im Wartesaal auf einem der Stühle an der Wand Platz genommen.

Nervös kramte sie in ihrer Handtasche nach den Pfefferminzbonbons. Verflixt, alles Mögliche fand sich sonst in den Tiefen des Lederbeutels: Schlüssel, Taschentücher, Tränengas, eine alte Eintrittskarte, nur nicht das, was man suchte. Ihr Mund war trocken, sie brauchte dringend etwas Frisches auf der Zunge, um überhaupt sprechen zu können.

»Du siehst aus, als würdest du nach Öl bohren.«

Nina fuhr herum.

Schmunzelnd stand Luc vor ihr. Er sah gut aus, braungebrannt, das füllige Haar nach hinten gekämmt, die Daumen lässig in die vorderen Hosentaschen gesteckt. Lachfältchen umrahmten seine Augen.

Seit den schrecklichen Ereignissen im Dorf hatten sie sich nicht mehr gesehen, aber hin und wieder telefoniert. Nur noch die bandagierte Hand erinnerte an die Sache am Bach von Staudenhof.

»Luc«, sagte sie erfreut und erhob sich, »wie geht es dir?«

»Passt schon. Hast du was von Jana gehört?«

»Nein. Die Polizei hat die Suche eingestellt. Vermutlich ist sie bei ihrer Flucht in das Sumpfgebiet geraten.«

Luc schüttelte verwundert den Kopf. »Kann man heutzutage wirklich noch in einem Eifeler Sumpf versinken?«

Nina machte eine besorgte Miene. »Ich fürchte schon. Denk an das Hohe Venn …«

»Ziemlich weit weg von Staudenhof«, wandte Luc ein. »Wie auch immer,« er hakte sich bei Nina ein und führte sie ins Foyer, »reden können wir später immer noch. Lassen wir ihn nicht warten.«

Nina spürte wieder diesen Druck in der Magengegend. Sie fürchtete sich vor der Begegnung. Damals, beim Abiball, hatte sie Jana versprochen, Pierre zu besuchen und sich um ihn zu kümmern.

Hohle Worte.

Nicht ein einziges Mal hatte sie an seinem Bett gestanden, ihn durch den Park geschoben oder ein paar Worte mit ihm gewechselt.

Das Foyer war hell und freundlich, surrealistische Drucke in bunten Farben zierten die Wände. Riesige Kübelpflanzen standen in der Mitte des Raumes. Man sah auf eine großzügige Terrasse, an die sich ein Park anschloss. Zwei große Elektrorollstühle standen dort. Die beiden Besitzer saßen in warme Kleidung gepackt darin und ließen sich von der herbstlichen Nachmittagssonne bescheinen.

Zielstrebig ging Luc auf einen der Fahrstühle zu.

»Warte«, bat Nina.

Er blieb stehen und hob die Augenbrauen.

»Ich …« Nina lachte unsicher. »Es klingt blöd, aber ich brauche noch ein paar Minuten.«

»Du hattest Jahre Zeit.« Ein leiser Vorwurf schwang in seiner Stimme mit.

»Nur fünf Minuten«, sagte Nina. »Ich muss was trinken.« Sie deutete auf den Wasserspender, der vor den Topfpflanzen stand. Sie ging hin, zog sich einen Pappbecher und ließ Wasser einlaufen. Der durchsichtige Behälter des Wasserspenders gluckste, dicke Luftblasen stiegen an die Oberfläche.

»Nächsten Monat beginnt der Prozess«, sagte Nina, während sie an ihrem Becher nippte.

»Hab's mitbekommen.« Wieder schmunzelte er. »Ich bin schließlich geladen.«

Nina gefielen die kleinen Fältchen, die dabei in seinen Augenwinkeln entstanden. »Klar. Ich wollte nur … Smalltalk und so.«

»Du willst Zeit schinden, mehr nicht.«

»So ist es«, gab Nina zu und trank ihren Becher leer. Sie warf ihn in den bereitstehenden Mülleimer, schritt zum Fahrstuhl und drückte entschlossen den Knopf. »Tim hat natürlich alles erzählt, nichts ausgelassen. Also das von früher, meine ich. Wusstest du das?«, sagte sie.

»Kaum zu glauben, dass er dazu noch die Gelegenheit hatte. Zwei Kugeln im Körper, und der Typ überlebt. Und? Wird es Konsequenzen für dich haben?«

»Selbstverständlich. Aber es ist richtig, es ist gerecht. Ich werde es durchstehen und dann neu anfangen.« Ohnehin hatte ihr der Arzt, den sie aufgrund der wiederholten

Ohnmachtsanfälle aufgesucht hatte, geraten, Stress zu vermeiden. Alles psychosomatisch, hatte der gesagt. Doch damit wollte sie Luc nicht langweilen.

Die Fahrstuhltür glitt auf, nacheinander betraten sie die Kabine.

»Das ist gut«, sagte Luc und nickte mit ernster Miene.

83

Mein Bruder! Endlich. Er wird mich von den Schreien des Bekloppten nebenan ablenken.

Die Chefs hier müssen unbedingt mal die Pillendosis bei dem Zimmernachbarn erhöhen. Das hält ja niemand auf Dauer aus.

Vielleicht kann ich Luc überreden, den Mitbewohner zu knebeln.

Der Nachmittag ist gerettet. Die Langeweile ist einfach unerträglich, ich …

Stopp! Was läuft denn hier ab? Wen hat er denn da mitgebracht? Nun ja, ein nettes Persönchen, hübsch anzusehen. Scheint ein wenig schüchtern zu sein, knabbert doch tatsächlich an den Fingernägeln.

Ha, ich mache immer noch Eindruck auf die Frauen, he, he.

Ist das seine neue Freundin? Davon hat er mir nichts erzählt. Moment … irgendwoher kenne ich sie.

»Hi, Bruderherz.«

Luc klopft mir auf die Schulter. Ich achte nicht auf ihn, mustere die Frau.

Langsam dämmert es mir.

»Kein Pardon!«, höre ich in meinem Kopf dröhnen.

Träume ich?

Kann das sein?

Ist das wieder ein Albtraum?

Nina?

Älter, reifer und noch schöner, als ich sie in Erinnerung habe. Ich fasse es nicht.

Verdammte Scheiße!

Am liebsten würde ich aufspringen, ihr an die Gurgel gehen und zudrücken, ganz langsam, und die Todesangst in ihren Augen genießen.

Luc hockt sich vor mich und schaut mir tief in die Augen. Das macht er immer dann, wenn er etwas Wichtiges mitzuteilen hat.

»Pierre, du erinnerst dich bestimmt. Vor ein paar Monaten, da konnte ich dich eine Weile nicht besuchen.«

Klar erinnere ich mich. Er hatte diese Operation am Bein, musste drei Wochen im Krankenhaus liegen. Und an der Hand war auch irgendwas.

»Ich war nicht ganz ehrlich zu dir. Ich war zwar im Krankenhaus, es gab aber einen anderen Grund. Den wird dir gleich Nina erzählen. Ich weiß, wie es bei dir dort drinnen aussieht.«

Er tippt mir auf die Brust. Am liebsten würde ich ihm den Finger brechen. Wie kann er nur diese Frau hier anschleppen?

»Du bist wütend. Trotzdem flehe ich dich an, ihr zuzuhören. Ich denke, es wird dir helfen. Nein, mehr noch: Es wird dir guttun.«

Er steht auf und nickt Nina aufmunternd zu. Luc dreht

meinen Rollstuhl, sie zieht sich einen Stuhl heran und setzt sich. In ihren Augen erkenne ich Panik.

Ich hoffe, du krepierst daran!

Sie öffnet den Mund, ringt um Fassung.

Ja, ja, quäl dich, du Sau!

»Ich …«

Mann, das ist ja nicht zum Aushalten. Fang endlich an, Miststück. Bringen wir es hinter uns. Erzähl mir von damals, von deinen Eindrücken und Gefühlen, von deiner Motivation, Tiere … und Menschen bis in den Tod zu quälen.

Vergiss nicht zu beteuern, dass das Jugendsünden waren, dass du dich gebessert hast und jetzt eine Bürgerin geworden bist.

Und ganz wichtig: Du musst mich um Verzeihung bitten.

Du meinst es zwar nicht so, denn mein Schicksal ist dir jahrelang am Arsch vorbeigegangen. Warum sollte es sich schlagartig geändert haben? Aber so eine Absolution macht sich ganz gut, beruhigt die Seele, und eine reuige Sünderin lässt sich gut verkaufen.

Och nee, jetzt auch noch Tränen. Ganz großes Kino, echt.

»Pierre, ich …«

Ob das noch mal was wird?

Stopp, halt, was geht jetzt ab? Sie umklammert meine Hand, als müsste ich sie vor dem Ertrinken retten.

Nein, nicht den Kopf in meinen Schoß, ich ertrag so viel Nähe nicht … ich … Sie heult Rotz und Wasser.

Verdammt!

Ich habe noch nie jemanden so schluchzen hören.

»Es tut mir so leid, Pierre, so leid.«

Ich verstehe sie kaum. Ihre Worte dringen gedämpft an meine Ohren, ihr Schluchzen macht es nicht besser.

»Was wir dir angetan haben, das kann man nicht entschuldigen. Du musst uns hassen.«

Verdammt, wo sie recht hat, hat sie recht. Ja, ich muss euch hassen. Aber warum bittet sie mich nicht um Verzeihung? Ist sie denn nicht deswegen gekommen?

Wenn sie nicht gekommen ist, um ihr Gewissen zu erleichtern, warum dann?

Verdammt, sie ist wirklich meinetwegen gekommen. Oder wie soll ich das verstehen?

Der ganze Rollstuhl wackelt, so sehr schluchzt Nina und schüttelt sich.

»Es tut mir leid, so schrecklich leid …«

Im Geiste streichle ich ihr tröstend über die Haare. Vielleicht sollte ich ihr eine Chance geben. Wenn sie mich nicht überzeugt, kann ich sie hinterher immer noch weiter hassen.

Ja, ich werde ihr zuhören.

Erst mal zuhören.

Töten kann ich sie immer noch.

Schlussbemerkung

Liebe Leserinnen und Leser,

wenn Sie diese Zeilen lesen, sind Sie gut aus dem fiktiven Staudenhof zurückgekehrt. Ich hoffe, ich konnte Ihnen spannende Stunden bereiten. Sollten Sie jetzt noch nicht genug haben, empfehle ich Ihnen eine Wanderung zum Originalschauplatz. Ja, Sie haben richtig gelesen. Das verlassene Dorf Staudenhof gibt es tatsächlich in der Eifel. Die GPS-Daten und weitere Informationen sind auf Wikipedia zu finden.

Ich war einige Male dort und kann Ihnen versprechen: Es ist unheimlich. Kein Straßenverkehr ist zu hören, die Fenster der Häuser gleichen dunklen Augen von Dämonen, die jeden Schritt argwöhnisch beobachten. Ein Hilferuf würde ungehört in den dichten Wäldern, die das Dorf einschließen, verhallen. Und Handyempfang? Vergessen Sie es, vermutlich hat noch nie ein Funksignal irgendeins der Häuser dort durchdrungen.

Wenn Sie den Ort besuchen, werden Sie bemerken, dass ich der Dramaturgie geschuldet in meinem Roman ein wenig von den tatsächlichen Gegebenheiten abgewichen bin. Die einzige asphaltierte Straße habe ich aus dem Norden in den Süden verlegt (damit sie vom Flüsschen Prüm fortgespült werden konnte). Hinzugefügt habe ich den Brunnen und die Kapelle, die Häuser habe ich anders gruppiert. Eine zerstörte Holzbrücke werden Sie wohl auch nicht finden.

Aber ansonsten: Den Talkessel gibt es, niemand würde freiwillig auf die Idee kommen, die Hänge hinaufzuklettern. Stromleitungen durchziehen die Ebene und enden an den Ruinen, und auch der Keller, in dem Nina eingesperrt wurde, ist – noch – begehbar (auf eigene Gefahr!).

Und sollten Sie trotz meiner Beschreibung Gefallen an dem Ort finden und einen Umzug dorthin in Erwägung ziehen: Sagen Sie mir Bescheid, ich werde Ihnen Brot und Salz zum Einzug überreichen. Allerdings werde ich vor Einbruch der Dunkelheit auch sofort wieder verschwinden.

Verlassen wir jetzt Staudenhof. Aber laufen Sie mir bitte nicht fort, denn ich möchte zum Schluss einige Mitmenschen vorstellen, die bei der Entstehung des Buches maßgeblichen Anteil hatten, und bei denen ich mich dafür bedanken möchte:

Meinem Literaturagenten Lars Schultze-Kossack sei gedankt für die Manuskriptvermittlung und die Geduld, die er mit dem mitunter nervösen und ungeduldigen Autor hat.

Markus Naegele danke ich für die fantastische Zusammenarbeit. Ich hoffe, wir stemmen gemeinsam noch viele Projekte.

Wie wird ein guter Text noch besser? Durch ein intensives Lektorat! Heiko Arntz danke ich, dass er den Rotstift an genau den richtigen Stellen angesetzt hat.

Bei meinem treuen Testleser Harald Kill bedanke ich mich für die offene Kritik.

Stefanie Schlatt hat sich ebenfalls den Rohtext zu Gemüte geführt und mir (zu Recht) ein ordentliches Pflichtenheft auferlegt. Vielen Dank für die äußerst intensive Durchsicht.

Staatsanwalt Harald Hürtgen stand mir wieder einmal mit vielen Tipps und Ratschlägen zur Seite. Besten Dank.

Meiner Frau Susanne danke ich für ihre Liebe und Fürsorge, ohne die meine Welt trist und grau wäre. Ans Schreiben wäre so niemals zu denken. Ich bin manchmal ein wenig wortkarg, daher versichere ich es dir hier schriftlich: Ich liebe dich wie am ersten Tag.

Mein abschließender Dank gilt wie immer meinen Leserinnen und Lesern. Ohne Sie wäre alles nichts.

Rudi Jagusch

»Jaguschs Krimi ist Kopfkino vom Feinsten – von der ersten bis zur letzten Seite.«
Leser-Welt.de

978-3-453-41055-8